헬로! 나이팅게일
HELLO NIGHTINGALE

자, 이제 당당해지자!

간호사들과 119구급대원들이
외치는 좌충우돌 인내와 한숨 …
이들의 텁텁하고 쌉살한
깡소주 같은 일상!
사회 초년생
나재영과 신민욱이,
비열한 세상을 향해 날리는
이단 옆차기!

**헬로!
나이팅
게일**
HELLO
NIGHTINGALE

초판 1쇄 | 2018년 11월 23일
개정판 1쇄 | 2024년 5월 31일

지은이 | 김명희
펴낸이 | 김명희
펴낸곳 | 도서출판 처음
출판등록 | 2022년 2월 11일 제 2022-000007호
주소 | 인천광역시 미추홀구 석정로 8, 705호

전화 | 0505-333-9018
팩스 | 0505-377-3121
이메일 | sj2342005@naver.com

ⓒ김명희 2018
ISBN 979-11-979912-2-6

· 이 책 내용의 전부 또는 일부를 재사용하려면 반드시
  저작권자와 도서출판 처음 양측의 동의를 받아야 합니다.
· 파본은 구입하신 서점에서 교환해 드립니다.
· 책값은 뒤표지에 표시되어 있습니다.

헬로! 나이팅게일
HELLO NIGHTINGALE

김명희 메디컬 장편소설

이번 『헬로! 나이팅게일』은
후원자들의 따뜻한 후원금으로 만들어졌다.

간호사들의 인권처우개선을 위해 백여 명에 가까운 독자들이 선뜻
책 제작비를 모아주신 것은 작가로서 영원히 잊지 못할 큰 감동이었다.
우리 간호사들을 응원하는 마음들이 모여, 큰 기적을 이룬 셈이다.

책 제작비 후원에 동참해주신 따뜻한 이름들을
오래 기억하기 위해 책머리에 새겨 기념하고자 한다.　　[ㄱ.ㄴ.ㄷ순]

- hongfamily
- 강규찬
- 강송화(소설가)
- 고현주(머리만들기 미용실 원장)
- 공선희
- 구본영(㈜서울지공)
- 권태균
- 권혁찬(시인)
- 김 진(아주대병원 간호사)
- 김명희(시인)
- 김민정
- 김병화(시인)
- 김언년(시인)
- 김영두(소설가)
- 김옥자(시인)
- 김용복(㈜SPS유학KOREA 대표이사)
- 김원석(사회복지사)
- 김이삭(서강대학교 사회학과)
- 김종경(시인. 용인신문 대표)
- 김지빈
- 김지환
- 김지훈
- 김창수(소설가)
- 길파오(블로그 이웃)
- 네이버카페 '간대모'
- 노미원(시인)
- 노원숙(시인)
- 두 두(간호사)
- 라정우
- 몽 연
- 박가나
- 박방영(화가)
- 박준서(소설가)
- 박지현
- 박태만
- 박희옥(대구보건대학교 간호학과 교수)
- 배주원
- 백정미
- 백현우
- 벼 리
- 변혜린
- 송유리
- 송유정
- 송인숙(영양 맛깔난 사과농원 대표)
- 송주성(소설가)
- 신동선(간호사가 꿈인 친구들을 위해)
- 신진순(나로베어하우스펜션 대표, 시인)
- 심하경
- 심하늬
- 안지용(예쁜 소설가)

- 안하은(경포고등학교 3학년)
- 양병준(주)이삭모터스 대표
- 원보희(간호사)
- 유안진
- 윤민영(남서울대학교 간호학과 4학년)
- 윤신희(시인)
- 이강경
- 이광화
- 이미란(이화여자대학교 대학원)
- 이민선(신한대학교 간호학과 교수)
- 이빛나
- 이수경
- 이수진(동아대학교의료원 병동 간호사)
- 이수현
- 이애정(복합문화갤러리 서담재 관장)
- 이원우(소설가)
- 이재미(산들 어린이집 원장)
- 이정미(시인)
- 이한나(국립중앙의료원 응급병동 간호사)
- 이혜선
- 이혜수(시인)
- 임유경(간호사)
- 임정연(간호사)
- 임주현(국립암센터 수술실 간호사)
- 장 문(시꽃마을 모나리자)
- 장선영(유원대학교 간호학과 4학년)
- 장영광(육군 중사)
- 장정인(세브란스병원 간호사)
- 장호정(계양고등학교 문학교사, 엄마큐레이터)
- 전경선(간호사)
- 정구웅([주]현대건설기계 충북지점장)
- 정창수
- 정혜인
- 정호선(간호사)
- 조은경(광주보훈병원 심장초음파실 간호사)
- 조은규(공간데코 대표)
- 주만영(LG전자 여수서비스센터 대표)
- 주에바(몽실 북클럽 대장)
- 최민제
- 최분임(시인)
- 최송규
- 최이루
- 최일화(시인)
- 최정화(간호사)
- 하늘향기
- 한 천 김석렬(시인)
- 한아름(간호사)
- 한인숙(시인)
- 한현희
- 향기살이
- 홍은지

[작가의 말]

간호사들이 주인공인 이번 메디컬 장편소설을 쓰기 위해, 의료노동 현장에 대한 자료를 많이 찾아보았다. 그런데 깊이 들어가면 갈수록, 우리나라 간호의료계가 이 정도였나! 우리나라 환자와 보호자들 의식수준이 이토록 바닥이었나! 놀랐다. 그 틈에 끼어, 살인적인 노동과 땅에 떨어진 간호사 인권사각지대에서 사투를 벌이는 우리 간호사들을 보았다. 이 세상 수많은 나재영과 신민욱을 구하고 싶었다. 그들이 지금 지옥 같은 거기에 있다고, 세상에 알리고 싶었다.

간호사들은 목숨 걸고 환자를 간호한다. 그들이 지칠 때, 마땅히 그들의 외침을 들어주고 고충을 개선해 주는 따뜻한 세상이 되길 바란다. 이것으로 램프는 내 손을 떠났고 내가 할 일은 끝났다. 이제 당신이 간호사들의 눈물을 닦아줄 차례다. 부디, 이 책을 읽은 독자들이 최악의 노동현장에서 지쳐가고 있는 우리 간호사들에게 새로운 세상을 열어주길 기대한다. 환자의 안전을 위해 자신의 모든 것을 헌신하는 이 땅의 수많은 간호사들과, 곧 그 길을 가려하는 예비 간호사들을 생각한다. 부디 이 졸저가, 그들에게 누가 되지 않기를 바라며 나머지는, 독자의 몫으로 넘기려 한다. 이 책을 통해, 일반인 단 한사람이라도 간호사들의 현 문제에 깊은 관심을 갖게 된다면, 내 소기의 목적은 달성되는 셈이다.

『헬로! 나이팅게일』이 잘 완성되도록 단체채팅방을 만들어주고 24시간 참여해주신 간호사님들. 이분들의 생생한 현장의 소리가 있었기에 이 책이 세상에 무사히 나올 수 있었다. 그리고 기꺼이 금쪽같은 시간을 할애해 많은 의견주신 La님, 밍밍님, 아자님, 미스나이팅게일님, 다워님과 정성어린 추천 글을 써주신 대구보건대학교 간호대학 박희옥 교수님, 신한대학교 간호대학 이민선 교수님, 국립암센터수술실 임주현 간호사님, 광주보훈병원 심장초음파실 조은경 간호사님, 동아대학교의료원병동 이수진 간호사님, 유원대학교 간호학과 4학년 장선영님, 남서울대학교 간호학과 윤민영님, 이분들께 마음의 꽃을 바친다. 이 책을 쓰는 동안 묵묵히 응원해준, 간대모 카페회원들도 오래 잊지 못하리라.

행동하는 자만이 역사의 주인공이 된다고 했던가? 우리 모두는 언젠가 이 세상을 떠난다. 그러나 이 책과, 책 속에 기록된 아름다운 이름들은 영원히 세상에 남아, 어둡고 그늘진 세상을 밝혀줄 하나의 환한 이정표가 될 것으로 믿는다.

나 자신과 약속했던 큰 숙제를 비로소 끝냈다. 나를 짓누르던 무거운 바윗덩이를 이제야 내려놓는다. 시원섭섭하다.

2018년 낙엽들이 나무에서 뛰어내리던 계절에… 김명희

| 차례 |

[헬로!나이팅게일] 제작비를 후원해 주신 분들 | 4
작가의 말 | 6
1. 고장 난 구역 | 11
2. 수간호사님, 신규 왔다면서요? | 15
3. 이게 뭐지? 이게 어떻게 내 방에? | 45
4. 여기서 살아남을 수 있을까? | 61
5. 영아 하임리히법 알죠? | 73
6. 배신애가 환타를 만났을 때 | 101
7. 이 소리! 뭐지? | 107
8. 내 이름은 디요라입니다 | 127
9. 저 미친 악어가 또 먹일 물었군! | 147
10. 응급 스크럽널스 TO가 없다고? | 159

Hello Nightingale

헬로! 나이팅게일

11. 제발 가끔은, 좀 멋있기라도 하자 | 169
12. 오, 진상! 씨바쓰리갈 쌍쌍바 같은 | 193
13. 구급비발! 구급비발! | 215
14. 비단향꽃무 | 243
15. 오더 맞게 내린 거예요? | 267
16. 바람마저 경배를 올리는 | 293
17. 난장판 | 329
18. 유서 | 345
19. 현대판 염전노예들 | 367
20. 하얀 비명 | 381
21. 저기 저것이, 뭡니까? | 409
22. 우리 제발 ER(응급실)에서는, 만나지 말자! | 423

자, 이제 당당해지자!

간호사들과 119구급대원들이

외치는 좌충우돌 인내와 한숨 …

이들의 텁텁하고 쌉살한

깡소주 같은 일상!

사회 초년생

나재영과 신민욱이,

비열한 세상을 향해 날리는

이단 옆차기!

1. 고장 난 구역

두 달 후, 결국 민선은 현실을 못 견디고 병원을 떠났다. 민선과 함께 했던 병원기숙사. 재영은 친구의 텅 빈 자리가 슬퍼 한동안 그 공간을 외면했다. 어둡고 쓸쓸한 빈자리. 재영은 그 자리를 볼 때마다, 곧 자신이 마주해야 할 최종목적지 같아 두려웠다. 모처럼의 휴일. 그녀는 애써 음악을 틀어놓고 미뤘던 먼지 청소를 시작했다. 친구가 썼던 침대를 들어내고 대청소를 하려던 그 때. 침대 밑에 낯선 뭔가가 보였다.
"어? 저게 뭐지······?"
걸레질하던 그녀가 팔을 뻗어 그것을 간신히 꺼냈다. 먼지와 함께 손에 끌려나온 것은 민선의 작은 일기장이었다. 민선은 매일 일기를 쓰며 울었던 것일까? 글씨 곳곳에 둥근 얼룩이 남아있었다. 재영은 그것을 들고 밝은 창가로 가 햇살 아래 펼쳐보았다.

△월 △일. 지옥
신규간호사로 근무를 시작한지 이틀 째······. 생명을 살리는 의료전문인 간호사라고? 존재감도 자부심도 입사 하루 만에 다 사라졌다. 내가 다할 줄 알면 신규일까?

"그냥 알려주면 안 되는 건가요……? 선배님들은 첨부터 잘 했어요?"

△월 △일. 최소한의 인간이기도 불가능한
오늘 점심시간 전에 수술환자가 몰렸다. 도시락을 싸 왔는데, 먹지도 못하고 하루가 갔다. 도시락이 몇 발짝만 걸어가면 있는데, 거기 근처에도 못 갔다. 온 종일 밥은커녕 물 한 모금조차 편히 마실 시간 없이 뛰다가 갑자기 울컥했다.

△월 △일. 희망은 어디에
일주일 동안 채혈실로 헬퍼 갔다가 오랜만에 병동에 올라가니…… 동기들이 점점 없어지고 있었다. 그 새 두 명이나 그만두었다…….

△월 △일. 절망
데이 근무였는데 저녁 6시에 퇴근했다. 본래는 새벽6시 출근해 오후 3시 퇴근이어야 맞다. 그런데, 오늘도 6시에 퇴근했다. 열두 시간 근무. 이렇게 초과근무가 매일 반복되어도, 병원은 정확한 근무수당을 안 줬다. 내가 직접 겪고도 믿기 어려웠다. 수당도 없는 악마의 오버타임이 매일 평균 2~3시간이다. 환자 상태가 갑자기 나빠져 처치하고 상태 보느라 퇴근이 늦는 건 어쩔 수 없다 치자. 문제는, 매일 오버타임이라는 것이다. 그것은 정규근무로 인정되어야 하고 수당을 줘야 맞다. 우리는 매일 두세 시간씩 보수 없는 노동을 하고 있다. 말이 3교대지, 매일 열두 시간 근무면 2교대와 뭐가 다르지? 차라리 그냥

2교대하고 수당 정당하게 다 받는 게 낫다. 근무 외 수당도 정확히 안 주는 병원에서 무료 봉사하는 거나 다름없다. 그런데 병원은, 너희가 일을 늦게 마쳐 그런 거란다. 욕 나온다.

△월 △일. 민낯
병원에 입사한 지 두 달이 되어간다. 어느 하루도 그냥 넘어간 날 없이 계속되는 실수와 사건들, 다치는 사람들은 왜 이리 많은지……. 응급실이나 수술실에서 병동으로 환자가 오면 정말 해야 할 일이 너무 많다. '오늘도 조그만 더 버티자 곧 퇴근이다. 하루하루 버텨보자. 해보자.' 하면서 하루하루 오프만 기다렸다. 스스로 다짐하며 근무하지 않으면 정말 도중에 도망칠 것 같다. 두렵다. 출근하는 순간부터 심장이 뛰고 손이 떨리고 현기증이 났다. 다들 말렸던 대한민국에서의 간호사……. 정말 잘 하고 싶었다. 나는 제대로 된 병원임상현장 교육을 받고 능력 있는 간호사가 되어, 아픈 환자들을 간호하고 싶었다. 그러나 나는 여기까지인 것 같다. 누구 하나 신규에게 친절히 업무를 가르쳐주는 사람은 보기 힘들고 더는 버틸 자신이 없다.

재영의 친구 민선은 결국 수습기간을 마치지 못하고 병원을 떠났다. 병원을 떠나면서 민선이 흘리고 간 일기를 읽던 재영. 그녀는 흘러내린 눈물을 손등으로 훔치며 천천히 일기장을 덮었다.

2. 수간호사님, 신규 왔다면서요?

국내 5대 병원으로 꼽히는 서울 드림대학병원.
거대한 건물은 경치 좋은 남산을 반쯤 끼고 있었다. 이 병원은 주변에서 가장 높고 큰 랜드 마크였다. 입사면접을 어떻게 봤는지 재영은 머릿속이 하얗다. 입사경쟁이 유독 치열해 많은 기대는 하지 않았다. 적당히 포기하는 마음이 깊어져 갈 쯤.
'띵동'
재영 핸드폰 문자 알람이 울렸다.
'나재영님, 2019년 신규간호사 최종 합격을 축하드립니다. -드림대학병원-'
합격문자를 받은 재영이 신나서 친구에게 문자로 자랑했다.
-꺄아오~~! 민선아, 나 합격이래. 오예!
운이 좋았을까? 4차에 걸쳐 입사시험을 본 결과 드림대학병원에서 최종합격 통보가 왔다.
-오, 나 면접 때 너무 솔직하게 말했나 싶어, 떨어질 줄 알았는데!
그날 면접관이 재영에게 왜 우리 병원에 입사하려 하는지에 대해 물었을 때 재영은 대답했다.
"우선 연봉이 맘에 들었습니다. 제가 돈이 좀 필요해서요."
"돈이요? 뜻밖입니다. 간호사로서 뭐 거창한 사명감 이런 게 나올 줄 알았는데. 돈은 어디다 쓰려고요?"
"저희 부모님이 이번에 집을 사셨습니다. 평생 처음으로 내 집장만을 하셨거든요. 물론 문고리만 빼고 다 빚이지만요. 평생 월세만 사셨던 분이라 겁먹고 집을 못 사셔서, 제가 효도 한번 해드리고 싶어 큰 소리쳤습니다. 그 돈, 앞으로 제가 병원 취직해서 다 내드리겠다고요. 딸 믿고 욕심 좀 내보시라고 했습니다. 제가 갚아드리려면 저는 반드시 드림대학병원 간호사로 입사를 해야만 합니다. 꼭 뽑아주십시오."
순간, 면접관들 모두 어이없다는 듯 나재영을 보았다. 재영은 지방 간호대학 4학년이었지만 그래도 4년 내내 장학금을 놓치지 않았다.
'띵동'
-오와! 재영아 나두 합격이래! 아싸! 우리 드디어 드림대학병원 같이 다닐 수 있겠다. 그러게, 너 왜 그 날 그런 말을 했어? 나도 너 때문에 심장이 조마조마 했다. 근데 우리 둘 다 합격했네. ㅎㅎㅎ 재영아 우리 정말 행운아다.
재영과 민선. 대학은 달랐지만 고등학교 내내 단짝이었다. 이만하면 비교적 순풍이었다. 민선은 인서울 간호대학 4학년이었다.
-그러게. 얏호! 우리 드디어 그 이름도 찬란한 드림대학병원 간호사다!
합격 문자를 받은 재영과 민선은 한 평 남짓한 각자의 자취방에서 허공에 이불 킥을 날렸다.
-드림대학병원 크긴 대따 크더라.
둘은 손가락 수다를 요란하게 떨어댔다. 아직 정식으로 첫 출근도 안

했지만, 밤샘 카톡 수다로 첫월급 타면 부모님과 남친 선물하고……
타지도 않은 첫 월급을 오늘 밤 다 써버릴 기세였다. 합격통보를 받고, 재영은 기쁜 마음으로 남은 학기를 마쳤다. 다행히 국가고시도 순조롭게 합격했다. 졸업 후 새해 시작과 함께 1차 입사자 명단에 들어갔다. 병원 OT는 KTX보다 빨리 지나갔다. 몇 달 후, 재영은 응급실로 민선은 내과병동 간호사로 배치가 되었다. 재영과 민선의 꽃다운 시절이 새봄 한 가운데를 전속력으로 관통하고 있었다.

3월, 눈부신 드림대학병원 첫 출근 날 아침.
새벽 첫 차에 오르자 버스기사가 틀어놓은 라디오프로에서 고운 목소리의 여성 DJ가 앤딩을 하고 있었다.
 "애청자 여러분, 물이 오르기 시작한 봄날 새벽입니다. 김명희 시인의 [바람, 오월]이라는 시 중에 이런 구절이 있습니다.
 '어떤 물방울이든,
나뭇가지나 새벽의 어둠을 통과하지 못하면
제 속도를 얻지 못한다…….'
이 새벽 당신과 나는 물방울이고, 나뭇가지나 새벽의 어둠은 아마도 우리가 살아가는 데 있어 꼭 이겨내야 하는 어떤 장애물들이 아닐까 싶은데요. 이런 장애물을 넘기 위해서는 용기가 필요하겠지요? 용기는 근육과 같아서 쓰면 쓸수록 강해진다고 합니다. 이 방송을 듣고 있는 당신, 제 목소리 들리나요? 직접 해보지 않고는, 자신의 능력을 다 알 수 없다는 말이 문득 생각나는 오늘입니다. 나와 당신의 운명을 남이 지배하도록 끌려가지 말고, 우리가 직접 지배하는 힘찬 하루 만들어가기로 해요. 자, 오늘 여러분과 저의 데이트는 여기까지고요. 오늘 새벽 마지막 곡 선물로 나갑니다. 애청자 여러분, 안개가 심하니 안전 운전 부탁드리고요. 1969년 엄청난 인기를 끌었던, 조지 로이 힐 감독의 전설적인 서부영화 [내일을 향해 쏴라] OST입니다. B.J 토머스의 Raindrops Keep Falling On My Head 함께 듣겠습니다. 저는 내일 새벽 다시 여러분들의 하루를 응원하러 올게요……."

Raindrops keep falling on my head
빗방울이 내 머리 위로 떨어지네
Just like the guy whose feet are too big for his bed
마치 침대보다 발이 더 큰 사람처럼
Nothing seems to fit
나에겐 아무 것도 맞지 않는 건가
Those raindrops are falling on my head
이 빗방울은 내 머리위로 떨어지네
They keep falling
빗방울은 계속 떨어져요

So I just did me some talking to the sun
난 태양을 향해 말했지요…….

봄 일교차로 안개가 무척 심했다. 간밤에 나름 비싼 마스크 팩까지 했건만 잠을 설친 재영 얼굴이 엉망이다. 그녀는 평소 아빠가 흥얼거리던 익숙한 노래가 흘러나오자 슬며시 입가에 미소가 묻어났다. 몇 달 전 병원 입사시험 때 매번 차로 태워다 주고, 다시 태우러 와 줬던 고마운 아빠 모습이 노래와 함께 오버랩 되었다. 긴 생머리에 민트색 원피스와 하이힐을 신은 재영은 아름다웠다. 긴장도 됐지만 설레고 좋은 아침이었다. 재영은 미니 크로스백을 한껏 고쳐 매며 생각했다.
'나는 간호사다! 드디어 멋지게 목표지점에 골인했구나!'
4년 세월, 주사기 속 진통제 마지막 한 방울까지 탈탈 털듯 그렇게 달려왔다.
'이제부터 진짜 시작이다! 최선을 다하자. 행복한 미래? 그거 절대 번호표 순 아냐.'
재영은 첫 출근의 기쁨을 한껏 즐겼다. 병원은 도심 한 가운데 있었지만, 병원 앞 너른 정원을 끼고 곳곳으로 인공 냇물이 청량하게 흘렀다. 병원 정문을 들어서면 중앙광장에 분수가 사철 치솟고 병풍처럼 둘러싼 천년 숲 남산이 병원단지를 암탉처럼 품고 있었다. 병원 뒤쪽 숲은 메타쉐콰이어가 우거져 노르웨이 숲처럼 이국적이고 몽환적이었다. 국내 다른 병원들과 달리, 도심 한가운데이면서도 숲속 궁전처럼 지어진 드림대학병원은 환자와 간호사들의 로망이었다.

병원 앞 버스정류장에 내리니 새벽 5시 30분. 아직 30분 여유가 있었다. 안개가 짙게 깔린 새벽거리는 몽환적이었다. 재영은 천천히 병원을 향해 걸었다. 안개로 인해, 재영이 걷는 것이 아니라 하울의 움직이는 성처럼 드림대학병원이 재영에게로 다가오는 듯 보였다. 수많은 의료진들이 출근하는 아침. 그들은 안개 속에서 유령처럼 나타났다가 종이인형처럼 스며들었다. 그녀는 마치 꿈을 꾸듯 믿어지지 않아 콧노래가 절로 났다.
-민선, 어디쯤 와?
-으휴, 지금 열심히 가고 있는데. 첫날부터 지각 아닌가 모르겠다. 차가 너무 밀려.
-어무야, 너 미쳤어? 첫날부터 찍히면 어쩌려구. 이게 간이 배 밖으로 나왔네.
-아효, 그러게. 불쌍한 윤민선! 첫날부터 바로 사망인가? 이럴 줄 알았으면 유서라도 준비할 걸. ㅎㅎㅎ. 나 지금 버스에서 내려 눈썹 휘날리게 뛰고 있다. 저기 안개 속으로 우리의 청춘을 저당 잡힌 건물이 보인다. 좀 이따 보자.
재영이 응급의료센터 입구를 향해 걸을 때였다.
'끼이-이-이-이-익-! 쾅!'
"헉! 이게 뭔 소리야?"
놀란 재영이 소리 난 곳을 돌아봤다. 병원 앞 사거리에 신호대기 중이던 승용차를 뒤에서 덤프트럭이 받아버렸다.
"오마이갓!"
출근하던 재영은 자신도 모르게 이미 그쪽으로 뛰고 있었다. 현장에 도착한 재영이 둥글게 에워싼 채 발만 동동 구르는 행인들을 뚫고 들어갔다. 가까이 가보니 사고는 더 참혹했다. 재영은 재빨리 사고차량 안을 살폈다. 승용차 운전석과 조수석에 두 여자가 의식을 잃은 채 피 흘리고 있는 게 보였다. 운전석 문을 열자 우그러져 열리지 않았다.
"저기요! 보고만 섰지 말고, 누구 이 차 문 여는 것 좀 도와주세요!"

재영이 급히 차 문을 열고 환자 몸을 건드려보았다.
"이봐요! 환자분! 내 말 들려요?"
반응이 없다. 재영이 부상자 처치를 하며 몰려든 인파를 향해 다급히 외쳤다.
"얼른 119좀 불러주세요! 어서요!"
재영은 다친 환자 경동맥에 몇 초간 손가락을 대고 촉진했다. 코마에 가까운 빈맥이었다.

"119입니다."
"사, 사고가 났습니다."
119와 통화 중인 시민에게 재영이 다급히 외쳤다.
"급하니까 제세동기 갖고 빨리 오라 해 주세요! 무지 급하다고!"
"여기 어떤 여자 분이 제세동기 갖고 빨리 오라는데요. 위, 위치요? 여기가…… 드림대학병원 앞 사거리요. 승용차와 화물차 추돌사고입니다. 빨리 와주세요."
"제1소대! 구급비발! TA 어레스트(심정지)추정! 드림대학병원 사거리. 제1소대! 구급비발 TA 어레스트(심정지)추정!"
소방서 셔터 문이 열리고 요란한 사이렌소리와 함께 구급차가 총알처럼 튕겨져 나갔다.
재영은 뒤에 트럭 운전자도 확인해 보았다. 화물차 기사는 경상인지 운전석에서 문을 열려고 몸을 움직였다. 재영이 화물차 기사에게 손짓했다.
"환자분! 안됩니다! 움직이지 마시고 가만 계세요."

재영이 시민들 도움을 받아 승용차에서 부상자를 구출해 도로 한쪽에 눕혔다. 그녀가 외관상 더 심각해 보이는 운전자 가슴에 귀를 갖다 댔다.

"아! 이런……."

재영은 한쪽만 남아있던 자신의 힐을 마저 벗어던졌다. 그녀는 앞쪽으로 늘어진 크로스백을 허리 뒤로 밀며 그동안 배운 것을 머릿속에서 신속히 생각했다.

'TA라면 목 골절이 있을 수 있다. 기도확보하다 자칫 잘못 건들면 상태가 더 심각해질 수 있어. 그렇다면, 목을 건드려선 안돼.'

판단한 재영은 손을 모아 깍지를 꼈다. 부상자 가슴 가운데를 힘껏 압박하며 심폐소생술을 시작했다.

'하나! 둘! 셋! 넷! 다섯!…… 스물셋!…… 스물아홉! 서른!'

부상자 가슴에 귀를 갖다 대보았다. 고요했다. 다시, 있는 힘껏 심폐소생술을 이어갔다.

'여섯! 일곱! 여덟! 아홉! 열 셋!……서른!'

'이봐요! 제발! 숨 쉬어요…….'

재영은 속으로 빌고 또 빌었다.

'하나! 둘! 셋! 넷! 다섯!… 스물아홉!… 서른!'

다시 부상자 가슴에 귀를 대보았다.

'아, 큰일이다…… 제발 죽지 마요.'

그때 119구급대 차가 요란한 사이렌소리를 내며 현장으로 달려왔다. 꽉 막힌 그 앞으로 군용트럭이 줄지어 지나갔다. 카키색 HVY 배럭스 (두돈반) 군용트럭에 타고 천천히 지나가는 장병들. 그 중 조수석에 탄

한 장병이 눈에 띄게 이쪽을 응시했다. 그가 주시하던 곳에는, 급히 구급차를 멈춘 현대식 구급대장이 차량 봉으로 분주하게 교통 통제하는 모습이 보였다. 현대식 구급대장을 발견하고 멈칫 당황한 듯 고개 돌리는 한 군인. 그의 얼굴이 차게 굳어졌다. 구급차 뒤쪽에서 뛰어내린 건 신민욱 대원과 정시원 대원이었다. 그들이 재빨리 스플린트(부목)와 엠부 제세동기를 챙기고 스트레쳐카를 끌고 교통사고 부상자에게 달려왔다. 신민욱 대원이 물었다.

"어떻게 된 거죠? 보호자 되세요?"

응급처치를 하던 재영이 대답했다.

"저, 저요? 아니요. 지나가던 행인인데……."

재영으로부터 응급처치를 이어받은 신민욱 대원과 정시원 대원 손길이 민첩했다. 부상자가 양쪽 차에 다 있어 현장은 더 분주하게 돌아갔다. 신민욱 대원이 혼절한 부상자 가슴에 제세동기 패드를 부착하며 주위 사람들에게 외쳤다.

"모두 물러나세요! 지금 제세동기가 분석 중입니다! 환자에게서 멀리 떨어지세요! 감전 위험 있습니다!"

재영이 잠시 물러나 심호흡을 하는데, 신민욱 대원이 다급히 재영을 불렀다.

"저기, 이봐요! 잠시만요."

"네? 저요?"

재영이 민욱을 보았다.

"이쪽으로 잠깐 와보실래요?"

재영이 다가갔다. 민욱은 온몸에 피를 묻히고 환자처치에 정신없었다.
"이왕 도와주신 김에, 제 주머니에서 핸드폰 단축키 1번 좀 눌러 주실래요? 환자가 셋이라 급해서요!"
"네!"
그에게 다가간 재영은, 그의 손에서 낯익은 뭔가를 발견하고 소스라치게 놀랐다. 그것은 민욱의 새끼손가락 중간쯤에 끼고 있던 아주 작은 반지 때문이었다. '핑크골드하트' 그 반지는 예전에 자신이 분실한 것과 완벽하게 동일한 디자인이었다. 분명 낯이 익은 그 반지. 순간 재영은 3년 전 분실한 자신의 반지와, 낯선 이 남자의 손에 있는 반지가 오버랩 되었다.
'아니야, 커플링이겠지……. 이 세상에 같은 반지는 많을 테니까.'
전기에 감전된 듯 머리가 복잡해진 재영은 자신을 애써 달랬다.
현대식 구급대장은 신속히 삼각대를 설치하고 2차 사고가 없도록 주변 차량을 통제했다. 재영이 신민욱 구급대원 주머니에서 핸드폰을 꺼내 버튼을 눌렀다.
"드림대학병원 응급실입니다."
'헉! 이게 무슨 운명의 장난?'
첫 출근하는 날 출근도장 찍기도 전에 응급차 요청이라니……. 재영은 순간 멍했지만 얼른 정신을 가다듬고 말했다.
"저, 저기요! 여기 지금 드림대학병원 앞 사거리인데요. TA환자가 셋이나 발생했습니다. 긴급이송차량이 부족합니다. 앰뷸런스 바로 보내주세요."
"알겠습니다."

가까스로 환자 셋이 세 대의 응급차량에 실려 병원으로 이송되었다. 현장은 1차 마무리 되었고 몰렸던 행인들도 순식간에 썰물처럼 빠져나갔다.
"휴요-! 부상자들 부디 아무 일 없기를."
재영은 안도의 한숨을 쉬었다.
"앗 따가워!"
깨진 유리조각이 그녀의 발바닥을 찔렀다. 재영은 그제야 자신의 행색을 살폈다.
"아아-악! 말도 안돼."
새로 산 하이힐은 저 멀리 던져져 있었다. 민트색 원피스는 피로 얼룩진 후였다. 아까 심폐소생술 하느라 굽혔던 무릎은 올이 나간 살색 스타킹에 살갗이 까져 피가 흘렀다. 그녀가 저 멀리 껌처럼 뭉개진 하이힐을 주우러 맨발로 아스팔트 위를 절뚝절뚝 걸었다. 하이힐은 누가 밟고 지나갔는지 구겨진 휴지조각처럼 엉망이 되어 있었다. 재영은 불쌍한 하이힐을 손에 들고 울상을 지었다.
"으휴-, 어제 거금 주고 산 건데……."
재영이 터덜터덜 응급실 입구로 들어섰다. 정신 나간 여자 같은 그녀 몰골에 모두가 힐끔거렸다. 산발한 머리, 무릎엔 피가 흐르고, 피 묻은 원피스에, 누군가 씹다버린 껌처럼 뭉개진 힐을 간신히 신고, 절뚝이며 첫 출근을 하는 재영. 보는 사람마다 입을 다물지 못했다. 응급실 로비를 지나다 전신거울에 비친 자신을 보았다.
"뜨허억!"
그녀는 자신도 모르게 비명이 터졌다. 재영은 어딘가로 숨고 싶었다.

'하아, 이 일을 어쩐다? 집에 다시 가서 갈아입고 올 수도 없고…….
에라 모르겠다. 입사 첫날 신고식치고는 참 오달지지만, 뭐 어쩌겠
어?'
재영은 허리를 꼿꼿이 펴고 당당하게 복도를 걸어 응급실로 향했다.

응급실 안은 특유의 소독약 냄새로 가득했다. 업무 마무리 중인 나이
트 팀이 베드 사이를 오갔다. 스테이션 한쪽에 방금 출근한 데이 팀으
로 보이는 간호사들이 인수받느라 정신없었다.
"안녕하세요? 신규 나재영입니다."
2년 차 김민주가 대답했다.
"반갑습니다."
대답과 함께 돌아본 김민주는 재영을 보자 비명을 질렀다.
"깜짝이야! 괘, 괜찮아요? 세상에! 옷에 웬 피가……? 왜 그래요?"
김민주 간호사가 재영의 행색을 보고 놀라 물었다. 첫눈에 봐도 단번
에 착해보였다.
"헤헷, 저 오늘부터 출근하게 된 신규 나재영입니다."
"그, 그래요? 근데 무릎은 다 까지구 옷에 피는 또 왜? 혹시 오다 강
도 만났어요?"
"아, 아뇨. 요 앞에 교통사고가 났더라고요. 잠시 도와주다 와
서……."
"어무야! 그랬어요? 안 그래도 방금 TA 세 명 실려 왔던데. 우선 이
쪽으로 들어가세요."
차팅 인계받던 응급실 간호 2년차 김민주가 재영을 스테이션 안쪽 소

회의실로 안내했다. 그녀가 손목시계를 살피며 말했다.
"다행히 아직 시간이 조금 남았네. 세탁소는 응급병동 뒤쪽에 있으니 옷을 얼른 맡기고 오세요. 그럼 퇴근할 때 입을 수 있을 거예요."
"아, 네. 감사합니다."
"근데 그 무릎 치료 안 해도 되겠어요? 많이 까졌네."
"괜찮습니다."
재영은 김민주를 따라 들어가며 생각했다.
'아…… 이 착한 냄새! 이 선배님, 왕방울 같은 저 눈과 하얗고 곱상한 얼굴 좀 봐. 딱 봐도 착함이 줄줄 흐르네.'
민주를 뒤따르던 재영은 속으로 너스레를 떨었다.
"여기는 소회의실이고요."
"아, 네!"
재영은 신규답게 민주를 향해 씩씩하게 대답했다.
"저 안쪽이 탈의실이에요. 저기, 라커에 이름 있으니, 거기 준비된 간호복 갈아입고 소회의실에 잠시 대기하세요. 곧 회의 하러 다들 이곳으로 모일 거예요."
"감사합니다."
재영은 애써 웃으며 탈의실로 들어갔다. 그때 어디선가 노랫소리가 들려왔다.

지난 밤 나는 꿈을 꾸었죠
지금도
안개 속에 희미한 음성 들려와요

먼 듯 가까운,
안개 속에 서 있는 당신을 보네요
거기 오래 있었나요, 그대
나는 아직도 그 기억을 떠올려요

"뭐야? 어디서 나는 노래지?"
재영은 두리번거렸다.
"어디서 나는 소리야?"
음악이 들리는 곳을 찾아 갸웃거렸다.
"내 가방에서 나는 소리네. 뭐지?"
재영은 자신의 가방 속을 열어보았다. 음악은 거기서 들려왔다. 낯선 핸드폰이 질러대는 벨소리였다. 핸드폰을 보자 재영은 출근길 사고 현장에서 본 구급대원 얼굴이 오버랩 되면서 그의 왼쪽 새끼손가락에 끼어있던 반지가 다시 떠올랐다.
'제 주머니 핸드폰 단축키 1번 좀 눌러주실래요?'
낯선 핸드폰과 함께 떠오른 남자 구급대원의 피 묻은 손과 반지. 재영은 잠시 머뭇거리다 천천히 전화를 받았다.
"여, 여보세요?"
"혹시 아까 사고현장에 계셨던 분인가요?"
"네, 제게 전화 부탁했던 구급대원이시죠?"
"광장소방서 119구급대원 신민욱입니다."
"어무나! 아까 정신이 없어 제 가방에 폰을 넣은 줄 몰랐네요. 죄송해요."

"아닙니다. 저도 정신없어 못 챙겼습니다. 죄송하지만 그 폰 좀 돌려주시겠어요?"
"그럴게요. 근데 제가 지금은…… 일해야 하거든요."
"혹시 몇 시에 퇴근하세요? 이따 어디서 좀 만나요 우리."
"아까 그 사고현장 맞은편에 커피숍 있어요. 거기서 5시쯤 봬요."
"그럼 그때 뵐게요. 죄송합니다."
전화를 끊은 재영은 잠시 그 폰을 물끄러미 보다 다시 가방에 넣었다.
'띵동'
문자알람소리가 들렸다. 재영은 자신도 모르게 그 폰을 다시 보았다.
-헬미다. 잠은 좀 자니? 불면증은 좀 나아졌어? 안개가 심하구나. 우리 강아지 항상 몸조심해라.
문자를 물끄러미 보던 재영은 정신 차리고 일할 준비를 서둘렀다.
'옷 갈아입자.'
재영은 자신의 이름이 적힌 라커에서, 미리 배치된 간호복을 꺼내고 엄마가 챙겨준 압박 스타킹을 챙겨 신었다. 엄마가 병원까지 따라와 응원하는 것 같아 든든했다. 준비를 마치고 거울을 마주하고 선 재영. 가운에 드림대학병원 응급의료센터 간호사 나재영이라 적혀 있었다. 순간, 거울 속 자신을 보며 만감이 교차했다.
'휴! 나재영. 이 명찰 하나를 얻기 위해 4년을 하루도 못 쉬고 달려왔구나……. 참 멀다.'
그녀는 물끄러미 거울을 보다 긴 머리를 단정히 빗어 머리망 안으로 넣었다. 핀을 꽂고 남은 잔머리를 실 핀으로 깔끔하게 고정했다. 호흡과 맥박 잴 때 필수인, 초침이 잘 보이는 손목시계를 손목을 매만지며 한 번 더 확인했다. 삼색 볼펜과 형광펜을 옆 주머니에 넣고 미니수첩도 꼼꼼히 챙겼다. 재영은 피 묻은 원피스를 병원 내 세탁소에 맡기고 서둘러 돌아왔다.

'이제 진짜 전쟁이다.'

준비를 마친 재영이 소회의실로 가서 대기했다. 뒤따라온 친구 민선도 내과병동으로 달려가 헐레벌떡 가운으로 갈아입었다. 가뜩이나 커다랗고 쌍까풀진 왕눈이 오늘 기어이 눈 밖으로 탈출할 기세였다. 지각할까봐 꽤나 놀란 모양이었다. 내과병동도 신규들이 왔는지 갔는지 눈길 줄 시간도 없이 분주했다. 스테이션을 찾는 환자와 보호자들, 업무는 수시로 끊겼다. 응급실 앞 간호스테이션도 간밤 특이환자 이력 메모하고, 추가물품과 남은 물품 카운트 해 기록하고 오더로 내려온 아침주사와 약 처방 확인으로 정신없었다. E-카트(심폐소생술 도구)와 드레싱 카트(상처소독용 도구), 슈처세트(상처치료 도구)에 담긴 물품 개수 체크하는 모습. 점검을 마친 간호사들은 간밤에 진행됐던 EMR 기록과 대조점검에 집중했다.

간밤에 실려 온 환자들 신음소리, 기다리는 보호자들 푸념소리, 중환자실로 옮겨가는 환자베드와 부산한 움직임이 응급실 안쪽 곳곳에서 들려왔다. 철제 의료기 부딪치는 차가운 소리와 불규칙한 기계음도 들려왔다. 간호사들은 인수인계를 하다가도 환자나 보호자가 부르면 달려갔다 오기를 반복했다. 그렇게 퇴근은 뒤로 밀리고 또 밀렸다. 퇴근이 늦어질수록 밤새 환자들 부름에 뛰고 또 뛴 간호사들 얼굴은 다 타버린 연탄재처럼 푸석했다.

수간호사 송문영이 외쳤다.

"자! 오늘 첫 출근한 신규쌤들이 소회의실에 대기 중이니, 나머지는 상담실에서 마무리합시다."

상담실에서 간밤에 있었던 특이사항 전달회의를 간단히 마치고 흩어졌다. 재영은 소회의실에서 기다렸다. 회의실 밖 스테이션에서 배신애 간호사가 묘한 웃음을 지으며 말했다.

"수선생님, 신규 왔다면서요? 쳇."

6년차 배신애 표정이 달갑지 않아보였다.

"왔지. 지금 소회의실에 대기 중이야. 근데 신애쌤 표정이 왜 그래?"

"아니, 그냥요. 그 신규들땜에 프리셉터 교육 받느라 이틀을 끌려 다녔잖아요? 대체 어떤 신규들이 왔을지 참."

"배쌤, 그러지 말고 잘 좀 이끌어 줘요. '비록 우리 현실이 한겨울이라도 마음속에 작은 여름 하나는 간직하며 살자.' 뭐 이런 말도 있잖아요."

송문영 수간호사가 소회의실 문을 열더니 호명했다.

"나재영 선생님."

"네!"

"육채남 선생님."

"……"

"어? 육채남 선생님은 아직 인가요? 어찌 된 일이지?"

수간호사 송문영이 핸드폰을 열고 육채남 전화번호를 막 누르려던 그때. 응급실 자동문을 통과한 형광색 물체 하나가 날아들었다.

"어머어머! 어뜩해. 어뜩해. 늦어서 죄송합니당. 신규간호사 육채남이라고 합니당."

닭살 돋는 묘한 비음이 섞인 목소리. 여자음성도, 그렇다고 딱히 남자음성도 아니었다. 그 의문의 목소리가 송문영 수간호사의 말을 싹둑 가위질하며 뒤에서 불쑥 파고들었다. 소회의실에서 아침 미팅을 진행하던 송문영이 깜짝 놀라 뒤를 봤다. 스테이션에 서있던 간호사들이 헐레벌떡 날아 들어온 육채남을 보더니 저마다 숙덕거렸다.

"어머, 저 남간 신규 쌤이 육채남 인가봐. 성이 육씨도 있네? 킥킥킥."

"이름만 육채남인 것 같은데? 저 옷 좀 봐. 난 순간 여기가 응급실이 아닌 하와이 해변인줄. 크크."

"어머, 뭐야. 저사람? 세상에! 패션이 저게 뭐래? 개성이 너무 튀네. 누구의 프리셉티가 될지 참. 킥킥킥. 머리는 또 웬 삭발? 대머리인가? 이번 신규들 참 기대되네."

검은 뿔테 안경을 쓴 육채남은 삭발한 머리와 어울리지 않게 핑크색 면바지에 노란색 하와이안 셔츠를 입고 숨을 헐떡이며 서 있었다. 얼마나 뛰었는지 스님 같은 머리에 맺힌 땀이 목덜미로 흘러내렸다. 까칠하기가 배신애 간호사 못지않은 김봉희 간호사가 못 참겠다는 듯 불쑥 끼어들었다.

"헐! 신규가 첫날부터 지각을? 간도 크셔라."

"선생님, 죄송합니당. 오늘 제가 첨이라. 버스를 잘 못 타는 바람에……."

육채남이 하얗고 반들거리는 머리를 긁적였다. 수간호사 송문영이 차분하게 육채남을 바라봤다.

"육채남선생님?"
"넹, 호호호. 제가 육채남입니당. 어머, 수간호사 선생님이신가 봐용. 그쵸? 그쵸?"
"네, 이따 소개 하겠지만 저는 송문영 수간호사입니다."
"어머어머 어뜩행. 맞았넹, 맞았엉. 제가 딱 맞혔종? 어쩐지 남다른 아우라가 햇살처럼 좌아악-, 제 안구를 사정없이 노크하더라니. 호호호."
신규 육채남의 특이한 오지랖에, 최연희 차지가 도도하게 물었다.
"신규쌤? 혹시 딸 부잣집에서 자랐어요? 대체 말투가 왜 그래요?"
"아, 넹. 누나 여섯에 제가 막내종. 3대 독자입니당. 호호."
육채남이 입을 가리고 웃자, 간호사들이 뜨악하며 벌레 씹은 표정이었다. 그녀들은 육채남을 가운데 놓고 레이저 광선으로 벤다이어그램을 짜고 있었다. 육채남은 순식간에 그녀들 시선 한가운데 포위되고 말았다. 육채남은 언뜻 보기에 약간은 푼수 같았지만 넉살도 좋았고 그다지 밉상은 아니었다. 송문영이 어수선한 분위기를 정돈했다.
"육채남 선생님. 다음부터는 절대 지각 안됩니다. 얼른 탈의실 가서 땀 좀 닦으시고 유니폼 갈아입고 나오세요. 시간 없으니 서둘러요."
"넹. 죄송합니당. 그럼 잠시 실례하겠습니당."
최연희 차지가 팔짱 낀 채 눈살을 찌푸렸다. 배신애가 조롱하듯 한마디 거들었다.
"대박! 인사성은 또 겁나 밝으시네."
소회의실에서 응급실 데이 팀 아침 조회가 시작되었다.
"자 오늘부터 나재영, 육채남 신규쌤이 한식구가 되었어요. 두 분 잠깐 일어나주세요."

송문영은 간호사들을 서로 소개했다.

"두 분 반갑습니다. 저는 응급실 간호팀 수간호사 송문영입니다. 이 분은 최연희차지쌤."

도도한 최연희가 고개를 까딱했다.

"그 다음 저분은 4년차 김봉희쌤, 6년차 정호철쌤, 6년차 배신애쌤. 아, 배신애쌤은 지금 결혼한 지 2년 되었고 신혼입니다. 곧 임신 계획이 있습니다. 신규쌤들도 이미 다 아시겠지만 저희 병원 응급실 간호팀도 임신 순번제 있습니다. 효과적 듀티 운영을 위해 지금은 배신애쌤 차례고요. 그다음 2년차 김민주쌤. 아, 김민주쌤도 지금 신혼입니다. 벌써 6개월 지났나요?"

"네에."

김민주가 발그레한 얼굴로 수줍게 대답했다. 외모에서 청순하고 착함이 흘렀다.

"저희 응급실 현재 임신순번제는 배신애 쌤, 다음 김민주 쌤 순서입니다. 두 분 쌤들은 잘 지켜주시길 부탁드립니다. 아, 우리 간호파트 선생님들 소개하다 끊겼죠? 오병태쌤까지 이렇게 현재 열 명 간호사가 데이팀입니다. 그리고 이쪽 네 분은 조무사님들입니다. 우리 응급실은 다들 아시겠지만, 중증도에 따라 세 구역으로 나뉩니다. 지금 퇴근중인 나이트 팀 열 세분과 오늘 회의에 못나온 오프멤버 열세 분은 다음에 소개하기로 합시다. 우리 모두가 존경하는 플로렌스 나이팅게일 대선배님은 여리여리한 천사가 아니라 전사였습니다. '어떤 일을 하든 실제로 배울 수 있는 것은 현장에서 뿐이다' 라고 했지요. 그리고 여러분과 저는 오늘도 바로 이곳, 현장에 있습니다. 이 사실은 매우 중요합니다. 자, 지금부터는 프리셉터와 프리셉티를 정해드리겠습니다. 시간이 없으니 잘 들어주세요. OT때 이미 들어서 아시겠지만, 신규쌤은 프리셉티라 하고 그분을 데리고 다니면서 세세한 업무를 지도해주시고 백을 봐주실 선배간호사는 프리셉터라고 부릅니다. 프리셉티 나재영 신규쌤의 프리셉터는 6년차 배신애쌤. 육채남 신규쌤 프리셉터는 6년차 정호철쌤. 이렇게 좀 맡아주세요. 새로 오신 선생님들이 처음이라 낯설고 힘들 겁니다. 선배인 프리셉터 선생님들이 틈틈이 병원 내부도 안내해 주시고, 모든 업무 차근차근 잘 가르쳐 주세요."

"치, 진짜 그럴 시간이나 있으면 좋겠네요."

배신애가 혼자 구시렁거렸다. 송문영이 배신애를 슬쩍 보다 회의를 이어갔다.

"처음이라 간혹 실수 하더라도 윽박지르지 마시고 너그러운 마음으로 완벽히 익히도록 반복해서 가르쳐주세요. 누구나 처음은 있는 겁니다. 울쌤들도 처음엔 다 낯설고 힘들었잖아요? 신입들이 잘 적응해야 우리 모두 힘이 덜 드니까 적극 도와주시길 바랍니다. 지혜로운 선배들은 신입을 잘 이끌어 줄 것이고, 그렇지 못한 선배들은 제 살 깎듯 깎아버리겠지요. 그러고 나면 곧바로 누구 손해? 네, 우리 손해죠. 우리 내 발등 내가 찍지 맙시다. 아참, 그리고 우리 신규쌤들 잘 들어주세요. 어떤 직종, 어떤 분야나 신규시절은 분명 존재합니다. 그러나 트레이닝 마치고 독립적 간호가 시작되면, 쌤들은 각각 면허를 가진 간호사이고 의료전문가입니다. 자신의 실수에 핑계나 변명은 있을 수 없습니다. 이점 꼭 명심해 주세요."
3년차 오병태가 송문영에게 물었다.
"수선생님, 저는 부사수 없어요?"
"오선생도 신규 키우고 싶어? 그거 쉽지 않은 건데? 하게 해 줄까?"
그때 배신애 간호사가 달갑지 않던 차에 이때다 싶었는지 입을 열었다.
"그럼 잘됐네. 오선생이 재영쌤 맡으면 되겠네. 난 어차피 별론데……."
재영이 순간 눈치를 봤다. 송문영이 배신애에게 한마디 했다.
"아뇨, 신애쌤이 재영쌤 맡아주세요. 힘드시겠지만."
배신애가 인상을 찌푸리며 말했다.
"수선생님. 절더러 언제까지 신규치다꺼리 하란 거예요?"
"배쌤 이번만 좀 고생해요."
"뭐, 만날 이번만? 병태쌤한테 묶어줘요. 잘하겠네. 암튼 전 싫어요."
배신애가 까칠하게 팔짱끼며 돌아섰다. 상대를 앞에 대놓고 거부하는 배신애. 재영은 벌써부터 진땀이 났다. 재영은 오늘 병동 신입으로 간 친구 민선이 떠올랐다.
배신애 말에 김봉희도 팔짱끼고 싸늘한 표정이다. 2년차 김민주가 착한 눈망울을 굴리며 이쪽저쪽 분위기를 살폈다. 송문영이 나섰다.
"사수 선생님들 힘드실 거 알아요. 신규쌤들 사고치지 말고 열심히 배우세요."

송문영이 오병태에게 한마디 덧붙였다.
"오 선생은 제발 신입들한테 욕 좀 가르치지 말고."
"수선생님? 제가 언제 욕을 했다고. 하하하. 조심하겠습니다."
그때 6년차 정호철 간호사의 명찰을 확인한 육채남 신규간호사.
"어머! 그럼 나는 요기종? 호호호."
육채남이 초면에 정호철 옆으로 끼어들어 팔짱을 꼈다. 마치 애인처럼.
"잘 부탁합니당. 선배님. 호호호."
그 광경을 본 간호사들이 뜨악하는 표정으로 또 한 번 눈이 동그래졌다.
"이건 또 뭐래? 천박하게."
도도한 최연희 차지가 들릴 듯 말듯 육채남을 비꼬았다. 재영도 신규 동기 채남의 갑작스런 행동에 웃음이 나는 것을 꾹 참았다. 최연희를 지켜본 수간호사 송문영 눈에 힘이 들어가자, 최연희 차지 표정이 이내 가라앉았다. 약방 감초 배신애가 또 나섰다.
"헐! 대에박! 호철쌤 좋으시겠어용. 이.쁘.신. 후배님 생겼네용."
키 크고 호남형에 적당히 보기 좋은 근육질인 정호철은 난처해했다.
"이, 이러지 마세요."
정호철은 채남이 잡은 자신의 팔을 슬며시 잡아 뺐다. 신규간호사 채남 얼굴이 순간 빨개졌다.
"큭큭큭."
육채남 돌발행동에 모두가 웃음을 틀어막았다. 그 모습을 본 송문영도 결국엔 참지 못하고 풋 웃다가 회의를 이어갔다.

"자자! 조금만 조용히. 신규쌤들은 응급실 돌아가는 사정 빨리 캐치 하세요. 일반병동은 루틴(정해진 일)이 끝나면 신환(새로운 환자)이 없는 한 어느 정도 텀이 있지만 우리 응급실엔 그런 거 거의 없습니다. 대신 환자들이 확 왔다가 확 빠지는 묘미는 있습니다. 우리 신규쌤들은 앞으로 응급CPR(심폐소생술) 상황 시 포지션 잘 캐치 하셔야 할 겁니다. 그건 선배 쌤들이 알려주세요."

그때 드림대학병원 양수현 간호과장과 이재흔 간호부장이 회의실로 들어왔다.

"신규쌤들 인사하세요. 다들 입사면접과 OT 때 봐서 아시죠? 양수현 간호과장님과 이재흔 간호부장님이십니다."

양수현 간호과장은 짧은 커트머리에 샤프하고 보이시한 인상이었다. 서글서글해 보였지만 눈빛은 사무적이고 진보적 성향이 강해 보였다. 이재흔 간호부장은 고리타분하고 다소 무뚝뚝해 보였다. 이재흔 간호부장이 먼저 나섰다.

"제가 급한 일로 나가봐야 해서 먼저 인사드리겠습니다. 여러분과 저는 면접과 OT까지 이미 충분히 구면이니 간단히 하죠. 모두 잘해봅시다! 그럼 저는 이만."

간호부장이 급히 나가고 양수현 간호과장이 앞에 나섰다.

"신규선생님들 반갑습니다."

양과장이 인사하자, 신규들도 인사했다.

"이 하얀 감옥 속에서 우리는 저분들께 별빛이 되어야 해요. 별이 지치면 안 되지요. 우리가 만약 쓰러져야 한다면 그곳은 반드시 병원이 아닌 집이어야 합니다. 누군가를 간호한다는 것은, 환자 앞에 놓인 죽음이나 고통과 우리가 대신 맞서는 일입니다. 오로지 신(神)의 권한에 속해 있는, 인간의 생(生)과 사(死)에 깊숙이 관여하는 일이죠. 한분 한분 환자 인생에 크게 발을 들여놓고 그에 대한 책임을 지는 일임을 꼭 기억해 주세요. 오늘도 아프고 위급한 분들이 우리를 찾아올 것입니다. 여러분이 많은 환자들을 상대하다보면 피곤하고 힘들 줄 압니다. 그렇더라도 그분들에게 최선을 다해주세요. 사랑은 눈으로 보지 않고 마음으로 보는 것. 아픈 환자분들에게 진심을 다해 마음으로 다가갑시다. 아시겠죠?"

"알겠습니다."

"자, 수선생님 남은 지시사항 마저 전달하세요. 저는 이만 올라가 보겠습니다."

양과장이 나갔다. 다시 송문영이 회의를 진행했다.

"회의는 이쯤에서 마치고요. 재영쌤 채남쌤."

"네."

"넹."

"오늘부터 두 쌤은 간호사입니다. 간호사가 되었으니 인간의 손과 발이 하루에 얼마나 많은 일을 할 수 있는지 알게 될 겁니다. 세상은 고통으로 가득하지만, 그것을 이겨내는 기적으로도 가득 차 있다는 것 명심하시고. 모르는 건 물어보면서 열심히 뛰어주기 바랍니다."

"넵."

"넹."

주임간호사 최연희 차지가 앞에 나와 오른손 주먹을 쥐었다.

"자! 오늘 아침도 응급실 간호팀 구호로 시작하겠습니다."

"한 번 더 확인!"
하고 최연희가 구호 반쪽을 외치자.
"한 번 더 실천!"
전체 간호사들의 구호가 이어졌다.
"좋습니다! 오늘도 활기차게 시작합시다. 이것으로 데이팀 회의 마칩니다."
바로 그 때, 갑자기 사람들이 우르르 몰려들어왔다. 깜빡했다는 듯 송문영이 그들을 맞았다.
"아! 어서 오세요. 잠시 응급의료센터 의사선생님들을 소개해 드릴게요."
가뜩이나 좁은 회의실이 꽉 찼다. 모두는 옆으로 한걸음씩 당겼다. 의국에서 온 사람은 남자 셋에 여자 하나였다. 이해겸은 가장 마지막에 회의실로 들어왔다.
송문영 수간호사의 의료진 소개가 이어졌다.
"노재진 응급의학과장님은 지금 수술 중이라 못 오셨습니다. 차차 인사드리기로 하고요. 현재 응급실 근무 중인 네 분 쌤들은 지금 자리를 못 비우니 다시 자리 만들기로 하고요. 제 곁에 이분은 응급의학과 레지던트4년차 유설민 선생님."
"선생님들 잘 부탁드립니다."
유설민이 정중하고 따뜻한 얼굴로 인사했다. 까칠한 아내 배신애와 사뭇 대조적이었다.
"이분은 응급의학과 레지던트3년차 최진우 선생님."
"반갑습니다. 잘 부탁드립니다!"

최진우가 우렁차고 씩씩하게 인사했다. 송문영이 웃으며 다음 사람을 소개했다.
"그리고 응급의학과 레지던트2년차 이해겸 선생님. 작년에 미국에서 우리 병원으로 오셨습니다."
이해겸은 의사치고는 날라리처럼 보였다. 머리는 보기 드물게 노랑물을 들였다.
"앞으로 열심히 싸웁시다. 우린 본래 싸우는 게 일이니."
간호사들이 재수 없다는 듯 떨떠름한 표정이었다. 이해겸이 간호사들 틈에서 누군가 발견하고 눈빛에 살기가 돌았다.
"그다음, 올해 드림의과대학 의예과를 마치고 인턴으로 첫발을 디딘 서하윤 선생님."
서글서글하게 생긴 서하윤인턴이 인사했다.
"잘 부탁드립니다. 저 좀 많이 가르쳐주십시오."
소개가 끝나면서 의료진은 사라지고 최연희 차지의 마지막 공지사항이 전달되었다.
"자! 오늘 응급실 의료팀 전원 신규쌤들 환영회 겸 회식 있습니다. 이브닝 팀은 스테이션 지켜야겠지요. 데이와 나이트 오프쌤들은 피곤하다고 뒤로 빠지지 마시고, 저녁에 한분도 빠짐없이 환영회 참석해 주세요."
회식이라는 말에 오병태가 신났다.
"앗싸! 오늘 밤, 그동안 사하라사막처럼 메말랐던 나의 목에 알코올 비가 내리는 건가? 음하하."
오랜만에 접한 회식 소식에 다들 즐거웠다.

"자! 일 시작합시다."

오병태가 또 너스레를 떨었다.

"가자! 내일 세계 종말이 올지라도 나는 오늘 한줄기 IV를 환자혈관에 심겠어! 음핫하"

최연희 차지가 오병태를 보며 눈을 흘겼다.

"으구! 말은 청산유수지! 그런데 오쌤은 왜 바쁠 땐 꼭 안 보이지?"

본격적인 데이 팀 근무가 시작됐다. 현장컨트롤타워인 송문영 수간호사를 중심으로 6년차 배신애 간호사와 신규 나재영이 한조. 6년차 정호철과 신규 육채남이 한조……그 외 간호사와 조무사들이었다. 응급실 안에는 소독약 냄새가 유령처럼 떠다녔다.

3. 이게 뭐지? 이게 어떻게 내 방에?

3년 전.

재영은 Y대학 간호학과 2학년이었다. 눈부신 여름 햇살이 상큼한 포도송이 안으로 가득 고였다. 재영은 싹싹하고 야무진 성격 덕에 2학년에 부학회장을 맡았다. 재영은 포도축제가 있는 여름이면 더 바빴다. 간호학과 동아리 인솔해 로컬 봉사도 나가고 신입생들 인솔해 해당지역 와인박물관 견학도 다녀와야 했다. 올해는 재영의 학생회에서 간호학과 MT겸 신입생 로컬견학을 함께 묶어 진행하기로 했다.

이번 방문 장소는 학교에서 차로 5분 거리에 있는 러브윈드라는 포도농원이었다. 그곳은 와인박물관과 와인공장까지 함께 경영하는 기업형 포도과수원이었다. 러브윈드 농원에 도착한 간호학과 일행들은 과수원 창고건물 오른쪽 공터에 천막을 치고 자리를 잡았다. 숙소는 포도 창고 건물을 사이에 두고 왼쪽에 있었다. 학생들은 저녁식사 겸 삼겹살 파티로 떠들썩했다.

밤이 되자 기온차가 심해 지역 특유의 안개가 몰려왔다. 가을에 있을 나이팅게일 선서식에 대한 간단한 회의가 진행되었다. 회의를 마치고 선후배들 간 우애를 다지는 술자리와 게임과 노래로 흥겨운 분위기였다. 자정이 가까울수록 술에 젖은 노래는 하늘로 날아올랐다. 부학회장 재영은 너무 피곤했다. 학생회 총무와 임원들한테 마무리를 부탁했다. 어느 새 새벽 1시를 넘기고 있었다. 그들은 이제 밤새워 노래 부르고 술을 마실 터였다.

포도 창고 뒤에서 검은 그림자 하나가 아까부터 학생들을 지켜보았다. 가로등을 감싼 안개는 초저녁보다 한층 더 심해 가시거리가 짧았다. 안개 속에서 뾰족하고 촉촉한 풀벌레 울음소리가 죽순처럼 솟아났다. 재영은 풀벌레 노래 소리를 이불삼아 조금 일찍 쉬고 싶었다. 포도 창고 왼쪽에 검게 서있는 숙소는 아직 캄캄했다. 재영이 밤물처럼 희미한 가로등 길을 따라 숙소 쪽으로 천천히 걸었다. 희부연 안개 속에 탐스런 포도덩굴이 드러났다. 검보라 빛 잘 익은 포도송이에 내려앉은 이슬이 반짝였다.

"우와, 예뻐라."

누군가 자신을 미행하는 것도 모른 채 상쾌한 공기를 마시며 창고 쪽으로 좀 더 걸었다. 저 멀리서 학생들이 웃고 떠드는 소리가 웅성웅성 들려왔다. 재영이 알알이 영근 포도송이를 만지려 손을 막 뻗었을 때였다.

"쉿! 조용히 해."

뒤에서 재영의 목을 왼 팔로 제압한 그림자. 놈이 재영 귀에 거친 숨소리로 속삭였다.

"돌아보지 마. 내 얼굴을 보는 순간 넌 쥐도 새도 모르게 죽어."

놈의 왼쪽 팔이 완강하게 재영의 목을 조였다.

"사, 살려주세요."

"쉿! 조용히 하랬지? 망신당하고 싶지 않으면 내 말 듣는 게 좋아."

검은 그림자가 재영의 입을 틀어막았다. 재영이 졸린 목을 풀어보려

반항했다.

'찰칵'

재영이 몸부림치자 핸드폰 카메라가 아무렇게나 마구 눌렸다. 놈의 팔은 끄떡도 안했다. 놈의 팔뚝 안쪽에서 재영은 검은 뭔가를 언뜻 본 듯했다. 심하게 몸부림치던 재영의 핸드폰이 바닥에 떨어졌다. 놈이 자신의 얼굴을 못 보게 재영을 뒤로 질질 끌고 가더니 창고 벽을 향하도록 뒤에서 제압해 세웠다. 입이 막힌 재영이 두려움에 흐느꼈다.

"흐읍……! 읍! 흑!"

"쉿!"

검은 그림자는 재영의 입을 틀어막고 윗옷을 벗기려 들었다. 재영이 거칠게 어깨를 비틀었다. 놈의 손이 재영의 브래지어 속으로 거칠게 밀고 들어왔다.

"으흡……! 흐윽! 읍!"

재영이 필사적으로 신음하며 반항하자 이번에는 한손으로 재영의 바지지퍼를 내렸다. 워낙 꽉 낀 바지라 생각처럼 내려가지 않았다. 검은 그림자는 더 거칠게 바지를 벗기기 시작했다.

"흐흐흑! 후웁……! 흐흐흑!"

재영은 두려워 바들바들 떨었다. 반항할수록 목은 더 세게 조여 왔다. 놈의 거친 손길에 재영의 바지와 속옷이 허벅지 아래까지 내려갔다. 재영의 흐느낌조차 안개가 삼켜버렸다. 검은 그림자가 재영의 뒤쪽에서 두 다리 사이로 자신의 하체를 들이밀었다. 조금 떨어진 곳에서는 학생들의 웃음소리와 노래 소리가 별처럼 밤하늘로 박혀들었다. 재영은 있는 힘을 다해 몸부림쳤지만, 창고 벽과 검은 그림자 사이에

낀 채 옴짝달싹 할 수 없었다.

재영의 엉덩이에 뜨거운 뭔가가 와서 닿았다. 놈의 성기가 재영의 몸속으로 파고들기 직전, 바로 그때였다.

"거기…… 누구 있어요?"

또 다른 남자 목소리가 안개 저쪽에서 가까워지고 있었다.

"거기, 누구……? 이봐요?"

인기척이 창고 뒤로 가까워졌을 때였다.

"에잇! 씨발!"

강간 미수에 그친 검은 그림자는 재영을 포기하고 재빨리 안개 속으로 숨어버렸다. 기적적으로 풀려난 재영은 다가오는 또 다른 목소리에 놀라 급히 반대방향으로 도망쳤다. 느리게 다가온 남자는 맨발이었다. 남자는 사람기척과 흐느낌 소리에 이끌려 왔지만, 그 곳에는 아무도 없었다. 남자가 발바닥에 밟힌 날카로운 뭔가를 손에 집어 들었다.

아침이었다.

"선배님, 속 쓰려요. 해장국 주세요. 엇! 부학회장님 어디 갔어요?"

"새벽에 몸살기가 있다고 해서 택시 태워 먼저 보냈어. 우리끼리 즐겁게 행사마치고 오전에 자리 정리해서 학교로 출발하면 돼."

"민욱아. 민욱아. 일어났니?"

포도농장 창고 밖에서 기순이 안쪽을 향해 다정하게 불렀다. 민욱의 방은 창고 한쪽을 개조해 만들었다.

"할머니 저 일어났어요."
"그래, 씻고 아침 먹으렴."
"네."
민욱이 눈을 비비며 일어나 이불을 걷었다.
"엇?!"
민욱의 발이 온통 진흙투성이였다.
"이게 다 뭐지?"
밤이슬을 밟고 온 것이 분명했다. 너무 놀란 민욱은 침대주변을 살폈다. 방바닥에도 온통 흙 자국이었다. 민욱은 괴로운 듯 두 팔로 머리를 감쌌다. 그는 간밤의 기억들을 더듬어보았다. 아무 것도 기억나지 않았다. 다만 방바닥과 자신의 흙발이 무수한 말을 하고 있었다. 민욱은 맨발이 찍힌 흔적을 찾아 따라가 보았다. 발자국은 창고 뒤쪽으로 향해 있었다. 민욱은 창고 뒤쪽에 서서 한참 주변을 살폈다. 풀들이 뭉개지고 신발자국이 어지럽게 찍혀 있었고 그곳에 자신의 맨발자국도 함께 있었다.
"귀신이 곡할 노릇이네. 난 어젯밤 무엇을 한 거지? 이게 어찌 된 일일까?"
민욱은 다시 방으로 들어와 보았다. 책상 위 노트북 옆에 뭔가 보였다. 민욱이 다가가 그것을 살폈다. 흙 묻은 반지였다.
"이게 누구 거지? 이 게 왜 내 방에……?"
민욱은 괴로워 침대에 엎드려 얼굴을 묻었다. 하나도 기억나는 것이 없다. 그동안 가끔 밤잠을 설치거나 악몽을 꾼 적은 있었지만 이런 일은 처음이었다.

"간밤에 무슨 일이 있었던 것일까?"
그러고 보니 간밤 꿈에 누군가 울고 있었다. 아니, 울음소리를 들은 것 같았다. 민욱이 기억하는 것은 그게 전부였다.
'저 반지는 내게 무엇을 말하고 있는 것일까?'
민욱이 반지를 살펴보았다. 흙이 묻어 형체가 분명하지 않았다. 욕실로 가져가 수돗물에 살살 닦아보았다. 흙이 쓸려 내려가자 반지는 약간 핑크빛이 돌았다. 중앙에 쌀알만 한 작고 앙증맞은 하트가 달랑거렸다. 민욱은 자신의 손가락에 그것을 끼어보았다. 손가락에 들어가지 않는 작은 링이었다. 마지막으로 새끼손가락에 끼어보았다. 반쯤 들어가다 멈췄다.
'누군지 몰라도 반지 주인은 가느다란 손가락인가 본데. 나는 이게 어디서 났을까?'
"민욱아, 밥 먹자. 해겸이 아까부터 기다린다."
밖에서 기순이 민욱을 불렀다.
"네, 가요."
민욱이 안채로 들어가자 식탁에 앉은 해겸과 해겸의 할머니 명선이 웃으며 진우를 봤다.
민욱의 할머니와 해겸의 할머니는 오랜 친구간이였다. 며칠 전 해겸과 명선은 바람 쐬일 겸 미국에서 와 머물고 있었다.
"밥들 먹자."
기순이 따뜻한 미소로 손자 민욱을 반겼다.
"잘 주무셨어요? 해겸이도 굿모닝."
민욱이 해겸과 할머니 명선에게 인사했다.

"어."

머리에 노랑물을 들인 해겸이 민욱에게 퉁명하게 대답했다. 명선이 말했다.

"어제 과수원이 밤새 시끄럽던데?"

"이 지역 간호학과 학생들이 1박으로 MT왔었어. 종종들 와."

"그랬구나. 젊은이들 목소리가 싱싱해 듣기 좋더라."

기순이 빙긋 웃으며 말했다.

"아침부터 벌써 푹푹 찐다. 아침 먹고 해겸이는 할머니와 과수원 구경 해."

기순의 말에 해겸이 퉁명하게 대답했다.

"구경은요. 저는 좀 일찍 미국으로 돌아갈래요."

기순이 의아했다. 명선도 갑작스런 해겸의 말에 난감했다.

"벌써 가려고? 며칠 할머니랑 푹 쉬었다 가기로 했잖아?"

"생각이 바뀌었어요. 오늘 표 알아봐서 내일 가려고요."

명선이 자신의 손자 해겸에게 물었다.

"갑자기 왜? 너 의대 졸업하느라 고생해서 이 할미가 큰맘 먹고 한국에 데려온 거잖아?"

"할머니 그땐 그랬는데, 가봐야 할 일이 생겼어."

"뭔데?"

해겸이 명선의 질문에 신경질적으로 대답했다.

"아 그럴 일이 좀 있다니까? 나 먼저 미국에 돌아갈 테니 할머닌 더 있다 오든가."

명선이 해겸의 눈치를 보다 체념하듯 대답했다.

"원 참 애두. 별일이네."

기순이 분위기가 서먹해지자 웃으며 화제를 돌렸다.

"명선아, 그럼 해겸이 가기 전에 오늘 과수원 구경해."

"호호호, 그러자. 우리 이게 얼마만이니? 한국에 온 게 꿈만 같다."

늦은 아침을 먹은 해겸은 인터넷으로 급히 나온 비행기 표를 검색했다. 미국에서 온 명선은 친구 기순의 과수원을 보며 대견해 했다.

"기순아, 대단하다. 어쩜 이렇게 잘도 가꿨니? 와인공장은 잘 되고?"

"그냥저냥 돼. 와인공장은 직접 관여 안하고 직원들이 해. 나는 소일거리로 인부들과 함께 포도과수원만 관리하지. 이곳 포도가 당도도 높아 꽤 유명하거든. 해마다 와인 축제도 하고."

"잘 됐다. 우리가 독일로 떠났다가 한국에 돌아온 지도 벌써 60년이 다 되어가네."

"그러게 말이다. 그때 우리 고국이 그리워 울고, 흉측한 시체닦이로 밤마다 무서워 울었는데. 이젠 다 추억이구나."

기순과 명선은 1960년대 초대 파독 간호사 출신이었다. 둘은 독일에 간호사로 파견 나가 몇 년간 죽을힘을 다해 돈 벌어 고국으로 돌아왔다. 그녀들은 고국에 돌아와 인천병원에서 수간호사 생활을 몇 년 더 하다가 은퇴해 각자 삶을 살고 있었다. 간호사 은퇴 후 명선은 곧 바로 미국으로 떠났다. 그 때 기순은 이곳에 과수원 땅을 사들여 지금껏 키워오고 있었다. 기순은 러브윈드라는 와인 상표를 주식시장에 상장해 번성을 거듭했다. 명선은 손자 해겸이 있었고 기순은 손자 민욱이 있었다. 해겸은 현재 한국 병원으로 취업을 준비 중이었다. 민욱은 해겸 보다 나이가 한 살 위였다. 민욱은 고등학교 때까지 용무도 3단 유단자로, 청소년 유망주였다. 어느 날, 민욱의 부모는 교통사고로 현장에서 세상을 뜨고 말았다. 뒷좌석에 탔던 어린 민욱만 겨우 생존해 할머니와 함께 살았다. 그 사건이후, 마음이 변한 민욱. 그는 할머니처럼 환자의 생명을 살리는 간호학과를 택했다. 민욱은 사고현장에서 자신을 구해준 119대원들이 오래 기억에 남았다. 민욱이 서울에 있는 소방서 구급대원으로 입사한 것에도 그런 이유가 작용했다. 민욱은 사고 이후 몽유병 증세가 심해져 잠시 병가를 내 기순 할머니 과수원에 내려왔다. 민욱과 해겸은 어렸을 적부터 만나 서로 제법 친했다. 해겸과 민욱은 과수원을 돌며 내일 미국으로 가져갈 포도를 땄다. 비지땀을 흘린 해겸과 민욱은 웃통을 벗고 수돗가에서 등목을 했다. 기순이 호스로 시원하게 물을 뿌려주었다.

"자 이번엔 해겸이 엎드려라."

해겸이 어색해 하며 엎드렸다.

"웃 차거!"

기순이 자상한 미소로 물었다.

"시원하지?"

먼저 등목을 끝낸 민욱이 수건으로 몸을 닦다 해겸의 팔을 봤다.

"어? 너 이거 뭐야? 뭐 이런 걸 다 했냐?"

"형, 간지러워 하지 마."

해겸의 왼쪽 팔뚝 안쪽에, 흔하지 않은 문신이 보였다.

"근데 무슨 그림이냐?"

"있어."

"여자 그림 같은데? 어디 봐."

"그만 하라니까."

해겸은 민욱의 장난을 무뚝뚝하게 잘라버렸다. 민욱은 까칠한 해겸의 성격을 오래전부터 알아온 터라 개의치 않았다. 민욱이 해겸의 등목 하는 모습을 폰으로 찍으며 짓궂게 웃었다. 기순도 따라 미소 지었다. 다음날 해겸은 명선과 함께 미국으로 급히 돌아갔다. 명선은 영문도 모른 채 손자를 따라가며 사뭇 아쉬워했다. 기순도 아쉽기는 마찬가지였다.

"민욱아 해겸이 썼던 방 좀 정리해 줄래? 할미 러브윈드에 좀 다녀오마. 포도주 신상품 시음회가 있다는구나."

"네, 제가 정리 해 놓을 테니 다녀오세요."

해겸이 급히 떠나고, 민욱은 음악을 틀고 해겸이 며칠 머물렀던 방을 청소했다. 활짝 열린 창문으로 포도향기가 향긋하게 날아들었다.

"흐음– 하! 향기 좋다! 이 맛에 영동에 내려온다니까."

청소를 마친 민욱이 쓰레기통을 비우려 창고 뒤편 소각장으로 향했다. 쓰레기들을 쏟고 태우려는 순간, 그의 눈에 뭔가가 언뜻 스쳤다. 민욱이 갸웃하며 휴지조각들을 천천히 파 헤쳐 보았다. 휴지뭉치들 속에 뭔가가 있었다. 그것을 주시하던 민욱이 주변을 살피다 얼른 발로 덮고 불을 붙였다. 방으로 들어와 침대시트를 갈던 민욱은 침대 매트리스 밑에서 또 뭔가를 발견했다. 민욱은 주변을 살피며 서둘러 그것을 과수원 땅에 묻어버렸다.

민욱은 맨발 사건 이후, 창고 쪽 CCTV를 확인해 보았다. 화면 속에 안개가 무척 심했다. 창고 뒤쪽이 찍힌 화면은 너무 멀고 흐릿했다.

다만, 자신이 창고 뒤쪽으로 갔다가 돌아오는 장면은 창고 입구 카메라에 선명히 찍혀있었다.
 '나구나. 나였어. 대체 그날 밤 무슨 일이 있었던 거지? 하, 기억이 안 나. 요즘 들어 증세가 왜 이렇게 심하지?'
민욱이 고민하다 정신과 진료를 받았다. 여러 가지 검사를 마치고 결과를 기다렸다. 잠시 후, 민욱의 이름을 불러 진료실로 들어갔다.
 "검사 결과 해리성기억상실증세로 보입니다. 너무 걱정 마세요. 맑은 공기를 자주 쏘이시고 마음을 편하게 가지시면 좋아질 겁니다. 간혹 정신적 외상 후유증으로 나타나기도 하는데, 아마도 과거 겪으신 심한 교통사고가 주요 요인일 것 같군요. 약 처방해 드릴 테니 잘 챙겨 드시고 한동안 치료 좀 받으세요."
병가를 마친 후, 민욱은 드림대학병원 맞은편에 있는 광장소방서119구급대원으로 다시 복귀했다. 해겸은 한동안 연락이 없었다. 그러다 일 년 후 드림대학병원에 합격해 미국에서 들어왔다. 민욱은 구급대원으로 취직한 후, 다행히 기억상실 증세는 차차 회복되었다.

그날 포도과수원에서의 사건 이후, 재영은 반지 분실한 것을 뒤늦게 알았다.
 '아! 어떡해…… 거기서 떨어뜨린 것 같은데. 그 반지는 울엄마가 멋진 간호사 되라고 간호학과 입학 기념으로 사 주신 건데…… 아니지, 반지가 대수야. 헐! 하마터면 큰 일 날 뻔했어. 다시는 그 과수원에 가지 말자. 휴! 미친 또라이 놈.'
재영은 그날의 악몽을 잊으려 애썼다.

한 달 앞으로 다가온 나이팅게일 선서식.
재영은 이번 선서식에 참여하는 학부모님들과 일일이 통화해 선서식 행사에 들려줄 축하와 덕담을 녹음했다. 시간 될 때마다 학생들 모아 촛불행진 예행연습도 했다. 부학회장인 재영은 모든 절차를 실수 없도록 차근차근 준비했다. 간호학과 4년 중 어쩌면 가장 큰 행사이자 모든 부모들이 참여하는 거대한 축제였다.
Y대학 강당에서, 인생에 한번 뿐인 그들의 선서식이 진행되었다. 강당에 오십 여명의 풋풋하고 싱그러운 학생들과 선후배들과 수백 명의 부모들이 모였다. 의미 있는 촛불을 저마다 하나씩 소중히 들고 그들은 엄숙히 강당 중앙을 향해 행진했다. 진지하고 떨리는 마음으로 나이팅게일 선서식이 이어졌다. 그들 앞에 고요히 자신을 태우는 촛불들이 놓여졌다. 그날 예비 간호사들은 서로가 서로의 증인이 되어 신(神) 앞에 엄숙히 맹세했다.

나이팅게일 선서

나는 일생을 의롭게 살며,
전문 간호직에 최선을 다할 것을
하느님과 여러분 앞에 선서합니다.
나는 인간의 생명에 해로운 일은
어떤 상황에서도 하지 않겠습니다.
나는 간호의 수준을 높이기 위하여

> 전력을 다하겠으며,
> 간호하면서 알게 된
> 개인이나 가족의 사정은 비밀로 하겠습니다.
> 나는 성심으로 보건의료인과 협조하겠으며,
> 나의 간호를 받는 사람들의
> 안녕을 위하여 헌신하겠습니다.

은정과 진호는 딸 재영의 진지한 모습을 보며 가슴이 뭉클했다.
 '아! 이제 나만의 딸이 아니구나. 이 사회를 돌볼 전문 의료인이 되어가는구나.'
그 어느 때보다도 진지하고 엄숙했던 딸 모습에 진호는 꽃다발을 들고 울컥했다. 행사가 끝나자 모두 기념 촬영을 하느라 분주했다. 진호와 은정이 재영을 반겼다.
 "장하다! 내 딸!"
눈물이 글썽한 진호는 가슴이 벅찼다. 진호와 은정은 딸 재영을 품에 꼭 안아줬다.
 "아이고, 나진호 딸! 나재영. 곱게 잘 커줘서 고맙다! 이리 와! 한번 안아보자!"
 "아빠…… 엄마…….."
재영이 부모 품에 안겨 응석을 부렸다. 은정도 만감이 교차해 딸을 안고 눈물을 훔쳤다.
 "그래 예쁜 우리 공주. 부학회장 일하랴 공부하랴 선후배들 모시랴 힘들지?"

"괜찮아요. 헤헤."
"와아! 아까 우리 딸 선서하는 것 보는데 아빠 가슴이 찡, 하더라. 하하하. 짜식."

4. 여기서 살아남을 수 있을까?

신규들 등장으로 한바탕 분주함이 지나간 응급실 아침. 새벽에 들어온 환자 중 일부는 처치 후 퇴원했고 일부는 병동과 중환자실로 옮겨갔다. 이제 응급실은 빈 병실이 나오기를 기다리는 환자 넷 외에 남은 베드가 모두 비었다. 6년차 정호철이 손 소독을 하며 말했다.
"조무사님, 빈 베드 시트 빨리 갈아주세요."
배신애가 나재영을 데리고 다니면서 까칠하게 말했다.
"정신 똑바로 차려요. 난 한번만 말해요. 이따가 바빠 죽겠는데 징징거리며 묻기만 해봐요. 자, 린넨실 저쪽. 채남쌤과 함께 저기 IV 어떻게 되어 있나 체크하고요. 언제든 바로 응급환자 받을 수 있게 드레싱세트 저쪽에서 준비. 현 상태 전부 익혀요."
배신애를 따라다니며 열심히 수첩에 적는 나재영. 배신애가 말했다.
"딱 보면, 알죠? 이쯤 기본이지. 수액은 저쪽. 종류별로 얼마나 남았는지 체크. 모자라는 것들 조무사들한테 지시해 다시 챙겨놓고, 앞으로 바쁠 땐 말 놓을게요."
"넵, 선배님. 말 놓으십쇼."
재영은 넉살 좋고 씩씩했다. 재영은 병동으로 보내진 민선이 걱정되었다.

'민선이는 잘 하고 있겠지? 워낙 싹싹하니까…….'
재영과 채남은 바짝 긴장한 채 선배들이 일러주는 대로 적고 또 적었다. 둘은 첫날인데 나름대로 손발이 맞았다. 최연희 차지가 말했다.
"제법인데?"
"긴장과 집중은 어떤 기억력보다 가장 강력한 메모장이긴 하죠."
3년차 오병태가 한마디 거들었다. 드레싱 세트를 챙기던 채남이 재영에게 다가와 속삭이듯 말했다.
"재영쌤, 그동안 배운 물품용어들이 왜 이렇게 기억이 안 나죵? 미치겠엉."
"나도 지금 정신없네요. 그동안 그렇게 실습하고 라운딩 했는데도, 머릿속이 하얗고 의료기구들을 보면 우주정거장 외계 생물들처럼 낯설고 미치겠어요."

'따르릉. 따르릉.'
순간 응급실 스테이션에 전화가 걸려왔다. 배신애가 받았다.
"응급실입니다. 업도멘피어싱 페인요?"
배신애가 외쳤다.
"복부 통증환자 곧 도착한답니다!"
재영 눈이 더 커졌다.
'허걱! 드디어 전쟁 시작인가.'
'따르릉. 따르릉.'
그 순간 응급실 스테이션에 또 전화가 걸려왔다. 배신애가 받았다.
"응급실입니다. 알겠습니다!"

배신애가 전화를 끊고 외쳤다.
"TA 곧 도착한답니다."
응급구조대가 들어서자 피비린내가 확 끼쳤다. 연이어 급한 환자가 계속 들어왔다.
"아뻬환잡니다!"
원내 방송에서 담당교수들을 급히 찾았다.
"코드 블루! 코드 블루! ICU(중환자실)"
"코드 블루! 코드 블루! ICU(중환자실)"
누군가가 또 생명이 위급한 상황인 듯했다. 레지던트 3년차 최진우와 2년차 이해겸이 분주하게 뛰었다. 생사의 갈림길이 여기였다.
원내 방송에서 또 호출했다.
"코드 블루! 코드 블루! ER(응급실)"
"코드 블루! 코드 블루! ER(응급실)"
재영이 긴장되어 가슴이 쿵쾅거렸다. 재영과 채남은 연실 입술을 깨물었다.

"뭐해? 폴리(소변줄) 안 끼우고?"
가운에 온통 피투성이인 최연희 차지가 다급히 소리치며 달려왔다.
"거기, 체스트(가슴 엑스레이) 내려왔나 확인 해봐."
"거기, 뭐해? 2번 베드 플루이드N/S(수액)걸어."
"네? 네!"
긴장한 오병태가 비지땀을 흘리며 수액을 들고 뛰었다. 얼굴이 창백해진 육채남을 본 프리셉터 정호철선배가 걱정스럽게 다가와 물었다.

"채남쌤? 괜찮아요? 얼굴이 창백해요."
"괘, 괜찮습니당."
응급실 광경을 난생 처음 본 나재영은 두려움이 엄습했다. 최연희 차지가 외쳤다.
"재영쌤! 뭐해? 디핍기 봐야지!"
재영은 디핍기 화면에서 맥박을 체크했다. 머릿속이 하얗다.
"퍼, 펄스가……."
최연희가 재영의 안색을 살피더니 손을 급히 놀리며 배신애에게 물었다.
"여기 플루이드 얼마나 줬어?"
"2리터요."
"재영쌤, 정신 바짝 차려! 정신 줄 놓치지 말고."
재영이 진땀 빼는 동안, 최연희 차지가 이쪽을 향해 외쳤다.
"수선생님 여기 서둘러 OP(응급수술) 준비하래요!"
"알았어. 이거 페스트(출혈여부 찾는 초음파 검사) 네거티브로 판명 났어?"
"아직요."
"메시브 블리딩(massive bleeding 대량출혈)이 심각한대. 이 환자, 블리딩 포커스는? 찾았대?"
"안 그래도 지금 급히 보호자 호출했어요. 담당의 쌤이, 다른 명확한 블리딩 포커스를 찾을 수 없다고…… 페스트(체내 출혈 여부를 알아내는 초음파 검사)가 급하대요."
"알았어."

송문영 수간호사가 다른 곳으로 멀어졌다.
"응급실입니다. 네? 알겠습니다."
그때, 노재진 응급의학과 전문의 연구실로 콜이 들어왔다.
"선생님, ER(응급실)인데요. 지금 119 구급대가 관통 사고 환자 이송 중이랍니다."
"알았어! 바로 갈게."
수간호사가 간호사들에게 지시가 한창이다.
"정호철 쌤 관통위치 알아놓고, 차지쌤 최대한 빨리 수술 준비 들어갈 것 같으니. 컴바인 오피(합동수술) 쪽으로도 콜 해놔."
"네!"

응급앰뷸런스가 다급한 환자들을 태우고 곳곳에서 밀려들었다. 오병태가 외쳤다.
"산소포화도 떨어져요!"
"그 환자 텐션(긴장성 기흉)이야! 멍청하게 설치지만 말구 빨리 손을 쓰란 말이야!"
최연희가 다급히 외쳤다.
"여기! 산소 10리터로 올려. 어서!"
"네!"
"뭐 해! 빨리 라인 잡아서 수액투여 안하고!"
"네! 지금 합니다."
"여기! 18게이지 니들(바늘)!"
곳곳에서 다급한 외침이 빗발쳤다. 정호철이 체스트 튜브(흉관)를 갖고 달려왔다.

"차지쌤 인투베이션(intubation-기도삽관), 벤틸레이터(ventilator-인공호흡기), 라이게이션(ligation-혈관 결찰) 할 준비 모두 마쳤습니다."

아수라장 응급실에서 재영은 그만 우주 미아처럼 서 있을 수밖에 없었다. 재영의 눈에 그들 모두는 뛰는 것이 아니고, 날아다녔다. 그 순간 재영의 귓가에, 입사면접 때 면접관이 했던 말이 메아리쳤다.

'스릴요? 응급실이 어떤 곳인지는 알고 지원했어요? 스릴 너무 좋아하지 마요. 바이킹 타러 응급실 올 거 아니면.'

'정말이었구나. 나는 한참 잘못 알았어. 생명과 스릴이 있어 좋아 보인 응급실이었다니······. 나재영, 네가 얼마나 판타지를 꿈꿨는지 지금 낱낱이 보고 있지?'

재영은 선배간호사들 움직임이 마치 영화의 한 장면처럼 슬로우 모션으로 보였다. 재영은 우주 벌판에 진공상태로 서 있는 듯 아무 소리도 들리지 않았다. 그들은 재영 눈앞에서 빛의 속도로 날아다녔다. 어리둥절했다. 마치 꿈을 꾸는 듯했다. 응급실은 피의 전장, 바로 그 자체였다. 사느냐 죽느냐 갈림길에서의 끝없는 사투만 있을 뿐이었다.

노재진 응급실장 오더에 따라 환자에게 마취제와 근육 이완제를 주입했다. 그 속도에 맞춰 최연희는 곧바로 트로카(trocar-늑강 내의 물과 공기를 빼기 위한 투관침)를 의사 손에 건넸다.

신규간호사 육채남은 옆 응급병상에서 엄청나게 하혈을 쏟는 여자환자를 보다 그만 혼절하고 말았다.

"여기! 여기! 신규간호사, 미주신경성 실신입니다."

응급실 담당의가 기절한 육채남을 잠시 돌아보더니 급한 환자처치를 신속히 이어갔다. 송문영 수간호사가 우려하던 일이 생기고 말았다. 까칠한 최연희 차지가 어시하며 바삐 손을 놀리다 한마디 내질렀다.
"젠장! 일하러 온 거야. 짐을 보태러 온 거야. 호철쌤 여기 좀! 이번 신규 또 미주신경성 실신이야."
정호철 간호사와 김봉희 간호사가 기절한 육채남을 옮겼다.
"아! 진짜! 안 그래도 바빠 죽겠구만!"
김봉희가 씩씩댔다. 채남은 응급실 한쪽 병상에서 얼마 후 깨어났다. 정호철선배가 혈액 들고 뛰다 채남을 봤다.
"괜찮아요?"
"…… 죄송합니당."
온종일 뛰느라 녹초가 된 배신애가 깨어난 육채남을 상담실로 불렀다.
"야! 안 그래도 정신없어 죽겠는데. 왜 신규가 쓰러지고 지랄이야! 그것도 못 참으면 어떻게 간호하겠다는 거야? 너 여기 놀러 왔어? 그럴 거면 당장 때려 치고 집으로 가! 군대는 어떻게 갔대?"
"선배님, 죄송합니당. 저두 이런 일이 첨이라."
응급실은 더 전장이 되어갔다. 3년차 오병태가 조무사에게 외쳤다.
"아니, 2번 베드 환자분 검사실 모시고 다녀오라 한지가 언제야? 아직도 안 갔으면 어쩌자는 거야?"
"넵! 지, 지금 갑니다!"
조무사가 2번 베드로 달렸다. 다른 환자를 케어하던 이해겸이 재영을 보며 미간에 묘한 표정이 스쳤다. 배신애가 외쳤다.

"아! 정말! 4번 응급환자 BP(blood pressure-혈압) 온종일 잴 거야? 어떻게 재영쌤이 재는 BP는 매번 달라?"
"죄송합니다! 앞으론 똑 바로 재겠습니다!"
김봉희가 신경질적으로 재영을 봤다.
"한번 딱 보면, 이게 빈맥인지 서맥인지 부정맥인지는 알아야지?"
"저, 정말 죄송합니다. 이따 다시 해보겠습니다."
"기본은 알고 일하러 왔어야지! EB(elastic bandage-탄력붕대) 똑바로 감는 법도 모르고. 열불 나서 정말!"
"죄송합니다! 열심히 연습하겠습니다!"
"야! 내가 고열환자 테피드(tepid-목, 겨드랑이, 사타구니 등에 하는 미온수 마사지) 시키랬지 젖은 거즈를 저딴 식으로 머리 위에 덜렁 얹어놓으랬어? 너 지금 일부러 이러는 거지? 나 골탕 먹이려고 그치?"
"아, 아닙니다. 지금 다시 하겠습니다."
응급실 간호 6년차 배신애가 또 발끈했다. 배신애도 처음부터 그런 성격은 아니었다. 예전 신규시절 선배들에게 시달린 악몽을 갖고 있어서일까? 지금까지 배신애에게 시달리고 남아있는 신규간호사는 김민주 뿐이었다. 재영은 배신애의 질책이 반복되자 신경성과 긴장성으로 극심한 복통이 밀려왔다. 금방이라도 주저앉을 듯 현기증까지 합세했다.

입사 첫날, 재영과 채남은 입술이 타서 다 갈라졌다. 하루가 어떻게 갔는지 몰랐다. 재영은 울고 땀 흘리고 해서 얼굴이 푸석했다. 다들 회식 하려고 들뜬 분위기였다. 김봉희가 슬쩍 지나가며, 위에서 내려진 오더에 열중인 신규들에게 한마디 했다.
"시킨 거 못 마치면 오늘 언제 퇴근할지 몰라."
정호철이 한 마디 했다.
"봉희쌤 너무 겁주지 마요. 안 그래도 신규쌤들 온종일 긴장했는데."
배신애가 재영을 보챘다.
"재영쌤! 앞으로 차팅 실수 없겠지? 저 CRP썼던 거 빨리빨리 정리하고."
"네."
"채남쌤 얼빠진 것처럼 옆에서 우왕좌왕 좀 하지 마. 나까지 정신 없잖아?"
"아, 넹. 저도 지금 노력 중입니당."
응급실은 인수인계로 오래 분주했다. 빼곡히 적힌 EMR 창을 띄워놓고, 낮 동안 이송되어 온 많은 환자들의 히스토리가 전달되었다. 오늘도 여지없이 오버타임이 두 시간을 넘기고 있었다.

재영은 아침에 맡긴 원피스를 서둘러 찾아와 갈아입고 퇴근 준비를 했다. 최연희 차지가 가운데로 나섰다.
"데이팀 오늘 하루도 고생 많으셨습니다. 아침에 공지했듯 신규쌤들 환영회가 있습니다. 나이트 팀들도 온다고 했으니 데이팀도 꼭 한 분도 빠짐없이 참석해 주세요."
오병태가 대답하며 나섰다.
"넵! 자 갑시다. 아, 목을 좀 적셔줘야 살지요."

송문영이 물었다.
"울쌤들 뭐 먹을래요?"
"고기요, 제발 고기 좀 먹게 해주세요." "
"물론, 고기죠."
"삼겹살이 고파요."
"갈비요."
"고기요."
"아, 기력이 바닥입니다."
"얼마나 뛰어다녔는지, 발바닥에서 육포 타는 냄새가 진동합니다. 하! 되다! 되!"
온종일 얼이 빠진 재영과 채남은 옷을 갈아입고 엉거주춤 대기했다.
"자 갑시다. 요 앞 단골집으로."
재영과 채남이 선배들 뒤를 졸졸 따라갔다. 병원 문을 나서며 오병태가 두 팔을 벌리고 너스레를 떨었다.
"상쾌한 바람이 내 허파를 노크 하는구나. 이게 얼마만이냐."
응급실 팀들은 단골로 가는 고기집으로 우르르 몰려갔다. 고기집 사장이 반겼다.
"어서들 오세요. 아이그, 응급실 팀 오랜만에 오셨네요."
"안녕하셨죠?"
초저녁이라 조금 한산했다. 식당 입구에서 수간호사 송문영이 양수현 간호과장과 통화 후 안으로 들어왔다. 6년차 정호철이 뒤따라 들어가며 송문영에게 말했다.
"챠지쌤 우리 룸으로 들어가죠? 아흐, 밀려오는 피로에 하지정맥이

터지기 직전이거든요."

오병태가 외쳤다.

"사장님 저희 룸으로 들어갈게요."

쟁반 들고 나오던 주인이 대답했다.

"룸이요? 한 테이블에 손님 있는데 괜찮죠?"

오병태가 신발을 벗으며 앞장섰다.

"네 저희는 괜찮죠. 그 분들이 괴로우실지 몰라도. 하하하."

룸에 있는 테이블에는 한 가족이 식사 중이었다. 다섯 살쯤 보이는 사내아이는 유리구슬만한 작은 공룡 알 여러 개를 테이블 위에 죽 늘어놓고 놀았다. 아이는 엄마가 입에 넣어주는 고기를 연실 잘도 받아먹었다. 보낭에 싸여 누워있는 영아기 조막손을 쥐고 천장을 향해 옹알이를 했다. 행복하고 단란해 보이는 가족이었다.

다들 룸으로 들어가 자유롭게 앉았다. 재영과 채남도 단란한 가족들이 식사하는 테이블 끄트머리에 끼어 앉았다. 채남이 곁에 누운 아기를 바라보며 귀여워했다.

"아융, 예뻐랑. 너 크면 엄청 인기 많겠다 얘."

재영도 아기를 보며 웃었다. 옆 테이블 아이는 고기를 다 받아먹고 아기랑 놀아주었다.

5. 영아 하임리히법 알죠?

"자 쌤들 편한 대로 앉고 우선 먹고 싶은 대로 시켜요. 간호부장님은 오늘 선약으로 못 오시고, 간호과장님은 곧 오실 거고, 의료팀도 1차 의국 회식 마치고 합류한다 했어요."
긴 테이블에 삼십 여명이 모인 상 위로 맛난 식사와 고기들과 술들이 가득 차려졌다.
김봉희가 팅팅 부은 다리를 주무르며 한마디 했다.
"나의 저질체력은 왜 만날 한도초과인지 모르겠다. 아구구구……."
술 분위기 좋아하는 3년차 오병태가 상기된 얼굴로 팔을 걷고 일어섰다.
"제가 둘이 마시다 셋이 넘어가는, 소맥을 말아 올리겠습니다. 음하하."
6년차 정호철이 웃으며 오병태를 재밌게 바라봤다. 그때 양수현과장도 막 도착했다.
"과장님, 어서 오세요."
양과장이 숨 가쁘게 다가와 앉았다. 오병태가 짓궂게 나섰다.
"자, 모두 건배하죠. 잔 빈 분들은 서로 술 따르세요. 자 모두 반갑습니다. 우리 앞으로는 초과 근무수당 좀 제대로 받자는 의미에서 건배제의 하겠습니다. 제가 '응답하라!' 하면 여러분들은 모두 '초과수당!' 하시는 겁니다. 아셨죠? 자! 응답하라!"
"초과수당!"
"캬! 얏호!"
"하여튼, 병태쌤은 술자리가 제일 신나지? 하하하."
오병태가 자리에 앉자, 양수현과장과 송문영 수간호사 순으로 자기소개와 건배제의가 진행되었다.
"쌤들, 반 샷은 안돼용. 절대 안돼용."
오병태가 다시 일어나 장난치며 엉덩이를 흔들어댔다. 모두 박장대소했다. 양수현과장이 한마디 했다.
"아니, 누가 빡센 의료노동자들 아니랄까봐 술 잘 들어가네. 하하하."
배신애가 얌체처럼 말했다.
"아 난 진짜 오늘 그 윤영복환자 백퍼 익스파이어(expire-사망)할 줄 알았거든요. 근데 우리 응급실이 그 지독한 상황을 뚫고 나가더라고요. 흠흠흠. 자 거국적으로 모두 한잔!"
배신애 건배 중에 의료팀도 합류를 했다. 수술중인 유설민 치프 외에 최진우 레지던트, 서하윤 인턴이 식당으로 들어섰다.
"이해겸 쌤은?"
양과장이 묻자 최진우가 답했다.
"아, 다른 선약이 있답니다."
양과장이 다시 말했다.
"그래요? 해겸 쌤은 늘 불참하더라. 못 오는 사람들은 빼고. 어서 앉아요. 지금 한창 각자 소개들 하던 참인데."

의료팀이 들어오자 최연희 차지가 나섰다.

"자 짬 생략하고 그냥 앉은 대로 문 쪽 병태쌤부터 돌아가면서 각자 소개들 하는 걸로 하죠?"

"반갑습니다. 저는 오병태구요. 응급실 간호 3년차입니다. 저는 처음에 의대 지원했다가 너무 적성에 안 맞아서 간호학과로 옮겨왔습니다. 앞으로 잘 해봅시다. 드림대학병원 응급 간호부 파이팅!"

"저는 김봉희입니다. 다른 일 하다가 애들 키우고 간호사가 되어서 나이는 좀 있어요. 지금 4년차입니다. 신규쌤들 사고 안치고 잘 좀 해주시면 좋겠어요."

"배신애입니다. 올해 6년 차예요. 신규쌤 들 알아서 잘 좀 해요. 이상입니다."

"저는 차지 최연희입니다. 학교는 이름만 대면 다들 아시는 대학 나왔고요. 우리 응급실 간호부가 그간 쌓아 놓은 명예에 누가 되지 않도록 이번 신규쌤들 잘 해주길 바랄게요."

"정호철입니다. 6년차고요. 제가 좀 무뚝뚝해도 이해 바라고요. 음, 신규쌤들만 보면 제가 처음 입사했을 때가 떠오릅니다. 처음이라 많이 떨리고 긴장 되실 겁니다. 모르면 언제든 물어보시면 제가 아는 선까지는 가르쳐 드리겠습니다."

"서하윤입니다. 저는 간호학과 갔다가 자신이 없어 의대로 바꾼 케이스라서 우리 쌤들 보면 정말 존경스럽습니다. 앞으로 잘 부탁드립니다."

"안녕하세용. 저는 신규 육채남이라고 합니당. 많이 떨리고 정신이 없어요. 혹시 실수하더라도 선배님들이 잘 좀 가르쳐 주세용."

까칠한 최연희 차지가 대답했다.
"똑 바로, 똑바로 하면 돼요."
최진우가 일어났다.
"최진우입니다. 아까 다 말했으니 궁금한 점 질문 받는 게 낫겠는데요. 혹시 제게 궁금한 점 있으신가요? 참고로 연애할 시간 없어 애인 없고요."
진우가 재영을 보며 말했지만 재영은 다른 생각에 빠져 듣지 못했다. 양수현 간호과장이 다른 볼일이 있다며 먼저 나갔다. 얌전하고 착한 김민주가 수줍게 일어났다.
"저는 2년차 김민주고요. 저도 아직 많이 배우고 있어요. 신규쌤들 힘 내세요."
배신애가 팔짱 끼며 김민주 말에 혼자 뇌까렸다.
"본인 집 앞이나 잘 쓸지."
송문영이 배신애를 봤다.
"배신애쌤 왜 그래요? 신규쌤들 환영회인데 좀 적당히 해요."
"헐, 제가 뭘요? 수선생님 왜 꼭 나한테만 그래요? 쳇."
송문영이 다음으로 이어갔다.
"자 이쪽은 소개가 끝났고, 재영쌤 하세요."
모두의 시선이 재영에게로 향했다.
"고기 다 식어요. 소개 간단히 하세요. 일어나서."
재영이 구석에서 천천히 일어났다.
"아, 네. 저는, 나재영이고요. 처음이라 겁도 나고 긴장도 되고 한데요. 선배님들이 잘 좀 가르쳐 주셨으면 좋겠습니다. 이상입니다."

바로 그 때였다.

"어맛! 어떡해! 아가! 아가!"

옆 테이블에서 식사 중이던 아기엄마가 아기를 끌어안고 비명을 질렀다.

"아가! 아가! 얘가 왜 이러지?"

간호사들이 약속이라도 한듯 일제히 그쪽으로 시선이 몰렸다.

"우, 우리 애가 이상해요!"

젊은 엄마의 남편도 사색이 되었다. 아빠가 다섯 살 난 아들을 심하게 야단치며 아들 손에서 뭔가를 빼앗았다.

"어떡해! 누가 빨리 응급차 좀 불러주세요!"

송문영이 놀라 부모를 향해 물었다.

"무슨 일이세요?"

"우리애가 숨을 안 쉬……"

아기 엄마 말이 채 끝나기도 전이었다. 그들은 일제히 아기를 중심으로 에워쌌다.

"호철쌤 빨리 구급차 불러! 어서!"

"네."

아기는 입술이 새파랗고 숨을 못 쉬는 듯했다. 송문영이 물었다.

"상황이 어떻게 된 거죠?"

"크, 큰 애가, 아기 입에 고, 공룡알을 먹으라……."

순간 송문영이 팔을 걷어 부치고 아기를 빼앗듯 건네받아 응급처치를 시작했다. 너무 갑작스럽게 일어난 일이었다. 최진우와 인턴 서하윤은 놀라 발만 동동 굴렀다. 홀에서 밥 먹던 손님들이 웅성거리며 몰려들었다. 정호철이 신속하게 그들을 진정시켜 다가오지 못하게 주변을 정리했다. 송문영이 외쳤다.
"채남쌤 주변 테이블 최대한 밀어. 어서!"
육채남과 김민주와 재영이 다급히 테이블을 밀고 공간을 확보했다. 물병이 와르르 쏟아지고 소주병이 뒹굴고 한바탕 소란스러웠다.
"차지쌤 좀 도와줘!"
그들은 준비된 특공대 같았다. 방금 전 티격태격하던 모습은 오간데 없었다. 응급상황이 되자 몸이 먼저 포지션을 기억하고 다급한 아기를 위해 일사천리로 단합했다.
"차지쌤 이리 와!"
"네!"
"영아 하임리히법 알죠?"
"넵."
송문영이 아기를 침착하게 바닥에 바로 눕혔다. 엄마의 외침과 함께 갓난아기는 점점 새파래져갔다.
"아가! 아가!"
배신애와 김봉희가 아기 엄마아빠를 밖으로 데리고 나가 진정시켰다. 정호철이 부모에게 방금 전 상황을 자세히 물어 수첩에 적었다. 다섯 살 난 아기의 손에 남은 공룡알도 증거물로 챙겼다. 간호사들 모두가 송문영과 아기를 에워쌌다.
"이것을 형이 아기에게 먹으라고 입에 넣었답니다!"
모두 눈빛들이 초긴장이었다. 송문영이 냉정히 아이를 살피더니 긴급히 발바닥을 자극해 보았다. 아기는 아무 반응이 없었다. 송문영이 노련하게 한쪽 무릎을 굽히고 한쪽을 세우더니 아기 얼굴을 아래로 향하게 무릎에 얹었다. 손바닥으로 아기의 등을 다섯 번 절도 있게 압박했다. 송문영 얼굴에 식은땀이 흘렀다. 두 번 반복해도 아기는 반응이 없었다. 송문영은 다시 아래로 아기 머리를 기울인 채 아기의 가슴 중앙을 4cm깊이로 수차례 압박했다. 송문영이 아기 상태를 확인했다. 아직 이물질 나온 것이 보이지 않자, 송문영에 이어 최연희 차지가 다시 침착하게 순서를 반복했다. 다시 송문영이 반복하고 이물질이 나왔나 확인하려던 그 순간.

'똑! 떼구르르르······.'

"나왔어요!"

정호철이 외쳤다. 최연희가 얼른 그 이물질을 주워 기존 것과 비교했다. 같은 것이었다. 단단한 플라스틱 공룡알 장난감이었다. 송문영이 아기를 조심해서 바닥에 다시 눕히고 심장에 가만히 귀를 가져다 댔다. 아기의 숨소리가 미세하게 돌아오기 시작했다. 귀와 손에서 손가락을 대고 맥박을 확인했다. 파리했던 아기 혈색이 서서히 돌아오기 시작하더니 이내 울음을 터뜨렸다. 멀리서 앰뷸런스 소리가 식당 쪽으로 요란하게 다가왔다. 너무 놀란 젊은 부모가 아기를 안고 엉엉 울었다. 다섯 살 난 형은 자신이 방금 무슨 행동을 한 것인지 알 턱이 없었다. 부모는 감사하다는 인사를 수십 번 했다. 부모와 아기를 응급차에 태우고 응급구조사에게 히스토리 기록한 수첩과 아기 입에서 나온 이물질을 함께 건넸다. 긴장이 풀린 그들은 그만 자리에 털썩 주저앉고 말았다. 빙 둘러서서 그 광경을 지켜보던 식당 손님들이 이들을 향해 간호사들 정말 대단하다며 기립박수를 쳤다. 재영와 채남은 함께했다는 이유 하나로도 왠지 어깨가 으쓱해졌다. 선배들의 활약이 그토록 멋질 수 없었다.

　그 시간 민욱은 퇴근해 약속장소로 갔다. 카페에 재영은 없었다. 재영은 하루가 얼마나 길어질 수 있는지, 또 하루에 얼마나 수천수만 가지 일을 겪을 수 있는지, 인간의 초능력을 몸소 체험한 하루였다. 무엇을 하긴 했는데 아무것도 기억나지 않았다. 자신이 얼마나 배울게 많은지 철저히 확인한 하루였다. 몸은 녹초가 되었고 그로기상태였다. 피곤과 동시에 공허함과 허무함이 밀려와 울적한 마음이 조절되지 않았다. 집으로 향하던 재영이 스마트폰을 열었다.

"세상에!"

엄마 전화가 수십 번 찍혀있었다. 긴장이 풀린 재영은 피로감이 쓰나미처럼 밀려들었다. 재영이 엄마에게 전화했다.

"엄마 왜……?"

-나재영! 너 왜 이렇게 전화를 안 받아? 환영회는? 끝났어?

"휴, 환영회? 끝났지…… 거창하게. 영원이 잊을 수 없을 만큼……."

-어머! 그랬어? 좋았겠네. 울딸 올 때 순대 좀 사와라. 간도 조금 달라고 해.

"순대랑 간? 엄만 지금 돼지 내장을 굳이 돈 주고 구경하겠단 거야? 헐."

-구경이 아니고 먹자는 거지. 하하하.

40분 째 기다리던 민욱이 종업원에게 부탁해 자신의 핸드폰으로 전화를 걸었다. 받지 않았다. 민욱은 기다리다 지쳐 쓸쓸히 일어났다. 재영은 아직 엄마와 통화 중이었다.
"엄마나 먹어!"
-순대가 얼마나 맛있는데?
"난 싫어!"
-그니깐 사다주기나 해. 먹는 건 아빠랑 엄마가 할게.
"알았어. 끊어. 쓰러지기 적전이야."
-그래. 울딸 힘내서 온나.
순대를 사들고 집으로 가는 버스를 기다리던 재영이 뭔가에 찔린 듯 화들짝 놀랐다.
"아! 맞다! 핸드폰 돌려주기로 했는데? 어머! 지금 시간이? 으악! 큰 일 났네."
재영이 시계를 보더니 순대봉지를 들고 병원 건너편 커피숍으로 뛰기 시작했다. 한참을 달리니 커피숍 입구가 보였다. 카페 마당에 도착한 재영이 안을 살폈다. 민욱의 모습이 보이지 않았다.
"없네? 아직 안 온 건가? 아님 가버렸나? 아, 이 폰…… 어쩌지?"
재영이 커피숍 앞을 서성이다 민욱의 폰을 열어보았다. 모르는 전화들이 많이 찍혀있었다.
"아, 어떡하지?"
그때였다.
"저기……."
재영이 돌아봤다. 신민욱 대원이었다. 다시 보니 큰 키에 잔 근육이 발달해 다부져보였다. 사복이 제법 잘 어울리는 남자였다. 재영이 당황해 횡설수설 말했다.
"엇? 아, 늦었네요?"
민욱이 설명했다.
"네? 제가요? 한참 전부터 기다렸어요. 늦은 건 그쪽인데?"
재영이 미안해 어쩔 줄 몰랐다.
"아. 그랬죠? 미, 미안해요."
둘은 다시 커피숍으로 들어갔다. 재영이 가방에서 폰을 건넸다.
"여기요."
"고맙습니다."
"고맙긴요 뭘."
폰을 받은 민욱은 자신도 모르게 새끼손가락에 있는 반지를 습관처럼 매만졌다. 재영이 망설이다 물었다.
"저, 있잖아요?"
"네?"
"그…… 반지요?"
"아, 이 거요?"
"그 반지 혹시…… 어서 났는지 물어봐도 될까요?"
"왜요?"
"아니 뭐, 그냥요. 궁금…… 해서요."
민욱이 장난어린 표정으로 대답했다.
"혹시 나 좋아해서 묻는 거예요? 나 애인 있는데? 하하하."
"뭐예요? 헐! 기막혀! 좋아하긴 누가? 내가? 댁을요? 헐! 아니거든요. 그거 커플링이죠? 저도 애인 있어요."

"하하하, 농담입니다. 이 반지는 좀 사연이 있어요. 말하자면 길어요. 담에 들려줄게요."

"다, 담에요?"

"네, 우리 앞으로 자주 만날 거잖아요?"

"자주 만나요? 누가요? 내가? 그쪽을요?"

"네."

민욱이 짓궂게 답했다.

"내가 그쪽을 왜 자주 만나요?"

"하하하."

재영이 웃는 민욱을 향해 정색했다.

"웃지 마요. 그리고 내가 그쪽을 만날지 안 만날지 어떻게 알고?"

"그건 나도 모르겠어요. 암튼 왠지 우리가 또 만날 것 같은…… 그런 느낌이 드는데요?"

"어머! 제가 뭐, 워낙 매력녀이긴 하지만. 초면에 좀 과하게 들이대시네."

재영이 새침하게 웃으며 장난쳤다. 그때, 민욱이 벌떡 일어나 손을 내밀었다.

"우리 정식으로 인사 나누죠. 저는 요 앞 광장소방서 119구급대원 신민욱입니다. 아침에 도와주셔서 정말 고마웠어요. 멋졌고요. 우리 악수나 한번 합시다!"

'챵그랑!'

민욱이 고무되어 손을 내밀다 커피를 쏟고 말았다.

"괜찮아요?"

"아, 이런. 재영씨 초면에 미안해요. 내가 호들갑을 떨다 그만……. 손 좀 씻고 올게요."

재영은 휴지를 더 뽑아 테이블에 얼룩진 커피를 닦았다. 나머지는 종업원이 말끔히 치우고 카운터로 돌아갔다. 민욱이 손을 비비며 자리로 돌아왔다.

"아, 정말 미안해요."

"아뇨, 괜찮아요. 잠시만요. 저도 손 좀…….''

남녀공용이었지만 아주 모던하고 깔끔한 분위기의 화장실이었다. 재영은 콧노래를 흥얼거리며 천천히 인테리어를 돌아보다 손을 씻고 잠시 거울을 보았다. 그런데 거울 속에 비친 세면대 위에서 작은 뭔가가 실내조명을 받아 반짝였다.

"뭐지?"

재영이 거울에 비친 그 세면대를 다시 보았다. 반지였다. 민욱이 손을 씻으며 빼놓고 잊은 채 나간 것이 틀림없었다. 재영이 반지를 향해 천천히 손을 가져갔다.

'어쩜 이렇게 내 반지와 똑같을까…….'

반지는 약간 낡아보였지만 3년 전 분실한 재영의 것과 일치하는 디자인이었다. 재영이 민욱에게 돌려주기 위해 반지 물기를 닦다가 순간 손을 멈췄다.

"맞다! 이니셜! 엄마가 반지 속에 새겨준 내 이름!"

재영은 별 생각 없이 반지 안쪽을 보았다.

N.J.Y

"헉! 이거, 진짜 내 반지잖아? 분명 내 건데? 이니셜까지 내 이름이

'야! 이 사람 뭐지? 대체 이 남자가 어떻게 내 반지를 왜 갖고 있지? 이게 어디서 났을까?'
재영이 혼자 중얼거렸다.
"뭔가 이상해…… 난 저사람 본 적 없는데 어떻게 내 반지를 갖고 있지?"
재영이 화장실 벽에 기대어 생각해봐도 답이 떠오르지 않았다.
'그 사람 정체가 대체 뭘까? 일단 지켜보자.'
재영이 자리로 돌아가 웃으며 말했다.
"세면대에 이 반지를 두고 가셨더라고요. 그쪽 반지 맞죠?"
재영은 마음이 복잡했지만 내색 않고 반지를 그에게 건네주었다.
"아! 내가 빼놓고 깜빡했네. 고마워요."
민욱은 얼른 그것을 왼손새끼손가락 중간쯤에 다시 끼며 웃었다. 둘은 아무 일 없었다는 듯 웃으며 대화를 주고받았다.
"네? 우리병원 맞은편에 있는 저 소방서에 계세요?"
"우리 병원요? 그럼 그쪽은 저기 저 병원에? 어쩐지…… 혹시 간호사?"
"네? 네. 그런데 제가 간호산 줄 어떻게 알았어요?"
"그 아침에 하이힐 벗어던지고, 맨발로, 옷에 피 묻혀가며, 부상자 끌어내서 심폐소생술 아무나 해요? 제법 능숙하던데? 나이는 어려 보이고. 그럼 간호사죠. 인턴들은 딱 봐도 그 나이엔 아직 어눌하거든요."
"네, 간호사예요. 근데 제가 어려 보여요? 저도 나이 먹을 만큼 먹었는데."

"스물, 넷?"
"어, 어떻게 알았지? 그쪽은요?"
"먹을 만큼? 아직 어린데? 크크크. 한창 좋을 때네요. 저는 서른하나입니다. 한참 오빠죠?"
"쳇, 오빠는 무슨."
"하하. 어느 부서예요? 이것도 인연인데 정식으로 인사 나눠도 되잖아요. 우리?"
재영이 피식 웃었다.
"우, 우리요? 뭐, 그러죠. 저는 저기 보이는 병원 응급실 간호사 나재영입니다. 반가워요."
민욱이 차를 한 모금 넘기려다 깜짝 놀라 물었다.
"응급실요?"
"네. 왜요?"
"하하, 그럼 그렇지! 거봐요. 내 느낌이 딱 맞았네! 내가 왠지 오래 볼 것 같다 했잖아요? 그 병원 응급실이면 내가 매일 출근하는 제2직장인데? 근데 그동안 못 봤는데?"
"오늘 첫 출근 했어요."
"우와! 오늘 첫 출근? 하하하. 이거 참 인연인데요. 그럼 아침에 첫 출근하다 우리가 만난 거예요?"
"그런 셈이에요. 그렇다고 거창하게 무슨 인연씩이나. 암튼 반가워요."
민욱이 또 한 번 손을 내밀었다.
"아름다운 재영씨 우리 잘 해봅시다. 제가 분위기 좋은 카페들 제법 좀 압니다. 하하하."

재영이 장난하듯 싱긋 웃으며 대답했다.

"네? 제가 뭐 아름다운 건 맞지만, 근데 뭘 잘 해보자는 거죠?"

"같은 동지끼리 한번 잘 지내봅시다."

"도, 동지요? 그, 그러죠. 앞으로 잘 부탁해요."

둘은 그날 이런저런 대화를 하고 헤어졌다. 재영은 집에 가서 신발 벗자마자 기절하듯 잠이 들었다.

한 달 후,

간호스테이션 안쪽 탈의실로 나재영이 불려갔다. 신규간호사 한 달째. 그녀가 담당 프리셉터 배신애 앞에 고개를 숙였다.

"선배님. 정말 죄, 죄송합니다……."

"선배? 쳇! 기도 안 차. 누가 재영쌤 선배야? 내가 언제 재영쌤과 선후배 하재? 내가 왜 재영쌤 때문에 이 고생을 해야 해?"

얼굴이 창백해진 나재영은 하늘이 노랗다. 재영은 배신애 선배가 무서워서 두려운 것이 아니었다. 이것이 과연 얼마나 긴 싸움이 될지, 소문으로만 들었던 그 괴물(태움)의 형체가 서서히 민낯을 들어내기 시작했다. 괴물들은 가끔 선배간호사인 배신애의 얼굴로 나타나기도 했고 김봉희의 얼굴로 위장하기도 했다.

재영은 생각했다.

'내가 과연 여기서 살아남을 수 있을까?'

신규간호사들이 입사 3개월을 못 버틴다는 그 악명 높은 태움이 시작됐다. 어느 정도 각오는 했다. 환자와 동료들 시야에서 벗어난 탈의실이라 그럴까? 배신애는 거침없었다.
"정신 똑바로 차려! 옛날에는 이러면 너 같은 건 그날로 바로 쫓겨났어, 알아? 너 간호사 맞아? 너네 부모 부자니? 이깟 실력 키우라고 지금껏 너를 가르쳤겠지? 어이없어 정말."
재영은 속으로 화가 치밀었지만 참았다. 한달을 울었더니 가뭄에 바짝 마른 보리밭처럼 더는 눈물도 나오지 않았다. 배신애 선배의 태움은 그 후로도 계속 되었다. 물론 모든 이들 앞에서는 약간의 존칭이 추가된 것만이 차이라면 차이였다.
"이 봐! 재영쌤!"
"네!"
"선배가 부르면 당장 달려와야지, 건방지게 대답만 해?"
재영을 힐끗 보던 이해겸이 의국으로 사라졌다.
"부르셨어요?"
배신애가 또 탈의실로 재영을 호출했다.
"바이탈(vital-신체활력징후) 적은 거 봐라. 차트를 이렇게 적으면 어떡해? 다시 해!"
배신애가 차트를 탈의실 바닥에 내던졌다. 하마터면 차트판의 날카로운 모서리가 나재영의 발등을 무참히 찍을 뻔했다.
"죄송합니다. 지금 다시 기록하겠습니다."
나재영은 고개 들 힘조차 남지 않았다.
"재영쌤이 다닌 학교에선 기본을 이렇게 가르쳐? 왜 이 모양이야?"
"죄송합니다."

"또 죄송? 그리고 깜빡? 여기가 무슨 사거리야? 교차로야? 수시로 깜빡깜빡하게!"
"죄, 죄송합니다."
배신애가 팔짱을 끼고 서서 말했다.
"여긴! 우리가 깜빡하는 순간! 환자가 죽어나가는 곳이야! 알아? 그건 누가 책임질 거야? 어? 만약 살릴 수 있는 환자가 너 때문에 죽으면! 그건 누가 책임질 거냐고! 네가 다 책임질 거야? 네 실수로 내가 피 봐도 된다는 거야 뭐야?"
이른 아침부터 배신애의 목소리로 응급실 탈의실이 시끄러웠다.
"아니, 또 왜 이렇게 시끄러워요?"
응급실 수간호사 송문영이 탈의실 안으로 얼굴을 디밀었다. 배신애가 표정을 바꿔 배시시 웃었다.
"어머! 수선생님 오셨어요? 헤헤. 신경 쓰지 마세요. 똑바로 하라고 신규 좀 가르치는 거니까."
송문영이, 팔짱끼고 서 있는 배신애와 고개 숙이고 주눅 든 채 서있는 나재영을 번갈아 보고는 바닥을 살폈다.
"뭐야? 소중히 다뤄야 할 차트판이 왜 바닥에 누워계셔?"
나재영이 수간호사 말 끝나기가 무섭게 얼른 차트판을 주웠다. 그런 나재영을 잠시 본 송문영 시선이 배신애로 향했다.
"신애쌤, 신규들 살살 좀 다루라고 내가 몇 번 말해? 오자마자 이렇게 볶아대면 정신없어 일 제대로 하겠어? 내가 볼 때 이건 신애쌤도 환자를 위한 태도는 아닌데?"
배신애가 송문영 수간호사를 향해 투덜댔다.

"수선생님, 제가 뭘 어쨌는데요? 왜 수선생님은 꼭 저만 갖고 그래요?"
"재영쌤은 신애쌤의 프리셉티야. 잊었어? 후배 잘 지도하라고 묶어줬더니. 왜 그래? 난 참 이해를 못하겠네. 신규 잘 가르치라 했지 누가 탈의실에 불러놓고 닦달 하라했어?"
"아니 수선생님은 왜 만날 저만 같구 그러시냐고요? 쳇."
"신애쌤은 처음부터 잘했어? 하면 할수록 실력이 느는 거지. 신애쌤은 엄마 뱃속에서부터 시린지(syringe-주사기) 손에 들고 나왔어? 제발, 대 놓고 야단만 치지 말고, 하나하나 환자 상태에 따라 처방하고 대처하는 법을 가르쳐 주란 말이야."
배신애는 송문영수간호사가 사사건건 참견하는 게 못마땅했다. 탈의실을 나가는 송문영에게 배신애가 억울한 듯 한마디 했다.
"수선생님!"
송문영이 문 열고 나가다 다시 탈의실로 고개를 들이밀었다.
"왜? 귀 열렸으니 말해."
"그러게 제가 뭐랬어요?"
"뭘?"
"아니, 우리 드림대학병원이 개나 소나 다 들어오는 데냐고요? 도대체 기본이 없어 기본이! 속 터져 같이 일할 수가 없다고요."
송문영 수간호사가 배신애를 뚫어지게 돌아봤다. 송문영이 나재영에게 말했다.
"재영 쌤. 잠깐만 나가 있을래? 신애쌤과 잠시 할 말이 있어서."
"아, 네. 알겠습니다."

지원군이 온 것인가. 재영이 올무에서 해방된 한 마리 사슴처럼 쏜살같이 탈의실을 나갔다. 그 모습을 보던 송문영 시선이 배신애를 향했다.
"신애쌤 방금 뭐라 했어? 기본……?"
배신애를 향한 송문영 눈에서 레이저가 발사되었다. 배신애가 찔끔, 눈길을 내리고 머뭇거리다 그래도 할 말은 해야겠다는 듯 토를 달았다.
"아니, 뭐…… 그러니까 제 말은요."
"신애쌤. 기술은 손으로 익히는 거지만, 사람 살리는 진정한 의료행위는 가슴으로 하는 거야. 알잖아? 신애쌤 말대로, 신애쌤은 그런 기본쯤 더, 잘 알 테지? 신애쌤은 지금 그 말 책임질 만큼 잘하고 있어? 신애쌤, 이 병원 온 지 6년이지? 내가 여기서 신애쌤과 함께 일하는 동안 내가 그렇게 당부하고 지침을 알려줬는데도 아직 내 말을 못 알아듣는 거야? 아니면 내 지침 무시하고 도전하는 거야? 신애쌤이 예전 한 때 사수 잘못 만나 고생한 것 나도 알아. 설마 그렇다고 후배한테 똑같이 갚아주려는 건 아니지? 그럼 신애쌤도 그 선배랑 동급인간이 되는 거잖아?"
"제가…… 뭘요?"
배신애는 여전히 못 마땅하다는 표정이다.
"신애쌤 보기엔 내가 우습게 보여? 내가 그렇게 신규들한테 빡빡하게 굴지 말라고 몇 번 말했어? 쟤네들도 뭘 알고 적응할 시간은 주면서 볶아도 볶아야지? 선후배 간호사들 간에 신뢰가 깨지고 팀웍이 흔들리면 그것은 곧 환자생명과 직결된다는 걸 몰라?"

"그럼, 신규 잘못이나 실수로 생긴 일은 프셉들한테 책임을 묻지 말던가요? 그럼 우리도 안 볶아요. 근데 잘못되면 다 프셉들이 책임져야 하잖아요? 안 그래도 내일만으로도 치여 죽겠는데. 초보까지 달고 다니면서 이 모든 걸 언제 다 가르쳐요?"
송문영은 답답했다. 배신애 말도 틀린 게 아니었다.
"신애쌤, 그런 것 우리 다 겪으면서 올라왔어. 그게 너무 힘겹고 싫어서, 지금 부장님도 과장님도 간호인원 확충해 달라 요청하는 거잖아? 그때까지는 우리가 함께 버텨내야 하는데, 신규들 볶아 사고라도 더 치면 그건 지혜로운 일이야? 신규들 볶아대면 간호인력이 늘고 오늘 터진 긴급한 일들이 줄어들기라도 해? 우리 불필요한데 힘 좀 빼지 말자."
배신애를 보던 송문영이 나재영을 다시 불렀다. 송문영이 재영에게 말했다.
"재영쌤."
"네?"
"신애쌤."
"네."
"두 쌤들 지금부터 내 말 잘 들어요."
"네? 네."
"다른 병원은 어떤지 몰라도 내가 있는 여기! 드림대학병원 응급실 간호부에서 가장 중요한 것은 여러분들이 어떤 각오로 여기 섰느냐는 거야. 우리는 전문 의료인이야. 간호사에게는 오직 환자를 위한 사랑과 응급진단과 보살핌! 컴플레인 제로! 그리고 어떤 태풍과 장애물 앞에서도 환자를 먼저 지킨다는 철탑 같은 사명감! 이것이 바로 철칙이야. 선생님들이 앞으로 어떤 간호사로 환자들 기억에 남느냐에 따라 그 때가서 정말 명문 간호사든 못난 간호사든 결정 되겠지. 재영쌤 내 말 알았지? 기죽지 말고, 그동안 힘들게 배운 것을 차근차근 익혀서 환자를 위해 사용해. 모르는 것은 언제든 어려워 말고 선배들한테 묻고, 알았지?"
"네, 수선생님."
"쳇."
배신애가 보일 듯 말듯 입을 삐쭉거렸다. 송문영이 나가다 배신애를 보고 한마디 더 했다.
"신애쌤."
배신애가 송문영을 힐끗 봤다.
"그 아름다운 미모만큼 신애쌤 마음도 아름다울 거라 나는 믿어. 선배면 선배답게 후배를 먼저 아껴주고 이해해 주면서 가르쳐 줘. 그래야 후배도 선배를 존경하고 따르지. 부탁할게."
"네."
송문영이 다시 나재영을 향했다.
"재영쌤, 신애쌤 말 크게 틀린 것 없어. 알지? 재영쌤 입사 한 달이 넘었지? 이곳 분위기도 조금은 알았을 테고. 응급실은 바쁠 땐 정신 없지만, 한가할 때는 괜히 스테이션 서성이며 시간 허비하지 말고, 스스로 일을 찾아 익히는 습관들여. 카덱스(간호계획기록표)를 한번 더 보거나, 응급실 안 물품들 어디어디 있는지 익히고 체크해두면 좋겠지? 여기서는 각자 일을 찾아서 하는 게 아주 중요해."

"명심하겠습니다."

고개 숙인 재영에게 송문영이 귓속말을 했다.

"신애쌤한테 선배님 선배님 하면서 잘 배워. 예전에 선배한테 하도 시달린 상처가 있어 저러는 것 같은데, 나쁜 사람은 아니야. 알았지? 힘내고! 이 또한 지나간다는 것 믿고! 화이팅!"

"그럴게요."

수간호사 응원에 재영은 순간 눈물이 핑 돌았다. 문영이 재영에게 슬쩍 윙크하며 나갔다. 차지가 오병태를 불렀다.

"병태쌤. 집중치료실 6번 베드 이영환 환자상태 체크했어? 지금 병실 난데가 없어서 오후에나 병실로 올라갈 거야. 아침점심 약은 우리가 처방해 드리라 오더 내려왔지?"

"아! 맞다. 제가 깜빡했습니다. 지금 바로 상태 보고 조무사한테 지시할게요."

오병태가 6번 베드로 향했다. 차지가 배신애를 불렀다.

"신애쌤."

"네."

"2번 베드 저혈당으로 실려 온 환자, 스페셜 체크 오더 마쳤어?"

"아니, 아직요. 아까 시도하다 멈췄는데."

"그럼 그거, 재영쌤 데리고 가서 BST(blood sugar test-혈당검사) 하는 법 좀 상세히 가르쳐줘. 그리고 간밤에 실려 온 환자 중에서 어드미션(admission-입원) 하실 분과 디스차지(discharge-퇴원)하실 분들, 그리고 트랜스퍼(transfer-전실, 전동, 전원 이동) 환자분들 재영쌤한테 한번 안내해보라고 가르쳐 줘. 알았지? 난 신애쌤 믿어. 안 그래도 힘든데 좀 웃으면서 하자."

"차지쌤, 그런 기본까지요? 그걸 다 제가 언제 가르쳐요? 저도 바빠 죽겠는데?"

"신애쌤 입장 알지만 아직 신규쌤들 이잖아. 머리로는 다 아는 이론도 지금은 긴장해서 머릿속이 하얗지. 신애쌤은 신규 시절 없었어? 겪어 잘 알잖아. 신애쌤한텐 나이로나 인생경험으로나 다 한참 후임들인데, 잘 좀 토닥여주면서 가르쳐 줘. 알았지?"

배신애 대답이 심드렁했다.

"네에. 근데 차지쌤! 재영쌤이 제 동생은 아니잖아요? 그냥 남이지."

"으이구, 알았어. 아참, 전 듀티 쌤들이 혹시 체크 못한, 환자 상태 있나 보고. 담당의들 처방에 오류 없는지도 한번 더 체킹하고."

신애가 마지못해 대답했다.

"에휴, 알았다고요. 나이트 쌤들이 어련히 알아서들 필터링했을까요. 하여튼 차지쌤 결벽증은 정말……."

그때 송문영이 나섰다.

"신애쌤. 차지쌤 말 들어. 그래도 혹시 모르잖아? 담당의들도 사람인데, 만약 환자처방에 실수 생기면, 그걸 우리가 걸러내지 못하면 환자들이 위험에 빠질 수 있는 것 잘 알잖아? 환자들 상태와 담당의 처방 정확히 한번 더 봐."

최연희가 멀어지자 배신애가 입술을 삐죽였다.

"지가 차지면 다야? 잔소리, 잔소리! 쳇!"

배신애가 혼자 중얼댔다. 재영은 곁에서 고개를 숙이고 섰다.

"재영쌤 뭐해? 따라와! 정신 좀 바짝 차리고!"

"네! 죄송해요."

배신애가 나재영을 데리고 탈의실을 나갔다.

"선생님들, 게시판에 다음 달 듀티 올렸으니 미리미리 참고하세요."

송문영이 3교대 듀티표를 벽면 게시판에 붙였다. 재영은 긴장한 채 배신애를 따라갔다. 응급실에 내려온 이해겸이 재영을 주시했다.

"방금 차지쌤 얘기 들었지? 2번 베드 당뇨환자 BST(혈당검사) 체크해서 가져와."

"네, 선생님."

재영이 알콜솜과 혈당체크기가 든 상자를 들고 2번 베드로 갔다. 신애는 기분 나쁘다는 듯 입고 있던 수술복을 탈탈 털었다. 배신애가 눈을 째리며 곁눈으로 재영을 주시했다. 환자가 누운 베드를 향해 한발 한발 다가가며 재영은 속으로 생각했다.

'침착하자. 한번에 잘해야 해. 한번에.'

배신애가 스테이션에서 곁눈으로 재영을 주시했다. 재영은 긴장되어 손끝이 떨렸다. 그녀는 침착하게 환자 손을 다정하게 잡았다.

"할머니, 이젠 좀 괜찮아지셨어요? 혈당체크로 중간 경과 한번 볼 건데요. 평소에 어느 손가락을 하셨어요?"

"여기요."

환자가 왼쪽 약지손가락을 내밀었다. 재영이 환자 손가락을 천천히 마사지하며 생각했다.

'굳은살이 있는 부분은 피해야 한다. 손톱 바로 밑 연한 부분을 한

번에 찔러 성공해야 한다.'
재영은 환자 손가락을 꼭 쥐고 단번에 바늘을 찔렀다. 성공이었다.
"할머니, 아프지 않으세요?"
"안 아파. 신기해. 아이고, 나이도 어린 아가씨가 참 잘 허네."
담당환자를 라운딩 하던 해겸이 이쪽을 주시했다. 환자가 말했다.
"설마 또 찌르는 건 아니쥬? 아이고, 검사라면 아주 신물이 나."
환자가 신경 쓰인다는 어투로 물었다.
"할머니 걱정하지 마세요."
재영은 당황하지 않고 잠시 기다렸다. 방금 찌른 그곳에서 루비보석처럼 붉은 피가 뽈록 신호를 보냈다. 할머니 환자가 슬쩍 배신애를 돌아보며 말했다.
"어이구, 나오네. 아가씨는 참 재주가 좋구먼. 아까 어떤 간호사는 당최 자꾸 찌르기만 하구 피가 안 나와 영 고생했는데. 젊은 아가씨가 용하네. 용해."
"할머님, 저희는 아가씨가 아니고 간호사예요. 간호사라고 불러주세요."
"그려요, 간호사님."
재영이 삼색 볼펜으로 방금 확인한 혈당 수치를 차트에 상세히 기록했다. 수간호사 송문영이 다가왔다.
"재영쌤 아주 잘했어. 간호사 손은 절대 거짓말 못 해. 그것은 저분들이 먼저 아시거든."
"네, 감사합니다."
멀리서 그 모습을 지켜보던 배신애.

'쳇! 제법이네.'
배신애가 다시 나재영을 불렀다.
"이봐! 재영쌤. 거기 다 마쳤으면 아까 말한 환자들 구분해서 조무사들한테 지시해."
"네 알겠습니다."
재영은 간밤 피 튀기던 사투의 흔적들이 깨알처럼 적힌 차트를 살폈다. 그녀는 조무사들을 데리고 응급실 베드를 돌며 환자와 보호자들한테 자세히 설명했다. 재영은 차트에 기록된 오더를 수없이 반복체크하며 약국으로, 외래로, 임상병리과로 또는 각 해당과 병동으로, 수납과로 조무사들을 보냈고 환자를 안내하게 지시했다.

6. 배신애가 환타를 만났을 때

점심시간이 한참 지나 있었다. 스테이션 쪽에서 정호철주임이 재영과 채남을 불렀다.
"지금 얼른 가서 밥들 먹고 와요. 응급환자가 또 언제 닥칠지 모르니까. 10분 내로 서둘러 다녀와요."
채남이 정호철을 두고 혼자 가기 안타깝다는 듯 물었다.
"선배님은용?"
"내 걱정 말고 어서 다녀와요. 먹어야 뛰지. 지금 못 먹으면 온종일 굶을 수도 있어. 어서 가요."
"넹. 그럼 다녀오겠습니당."
재영은 채남과 함께 식당으로 향했다.
"아! 진짜, 벌써 한 달이 지났는데도 병풍이니 우리 어뜩해용."
재영이 깨작깨작 젓가락질을 하다 병풍이란 말에 웃음이 터졌다.
"맞아요. 병풍. 크크크. 정말 여기서 과연 살아남을 수 있을지 캄캄해요. 도망가고 싶은 마음 굴뚝이라니까요."
건너편 식탁에서 식사를 마친 해겸이 그들을 보며 일어나 식판을 반납하고 사라졌다. 모두는 넘어가지 않는 밥을 신속히 퍼 넣고 일어났다. 재영이 점심을 번개처럼 먹고 음료수 자판기에서 캔 음료 하나를 뽑았다. 그녀는 배신애와 잘 지내고 싶었다. 배선배가 무엇을 좋아하는지 알 수 없는 재영. 고민 끝에 오렌지 맛 음료를 사서 누가 볼세라 얼른 주머니 속에 감췄다. 스테이션을 둘러보니 거기 배신애 선배가 보였다. 재영은 눈치껏 배신애 주머니에 음료를 얼른 밀어 넣고 돌아섰다.

"앗 차거. 뭐, 뭐하는 거야?"

"선배님 드세요. 헤헤. 오전에 저 때문에 많이 답답하셨죠? 열심히 하겠습니다."

"이런 것 필요 없으니 일이나 똑바로 해."

그나마 조금 누그러진 배신애 목소리. 신애는 재영이 넣어준 음료를 마시려고 그것을 꺼냈다. 오렌지 빛깔 환타였다.

"야! 너 뭐야!"

그 순간 신애는 안색이 불그락 푸르락 돌변하더니 소리를 빽 질렀다.

"너, 나 약 올리는 거야? 이게 정말 보자보자 하니까! 날더러 지금 환자 타라고 환타 준 거지? 맞지?"

"네? 아니요. 저, 그게 아니라······."

순간 재영은 하늘이 노랬다. 음료를 건네던 순간까지도 그 생각을 전혀 못했다.

"이게 어디서 발뺌이야? 너 지금 내가 오전 내 너 갈궜다구 엿 먹이려고 이거 사 온 거잖아? 누가 모를 줄 알아? 너 진짜 죽고 싶어? 이게 아주 순진한 척 하면서 나를 실실 갖고 노네!"

복도를 지나던 다른 과 간호사들까지 재영과 신애를 번갈아 쳐다봤다. 재영은 순간 눈물이 쏟아질 것 같아 복도를 뛰쳐나갔다. 2년차 김민주가 재영이 걱정되어 따라갔다. 양과장이 우연히 지나다 그 광경을 보고 한마디 했다.
"갑자기 웬 난리? 신애쌤은 왜 저래? 재영쌤은 또 왜 저러고?"
곁에 있던 간호사가 대답했다.
"환타를 줬나 봐요."
"누가?"
신애가 대답했다.
"나재영이지 누구예요."
지나가던 병리과장도 그 말에 한마디 했다.
"오마이갓! 재영쌤이 신애쌤에게 환타를?"
"네."
"아이고야, 이거 일 터졌네."
병리과장이 골치 아프다는 듯, 고개를 절레절레 흔들며 지나갔다. 양과장이 배신애를 보았다.
"왜? 탄산음료 마시면 진상환자 탄다는 그 소리 때문에? 못 말린다 진짜. 아니 아직도 그런 걸 믿어? 그거 다 미신이야 미신. 첨단의료현장에서 무슨 그런 걸 믿고 그래?"
다른 간호사가 대답했다.
"과장님, 그래도 우린 심각해요. 왠지 이상하게 맞아떨어지더라고요. 으으…… 끔찍!"
양과장은 불란을 잠재우려 애썼다.
"근데 그걸 설마 재영쌤이 알고 그랬겠어? 신애쌤 그건 너무 오버다. 사람 무안하게 그럴 것까지 뭐 있어? 재영쌤 많이 무안했겠네.

우리 다 힘들잖아. 최소한 우리끼리라도 서로에게 비타민이 되자. 오케이?"
"과장님은 지금 누구 편드시는 거예요?"
배신애는 발끈했다.
"뭐? 편? 지금 우리끼리 네편 내편이 어디 있어? 더구나 신규가 그걸 알고 그랬겠어? 한번 생각 해봐."
김봉희가 배신애를 역성들었다.
"하이고, 어쩐대요. 오늘 오후 내내 응급실 시끄럽게 생겼네요."
응급실 끝 화장실로 가던 해겸이 힐끗 돌아봤다. 양과장은 계속 배신애를 설득했다.
"아 글쎄! 절대 그런 일 없을 거야. 대체 그 말은 맨 처음에 누가 만들어 퍼뜨린 거야? 나 참."
다른 간호사들이 대답했다.
"그야 모르죠. 간호사 역사를 거슬러 태초까지 쫘악, 줍인 해 봐야 알겠죠."
또 다른 간호사가 말했다.
"근데, 과장님. 환타 마시면 환자 탄다는 말 사실 신경 쓰이긴 해요. 우리도 그래서 절대 근무 중엔 환타 안 먹는데."
배신애가 까칠하게 한마디 했다.
"야, 우리가 오죽하면 응급실 앞 자판기에서는 탄산음료를 절대 안 마시겠냐? 요 앞 자판기 환타 안 팔리기로 유명하잖아? 근데 날더러 환타를 마시라고? 흠, 이건 분명 계획적이야."
양과장이 또 나섰다.

"아이고, 신애쌤이 아주 소설을 쓰네 소설을 써. 재영쌤이 그런 사람이면 내 손에 장을 지진다. 오해 풀고 일들 해. 그나저나 재영쌤, 어디로 사라졌어? 으이그 참."
양과장이 복도 끝으로 사라졌다. 그때 송문영이 연락 받고 스테이션으로 왔다.
"신애쌤, 신규쌤 좀 잘 가르치랬더니. 으이구! 후배가 생각해서 건넨 걸. 그렇게 받아쳐야 되겠어? 대체 이깟 게 뭐라고, 탄산음료 하나로 이렇게 소란을 피워? 아니 지금이 어느 시댄데? 그래서 재영쌤 어딨어?"
김봉희가 심드렁하게 대답했다.
"좀 아까 막 울며 어딘가로 가던데요?"
신애는 여전히 분노했다.
"헐! 지가 뭘 잘했다고 울어! 이건 분명 선배 알길 아주 개 코로 아는 거라구."
재영은 복도를 가로질러 어디로 갈지 갈피를 잡지 못했다.

7. 이 소리! 뭐지?

의국에서 내려오던 해겸이 이쪽을 보다 사라졌다. 재영은 흘러내리는 눈물을 주체 할 수 없었다. 그런 실수를 한 자신에 더 화가 났다.
 '울지 마! 울지 말자. 너 겨우 이정도 밖에 안돼? 바보야 이렇게 나약했냐고! 겨우 이깟 것으로 울면 앞으로 어떻게 견딜 건데? 울지 말자고! 제발! 나재영, 너 대체 왜 이러니? 울지 말자. 울지 말자…….'
재영은 자신을 다그쳤다. 참으려 했지만 눈물은 이미 범람한 지 오래였다.
 "재영쌤, 재영쌤……."
민주가 안쓰럽게 재영을 부르며 따라왔다. 재영은 밖으로 나가 응급실 외벽에 기대 한참을 울었다.
 "<u>흐흐흑</u>……! <u>흐흐흑</u>……!"
 "좋은 마음으로 한 거잖아요. 난 재영쌤 마음 이해 해. 잘 지내고 싶었던 거죠? 그 마음이 중요한 거지. 신애쌤도 곧 마음 푸실 거야."
2년 선배 김민주가 재영의 등을 토닥여주고 일어섰다. 재영은 너무 서럽고 속이 상했다.
 "<u>흐흐흑</u>……! <u>흐흐흑</u>……!"
같은 시각. 신민욱 대원이 응급환자를 싣고 왔다가 돌아가는 중이었다. 응급실 주차장에서 구급대 차량 정리와 시트 소독을 하는데 어디선가 울음소리가 들려왔다.
"흐흐흑……! 흐흐흑……!"
그 소리는 크지 않았지만 건물 모퉁이를 휘감고 어디선가 들려왔다.
"무슨 소리지……? 계단에서 누가 우나? 누군가 또 가족과 사별을 했나보군. 참."
응급실 주변에서 흔히 있는 일이었다. 민욱은 어딘가에서 들려오는 울음소리를 그냥 지나쳤다. 구급차 정리를 마치고 뒤에 막 타려 한 발을 올리던 민욱이 딱 멈췄다. 삽시간에 번갯불처럼 고개 든 기억 하나. 딱히 장소는 기억나지 않았지만 어딘가에서 분명 들었던 낯익은 흐느낌이었다.
'저 소리……! 저 울음소리……! 아…… 어디서였더라?'
그는 갑자기 강력한 전기에 감전 된 듯 온몸이 굳었다.
'저 소리, 분명 어디선가 들었던 소리야. 내가 어디서 들었지? 누구였지? 아…… 기억이 날 듯 하면서 떠오르지 않아. 누굴까? 누구기에 저 소리가 내게 이렇게 낯이 익을까? 이상하다……. 저 울음소리 분명 들었어. 확실해.'
민욱은 너무 이상했다. 꿈을 꾸듯 기분이 묘했다. 훌쩍이는 소리의 주인공이 누군지 알 리 없는데, 그 흐느낌만은 분명 구면이었다. 민욱이 서성이자, 현대식 대장이 운전석에서 백미러를 보며 외쳤다.
"뭐해? 안 타구?"
"대장님 잠시만요. 저 화장실 좀……"
구급차에 오르려던 민욱은 화장실 핑계를 대고 소리의 뒤를 밟았다. 그 의문의 소리가 들려오는 병원건물 모퉁이 어딘가로 뭔가에 이끌리

듯 방향을 틀었다. 천천히 모퉁이를 돌자 거짓말처럼 그 곳엔 아무도 없었다. 분명 방금 전까지 들려왔던 그 소리가 어느 새 사라지고 더는 들리지 않았다. 민욱은 순간 불길했다. 두뇌는 그 소리를 기억하고 있는데 그게 누구인지는 확연히 떠오르지 않았다. 그는 짧은 시간에 극심한 두통이 밀려왔다. 민욱은 건물 벽에 기대서서 잠시 눈을 감았다.
 '이상하다…… 대체 누굴까? 누구였던 것일까? 아, 누군지 얼굴이라도 봤으면. 그러면 기억이 살아났을 수도 있는데. 으으, 대체 누구지? 분명 어딘가에서 들었던, 그 흐느끼던 소리와 똑 같았어. 근데 대체 순식간에 어디로 사라졌지?'
바로 그때였다.
또 다른 119구급차량이 요란하게 응급실 입구로 들어섰다. 다급히 이동하는 스트레쳐카에 누운 젊은 여성이 아랫배를 쥔 채 인상을 찡그렸다. 땀에 젖고 얼굴이 상기된 구급대원 김태경과 정시원이 다급히 환자를 이송해왔다. 재영은 응급실 가장 안쪽 중중환자실에 있었다. 구급대원 신민욱이 건넨 히스토리(history-환자 병력)를 송문영이 받아들었다. 병원사원들이 도와 환자를 옮겼다. 최연희가 외쳤다.
 "호철쌤 3년차 콜 좀."
최연희 차지가 다가갔다.
 "환자분, 어디가 어떻게 아프세요?"
 "아랫배가 꽉 막힌 것 같고 죽을 것 같아요."
 "호철쌤 최진우쌤 콜 했지?"
 "네 바로 오신답니다."
최연희 차지가 응급실 실려 오는 환자들을 중증도에 따라 상태를 신속히 가려내 간호사들에게 지시했다.

"여기. 각자 맡은 포지션대로 진행해. 신규쌤들 집중해서 선배들 하는 거 잘 보고."

최연희 차지가 다른 간호사들에게 지시했다.

"채남쌤, IV (intravenously-정맥혈관에 라인 연결하는 일)."

"재영쌤 여기 IV 카테터(IV catheter-혈관 내 튜브 주사기)."

"아니 이거 말고, 저기 널싱 카트(nurseing cart-운반이 쉽게 만들어진 간호용품이 든 손수레)에 저거 말야."

"재영쌤, 여기 토니캣(tourniquet-지혈대)……."

"왜 또 그러고 섰어? 지금 걷는 거야? 뛰어."

배신애가 또 다른 환자에게로 이동했다.

"재영쌤? 김순희 환자분 IV 잡고 조무사한테 노경창 환자 입원수속 하라 해."

"네, 네?"

"뭐해? 빨리 IV 잡고 노경창 환자 입원수속 지시하라니까?"

"네."

대답만 하고 석고상처럼 굳은 채 서 있는 재영.

"여기 NGO(Angiography-심혈관조영촬영)지시하고, 저쪽 수액 게이지(Gauge / G-바늘 굵기) 확인 했지?"

나재영이 대답했다.

"네. 아까 했습니다."

배신애가 까칠하게 대답했다.

"그런 건 기본이니까 내가 따로 안 챙겨도 되지?"

"……."
"왜 대답이 없어?"
손을 가늘게 떠는 재영을 본 6년차 배신애가 나재영을 뚫어져라 보았다.
"휴, 그럴 시간이 어딨어? 시간 없어. 한번 다시 해 봐."
곁에서 환자 IV 잡는 것을 함께 보던 신규 육채남. 민둥산 머리에서 구슬땀이 흘러내렸다. 재영이 다시 시도하려 환자에게 다가갔다. 최악으로 긴장한 재영의 손이 또 떨었다. 최연희 차지가 다가왔다.
"침착하게."
최연희 차지는 환자가 신경쓸까봐 낮은 목소리였지만 무척 차가웠다.
"아니지, 아니지……. 휴, 암만해도 오늘 니들 페일(needle fail-주사실수) 하겠네."
최연희 말에 재영이 식은땀을 훔쳤다. 보다 못한 배신애가 인상을 구기며 나섰다.
"이쪽으로 나와 봐. 내가 할 테니. 아니 입사 한 달이 넘었는데 아직 IV두 못해? 병풍처럼 서 있으려고 입사한 건 아니지? 모르면 물어 보든가."
정호철 간호사가 급히 주변을 둘러보더니 육채남을 불렀다.
"채남쌤 여기."
동기를 지켜보던 채남이 다른 환자 드레싱 중인 정호철 선배에게 불려갔다.
"이 것 좀 잡아 줘. 그렇지. 그대로 잡고 있어."
정호철이 환자 다리 쪽 상처를 신속히 드레싱을 거들며 물었다.

"불러도 잘 안 들리지? 드레싱 이젠 몇 번 해 봐서 낯설지 않지?"
"아아, 넹. 쪼금."
"그럼 이거 직접 한번 해볼래? 내가 백 봐 줄게 해봐."
정호철이 뒤로 물러났다. 그 자리에 채남이 앉아 천천히 해보았다.
"침착하게. 그동안 실습 많이 했어도 병원마다 매뉴얼이 천차만별이야. 더구나 손에 익지 않은 것은 아직 내 것이 안 됐단 뜻이고. 그럴 때 긴장하면 할수록 실수만 따르니까. 모르면 어려워 말고 내게 언제든 물어봐. 아는 대로 알려 줄게."
긴장했던 신규간호사 육채남은, 자상한 정호철 선배 몇 마디가 늘 눈물 나게 고마웠다.
"넹. 감사합니다."
응급실 정호철 환자 옆 병상에 김봉희가 환자 케어 중이다.
'따르릉. 따르릉.'
오병태가 전화를 받았다.
"응급센타입니다. 네, 라쎄레이션(laceration-열상) 환자 오는 중이랍니다."
신민욱과 유난희 대원이 오토바이사고 환자를 이송해왔다. 유설민 치프가 환자 상태를 살폈다. 젊은 남자 환자는 사타구니 안쪽 열상이 무척 심했다. 최진우 레지던트가 환자를 처치하고 유설민 치프가 참관했다. 1차 처치를 마친 최진우가 스테이션을 향해 말했다.
"여기 슈쳐(suture-봉합)하게 쉐이빙, 1% 리도카인(lidocaine-국소마취제) 준비해 주세요."
스테이션에서 EMR을 기록하던 유설민 치프 아내 배신애간호사가 대답했다.

"알겠습니다."

안쪽 베드에서 최연희 차지가 2년차 김민주를 야단쳤다.

"미치겠네. 민주쌤 오늘따라 왜 이래? 후배들 앞에 망신당하고 싶어? 집중해."

"네."

2년차 김민주가 고개 숙였다. 4년차 김봉희는 악성변비환자 베드에 있었다. 최연희 차지가 김봉희를 불렀다.

"봉희쌤 여기 렉탈 튜브(rectal tube-관장튜브)."

"재영쌤 여기 IM 인젝 (IM injection -근육주사처방)"

재영이 급히 주변을 우왕좌왕했다. 너무 긴장한 나머지 뭐부터 해야 할 지 생각나지 않았다.

"어디에 있어요?"

배신애가 답답해 짜증냈다.

"미치겠네. 정말."

"죄, 죄송합니다."

스테이션에서 EMR을 보던 배신애가 벌떡 일어나 바로 가져왔다.

"아니. 한 달이 넘었는데도 우왕좌왕해? 나 참! 어이없어!"

"죄송합니다."

"재영쌤 아까 말한 열상환자 음모 제거 다 했어?"

"네? 아, 아직."

"뭐하는 거야? 빨리해. 봉합 들어간다잖아? 리도카인(lidocaine-국소마취제)은?"

"리, 리도카인?"
배신애가 주사약 보관실을 가리키며 말했다.
"저기 있다고 내가 몇 번 말했어? 어? 리도카인은 내가 할 테니 어서 쉐이빙 해."
재영이 급하게 쉐이빙 도구를 챙겨 남자 환자 베드로 달려갔다. 젊은 남자 환자라 재영은 면도기를 든 채 난감했다. 뒤따라온 선배 배신애가 재영을 쏘아봤다.
"뭐해? 기도해?"
"아뇨. 죄송합니다. 제가 제, 제모는…… 한번도."
재영은 당황했다. 배신애가 눈을 흘겼다.
"뭐는 해봤고? 이리 나와. 똑바로 봐? 나는 한번만 말한다 했어."
"네."
배신애가 환자를 향해 순간 표정을 바꿔 상냥하게 웃었다.
"환자분, 사타구니 안쪽 열상이 심해 꿰매야 해서요. 청결한 치료를 위해 잠시 제모 좀 하겠습니다."
배신애가 환자에게 신속히 양해를 구한 후 환자복 하의를 내리고 손을 놀렸다.
"잘 봐. 이렇게 하는 거야. 병변 절대 건드리지 말고, 똑바로 잘 봐."
"네."
"다음에 또 헤매기만 해 봐. 그 땐 혼나."
저 멀리서 다른 환자들을 보던 수간호사 송문영과 최연희 차지가 이쪽을 돌아봤다. 나재영을 대하는 선배 배신애 표정이 불안했다. 그 와

중에 보호자할머니가, 혼나고 있는 신규 재영에게 다가왔다.
"저기, 아가씨 나 물 좀 줘. 아니 무슨 병원에 물도 없어? 지랄하구!"
"아, 물이요? 저기 나가시면 정수기 있어요."
"저기? 저기 어디?"
야단을 맞으며, 수술 앞둔 환자 쉐이빙을 익히던 재영이 애써 웃으며 환자보호자를 안내했다.
"이쪽으로 저 따라오세요."
재영이 보호자 고충을 처리하고 달려와 다시 배신애 앞에 섰다.
"죄송합니다."
"죄송. 그놈의 죄송. 앞으로 나한테 죄송하지 마! 죄송할 시간에 공부해 와서 하나라도 제대로 해. 그리고, 왜 나서? 자기 할 일도 못하면서 오지랖은. 이쪽으로 와."
보호자 고충을 해결해 주고 온 재영에게 배신애는 나선다고 혼을 냈다. 재영은 억울했지만 고개 숙이고 따라갔다. 응급환자들은 끝없이 밀려들었다. 응급실은 환자들 신음소리와 보호자들이 몰려 아수라장이 되어 갔다. 배신애가 또 재영을 불렀다.
"재영쌤 이 분 IV(정맥주사 혹은 혈관주사) 잡아. 빨리."
바늘을 쥔 재영의 손이 선배가 본다는 생각에 덜덜 떨렸다.
"손을 또 떨어?"
그때 또 다른 나이 든 보호자가, 긴장한 채 주사를 놓으려는 재영에게 다가왔다.
"저기요. 여기서 제일 가까운 전철은 어디서 타유? 난 초행이라 도통 길을 모르것네."
　재영은 참 죽을 맛이었다. 옆 병상에도 난리였다.
　"병태쌤 여기 IM(근육주사, 엉덩이주사) 어떻게 된 거야?"
　"재영쌤 뭐해? 여기 AST(항생제 피부반응검사) 언제 되는 거야? 굼벵이냐?"
　"재영쌤! 넬라톤(nelaton- 도뇨, 소변을 무균적으로 받는 일) 끝냈어?"
　"아, 지, 지금 하려고요."
　"여태 뭐했어? 기어 다녀두 벌써 했겠다!"
　"아, 증말! 빨리빨리 안 해? 날 샐 거야? 오늘 집에 안 가?"
재영의 목과 가슴은 바짝바짝 탔다.
　"아가씨! 아이구 답답혀, 귓구녕이 막혔남?! 여그서 젤 가까운 전철은 워디서 타냐니께? 내가 묻잖여?"
재영은 정신이 혼몽했다.
　"아, 네? 아, 저, 전철요……? 저기……."
주사 놓으려 긴장한 나머지, 알던 것도 갑자기 생각나지 않았다. 재영은 속이 터질 것 같아 속으로 마구마구 외쳤다.
　'하, 이보세요. 보호자님! 로비에 나가서 좀 다른 사람들한테 물어보심 안돼요? 제가 지금 주사 바늘을 못 꽂겠다고요. 응급실 정신없는 것 안 보이세요? 이 상황에 꼭 응급실 간호사들한테 길을 물어봐야겠어요? 밖에 원무과도 있고 코디들도 있고 수납도 있고 안내원들도 있고 많잖아요? 왜 하필 정신없고 바쁜 나한테 이러세요 정말? 저 지금 식은 땀 흘리는 거 보호자님 눈엔 안 보이세요? 저 좀 제발 살려달라고요! ㅜㅜ'

지옥이 따로 없었다.

물. 물.

재영과 채남과 위 병동에서 뛰는 민선도 물 딱 한모금만 마시면 소원이 없을 것 같았다.

그러나 물 마실 몇 초조차 재영에게 주어지지 않았다. 환자 간호만 신경 써도 지금 정신이 없는데, 그것만 해서 다 끝날 일도 아니었다. 재영이 정신을 가다듬고 얼른 물었다.

"아, 교통편이요? 어디로 가실 건데요?"

재영은 솔직히 털썩 주저앉아 울고 싶었다. 그녀는 급히 그 보호자를 병원 입구로 모시고 가서 길 안내를 해드리고 다시 응급실로 달려와 선배 배신애 앞에 고개 숙이고 섰다.

배신애는 외면하고 자기 일만 했다.

"윤쌤 유린백(Urine Bag-소변주머니) 빨리!"

"재영쌤! 여기 스플린트(splint-부목) 다시 해! 이렇게 하는 게 어딨어? 이상하게 배웠네."

"채남쌤 아이스백 다 썼으면 조무사한테 더 가져오라 지시해!"

"한순임 환자 MRI 어떻게 됐어?"

"재영쌤, 빨리 이것 좀 잡아 옮겨!"

"신규! 어딨어? 왜 뭐 좀 시키려면 꼭 없는 거야?"

"저 여기 있습니다. MRI 다녀왔어요."

"바빠 죽겠는데 왜 자기가 다녀와? 조무사들 있잖아? 그리고, 굼벵이야? 날아다녀야지 누가 기어 다니래? 안내를 종일 해?"

바로 그때 교통사고 절단환자가 다급히 또 응급실로 실려 왔다.

"비켜주세요! 아웃카 티에이(out car TA- 차 밖 교통사고)예요!"
 암부(ambu bag-수동 인공호흡기)를 차고 실려 온 환자는 하지가 절단되어 출혈이 심했다. 모든 의료진이 다 달려들었다. 환자는 점점 심각해지더니 심정지가 시작되었다. 갑자기 더 다급해진 응급실. 촌각을 다투며 CPR(심폐소생술)이 진행되었다. 그 광경을 뒤에서 지켜보던 나재영이 순간 눈앞이 캄캄했다. 아무 것도 안 들리더니 급기야 그 자리에 쓰러질 듯해 베드 난간을 얼른 잡았다. 긴장성 쇼크가 온 듯했다. 응급실 모든 소리가 진공상태가 되어 멀리 메아리쳐 들렸다.
 "재영쌤!"
 "네!"
재영이 가까스로 정신을 가다듬고 환자에게로 달렸다. 배신애가 재영을 노려봤다.
 "뭐야? 정신 안 차려? 따라와 윤창훈 환자 IM 직접해볼 거야. 준비 해 봐."
재영은 뒤따르며 또 긴장되었다. 손 소독 후 약물, 실린지, 알콜솜, 투약카드를 챙기고 실린지에 약물 채워 준비한 후 배신애를 따라갔다. 선배가 지켜보고 있으면 이상하게 잘하던 것도 뒤엉켰다. 재영은 대학시절 실습했던 IM 순서를 재빨리 머리에 대뇌며 천천히 진행했다.
 '90도로 실린지를 들고 삽입할 때 재빠르고 부드럽게 한다. 주사기를 뒤로 뺀 후 혈액이 나오지 않으면, 약물을 천천히 주입. 알콜솜으로 누르고 넣을 때와 같은 각도로 뺀다. 손바닥을 이용해 마사지⋯⋯ 휴, 됐다.'
간호스테이션으로 돌아온 재영은 안도의 한숨을 쉬었다.

"뭐야? 다 끝났다고 생각해? 뭐 빼먹은 거 없어?"
"네?"
재영은 뭐를 빼먹었는지 도무지 기억나지 않았다.
"정말 없어?"
"……"
"간호기록지에 기록 안 해?"
"아! 아, 맞다. 죄송합니다."
"그리고, 최난분 환자, 처방전 약이 두 개나 안 내려왔잖아? 아는 거야 모르는 거야? 조무사 시켜 확인 안 해? 당장 가서 챙겨 봐."
"네."
재영이 담당조무사와 함께 투약 상황 체크하자마자 배신애 지적은 또 끝없이 이어졌다.
"플라스타(반창고) 다 썼으면 조무사 시켜서 재깍재깍 챙겨놔."
그 때 또 다른 환자 보호자가 응급실 스테이션으로 다가왔다.
"아구! 울 영감이 시방 아파 죽는대유, 빨리 좀 봐 주세유. 숨이 꼴딱, 넘어가게 생겼시유."
"하, 미치겠네! 아니 여기 있던 퍼스팬(puspan-곡반) 누가 자꾸 가져 가는 거야?"
재영이 급히 노파를 따라 환자에게 달려갔다. 그 때 또 다른 환자 보호자가 재영에게 다가왔다.
"저, 간호사 샥시. 지가 아까부텀 열이 쪼께 있는 것 같은디. 저 열 좀 쪼까 재 봐 주쇼?"
"아…… 체, 체온 재 달라고요? 자, 잠시만요."

이 바쁜 상황에, 환자와 함께 온 보호자까지 재영에게 체온을 재 달라고 했다.
"재영쌤! 핫백 찜질 누가 이렇게 하래?"
"죄송합니다."
"아니! 대체 누가 챠팅을 이딴 식으루 가르쳤어? 어? 당장 다시 해."
"죄송합니다. 지금 다시 하겠습니다."
"트레이(tray-의료쟁반) 가지러 가서 왜 아직 안 와?"
 조무사가 허겁지겁 트레이를 갖고 달려왔다. 그 때 또 다른 환자 보호자가 응급실 스테이션으로 다가왔다.
"저기, 울 영감 오줌 줄이 잘못 됐는가, 바닥이 흥건 해유. 좀 봐 줘유."
"아, 네 바로 가서 봐드리겠습니다."
 재영이 조무사를 향해 지시했다.
"조무사님, 저 환자분 폴리 빠졌나 좀 봐주세요."
 그 때 또 다른 환자 보호자가 재영에게 다가왔다.
"나, 혈당 좀 재 쥬수. 예전에 재고 못 재 봤는디. 오늘 병원 온참에 좀 재봐야 것네."
재영은 졸도할 것만 같았다. 그녀는 속으로 외쳤다.
'세상에, 맙소사……! 보호자들 정말 너무하네. 아니 어떻게 이럴 수가.'
가뜩이나 정신없는데, 보호자들까지 나서서 한 몫 단단히 거들고 있었다. 온종일 화장실도 못 가 아랫배가 쓰려왔다. 점심은커녕 물 한 모금 못 먹고 지금껏 달리고 있었다. 환자 파악은커녕 대체 자신이 지금 환자 처치를 맞게 하고 있는 것인지조차 파악되지 않았다. 정신이 몽롱했다. 이러다 순간에 자신도 모르게 의료사고를 저지를까 봐 너무 두려웠다.

"아, 보호자분. 정말 죄송한데요. 여긴 지금 급한 환자분들이 많아서요. 복도에 가면 혈압측정기 있으니 거기 가서 혈압재시겠어요?"

"아! 바쁘긴 뭘 바쁘다 그려? 보아하니 초짜라 별로 하는 일도 없구만. 아 그냥 좀 아가씨가 얼른 재 봐. 잠깐 해 주면 될 걸 같구. 뻑뻑하게 그려? 딴 병원들은 친절하게 다 재주는데. 이 병원 아가씨들은 왜 이렇게 불친절 해? 다음엔 여긴 안 와야겠구먼."

"제가 이따 가서 재 드릴 테니, 조금만 기다리실래요? 지금은 바빠 못 해드려요."

"재영쌤 아까 말한 드레싱카 아직도 점검 안 했네? 조무사 지시 안 한 거야? 어?"

"여기 베드 시트 아직도 안 갈았네. 여사님한테 지시 안 했어? 블리딩(출혈) 오염 때문에 다시 갈라고 한 지가 언제야? 스피드가 그렇게 느려서 어떡해?"

"저기 바닥에 유렌(소변) 흐른 것도 여사님들 아직 안 닦았네? 빨리 빨리 좀 시켜. 아휴!"

"네, 지금 요청할게요."

"나참! 기막혀! 멸균 포셉(겸자) 놓은 꼴 좀 봐. 이거 대체 누구 짓이야?"

"아니! 카테터 정리 안 할 거야? 내가 아까부터 미리미리 조무사한테 지시하라고 몇 번 말했어? 자꾸 이럴 거야? 정신이 그래가지고 앞으로 뭘 하겠단 거야?"

어떻게 하루가 갔는지 기억나지 않았다.
퇴근시간이 되자 재영이 엘리베이터로 향했다. 엘리베이터 문이 열리고 사람들이 우르르 쏟아져 나왔다. 재영이 막 엘리베이터 안으로 발을 들여놓으려던 그때였다.
"엇? 어머! 너 재영이 아니니? 나재영 맞지?"
진한 향수와 눈부시게 화려한 차림의 한 여자가 그녀를 불러 세웠다. 고등학교 선배 정여진이었다.
"아, 선배님."
갑자기 마주친 만남에 둘은 어리둥절했다. 재영은 썩 반갑지 않았다. 정여진은 고3 때 만난 동갑내기 남학생과 실수로 임신해 대학에 못 가고 결혼한 여자였다. 능력 있는 부모 만난 것을 마치 자신이 이룬 인생최대 업적인양 과시하고 다니는 그녀였다.
"선배님, 여긴 어쩐 일이세요?"
"나? 우리 시아버님이 이 병원에 입원해 계셔. 근데 넌 여긴 어쩐 일이야?"
"저 여기서…… 일해요."
여진이 재영의 차림새를 잽싸게 위아래로 훑었다.
"어머, 그러니? 그럼 간호사 된 거야? 그거 무지 힘들다던데, 고생 많다 얘."
재영은 종일 땀 흘리고, 울기까지 한 자신의 행색에 초라함을 느껴

멋쩍었다.

"아뇨, 고생은요 뭐. 재밌어요……(물론, 오늘 같이 정신없지만 않다면 이라고 생각했다)"

"안 힘들어? 아이고, 넌 참 용타."

칭찬인지 욕인지 듣기 묘해서 재영은 머리를 긁적이며 애써 태연한 척했다.

"저는 안 힘들어요. 정말 보람 있어요."

"그러니? 그래서 다 저마다 타고난 대로 먹고사나 보다. 난 죽어도 못할 텐데."

선배 말이 듣기 불편한 재영은 엘리베이터 쪽을 자꾸 바라보았다. 여진이 눈치 채고 거만하게 인사했다.

"퇴근하나봐? 잘 가. 또 보자."

"아, 네. 선배님 안녕히 가세요."

짙은 향수냄새를 남기고 그녀가 복도 저쪽으로 사라졌다. 엘리베이터는 좀처럼 내려오지 않았다. 재영은 기다리다 소변이 마려워 화장실로 갔다. 변기에 앉아 스마트폰을 열었다. 근무하는 동안 확인 못한 카톡과 문자들이 붉은 폭탄처럼 빛났다. 소지품을 챙겨 막 화장실 문을 열고 나가려던 그 때였다. 요란한 하이힐 소리와 함께 문 밖에서 누군가 통화음성이 들렸다. 무심코 나가려다 재영은 우뚝, 발을 멈췄다.

"그렇다니까. 재영이 그 애 말이야. 아이고, 불쌍하더라. 여기서 간호사 한다나 뭐라나. 몰골이 초췌한 게, 아주 그냥 얼굴이 피곤에 절었더라. 난 바로 알아봤지. 내가 누구냐?"

재영은 문 손 잡이를 열다 꼼짝할 수 없었다. 듣고 있자니 혈압이 올랐다.
 '후! 아니. 선배면 다인가……. 저게 죽으려고……! 온 사방이 다 트인 화장실에서! 지금 누구 뒤 담화를 까대는 거야? 대체 내가 뭘 어쨌기에? 참 어이없네. 으이구! 지는 속도위반해 고등학교 졸업하고 바로 시집 간 주제에!'
여진의 격앙된 목소리가 다시 들렸다.
 "누구긴, 시어미지. 지겹다 지겨워. 내가 그놈의 코딱지만 한 재산 보고 참는다. 큭큭큭. 알았어. 또 통화하자."
밖이 순간 조용했다. 재영은 발이 저렸다. 나가야 할지 말아야 할지 난감해 천천히 변기뚜껑 위에 걸터앉았다. 낡은 핸드백을 품에 안고 청승맞게 구겨 앉은 재영의 모습이 우스꽝스럽다.
 '쳇! 진짜 어이없네. 아니! 내가 지한테 옷을 달래 밥을 달래? 저걸 그냥 콱……! 아효! 참자, 참아. 으이그, 한심한 인간. 내가 참는다.'
한참 후 재영은 밖으로 나왔다. 구겨진 옷가지를 털며 저린 다리를 절뚝이며 재영은 속으로 다짐했다.
 '그래, 오늘은 내가 참는다. 너희 같은 속물들과 싸울 시간 없다. 그래서 참는 줄 알아라. 참내! 살충제가 필요한 인간들이 왜 이렇게 많아? 가자! 나재영.'
저린 다리를 이끌고 숙소로 향했다.

8. 내 이름은 디요라입니다

'치지직-, 치지이익- 제1소대 출동각지! 청계광장 소라탑 앞! 구급비발! 구급비발!'
'애애애애앵-----'
무전기 소리에 민욱이 구급차를 향해 전속력으로 달렸다. 민욱이 구급차에 뛰어오르자 현대식 대장이 광장소방서와 다급히 무전을 주고받으며 서둘러 병원을 빠져나갔다.
잠시 후, 드림대학병원 지하주차장으로 제1소대 구급차가 응급환자를 싣고 들이닥쳤다.
"비켜주세요! 스텝운드(stab wound-뾰족한 것에 찔린) 환자입니다!"
119 구급대원 신민욱과 유난희가 온몸이 땀에 젖은 채 스트레쳐카를 밀며 들어섰다. 최연희 차지와 배신애가 환자를 향해 달렸다. 여덟 살쯤으로 보이는 여자 아이가 목 깊숙이 핑크색 문구가위를 꽂은 채 실려 왔다. 눈물을 닦으며 응급실로 들어서던 재영 앞으로 신민욱 구급대원이 휙 스쳐갔다. 병동컨퍼런스에 다녀오던 해겸이 그 둘을 힐끗 보며 지나갔다. 재영은 신민욱 대원을 보자 깜짝 놀랐다.
"엇? 또, 또 나타났네! 그…… 핸드폰 주인!"
송문영이 외쳤다.
"재영쌤! 코드블루(Code Blue-의료코드의 한 종류로, 심장마비환자 발생시 사용)

콜! 어서!"
"넵!"
비상구에 숨어 남몰래 훌쩍였던 그녀, 눈물이 채 마르기도 전에 재영이 또 달렸다. 잠시 후 병원 내 스피커가 다급히 콜사인을 알렸다.
[코드블루! 코드블루! ER!]
[코드블루! 코드블루! ER!]
주변에 있던 각 과 담당의들이 일제히 응급실로 내려갔다. 긴급 콜을 들은 유설민이 의국에서 응급실로 달렸다. 최진우가 화장실에서 바지 지퍼를 올리며 나와 응급실 쪽으로 달렸다. 응급실 상황은 초긴장 상태로 돌변했다.
[코드블루! 코드블루! ER!]
[코드블루! 코드블루! ER!]
민욱은 다급한 환자 이송으로 아까 들었던 울음소리의 궁금증은 순식간에 증발해버렸다. 그는 응급실에 신고 온 환자의 경위를 최연희 차지에게 설명했다. 재영이 환자 사이를 뛰어다니다 힐끗 신민욱 대원을 살폈다. 의식이 없는 초등학생 여자 아이. 아이의 혈색은 무척 창백했다. 최연희가 주머니에서 서둘러 라이트펜을 꺼내 아이의 동공반사를 살폈다.
'최악이군······!'
최연희가 다급히 베드로 올라타더니 CPR(심폐소생술)을 시도했다.
"현재 바이탈은요?"
긴장한 채 베드를 끌고 가는 신민욱 구급대원에게 최연희 차지가 물었다.

"의식 없고! 호흡 거의 안 잡혀요! 혈압은 68/40인데 지금 계속 내려가고 SPO2는 78! 맥박은 32! 시저가 경추에 깊이 박혀 인튜베이션(intubation-기도삽관)도 못하고 최대한 서둘러 왔어요."

"히스토리는요?"

"아이가 계단서 넘어지면서 문구용 시저가 목을 찌른 상태로 신고됐어요. 현장에 가보니 이미 아이 의식은 희미했고. 혼자 놀다 사고를 당했나 봐요. 택배기사가 발견해 신고했습니다."

"보호자는요?"

유난희 대원이 대답했다.

"지금 이리로 오고 있답니다."

구급대원 유난희도 상기된 얼굴로 온몸이 피에 젖어있었다. 얼굴이 창백한 아이도 온몸이 피투성이였다. 아이는 마치 긴 잠을 자듯 미동도 없었다. 인턴 서하윤이 실려 온 아이에게 달려와 자신의 손목시계를 보며 맥박을 잡았다. 신규간호사 육채남이 정호철 곁에서 다른 환자 처치를 돕다 입구 쪽을 돌아보며 한마디 했다.

"어머어머, 어뜩해용 쌤. 어린애가 실려 왔어용. 의식이 없나 봐용."

그쪽을 본 정호철이 침착하게 먼저 온 응급환자 처치를 서두르며 채남에게 외쳤다.

"채남쌤, 빨리 저기 응급환자 옮기는 것 좀 가서 도와!"

"아! 알겠습니당."

인턴 서하윤은 급히 달려는 왔지만, 임상은 초보라 뭐가 뭔지 정신이 없다.

"서선생! 잠시만 좀 뒤로 비켜줄래요?"
노련한 송문영수간호사가 아이 상태를 재빨리 살피더니 응급실 안쪽을 향해 크게 외쳤다.
"어레스트(arrest-심정지)예요! 기존 어싸인(assign-담당)만 빼고 최대한 모두 이쪽으로 와서 붙어요! 빨리!"
연속되는 심폐소생술로 베드 위 최연희 차지는 이미 탈진상태였다. 연희는 아이를 진단하며 생각했다.
'큰일이다! 배도 불러오는 것이 아마도 경추 출혈이 기도를 막으면서 복강 내로 고여 드는 것 같아!'
최연희가 계속 응급처치를 하며 다급하게 외쳤다.
"신애쌤!"
"네!"
"의료진 도착하는 대로 목에 박힌 시저 뽑고 바로 진행 할 수 있게 LMA 2″ 인튜베이션(intubation-기도삽관) 풀세트! 빨리!"
"네! 재영쌤 따라와."
"넵!"
방금 전까지 병원건물 뒤에서 훌쩍이던 재영은 응급실과 물품실을 수없이 왕복했다. 그녀가 현장에 비치된 것들을 먼저 점검한 후 응급실 벽면에 있는 물품실 캐비닛을 활짝 열었다. 추가로 챙겨야 할 것들을 신속히 살폈다. 그녀는 집중하려고 애썼다.
'집중하자! 인튜베이션에 필요한 것? 옳지……! 후두경, 인튜베이션 튜브……아! 소아이니까 6.0mm, 스타일렛 여기 있고, 에어웨이, 10cc시린지, 바이트 블럭, 리도카인, 고정용 플라스타, 엠부백 저기, 청진기, 흡인 장비, E-m 카트는 저기 있고, 노멀샐라인 이거면 될까? 이것 우선 쓰고, 멸균장갑 있고, O2게이지! 다 됐다! 가자!'
정호철 명령으로 합세한 채남이 스트레쳐카 이동을 도왔다. 베드에 올라 탄 채 의식이 희박한 아이를 상대로 최연희 차지 간호사가 팔이 부러지도록 심폐소생술을 이어갔다. 급한 상황에서 다른 환자 드레싱 하던 정호철은 침착하고 친절하게 채남에게 또 지시했다.
"채남쌤! 저기 있는 수액들, 조무사한테 필요한 종류대로 다 베드 옆에 대기 지시해. IV, 카데터 미리 다 대기시키라하고!"
"아, 넹."
신규 간호사를 가르치는 면에서 정호철간호사는 배신애와 사뭇 달랐다.
스트레쳐카 이동을 돕던 채남이 조무사에게 수액을 챙기도록 신속히 지시했다. 최연희 차지가 손으로는 쉼 없이 응급처치를 이어가며 또 외쳤다.
"서쌤! 치프 최대한 빨리 오라 해!"
"넵."
우왕좌왕하던 서하윤 인턴이 드디어 할 일이 생겼다는 듯 내달렸다.
[유설민 선생님 ER!]
[유설민 선생님 ER!]
최연희가 다시 외쳤다.
"신애쌤! 수액 잡아! 양 라인 2리터! 풀 드롭!"
"네!"
"혈압 떨어지는 것 어떻게든 막아야해. 플로이드 로딩 진행하고 계속 살펴! 알았지?"

"네!"

"아니 대체 콜 한 지가 언젠데! 담당의가 아직 안 오는 거야?"

가슴압박을 쉬지 않고 진행하며 최연희 차지가 혼자 중얼거렸다.

"노과장님과 일렉티브(elective-정규수술) 중이랍니다! 최대한 버티라고요. 끝나는 대로 달려오신다 했어요."

"아—씨! 미치겠네. 너무 늦게 발견됐어! 많은 피가 소실됐고, 지금 패혈성 쇼크 같아! 채남쌤! 바이탈!"

"바, 바이탈? 아, 넹."

채남이 순간 당황한 눈치였다.

"정신 바짝 차리고 침착하게."

정호철이 자상한 어조로 채남에게 일렀다.

"아, 넹. 정신집중…… 정신집중……."

혈압을 재던 채남이 외쳤다.

"어머머! 어뜨케용. 환자 혈압 계속 떨어져용!"

서하윤 인턴이 안절부절 하다 최연희 차지에게 다급히 물었다.

"제가 무엇을 하면 될까요? 네?"

"치프 아직이야? 빨리 설민쌤 좀 불러. 호철쌤 석션! 어서! 재영쌤! 뭐하고 있어! 수액을 더 꽉꽉 세게 짜란 말이야! 좀 더! 더!"

"네!"

정호철이 최연희 차지에게로 달려왔다.

"호철쌤 석션준비! 기도확보, 어서!"

정호철이 신애쌤에게 외쳤다.

"신애쌤이 석션 좀 해 줘. 나는 차지쌤과 인공호흡 교대해야해! 지금 차지 쌤 너무 지쳤어. 재영쌤! EKG(심전도검사) 모니터링!"
"넵!"
배신애가 석션을 이어갔다. 육채남이 외쳤다.
"정호철선생님, 수액 모두 열어도 잘 안 들어가용. 어떡하좀?"
"수액 위치 더 높여! 더! 좀만 더! 거기, 됐어! 그대로 멈추고 고정시켜."
정호철이 최연희를 향해 외쳤다.
"쌤, 내려와요. 나랑 교대하게."
최연희가 지친 모습으로 흘러내리듯 베드를 내려왔다. 정호철간호사가 최연희와 교대해 아이의 가슴압박을 이어갔다. 응급실로 달려 들어가며 최진우가 최연희를 향해 다급히 물었다.
"헉! 헉! 죄송합니다! 현재 상태는요?"
"진우 쌤 빨리빨리 좀 다녀요! 제발! 자상환잡니다! 출혈이 아주 심한 상태고, 복부 쪽에 에데마(edema-부종) 보이고, 현재 멘탈(환자 의식 상태) 최악입니다."
온 몸이 땀에 젖은 최연희 차지는 몹시 지쳐보였다. 응급실 간호사들은 초비상사태에서 환자를 죽음에서 간신히 지켜내고 있었다. 서인턴이 긴장한 얼굴로 진우 곁으로 얼른 달려와 대기했다. 정호철은 수액이 투입되는 상황을 살피며 인공호흡에 가속도를 붙였다. 치프가 급히 손 소독을 하며 물었다.
"현재 바이탈은요?"
다른 환자 처치를 마친 이해겸도 합류했다.

"의식 없고, 호흡도 거의 안 잡히고! 바이탈 급격히 떨어지고 있어요! 현재 BP(혈압) 63/38, SPO2(산소포화도) 74%! PL(맥박) 29! 시저(가위)가 경추에 깊이 박혀 인튜베이션도 못하고 실려 온 환자예요. 우선 응급처치 했어요!"

최진우가 라이트펜으로 다시 동공반사를 확인하더니 외쳤다.

"자! O2 풀로 주입해 주시고! NS 250ml랑 이노판(도파민) 2@ 믹스한 IV를 40cc / hr로 빨리 진행해 주세요! 그리고 I&O (투입량과 배출량) 살펴주시고!"

"네!"

최진우 노티를 받은 유설민이 긴급 오더를 내렸다.

"DS 1L IV 풀드롭! 필르잇 잘 살피고! 지금 시저 뽑고, 바로 석션하면서 호흡 확보부터 할게요! 라링고스콥(Raringgo a scoop-기관 내 삽관 도구), C라인!"

"모두 대기 중입니다."

"시작하죠!"

유설민 치프가 아이 목에 박힌 가위를 천천히 뽑았다. 최연희가 작게 외쳤다.

"드레싱!"

뽑자마자 피가 설민과 최연희의 가슴팍으로 분수처럼 뿜어져 나왔다. 정호철이 드레싱카를 미리 대기시켰다. 유설민 치프와 최연희 차지는 온몸에 피가 튀어도 미동도 없었다. 차지가 다시 외쳤다.

"베타딘 볼! 토니켓! EB!"

최진우와 이해겸이 어시를 했다. 아이 목에 난 자상의 구멍을 소독하고 응급처치로 막아 플라스타로 1차 마무리했다. 응급수술을 들어가야 하는데 보호자가 없었다. 송문영이 환자에게 가까이 다가왔다. 그때 다급한 목소리가 들려왔다.

"보호자 도착했답니다!"

응급실로 들어온 아이 엄마는 뜻밖에도 외국 사람이었다. 첫눈에 보아도 평범하고 일반적인 가정주부는 아니었다. 화려한 색조화장과 반짝이는 탱크 탑에 짧은 미니스커트. 유흥가 직업여성 같은 옷차림이었다. 정호철간호사가 보호자를 응급실 밖으로 안내했다. 유설미 치프가 아이의 피가 튄 마스크를 턱밑으로 내리더니 말했다.

"서인턴! 내 좌측으로 와 삽관법 잘 봐."

서인턴이 진우 좌측으로 가까이 다가섰다. 하윤이 사뭇 긴장했는지 허벅지쯤 내려온 흰 가운에 손바닥 땀을 문질러 닦았다. 치프 목도하에 진우가 아이의 입을 조심스럽게 벌리고 공간 확보를 시작했다. 송문영이 나섰다.

"민주쌤, 그리고 재영쌤! 채남쌤! 시술하는 진우쌤 우측에 서세요."

송문영 목소리는 작지만 포스가 넘쳤다. 재영을 주시하는 이해겸 눈빛이 어딘가 모르게 불길했다. 수간호사 송문영이 자못 품위 있고 명료하게 다시 말했다.

"민주쌤, 기관 내 삽관법 알죠? 모든 간호사는 의사와 동등한 전문의료인입니다. 의사가 진행하는 모든 의료행위 전반의 과정을 의사들보다 더 정확히 꿰고 있어야 언제 어디서든 정확히 순발력 있게 협력을 할 수 있습니다. 알았죠?"

"네!"

"채남쌤과 재영쌤도 잘 보고."

재영은 몹시 떨렸지만 정신을 집중하고 삽관법 순서를 머릿속에 도면으로 펼쳤다.

"똑바로 배워. 나중에 헤매기만 해봐?"

배신애가 차가운 어투로 민주에게 겁을 주었다. 그러자 송문영이 나직이 말했다.

"신애쌤, 왜 그래? 쌤들 긴장하잖아?"

배신애가 입을 삐죽거렸다. 송문영이 김민주를 보았다.

"민주쌤, 날 봐. 괜찮아."

김민주가 긴장과 두려움 가득한 얼굴로 송문영을 봤다. 재영도 덩달아 긴장됐다.

"민주쌤 잘 할 수 있어. 마음 가라앉히고 침착하게. 나를 믿고!"

김주가 신속하게 소아용 2ⓢ 후두경의 블레이드를 본체에 연결하고 조명이 밝게 점등되는지 확인을 마쳤다. 그때 김민주가 갑자기 현기증으로 비틀거렸다. 송문영이 급히 물었다.

"민주쌤, 왜 그래? 괜찮아?"

"괘, 괜찮습니다."

김민주 얼굴이 창백했다.

"안되겠네. 재영쌤이 해."

"제, 제가요?"

"시간 없어! 어서, 민주쌤과 자리 바꿔. 언제든 처음은 있는 거야."

마스크 쓴 얼굴로 재영의 옆모습을 한번 보는 최진우. 그가 조심스럽게 목의 각도를 조절하며 아이 입을 벌렸다. 재영이 모든 확인을 마친 후두경을 진우 좌측 손에 정확히 건넸다. 진우가 아이 윗입술을 당겨 시야를 확보하고 신중하게 목 안쪽을 살폈다.

"석션!"

"석션!"

재영의 신속한 손놀림. 그녀는 아이 목 안에 낀 가래와 피와 이물질을 제거했다. 진우는 다시 아이 입 안쪽을 자세히 들여다보았다. 빙 둘러선 모두는 긴박함 속에 숨죽이고 지켜봤다.

"왜 안 보이지? 상처 때문에 목 안쪽이 전쟁터 같아. 근데 대체 성문(후두에 있는 발성장치)이 어디로 간 거야……? 다시 석션!"

"석션!"

가위를 뽑은 목 안쪽, 응급으로 지혈을 시켰지만 출혈이 다시 시작됐다.

"성문이 안 보이다니? 왜 성문이 안 보여?"

치프도 더는 해줄 말이 없는 표정이었다. 최진우가 긴장한 채 고개를 갸웃하며 중얼거렸다.

"이상하네. 성문이 안 보여요."

수간호사 송문영이 답답해하며, 치프와 최진우를 번갈아 봤다. 레지던트 최진우가 성문을 못 찾아 애를 먹고 있는 그 때 배신애가 뒤에서 외쳤다.

"바이탈이 점점 더 흔들려요."

치프와 송문영과 최진우가 동시에 고개 돌려 EKG 모니터기를 살폈다. 바짝 긴장한 최진우가 아이 목 안쪽 성문을 찾느라 애쓰며 배신애에 대답했다.

"알았어요, 지금 하고 있어요."

유설민 치프는 최진우를 보며 한 마디 했다.

"뭐해? 서둘러!"

보고 있던 송문영이 답답해하며 아이의 창백한 안색을 자꾸 살폈다. 속이 탄 송문영 수간호사가 최진우 곁으로 가까이 다가가 아이 목 안을 들여다보았다. 노련한 송문영 수간호사가 치프를 한번 슬쩍 보더니 더는 지켜볼 수 없다는 듯 입을 열었다.

"진우 쌤, 갑상연골 1~2횡지 아래 있는 갑상윤상연골은 보여요?"

"네? 갑상윤상연골요? 자, 잠시만요. 아, 네. 여기 보여요."

"그럼, 그곳 연골부를 한번 살짝 눌러보세요. 그럼 쉽게 열릴 겁니다."

"아, 그래요? 네. 알았어요. 해볼게요."

송문영은 오랜 간호경험의 소유자였다. 유설민 치프도 한 수 배웠다는 듯, 놀란 표정으로 송문영 수간호사를 돌아보았다. 그때 최진우가 대답했다.

"열렸어요!"

응급의학과 최진우 레지던트도 유설민 치프도 미국에서 의대를 마쳤다는 이해겸 레지던트도 송문영수간호사의 노련한 실력에 적잖이 놀라는 눈빛이었다. 20년 경력의 수간호사는 확실히 달랐다. 그 광경을 본 간호사들도 송문영 수간호사가 자랑스러웠다. 곧바로 재영이 진우 우측 손에 스타일렛이 들어간 LMA삽관튜브를 정확히 건넸다. 이해겸 눈빛이 또 차갑게 재영을 관통했다.

정호철이 보호자와 상담을 마치고, 응급실로 돌아와 삽관 시술 중인 베드로 다가왔다. 복도에서 서성이는 아이 엄마 뒷모습이 보였다. 최진우가 LMA삽관튜브 끝을 삽입한 후, 스타일렛을 천천히 빼냈다. 그와 동시에 재영이 재빨리 삽관튜브를 잡고 스타일렛이 함께 빠지지 않도록 도왔다.

'헛, 요것 봐라? 제법이네?'

배신애가 조금 놀란 표정으로 재영을 힐끗 쳐다봤다. 송문영의 눈빛이 재영을 대견하게 바라봤다. 재영이 곧 이어 커프스에 공기를 5ml 넣었다. 진우가 산소 호흡기를 삽관튜브에 연결했다. 진우의 안도하는 숨소리가 곁에 서있는 재영에게 들려왔다. 재영이 잠시 진우의 옆모습을 보았다. 응급시술을 마친 최진우가 청진기를 귀에 꽂았다. 튜브가 제 위치에 들어갔는지, 아이의 양쪽 폐음이 동일한지 숨소리를 확인했다. 진우가 송문영 수간호사와 함께 튜브 깊이를 확인 한 후 고정했다. 진우가 나지막이 한숨을 돌리며 말했다.

"자, 모니터와 V/S확인 좀 해 주시고 25cmH2o로 조정 부탁합니다."

"체스트 엑스레이 촬영 해주시고, 준비되는 대로 ABGA(동맥혈가스)검사 해주시고 서둘러 트란스퓨전(수혈) 준비 해 주세요."

"네, 고생하셨습니다."

"채남쌤은 조무사한테 스페셜 바이탈 체크 한번 더 하라 지시하고."

간호사들이 한시름 놓고 있을 때 정호철이 다가왔다.

"드릴 말씀이 있습니다."

수간호사 송문영이 정호철을 돌아봤다.

"무슨 일이에요?"

"환자 보호자 한분이 오셨는데, 우즈베키스탄 사람입니다. 생모가 아니다보니 히스토리도 건질 게 없고 통역사 대동해서 인터뷰했는데, 사실상 아이에 대해 별로 아는 것도 없더라고요. 나이랑 이름만 겨우 알아냈어요. 여덟 살 김슬비래요. 그리고 이상 한 게 환자 보호자분이, 지금 아이 상태가 심각하다 말을 해도 별 관심이 없어 보여요. 상황을 잘 몰라서 그런 것인지 아니면 친딸이 아니라서 그런 것인지……. 환자 혈액형도 모르고, 아이 진아빠는 몇 달 째 연락이 끊겼대요. 답답한 상황입니다. 그동안 아이를 학교도 안 보냈나 봐요. 오늘도 혼자 집에서 종이인형 오리며 놀다가 계단에서 사고를 당한 모양이더라고요."

"그래?"

송문영이 안타깝다는 듯 유설민 치프를 바라봤다. 치프가 말했다.

"어려운 상황이네요. 급하니까 랩 먼저 해 주세요. 그리고 더 늦기 전에 상처 봉합해야합니다. 지금 당장 상체 엑스레이 진행 한 후 손상된……."

'삐−삐−삐−삐−'

그때 배신애의 다급한 음성과 함께 요란한 기계음이 들렸다.

"수선생님! 환자 상태가 이상해요."

육채남도 덧붙였다.

"현재 바이탈도 급격히 추락하고 있습니다. 어뜩하죵?"

유치프 최진우 송문영수간호사와 최연희 차지가 심각하게 모니터를 주시했다. 모두는 얼굴이 창백해졌다. 유치프가 신속히 수술관련 루틴처방을 내리며 말했다.

"최선생이 어떻게든 현 상황을 이겨 내 봐. 내가 이 자리에 없다 생각하고."

심각한 현장임에도 이해겸은 심드렁한 표정이다. 의식이 없는 아이 혈색은 점점 더 백지장처럼 변해갔다. 응급실은 갈수록 불길하고 요란한 경보음으로 가득 찼다. 진우가 아이 가슴에 청진기를 다시 대보더니 다급히 외쳤다.

"에피네프린 (epinephrine-심정지 때 쓰는 주사약) 어서요!"

김봉희가 신속히 주사를 준비했다. 최연희 책임간호사가 외쳤다.

"호철쌤 지금 당장 임상병리과로 가서 아이 혈액형 알아내고 수혈 좀 더 빨리 서둘러. 호흡부전과 패혈증이 악화된 듯해."

유치프가 말했다.

"서인턴! 서인턴! 지금 빨리 한번 더 블루코드 콜."

"네!"

[코드블루! 코드블루! ER!]

[코드블루! 코드블루! ER!]

몇몇 의사와 함께, 노재진교수가 달려왔다. 노티(보고)를 받은 응급의학과 노재진교수가 입을 열었다.

"체스트 엑스레이 결과 나오는 대로 컨설트(협의진료) 미팅 요청하고 OP(응급수술) 준비 해. 서인턴."

"네."

"서전(외과의사)한테 급한 운드환자 있다고, ER오퍼레이션(응급수술) 도움 요청해. 최선생은 지금 빨리 어레인지(arrange-수술실을 잡음) 진행하고. 결과 나오면 바로 콜 해."
"네, 알겠습니다."
[코드블루! 코드블루! ER!]
[코드블루! 코드블루! ER!]
정형외과 장경남 교수와 신경외과 박태문 교수가 급히 응급실로 내려왔다. 그들이 한참 노재진교수와 함께 아이의 상태를 살피고 수술 문제를 의논했다. 그들은 최대한 빨리 합동수술을 진행하기로 결정했다. 스탭들이 모두 돌아갔다. 상황을 판단한 유설민 치프가 최진우를 불렀다.
"보호자한테 수술설명하고 빨리 퍼미션(permission-동의)받아."
레지던트 최진우가 수술동의서를 받기 위해 급히 뛰어다녔다. 김민주가 자꾸 비틀대더니 결국 화장실로 향했다. 재영이 임상병리실에서 응급실로 돌아왔다. 재영을 본 최연희 차지가 반기며 물었다.
"결과 나왔어?"
재영이 난처한 얼굴로 말했다.
"그게요. 급하다고 말씀은 드렸는데, 병리과장님도 바쁘다고. 금방 알려준다고는 하셨어요."
"응급수술 환자라고 말했어? 급한 거라고?"
재영이 대답했다.
"물론이죠. 아주 급한 수술환자라고 했어요."
정호철이 말했다.
"그럼 기다려보죠 뭐."

최진우가 통역사와 함께 응급수술 동의서를 들고 보호자에게 다가갔다. 화장실에서 나온 2년차 김민주가 창백한 얼굴로 응급실로 다시 들어갔다. 통역사가 아이 보호자 앞에 앉아 대화를 시작했다.
"이름이 뭡니까? 나는 당신의 아이 치료를 맡은 최진우입니다."
-내 이름은 디요라입니다.
"아, 디요라? 지금 당신 아이가 위험합니다. 당장 수술해야하니 수술동의서에 사인해 주셔야합니다.
그녀가 통역사의 말을 가만히 듣더니 고개를 끄덕이며 물었다.
-난 아무 것도 몰라요."
"지금 아이가 많이 위독해요. 당장 수술해야만 해요. 우리 병원 모든 의료진은 최선을 다할 거예요. 우리 믿고 수술동의서에 서명해 주세요."
-나는 돈도 없고 수술비도 없어요. 아이가 살기 어렵다면 저는 포기하고 싶어요. 나를 좀 고향으로 보내주세요. 그 남자도 나를 버렸고, 오래전 나의 엄마도 나를 버렸습니다. 지금 나는 몹시 불행해요."
"하아-, 이 일을 어쩐다? 상황은 급한데 본인 사정만 자꾸 말하고 말이 안 통하네,"
최진우가 응급실 안으로 들어가 유설민 치프를 찾았다. 유치프와 최진우는 한참동안 그녀를 설득하다 결국 실패했다. 속이 터질 듯한 유치프가 답답한 얼굴로 응급실로 들어왔다. 송문영이 물었다.
"잘 됐어요?"
"하아, 잘 되긴요. 말이 안 통해요. 수술 가망 없을 거면 그냥 포기하고 싶답니다. 배 째라는 식이예요. 오히려 자기 처지를 우리한테 하소연하네요. 휴! 참 내. 수선생님, 저 보호자분이요. 모아 놓은 돈도 없고, 어차피 아이가 수술해도 살아날 가망 없으면 그 수술 원치 않는대요. 자긴 본국으로 돌아갈 거라고, 아이 책임 못 진다고 우리더러 알아서 하래요. 자기를 고향으로 보내달라는 말만 계속 반복하네요. 어쩌죠?"

치프 말을 듣다가 속이 터진 송문영이 발끈했다.
"아니, 저 분 엄마 맞아? 무슨 엄마가 저런 끔찍한 말을……."
유설민도 한마디 했다.
"저 분, 친 엄마가 아니라니까요?"
"글쎄, 그건 알겠는데. 새엄마는 엄마 아니래요? 잘 났든 못났든 아이 딸린 남자와 결혼했으면 아이와 엄마 관계도 암묵적 약속이고 신성한 맹세 아냐? 애들 장난해? 무슨 엄마가 그래? 아내와 아이 팽개치고 연락 끊은 한심한 남자나, 딸자식이 죽어 가는데 어차피 못 살 거면 그냥 두라는 저 여자나, 참 미치겠네. 엄마라는 이름이 그렇게 쉽고 간단한 거야? 저승까지 쫓아가서라도 내 새끼 살려서 데려오려 노력 해야지! 그게 엄마지."
송문영은 몹시 화가 치밀었다. 아무리 생각해도 이 긴박한 상황에 엄마가 할 말은 아니었다.
"죽어가는 자식을 살리려 노력도 않고 포기부터 하는 엄마도 있나?"
화가 치민 송문영 수간호사가 혼자 개탄했다.

9. 저 미친 악어가 또 먹일 물었군!

송문영이 응급실을 서성이며 말했다.
"돈도 없고 아이를 포기하고 싶다……? 막말로 제 몸 아파 난 자식도 아니라는 거고. 아무리 그래도 어쨌든 지금은 자기 자식이잖아? 저 어린 생명이 지금 자기 손에 달려있는데. 어른으로서 어떻게 저러지? 저 나라 엄마들은 우리나라 엄마들과 사뭇 다른가보네."
다른 환자를 돌보고 일어난 김봉희가 거들었다.
"수선생님, 우리나라 엄마아빠들 중에도 요즘 별별 사람 다 있어요. 낳을 땐 둘이 좋아서 낳아놓고, 자식 버리는 것 아무렇지 않게 서로 떠넘기고요. 이혼하면 뒤도 안 돌아보고 새 남자, 새 여자 만나서 쿨하게 가잖아요? 새중간에 태어난 애들만 불쌍한 세상이죠."
송문영이 대답했다.
"그래도 아직은, 따뜻하고 책임 있는 진짜 엄마 진짜 아빠들이 더 많아. 난 그렇게 믿어."
최연희 차지가 한마디 했다.
"그건 그렇고, 지 아내랑 자식 버리고 연락 끊은 그 미친 인간은 또 뭐야? 거지같은 것들이 나라망신 다 시키네 증말!"
송문영이 안되겠다는 듯 벌떡 일어났다.
"아니, 생각할수록 열 받네! 어떻게 아이를 저렇게 쉽게 포기해? 최선생, 그 보호자 지금 어딨어?"
"밖에요. 업소에서 일하다 소식 듣고 곧장 이리 왔대요."
송문영이 앞장섰다.
"최선생, 나랑 다시 가봅시다! 가서 어떻게든 풀어봐야지. 신애쌤도 따라와. 틈만 나면 뺀질거리지 말고."
"칫! 가요. 가."
 송문영이 대기실에 앉아있는 디요라에게 통역사와 함께 다가갔다. 어느 날 문득, 한국이라는 나라에 던져졌을 그녀. 응급실 복도에서 보는 그녀의 반짝이 의상과 미니스커트는 검은 무인도에 불시착한 형광빛 우주선처럼 어울리지 않았다. 그녀의 짙은 눈 화장은 검게 얼룩져 판다곰 같았다.
배신애는 유난떠는 그들이 못마땅해 팔짱낀 채 속으로 툴툴댔다.
 '헐! 혼자 보기 아까운 외교정상들 나셨네. 아니, 보호자가 수술동의 못한다면 어쩔 수 없는 거지. 수술비도 없다는데, 뭔 설득까지? 어차피 애가 수술로 살지 말지도 모르는 판에? 애도 죽고 수술비만 잔뜩 떠안으면 산사람도 같이 죽으란 거야 뭐야? 난 도대체 이해 불가네. 이게 무슨 양국 대표정상회담도 아니고 진짜 다들 웃겨. 아주 웃기고들 있어 정말. 쳇!'
송문영이 복도바닥에 무릎을 굽히고 말없이 디요라와 눈을 맞췄다. 문영의 손에 느껴지는 그녀의 검은 망사스타킹 속 두 무릎이 눈 내린 시베리아벌판처럼 차가웠다. 문영이 가늘게 떨고 있는 디요라의 차디찬 손을 따뜻하게 감쌌다.
"통역사님, 지금부터 내가 하는 말 이분께 전해 줘요."

문영은 길게 심호흡을 하고 간절하게 디요라의 눈을 바라보았다. 최진우가 그 곁에 섰다.

"디요라, 나는 응급실 수간호사 송문영입니다. 지금 당신의 상황은 들어 알고 있어요. 오래전 엄마로부터 버림받았던 어린 디요라처럼 저 아이까지 불행해지기를 원하지는 않을 거라 믿어요. 지금, 저 아이에게는 아빠도 없고 오직 당신뿐입니다. 디요라도 오래전 엄마로부터 버림 받았다죠? 지금은 당신이 믿었던 한국의 남편조차 당신을 버렸고요? 디요라……, 당신이 그동안 겪은 상처와 불행과 슬픔들은…… 당신이 원한다면…… 오늘 달라질 수도 있어요. 불행과 슬픈 기억과 분노에 끌려가지 말아요. 그건 어둠이 좋아해요. 과감히 돌아서서 따뜻한 태양을 마주보세요. 당신도 슬비도 그곳에서 나와야 해요. 누군가에게 안식처가 되고 행복을 줄 수 있는 능력은 신(神)만이 할 수 있는 게 절대 아닙니다. 디요라, 당신은 훌륭한 엄마가 될 수 있어요. 당신에게도 그런 큰 힘이 있다는 것을 오늘 알았으면 해요. 우리는, 슬비를 최선을 다해 치료할 겁니다. 저 아이는 지금 삶과 죽음의 경계에 있어요. 서둘러 수술해야 합니다. 그러니 디요라 제발, 이 하늘 아래 유일한 저 아이의 보호자로서 수술동의서에 서명을 좀 해줘요. 네? 수술비는 저희도 도움 받을 곳을 최대한 알아볼 테니 너무 걱정하지 말고, 지금은 저희 의료진과 함께 슬비의 해맑은 웃음을 다시 찾아줄 노력만 하기로 해요? 알았죠? 그렇게 해 줄 거죠?"

디요라는 문영의 말을 천천히 전해 들었다. 고개 숙인 그녀 무릎 위로 뜨거운 눈물이 뚝뚝 떨어졌다. 디요라가 울고 있었다. 문영이 디요라의 얼굴을 가만 살피더니 자신의 손등으로 그녀의 눈물을 말없이 닦아주었다. 문영의 손등에 디요라의 짙은 눈 화장이 묻어났다. 한참을 흐느끼던 그녀가, 화장이 번진 얼굴로 문영에게 말했다.

"수간호사님이라고 했죠? 나의 차디찬 손을 잡아준 당신의 체온이 내 마음을 녹였어요. 사실 나는 엄마라는 존재가 어떤 건지 잘 몰라요. 어릴 때였어요. 너무 어린 나이에 생모와 새엄마에게 두 번이나 버려졌죠. 폭풍이 몰아치던 밤에 나는 도둑누명을 쓰고 새엄마한테서 쫓겨났어요. 정말 오갈 곳이 없어 절망적인 밤이었죠. 그때 울며 떠돌다 다 무너져가는 오두막을 발견했어요. 그 오두막은 아주 허름했지만 비를 피할 아늑한 지붕과 바람벽이 있었어요. 나는 그곳에서 춥고 무서운 비바람을 피할 수 있었죠. 그 때 그 오두막이 아니었다면 아마도 난 그날 밤 두려움과 추위에 떨다 동물의 밥이 되었을지도 몰라요. 제가 잘은 모르지만, 엄마 품이란 그런 것일까요? 세상이 캄캄하고 모두가 등 돌렸을 때, 내가 비를 피할 따뜻하고 아늑한 집한 채 같은 것? 그것이 맞다면 나는 지금이라도 슬비와 다시 시작해보고 싶어요. 오늘 이렇게 당신을 만나기 전까지 슬비는 내 발목을 잡는 불편한 장애물이었죠. 그 아이가 내 행복을 망치고 있다고 믿었죠. 그런데 내가 슬비를 지켜줘야 할 멋진 엄마라는 것을 오늘 알았어요. 지금 당신이 한 일이죠. 내가 그동안 보니 당신 나라에서 엄마란 천사의 또 다른 이름처럼 보여요. 당신은 이곳을 찾는 아픈 환자들과 지친 보호자들의 엄마 같던데, 맞나요? 나도 당신처럼 정말 천사가 될 수 있다면 그 시작을 오늘 하고 싶어요. 이 세상에 단 하나뿐인 슬비 엄마로서, 수술동의서에 서명하겠습니다. 내 딸 슬비를 꼭 살려주세요. 꼭!"

최진우는 송문영 수간호사의 도움으로 수술동의서에 슬비 엄마 디요라의 서명을 받았다. 지켜보던 재영도 마음이 뿌듯했다. 재영은, 곧 수술 들어갈 환자에게 스킨테스트(소량의 알레르겐으로 수술 전 피부반응을 점검)를 했다. 이해겸과 최진우는 목 부분 엑스레이 결과를 놓고 초조하게 화면을 살폈다. 최진우가 말했다.
"젠장! 보통 심각한 게 아니네. 하, 이일을 어쩐다. 이 사진대로라면 지금까지 저 아이가 살아있는 게 기적이잖아?"
사진 상으로 보니 가위가 거의 관통했던 아이의 목은 처참했다.
그때 치프로부터 전화가 왔다.
"결과 나왔어?"
"엑스레이는 나왔고 혈액은 아직입니다. 근데, 상태가 생각보다 더 안 좋아요. 복부 쪽에도 이상소견이 보이고요. 아마도 목에서 누출된 혈액이 복강으로 고이는 것 같습니다. 얼른 좀 보셔야겠어요."
"알았어! 여기서 일단 열어보고 내려갈게! 환자가 얼마나 버틸지 몰라. 해당 과 담당의들 모두 불러 의견 듣는 중인데, 어쨌든 최대한 빨리 OS(수술) 스텝 짜보자고."
진우는 전화를 끊자마자 서하윤 인턴을 급히 불렀다.
"서인턴, 병리과 가봐. 김슬비 환자 랩(Lap-혈액검사)결과 최대한 빨리 달라고 해."
"네."
유설민 치프가 노재진교수와 의국에서 엑스레이 사진을 확인하고 응급실로 내려왔다. 진우가 치프에게 노티(환자 상태 보고) 했다.
"경동맥초와 외경동맥도 많이 훼손됐고, 갑상설근골과 설골하근의 근막도 심하게 찢어진 상태입니다."

사진을 한번 더 관찰한 유치프와 노교수 표정이 심각했다. 최진우가 말을 이었다.

"그리고 목 뒤쪽 사진을 보면 더 심각합니다. 후인두공간과 경부근막의 척추 앞까지 가위가 박혔던 자국이 선명합니다. 열어봐야 알겠지만, 이대로라면……."

노교수가 말했다.

"지금 더 이상 늦출 수 없어. 최대한 빨리 OS(수술) 들어가 일단 열어봐야지 뭐. 얼른 준비해. 되는 데까지 해보자고."

진우는 아무리 기다려도 서하윤 인턴이 돌아오지 않자 병리과로 달려갔다. 양수현 간호과장과 장영광 임상병리과장은 초등학교 동창이자 소꿉친구였다. 일을 할 때는 서로 예의를 다했지만 그들은 종종 퇴근길에 병원 앞 포장마차에서 술도 한잔씩 했고 그 병원에서 뼈가 굵어 막역했다. 서하윤이 초조하게 병리실 의자에 앉아 기다리다 씩씩대며 달려온 진우를 보고 벌떡 일어났다. 진우는 하윤을 보더니 장과장 연구실로 급히 들어갔다.

"아니, 과장님 지금 뭐하자는 겁니까? 이러다 환자 죽어요. 빨리 수혈하고 혈압 올려서 수술 들어가야 한다니까요?"

"최선생, 우리가 일부러 안 해주는 게 아니잖아? 이 산더미가 안 보여? 결과 내줘야 하는 오더가 저렇게 밀렸다. 우리도 정말 죽겠어. 오늘도 또 야근하게 생겼다고. 해줄게. 조금만 기다려. 누가 안 해준대?"

"과장님, 상황 봐가면서 처리를 해주셔야지요? 어떻게 무작정 접수순으로 한다는 겁니까? 그게 말이 돼요?"

"최선생 왜 이래? 최선생 환자만 급해? 여기 쌓인 환자들 다 급해, 모두가 급한데 낸들 어떻게 해 그럼? 순서를 기다려야지 달리 방법이 없잖아? 이럴 땐 내가 아주 천수천안보살이라도 됐으면 좋겠다. 나도 피가 바싹바싹 마른다구 지금! 알기나 해?"
진우는 속이 점점 타들어갔다. 그 순간 응급실 간호과장 양수현이 병리과 연구실로 노크도 없이 들이닥쳤다.
"깜짝이야!"
장영광 병리과장은 갑자기 밀고 들어온 양과장을 보고 깜짝 놀랐다. 양수현 과장은 병리과장 방으로 들어서더니 문을 쾅 닫았다. 최진우를 본 양과장은 흥분을 가라앉히며 최대한 젊잖게 말했다.
"진우쌤, 걱정 말고 응급실로 내려가 수술준비해요. 곧 뒤따라 갈 테니."
최진우가 응급실로 달렸다. 양과장이 팔짱을 끼며 맞은편 책상에 앉아있는 장영광 병리과장을 아주 부드럽게 불렀다.
"저기요, 장영광 병리과장님?"
"왜 그러세용? 양수현 간호과장님? 홍홍홍. 갑자기 왜 이래? 징그럽게."
장과장이 근육질 체격에 안 맞는 비음을 섞어가며 장난치듯 받았다.
"내가요. 휘요! 아무리 우리가 소꿉친구라도 서로 공과 사를 가리고, 정말 너한테 예의를 다하려 했는데요."
"그런데용? 너라니요?"
순간 양과장이 두 팔을 걷어 부치고는 소나기처럼 퍼붓기 시작했다.
"야 인마! 이게 보자보자 하니까! 너 당장 우리 환자 랩(Lab) 결과 안

봐줘? 그 아이 펙셀 못 받고 OS(수술) 못해서 잘못되면 네가 책임질 거야? 어린 애가 지금 사경을 헤맨다고 사경을! 알아? 넌 자식도 없냐? 너도 금쪽같은 새끼 있잖아?"
터질 게 터졌다. 장영광 병리과장이 미치겠다는 듯 책상에 앉아 머리를 쥐어뜯었다.
"으으…… 저 미친 악어가 또 먹일 물었군! 오늘 그 먹잇감은 나냐? 자식? 물론 있지."
"그래 인마! 너나 나나 자식 키우면서 같은 부모끼리 이러면 안 되잖아? 이 나쁜 놈아!"
"양과장, 너 미쳤어? 갑자기 나타나서 왜 또 이래 인마? 네 맘 모르는 거 아닌데. 이건 내 일이고 엄연한 순서와 규칙이 있어. 감정 따라 할 수 없다고."
장과장 해명에도 양과장은 안하무인이었다.
"그래 나 미쳤다! 너랑 내 새끼만 소중하냐? 남의 집 자식도 좀 살려내자! 대체 뭐하는데 검사를 질질끄냐? 쌤플 갖다 준 지가 대체 언제야? 애가 당장 수혈해야 수술한다고 몇 번 말 해? 야 이 미친놈아! 일도 상황 봐가며 눈치껏 처리해야 할 거 아냐! 당장 펙드 셀(수혈팩) 6 파인드 안 내놔?"
"이거 보세용 양과장님. 엄연히 우리 일에도 순서가 있다고. 근무시간에 너 말이 너무 심하지 않냐? 거의 다 됐어. 잠시만 기다려. 그래도 순서는 지켜야지 모두가 급한데."
"그래? 그렇게 나오시겠다 이거지? 나 더는 못 기다려! 그 순서 뭐가 먼저인지 지금 내가 정확히 정해줄게 잘 들어! 너 지금부터 내가 묻는 말에 대답해."

"아…… 바빠 죽겠는데, 뭘 또?"

장영광 병리과장이 울상을 지었다.

"너 나 똑바로 봐봐! 네가 지금 갑자기, 똥도 마렵고! 오줌도 마려워! 너 지금 급해서 미쳐 죽겠다고 치자!"

장영광 병리과장이 아리송한 표정을 지었다.

"엥? 나 아까 화장실 가서 시원하게 볼일 다 보고 왔는데? 그렇다 치고, 근데?"

평소에 곱상하고 정숙해 보이던 양과장의 난데없는 오줌 똥 얘기. 병리과 장과장은 인상을 찌푸리며 피곤하다는 듯 양과장을 흘겨봤다.

"그래, 너는 지금 오줌두 마렵고 똥두 마렵구. 너무너무 급해서! 지금 당장 화장실로 달려 간 거야. 그치?"

"그래! 갔다 쳐! 갔다! 갔어! 근데?"

"그럼 너는 바지 까고 변기 앉아 오줌부터 누니? 똥부터 누니?"

"말 본세 봐라! 뭐? 바지를 까? 허참. 까가 뭐냐? 까가. 그리구 뭐? 야? 급해서 갔는데, 거기에 나오는 순서가 어딨냐? 둘 중 더 급한 것부터 아무거나 아래로 밀고 나오겠지? 앗, 드러! 얘가 갑자기 별 걸 다 묻네!"

병리과장이 코 막는 시늉을 했다. 그 순간 양과장이 정색하며 병리과장 책상 을 탁! 내리쳤다.

"맞지? 거봐? 그거라니까! 내가 지금 가장 급한 것! 가장 급한 것부터 하자잖아? 지금 가장 급한 건 응급실에서 수술 기다리는 저 어린 아이라고! 알았어? 네가 그러고도 의사냐 짜샤? 아무리 급한 것 중에도 순서는 있는 법이야. 지금 저 애보다 더 급한 환자가 대체 누군데? 누군데? 애가 죽어간다고! 알아? 당장 블러드(혈액) 안 가져와? 너 지금 줄초상 치르고 싶어?"

"하-, 이런 마귀할멈 같으니! 저게 돌싱 되더니! 똥고집에 노망만 느네. 내가 졌다! 졌어!"

병리과장이 투덜대며 방을 나갔다. 양과장이 잽싸게 따라갔다. 주변을 지나던 간호사와 의사들이 모두 나와 뜨악하며 간호과장을 봐라봤다. 양과장은 시치미를 뗐다.

"뭐, 뭘 봐요? 왜 여기 다들 모여 있어요?"

양수현은 가운을 탈탈 털며 아무 일 없다는 듯 아주 교양 있게 걸어 나갔다.

"자! 이 귀신아! 여기 있다! 여기! 젠장 실컷, 배 터지게 가져가라! 그리고 아이 블러드 타입(혈액형)은 RH+B형이다! 나 원, 갑자기 들이닥쳐서는 더럽게 오줌똥 타령이야! 으이구!"

"더럽긴 뭐가 더럽냐? 그게 다, 네가 그 입으로 먹고 싼 건데. 하하. 땡큐다! 간다!"

수현이 병리과장 어깨를 툭툭 치더니, 혈액 검사표와 수혈할 피가 담긴 상자를 안고, 뿌듯한 마음으로 병리과를 신속히 벗어났다. 저만큼 복도로 멀어지던 수현이 병리과장을 돌아보며 씨익, 웃었다.

"이따 내가 술 살게!"

오늘 이 순간 수현은 오로지 자식 앞에 엄마의 마음만 있을 뿐이었다. 양수현과장이 팩드 셀(수혈 팩) 6파인드를 갖고 응급실에 도착하자 분위기가 이상했다. 장경남교수와 박태문교수까지 모두 내려와 있었다. 송문영이 양과장을 반겼다.

"과장님, 됐어요? 연희쌤, 펙드 셀(수혈 팩)왔습니다. 호철쌤 바로 BT(수혈)진행해 주세요."

아이는 아직 의식이 돌아오지 않고 있었다. 응급실 노재진 과장이 외쳤다.

"아니, 아직도 OP(응급수술실) TO 안 나온 거야? 당장 수술 안 들어가면…… 휴! 빨리 최대한 서둘러 더 알아봐! 안되면 여기서라도 열어야지 뭐."

최진우가 수술일정표를 다시 살피려 스테이션으로 달렸다. 그 시간, 병원 내 수술방을 모조리 뒤진 서하윤 인턴이 응급실 쪽으로 달려왔다.

10. 응급 스크럽널스 TO가 없다고?

정호철이 아이에게 신속히 수혈을 시작했다. 장경남교수와 박태문교수가 번갈아 아이상태를 살폈다. 양과장이 송문영수간호사에게 물었다.

"송 선생 왜 그래요?"

"지금 크러쉬신드롬(허혈성 근육 손상으로 발생한 근육세포의 작은 조각들이 콩팥의 세뇨관을 막아버려서 급성신부전 상태에 빠지는 임상증후군)이 왔어요.

"뭐?"

양과장이 놀라 의료진들 가까이 다가갔다. 유치프와 노과장도 안색이 어두웠다. 그 때 서인턴이 숨차게 달려오며 외쳤다.

"과장님! 방금 OP(응급수술실) 잡혔습니다!"

그 말에 신경외과 박태문 교수가 외쳤다.

"그래? 됐다! 됐어! 자, 얼른 수술 들어갑시다!"

서인턴이 베드 가까이 다가왔다.

"저 그런데…… 지금 수술 스케줄이 밀려 스크럽널스(scrub nurse-수술실 외과의사를 직접 도와주는 간호사) TO가 없답니다."

정형외과 장경남 교수가 한마디 했다.

"뭐야? 아니, 그럼 어쩌라고? 이번 수술은 스크럽널스가 얼마나 중요한데. 그 자리가 비면 우리가 수술을 진행할 수 없잖아? 대체 어떻게 하란 거야?"
모두는 고민했다. 서하윤인턴도 마치 자신의 잘못 인양 고개를 들지 못했다. 그 때 양수현 간호과장이 나섰다.
"송 선생이 도와주세요. 방법이 없어요. 지체할 시간은 더더욱 없고! 송 선생이라면 슬비를 다시 살리는 데 일조할 수 있을 겁니다. 난 송 선생 믿어요. 아마 슬비도 그걸 바랄 거고요."
급한 수술이긴 했지만 문영은 자신이 없어 눈앞이 캄캄했다. 유치프가 거들며 나섰다.
"아! 맞다! 송 선생님 예전에 수술 방 전담 간호사로 이름을 날렸던 전설 저도 들었어요. 해 주시죠? 예?"
입술을 깨물며 내심 망설이던 그녀가 양수현 간호과장에게 말했다.
"과장님 근데 지금은 제가 수술 방을 떠난 지 너무 오래되었어요. 집도의 니즈를 예견해야하는 테크니션이 다 녹슬었습니다. 자신 없어요."
간호과장 양수현이 수간호사 송문영에게 다가와 등을 만져주며 말했다.
"송 선생님, 그건 알겠는데. 지금 자신 있고 없고 따질 때가 아니잖아요? 급해요. 방법이 없어요. 우린 최선을 다할 뿐입니다. 슬비도 우리 마음 알고 함께 버텨줄 겁니다."
문영은 베드에 누워 사경을 헤매는 슬비를 내려다보았다. 그리고 밖을 내다보았다. 디요라가 간절한 눈빛으로 자신을 보고 있었다.
"네…… 그럼. 해보겠습니다."
노과장이 기뻐 손뼉을 쳤다. 장경남 박태문 교수도 안심이라는 듯 활짝 웃었다.
"좋습니다! 송 선생이 해준다면야 더 안심이지요! 자 최대한 빨리 수술 준비 들어갑시다!"
"이번 수술 송 쌤 덕분에 느낌이 아주 좋구만."
긴급수술 스텝이 구성되었다. 아이를 실은 베드가 수술실로 신속히 옮겨졌다. 중환자실도 연락을 받고 환자 맞을 준비를 서둘렀다. 문영은 스테이션으로 달려가 물 한 모금을 서둘러 마시며 진정하려 애썼다. 오래전 수술방 전담간호사로 활약했던 그 시절 매뉴얼을 떠올렸다. 그녀가 머릿속에 신속히 도구들을 펼쳤다. 각각의 수술도구를 배열하고 점검하고 순서대로 시뮬레이션 해 보았다. 문영은 스스로에게 말했다.
'수술이란 각각의 전문 의료진이 모여 만드는 하나의 거대한 작품이다. 내가 과연 잘 할 수 있을까? 오늘 나는 집도의 가장 가까운 자리에서 시간 안에 어떤 실수도 없이, 매순간 오염되지 않은 가장 청결한 수술 도구를 실수 없이 집어줘야 한다! 어쩌면 슬비 생명이 내 손에 달린 것인지도 모른다. 아니, 내손에 달려있다. 어떤 상황도 가장 먼저 내가 수습해야 한다. 집도의 손보다 먼저 모든 수술 도구는 나를 거치게 될 것이고 실수도 용납되지 않을 것이다. 아이를 살리자! 어떻게든 살려야 한다. 나를 믿자! 나는 간호사다! 나는 단 한사람의 위급한 생명을 백 명처럼 지켜내야 한다!'
문영은 스스로 다짐했다. 마지막 물 한 모금을 비장하게 넘기며 수술실로 달렸다. 그녀는 그렇게 고민 끝에 거대한 냉장고인 수술실로 향했다. 문영은 가면서 생각했다.

'수술실은 완벽한 팀플레이가 반드시 이루어져야 하고, 이루어지는 곳이다. 실수하면서 배우고 늘어나는 것이 실력이지만, 여기서는 절대 실수가 용납될 수 없다. 송문영! 집중하자!'
아이가 수술 받을 준비하는 동안 문영은 서둘러 온몸과 손을 소독하고 수술 방으로 먼저 들어갔다. 문영은 머릿속으로 찬찬히 떠올리며 준비하기 시작했다.
'자, 그래! 가장먼저 멸균영역 세팅! 그다음, 수술상……'
문영은 깨끗한 상에 멸균포를 깔았다. 그런 후, 오늘 필요한 물품을 죄다 상 위에 풀었다. 수술 시작시간에 쫓긴 그녀 손놀림은 놀랍도록 빨랐다. 수술에 쓰는 모든 물품은 멸균포장 되어 있었다. 그녀는 내부가 오염되지 않도록 바깥포장만 손에 잡고서 수술상 위에 하나하나 조심스럽게 내려놓기 시작했다.
'포장을 풀면 내 손에 닿아서도 안 된다! 바닥에 실수로 떨어뜨려도 안 된다! 조심하자! 집중하자!'
문영은 침착하게 손을 놀렸다. 마치 자신과 대화하듯 입으로 도구이름들을 하나씩 되뇌었다.
"자, 뭐부터 했더라? 그렇지! 메스(수술용 칼), 그다음 쿠씽(수술시 사용하는 핀셋의 일종), 포셉(수술용 집게), 보비(절개나 지혈에 사용되는 전기수술기구), 무영등 각도 확인, 수술용 드릴, 내시경, 레이져, 초음파기기 제 위치 확인, 메짼바움(수술가위), 니들(수술용 바늘), 클램프(수술용 집게), 석션과 드레인(수술부위 고인 피나 액체가 배출되는 관), 모스키토(절개한 환부를 고정하는 작은 집게), 켈리(절개한 환부를 고정하는 큰 집게) 제세동기 저기 있고, 산소 호흡기 저기, 리트렉터(절개한 흉부 고정기구), PDA실(수술용 실), 웜셀라인(따뜻한 식염수), RH+B형 펙드 셀(수혈팩)은 따로 챙길 것이고……, 그리고 거즈, 테잎 카운트 (수술부위를 마지막으로 닫기 전, 의료사고 방지차원에서 사용한 거즈, 테잎의 전체 숫자를 재확인하는 것) 꼭 정신 차리고 잊지 말자! 송문영 잘 할 수 있을 거야."

모든 수술준비가 완료되었다. 스텝들 모두 수술 상 곁으로 빙 둘러섰다. 경추자상수술 집도의가 수술시작을 알렸다. 송문영은 만반의 준비 후 집도의 바로 곁에 섰다.

"현재 시각 오후 4시 17분 김슬비 환자 수술 시작하겠습니다."

이때부터 송문영은 집도의가 말하기 전에 적시에 쓸 도구를 매번 먼저 들고 있었다. 집도의가 달라고 할 때 도구를 건네주는 것이 아니었다. 수술진행상황을 직접 분석해 집도의에게 필요한 모든 것을 먼저 파악하고, 수술 전반을 가장 앞에서 정확히 견인하고 있었다.

"메스"

"메짼바움"

"인씨전."

"클램프"

"모스키토"

수술실 특유의 사운드가 차갑게 이어졌다. 메스가 서로 부딪히는 차가운 소리. 켈리와 모스키토가 복잡한 인체혈관들을 결찰하면서 일으키는 금속성 마찰음. 메스가 근막을 절개하는 소리…….

"석션"

"보비"

살점 탄내와 피비린내가 온몸을 휘감았다. 경추부분 문합(혈관과 신경끼리 서로 이어붙임)이 정교하게 진행되었다.
……

"BP 113/65 입니다."
"보비"
집도의가 모니터를 한번 보더니, 수술을 다시 이어갔다.
"보비"
"수술 2시간 소요."
"BP 안정권으로 엘리베이션(상승) 중입니다."
집도의가 또 모니터를 보더니, 다시 수술에 집중했다.
……

집도의가 세균 감염을 주의하며 뒤로 돌아 교체되었다.
"복강 인씨전."
"메스"
"석션"
"메짼바움"
"석션"
"켈리"
"석션"
"보비"
……

"우와, 송문영 선생 테크니션 정말 기가 막히던데? 전설이 그대로 살아있어!"

신경외과 박태문교수가 극찬했다.
"하하하, 그래요?"
"확실히 노병은 죽지 않아! 하하."
정형외과 정경남 교수도 한 수 거들었다.
"노병은 죽지 않는다. 다만 응급실 어딘가로 옮겨갈 뿐이다? 이건가요? 하하."
응급의학과 전문의 노재진 교수도 덧붙였다.
"송 선생님과 수술 방 들어가니까 마음이 무척 편하던데요? 알아서 다 해 주시니."
"하하, 비행기 태우시는 거죠? 세분 교수님들 모두 오늘 수고하셨습니다."
최진우도 마스크를 벗으며 스텝 뒤를 따라 나왔다.
"최 선생님도 고생 많았어요. 오늘 활약 눈부셨어요."
"저야 뭐. 곁에서 그냥 허수아비처럼 있었는걸요. 병풍 투."
문영이 최진우의 어깨를 툭 쳐주면서 말했다.
"본래 수술 방에서는 허수아비가 가장 속 타고 눈치 보이고 바쁜 법입니다. 낱낱이 머리에 주입시켜야 하니까요."
이해겸은 가운 주머니에 손을 찔러 넣고 까칠하게 지나갔다. 진우가 문영에게 말했다.
"레지던트들 속사정을 이렇게 깊이 알아주시니 눈물 납니다. 오늘 낮에 제가 본 수간호사님은 여 전사에다 마더 테레사수녀님 같으셨습니다. 슬비 어머님 손을 꼭 잡고 설득하시던 모습, 우와! 종교와 인종과 사상을 가뿐히 따돌린 인류의 대모님 같던데요? 하하하."

"대모님? 아이고! 진우쌤, 돈 안 든다고 너무 지른다. 하하하. 과도한 칭찬은 호환마마보다 무섭다는 사실 알죠?"

숨 막히는 수술 타임이 무사히 끝났다. 문영의 손놀림은 그야말로 일사천리였다. 문영은 길고 긴 터널을 나온 듯 아득했고 후련하게 웃을 수 있었다. 슬비 수술은 성공적이었다. 수술실에서 나온 노재진 응급의학과 과장과 유설민 치프와 최진우 레지던트가 두건을 벗으며 정중히 디요라에게 다가왔다. 신경외과 박태문교수와 정형외과 정경남 교수도 함께 설명했다.

"일단 수술은 잘 끝났어요. 마취 깨면 바로 중환자실로 갈 겁니다. 이대로 회복한다면 사흘 후쯤이면 일반 청소년소아과병동으로 옮길 수 있을 겁니다."

디요라는 울며 재영에게 배운 한국어로 감사 인사를 했다.

"칸사하니다. 칸사하니다."

아이는 수술실에서 중환자실로 옮겨졌다. 디요라가 지친 얼굴로, 이동하는 딸의 병상을 초조하게 따라갔다.

11. 제발 가끔은, 좀 멋있기라도 하자

새벽.

물에 젖은 솜처럼 늘어지는 몸을 간신히 일으켰다. 재영은 출근공포가 밀려왔다.

'아, 차라리 어디 다쳐서라도 출근 안 했으면…… 적당히 죽지 않을 정도로 팔 다리 어디 좀 부러져서라도 제발, 잠 좀 실컷 자고 싶어.'

이런 생각을 하던 재영은 소름이 돋아 잠이 번쩍 깼다.

'이럴 수가, 내가 이만큼 많이 지쳤구나. 이런 생각을 다 하다니…….'

출근해서 재영은 또 한바탕 소나기를 맞았다. 여지없이 배신애부터 이어졌다.

"재영쌤! 그렇게밖에 못 하겠어? 계속 실수, 실수, 실수. 오늘 집에 가거든, 과연 여기 계속 있어도 되는 사람인지, 다시 한번 스스로에게 심각하게 물어봐. 알겠어? 실수는 자신을 너무 믿기 때문에 생기는 거 아냐? 마음을 믿지 말고, 눈을 믿어. 확인! 또 확인! 몰라? 그게 그렇게도 안 되나?"

최연희 차지도 한마디 했다.

"뭐가 그렇게 복잡하고 어렵지? 아무 생각도 하지 마! 어떤 실수도 하지 마! 그냥, 우린 무조건 환자만 살려! 살려내야 해! 그게 우리 할 일인 거 몰랐어? 신(神)이 우리에게 두 가지 중에 선택할 자유를 준 게 아니야! 단 하나야! 무조건 살려! 네가 현장에서 죽어도 환자는 살려야 해! 그런데 입사 두 달이 다 되어가도록 그렇게 헤매면 어쩌겠다는 거야?"

"죄송합니다⋯⋯."

다행이 급한 환자는 없었다. 과연 이대로 이 병원에 오래 남을 수 있을지 재영은 도무지 자신이 없었다. 이런 저런 서러움과 암담함에 계단에 숨어 눈물을 삼켰다. 끝내 참으려 했던 눈물들이 일제히 터져 나와 수습되지 않았다.

"어흐흑, 아윽, 으흐흑⋯⋯!

신민욱 대원이 옆 건물 장례식장에 서류문제로 잠시 들렀다. 신대원이 응급실을 가로지르다 어디선가 들리는 소리에 순간 걸음을 멈췄다.

'뭐지? 이 소리!'

어디선가 흐느끼는 소리가 들려왔다.

'이 소리⋯⋯! 아까 밖에서 들렸던, 그 소린데⋯⋯? 이럴 수가! 대체 어디서 나는 소리지?'

"흐흐흑⋯⋯! 으흐흑⋯⋯!"

민욱은 소리의 진원지를 찾으려 허둥거렸다.

'분명해! 그 때, 그 소리야. 근데 몇 년 전 들었던 그 소리가, 요즘 왜 이 병원에서 자꾸 들릴까⋯⋯? 벌써 세 번이나. 그 땐 과수원에서 들었는데? 이상하네. 대체 누구지?'

민욱이 소리의 근원을 찾아 계단 위아래를 두리번거렸다. 그러나 흐느낌의 주인을 찾지 못했다. 소리는 점차 잦아들고 있었다. 신민욱은 조급해졌다. 소리가 사라지기 전에 누군지 알아야만 했다.

'어디 있지? 대체 어디서 들리는 거야? 분명해······! 그날, 안개 낀 밤. 영동 과수원에서······. 맞아. 지금 이 흐느낌······. 누굴까? 대체 누굴까? 찾아야 해.'

민욱은 다급히 울음소리의 주인을 찾으려 계단을 오르내렸지만 찾지 못했다. 민욱은 잊고 있었던 몇 년 전 그 기억이 조금씩 깨어나기 시작했다.

어느새 데이 업무가 저물고 퇴근시간이 임박했다. 송문영이 수술 방에서 응급실로 돌아오니 그새 이브닝 팀이 출근해 업무인수를 받느라 분주했다. 인계를 마친 데이 팀 간호사들이 옷을 갈아입고 모여들었다. 최연희 차지가 응급실 간호사들을 향해 힘껏 외쳤다.

"자! 인계모두 마쳤죠? 그럼 우리 최대한 빨리 이곳을 벗어납시다! 오늘 고생들 하셨습니다."

오병태가 두 팔을 활짝 펼치며 외쳤다.

"아, 시간이라는 괴물의 목을 비틀어도 찬란한 퇴근시간은 오는구나! 음핫하! 가자! 술 마시러! 오늘 정호철 선배와 한번 제대로 젖어봐야지."

수간호사 송문영이 오병태를 보고 못 말리겠다는 듯 웃었다.

파김치가 되어 터덜터덜 퇴근하는 나재영. 지쳤지만 귀에 이어폰을 꽂고 힘없이 밖으로 나왔다. 재영을 발견하고 몰래 뒤따라온 신민욱. 아무것도 모르고 걸어가는 나재영을 놀려주려, 어깨 뒤에서 불쑥 나섰다.

"퇴근해요?"
"엇! 깜짝이야, 웬일이세요? 갑자기 어디서 나타난 거예요? 구급차 소리도 안 났는데."
나재영이 그를 발견하고 급히 이어폰을 빼며 인사했다.
"구급대장님 심부름 다녀오다 재영씨 보여서 왔어요. 근데 재영씨. 음악이 그렇게 좋아요? 곁에 누가 와도 모르네."
재영이 무척 지쳐 보이는 얼굴로 민욱을 보았다. 민욱은 재영의 눈물 자국을 보자 안쓰러웠다.
"오늘도 울었어요?"
"울긴, 누가요."
"울었네 뭘! 얼굴이 반쪽이네. 아직도 힘들어요?"
"아뇨, 견딜만 해요."
재영이 힘없이 대답하며 걸었다. 그녀의 안색을 살핀 민욱이 활짝 웃으며 가까이 다가갔다.
"재영씨 앞으로는 그 음악 듣지 말구, 나를 좀 들어주세요. 여기, 내 마음에서도 소리가 나거든요. 아주 애절~~한. 눈물 없인 절대 들을 수 없는."
"푸흡. 심장 소리요?"
"아뇨, 재영씨를 애타게 부르는 사랑의 메아리라고나 할까? 하하하."
"뭐예요? 지금 장난해요? 짓궂게."
"어? 장난 아닌데. 진짜라니까? 한번 들어볼래요?"
재영이 호기심 가득한 얼굴로 가만히 민욱의 가슴에 귀를 가져가는

척 하다가.
"정신 차리시구! 얼른 들어가 긴급출동이나 하시죠."
"아, 긴급 출동 온종일 했는데 또 해요? 아주 악담을 하시네. 저도 이제 들어가서 옷 갈아입고 나와야죠. 퇴근."
"자, 그럼 퇴근 잘 하시고요. 이만 저는 갑니다."
"재영씨 같이 가요."
민욱이 웃으며 따라 뛰었다. 병원과 마주 보이는 도로 맞은편 광장소방서119센터 4층 옥상. 현대식 구급대장과 김태경 부대장이 담배 한 모금 길게 내뱉으며, 길 건너 민욱과 재영을 보며 싱긋이 웃었다. 민욱이 콧노래를 흥얼대며 소방서쪽으로 걸어오자, 주차장으로 내려와 구급차를 소독하던 김태경 부대장이 장난쳤다.
"어이, 신대원. 너 조심해라! 침대는 과학일지 몰라도, 여자의 첫인상은 절대 과학이 아니더라. 날 보고도 모르냐? 내가 그 첫인상에 속아 뒤늦게 결혼해 9년째 후회 중이잖아? 내가 그날 모텔까지 가서 그렇게 서둘러 담장을 허무는 게 아니었어. 휴! 이젠 환불도 안 된다. 너 조심해라. 크크크."
"에이. 우린 다릅니다."
"뭐? 우리? 벌써, 사귀는 거야? 오오!"
"아뇨, 아직인데. 아마 곧 그렇게 되지 않을까요? 하하하."
김태경이 한 번 더 민욱을 놀렸다.
"야, 야, 너. 세기의 사랑에도 인내와 고통이 따른다는 거 몰라? 맘처럼 쉬운 게 아냐."
웃으며 옥상에서 내려오던 현대식 대장도 농담을 거들었다.

"김부대장, 어차피 신대원 귀에 우리 말 안 들린다. 냅둬. 만유인력도 사랑에 빠진 사람은 책임 못 진다더라."
"하하하. 맞습니다. 아주 태초 이래로 가장 불치병이 바로, 사랑이죠. 약도 없는."
셋은 쫓고 쫓기며 주차장에서 민욱을 놀리고 장난쳤다. 세 남자의 웃음 사이로 가로등 불빛들이 하나 둘 도심을 환히 밝히기 시작했다. 재영은 집에 들어가자마자 겨우 밥 한 술 뜨고는 실신하듯 골아 떨어졌다.

다음 날 아침.
친구 민선이 견디다 못해 병원을 떠난 후, 재영은 오랜 친구와의 이별을 슬퍼할 겨를도 주어지지 않았다. 착하기로 소문난 김민주, 그녀가 요즘 들어 계속 피곤해 보였다. 오늘 아침에도 여지없이 어두운 얼굴로 출근한 김민주가 곧 바로 송문영 수간호사와 면담을 요청했다. 그들이 복도 끝 상담실로 들어간 후 스테이션은 아침부터 스산한 침묵이 흘렀다. 상담실 안쪽에서 송문영 수간호사의 놀란 듯한 목소리가 들렸다.
"확실해? 병원 가 봤어?"
김민주가 풀이 죽은 채, 잔뜩 고개를 숙이고 대답했다.
"네. 생리도 이미 두 달째 없고, 좀 이상하다 했는데. 6주째라고…… 죄송합니다."
송문영 수간호사도 뜻밖이라 할 말을 잃었다.
"…… 그래서 민주 쌤이 요 며칠 자주 어지럼증을 느낀 거였구나.

임신성 빈혈이었네. 축하 할 일이지만, 어쩌지? 인력공백과 업무 차질 막자고 순번제 정한 거잖아? 현 상황을 누구보다 잘 아는 민주 쌤이 임신을 했다니 무조건 축하만 할 형편이 아니네. 배신애 쌤이 이 사실을 알면 그냥 잊지 않을 테고. 골 아프다. 당장 듀티 짜는 것도 무척 삐걱거릴 텐데, 지금 이게 민주 쌤 혼자만의 일이 아닌 건 잘 알지?"

"네…… 죄송합니다."

"민주 쌤. 이제 2년 지나 일에 잘 적응한다 싶어 안심했는데, 임신이라니…… 참 난감하네."

송문영은 한 숨을 쉬었다. 그녀가 다시 물었다.

"일은? 계속 할 거고?"

"면목 없지만. 괜찮다면, 저는 출산 때까지는 다녔으면 하는데요……."

"일단 알았어. 단순한 문제가 아니라서 당장 답을 줄 수 있는 상황은 아니네. 내 입장 알지?"

"네. 그래서 더 죄송하고요."

"죄송할 일은 아닌데, 현재는 죄송한 상황이 되어버렸어. 하아, 쉽지 않네."

문 밖에서 몰래 엿듣던 최연희 차지 표정이 심각했다. 그 앞을 지나던 김봉희한테 딱 걸렸다.

"차지 쌤 여기서 뭐해요? 응급실에서 수 선생님이랑 차지 쌤 찾아요."

"쉿!"

둘은 같이 귀를 대고 엿듣다 대화가 끝날 무렵 잽싸게 응급실로 돌아갔다.
"헐! 기 막혀!"
"진짜 이걸 어째요?"
"으이그! 나도 몰라요."
널싱 카트를 몰던 김봉희 얼굴이 또 한번 상기됐다.
"헉! 민주쌤이 임신이라니."
최연희 차지가 심각한 얼굴로 스테이션에 앉았다. 배신애는 아무 것도 모른 채 담당 환자들 사이를 오갔다. 김봉희가 배신애를 곁눈질하며 최연희 차지에게 물었다.
"그럼 본래 순번이던 배신애 쌤은 어찌 되는 거래?"
환자 차트를 살피며 최연희 차지가 착잡하게 대답했다.
"어쩌긴요. 임신 못 하는 거죠. 3년 뒤로 미뤄지겠지! 우리 죽일 일 있어요?"
"그렇죠. 사건은 사건이네요."
눈치를 챈 정호철과 육채남과 나재영은 아무 말 없이 상황만 지켜봤다. 송문영이 김민주를 내보내고 배신애를 상담실로 불렀다. 아침부터 지워진 화장에 눈이 벌게진 김민주가 마스크를 하고 응급실 일을 계속했다. 상담실에서는 한바탕 소란이 벌어졌다.
"뭐예요? 수, 수선생님, 지금 뭐라 하셨어요?"
순간 뒤집힌 배신애의 날카로운 음성이 상담실 밖에까지 들려왔다. 송문영도 짐작한 일이었다.
"허! 기도 안 차! 민주 쌤 미친 거 아녜요? 이번 임신, 제 차례였잖아요?"

"알아. 우리 모두가 알고 있던 일이잖아. 그런데 일은 벌어졌고. 어떡할래?"

배신애가 벌떡 일어나며 말했다.

"뭘 어째요? 난 양보 못하죠. 누구 맘대로 지가 먼저 임신이야? 헐! 미친!"

"신애 쌤, 흥분하지 말고 좀 앉아 봐."

배신애가 차갑게 팔짱 끼고 못 이기는 척 다시 앉았다. 송문영이 망설이다 말했다.

"이런 말 나도 싫지만, 이건 앞으로 듀티 편성문제가 달린 일이라 말하는 거야. 배 쌤이 이번에 양보 좀 해 주면 안 되겠어? 내가할 말은 아니지만, 임신계획 2년 만 미루면 어때? 그러면 우리가 다 견디며 돌아갈 수 있어. 그럴래?"

"제가 왜요? 저 요즘 피임 안 하고 있어요. 지금 저도 이미 임신 초기일 수도 있잖아요? 그건 지금 누구도 모르는 거잖아요? 그런 제가 어떻게 한다만다 말하죠? 저는 그렇게 못 해요. 이건 민주 쌤이 어긴 건데 왜 제가 피해를 봐요?"

결국 배신애는 뒤로 물러서지 않았다. 김민주는 2년 전 신규 때 배신애에게 들볶였던 공포가 또 다시 밀려와 손을 부들부들 떨었다. 그날 임신 순번제를 어긴 사건 이후, 김민주는 사사건건 배신애에게 괴롭힘을 당했다.

"민주 쌤! 본래부터 그렇게 밝혔어? 보기랑 영 딴 판이네. 암캐야? 짐승이야? 어떻게 그런 것도 하나 조절 못해? 그렇게 못 참아?"

김민주는 모욕감이 들었지만 대꾸할 말이 없었다. 배신애는 한 술 더 떴다.
"아니, 그것도 조절 못하냐? 쳇! 사람 맞아?"
"선배님 정말 죄송해요."
"죄송이고 뭐고 암튼 난 순번대로 임신할 거니까. 민주 쌤이 계속 일을 하려면 낙태를 하든 일을 관두고 애를 낳든 맘대로 해. 난 양보 못해. 그리고 앞으로 내 앞에서 알짱대지 마! 얼굴 보면 신경질 나니까! 알았어? 아! 진짜, 짜증나! 저리 비켜!"
"……"
김민주는 짓밟힌 자존심을 꾹 참고 길을 비켰다. 육채남과 나재영은 조용히 눈치만 봤다. 배신애는 김민주 곁에 있는 의료폐기물 통에 수액 폐기물을 콱, 집어던지며 돌아섰다. 송문영이 육채남에게 물었다.
"그래서 민주쌤 지금 어딨어?"
육채남이 의료폐기물상자 주변 정리를 하며 대답했다.
"몰라용. 아침 조회 때 배신애 선배님이 김민주 쌤한테 한바탕 난리쳤어용. 와, 살벌했어용. 선배님 눈이 한쪽으로 팍, 돌아가는데! 아유, 가자미눈보다 더 많이 돌아가더라고용."
차트를 들고 곁을 지나던 최연희 차지가 말했다.
"당연히 살벌하죠. 이게 개인 문제만이 아니니까."
김봉희가 난감한 얼굴이었다.
"아, 옛날 생각난다. 내가 임신했을 때도 살벌했었지. 줄줄이 임신 순번이 밀려가지고, 이건 뭐 도대체 우리가 가축도 아니고. 출산계획을 마음대로 세울 수가 있길 하나. 자칫 임신순서 어기면 서로 사이 안 좋고, 임신이 죄도 아닌데 뒤에서 눈총 주고. 결국 나도 선배들 애 낳을 때 기다리느라 애를 3년이나 늦게 났잖아요. 그 시절 생각하니 갑자기 답답해지네. 앞으로 그럼 듀티가 어떻게 엮이는 거죠? 하참! 답답하네요."
노처녀 최연희 차지는 이해 불가란 표정이다.
"아니 그게 그렇게도 조절이 안 되나? 그게 안돼요?"
김봉희가 대꾸했다.
"차지쌤은 독신이라 잘 모르나본데요. 그게 말처럼 될 거 같으면 이런 문제가 있겠어요? 그건 신(神)의 영역인걸. 결혼 안 한 쌤은 모를 걸요. 어쨌든 애는 생겼을 때 바로바로 낳아야 한다고요. 피임 했을 텐데도 들어선 거 아니겠어요? 민주 쌤이 아무렴 피임도 안 했을까. 조심 했는데도 일이 벌어진 거니 어쩌겠어요."
최연희 차지가 까칠하게 대답했다.
"어쩌긴 뭘요? 낙태하든 그냥 우리랑 똑같이 듀티 짜서 공평하게 돌아가는 거지 뭐! 본인이 어겼잖아요?"
오병태가 한마디 했다.
"와! 참 듣고 있자니 겁나 살벌하네요. 우리, 간호사들 맞아요? 생명 지킨다는 간호사들 입에서 낙태란 말이 망설임 없이 그냥 막 나오네. 그거 불법인데, 다들 참 무섭다."
다들 오병태 말은 듣지도 않았다. 만년 간호사 김봉희가 다시 물었다.
"근데 그건 불가능하지 않아요? 지금은 초기니까 그렇지 금방 배불러올 텐데. 만삭 때 어떻게 그 몸으로 우리랑 똑같이 듀티를 돌아요? 말도 안 되지."

최연희 차지가 다시 대답했다.
"글쎄! 그걸 누가 시켰냐고요? 룰을 어긴 건 민주 쌤이잖아요? 그럼 각오는 해야지. 아! 몰라! 그걸 왜 당사자도 아닌 우리가 걱정해야 해요? 하여튼 남녀문제는 골 아파. 난 그래서 시집 안가요. 지금처럼 평생 독신으로 살 거라고."

배신애의 태움은 날이 갈수록 더 심하고 가혹했다. 듀티를 짜도 민주 대신 나이트나 이브닝을 뛸 간호사는 없었다. 재영과 채남이 간혹 교대를 했지만 역부족이었다. 민주는 밤과 낮 근무를 그들과 거의 동등하게 견뎌야만 했다. 그러는 동안 민주는 두 번이나 극심한 스트레스로 복도에 쓰러졌다. 배신애는 갈수록 일을 김민주에게 떠넘겼다.
"아 참, 잔인해용. 정말 잔인해. 민주 쌤 불쌍해서 어뜩해. 아까용. 응급실 저쪽에서 그냥 수천만 볼트의 번개가 번쩍하는데, 그때 저는 봤지용. 김민주 쌤을 향한 배신애 쌤의 엄청난 태움을."
육채남이 반짝이는 민둥산 문어머리로 자신의 프리셉터인 정호철 간호사 앞에서 연신 중얼댔다. 평소 과묵했던 정호철도 마음이 좋지 않아 한마디 했다.
"하, 참. 임신이 무슨 중죄도 아니고. 신애쌤, 진짜 너무하네."
재영은 이곳이 과연 생명을 아끼고 지켜주는 간호사들 직장인지 의심이 들었다. 너무 냉정하고 무서운 곳이었다. 송문영은 최대한 둘을 같은 듀티에 두지 않으려 애썼다. 송문영 수간호사가 민주를 위해 해줄 수 있는 것은 그것이 전부였다.
송문영이 유설민 치프가 머물고 있는 당직실로 찾아갔다. 임상 경험으로 보나 나이로 보나 송문영이 유설민 치프보다 한참 위였다. 송문영이 방문하자 유설민이 놀라 일어섰다.
"어이구. 우리 수간호사님이 여길 다? 저를 오라고 부르시면 제가 갈 텐데요?"
"유 선생님 배 선생 좀 설득해 주면 안돼요? 저러다 민주 쌤 쓰러지겠어요. 뱃속 아기라도 잘 못 되면 어쩌나 싶고, 그냥 더는 못 보겠네요. 며칠 김 선생 얼굴 반쪽 됐어요."
"저도 사실 그 문제로 참 마음이 편지 않아요. 근데 제 집사람이 어디 제 말 들어요? 수간호사님도 그 사람 고집 잘 아시잖아요? 더구나 본래 저 정도는 아니었는데, 간호사하면서 성격이 무척 예민해졌어요. 저도 솔직히 여러 가지로 죽을 맛입니다. 사실, 신애가 지난 달 쓴 카드내역서가 완전 블록버스터 급이에요. 요즘 아주 간담 서늘한 공포와 스릴을 떠안고 살면서도 눈치만 보고 말 못하고 있어요. 요즘 부쩍 성질이 더 하네요. 예전에 신애가 신규시절 시달렸던 태움 공포를 지금도 가끔 악몽을 꾸나보더라고요. 저 사실 어제도 봤어요. 신애가 민주 쌤한테 진짜 너무 심하더라고요. 저는 선생님들과 잘 좀 지내라고 늘 말 하죠…… 근데, 본심이 나쁜 애는 아닌데, 일에 치여 그런지 갈수록 성질만 못되어지네요. 암튼 저도 다시 잘 말해 볼게요. 수선생님께 걱정 끼쳐드려 면목 없습니다."
송문영이 일어났다.
"유선생님 부탁 좀 할게요."
그러나 그 후로도 배신애와 듀티가 겹치는 날이면, 민주는 피가 말랐다. 배신애는 신규나 조무사가 해도 되는 일들까지 김민주한테 떠넘겼다. 민주는 신규시절 배신에게 겪은 악몽까지 겹쳐 더는 버틸 힘이 없었다. 배신애는 갈수록 더 예민하고 까칠하게 볶아댔다. 김민주만 보면 짜증 부렸고 소리 질렀다. 민주는 갈수록 얼굴이 말이 아니었다. 그녀는 한계에 다다라 있었다.

한 달 후.
견디다 못한 김민주는 근처 산부인과에 찾아갔다. 상담과 검사를 하고 최종적으로 의사 앞에 앉았다.
 "김민주님, 신혼이시네요? 뱃속아기가 벌써 꽤 자랐는데…… 특별한 이유 없는 낙태는 불법인 것 아시죠? 곧 태동도 할 텐데, 집에 가셔서 다시 한 번 생각하세요."
민주는 얼굴이 며칠 새 더 까칠하고 창백했다. 김민주는 각오한 듯 침을 한번 삼키더니 거짓말을 시작했다.
 "저, 선생님. 사실 제가 본래 편두통이 엄청 심해요. 그러다 보니 에르고타민, 수마트립탄 같은 약을 오래 먹어왔거든요. 그것도 자주요……. 그거 임신부에겐 치명적인 약이잖아요? 그래서 저, 뱃속 아이한테는 미안하지만. 이 아이 무서워서 못 낳아요 선생님."
그녀는 이미 아기를 지울 결심을 하고 왔다. 민주의 말을 한참 듣고 있던 의사는 고민을 하더니 입을 열었다.
 "……그럼 수술 전 준비할 것 메모해 드릴 테니, 집에 가서 한번 더 생각해 보시고. 결정 되면 수술 준비해서 내일 오전에 일찍 오세요."
 "네."
다음날 하루 연차를 낸 김민주는 단단히 각오하고 다시 병원에 갔다.

수술 절차를 밟는데 심장이 마구 뛰고 쓰러질 것만 같았다. 민주는 있는 힘을 다해 정신을 가다듬었다.
 '이건 아닌데…… 내가 지금 무슨 짓을 하려는 거지? 그깟 간호사 일이 뭐라고. 생명을 돌보는 일을 하는 내가, 내 뱃속에서 숨 쉬고 있는 어린 생명을 죽이려고 병원에 와 있다니.'
 탈의실로 들어가 환자복으로 갈아입으려던 민주는 선 채로 눈물을 주르륵 흘렸다.
 "김민주님. 준비 다 되셨으면 나오세요."
 탈의실 거울 앞에선 민주는, 눈을 감고 가만히 아랫배에 손을 갖다 대 보았다. 배 저 안쪽 어딘가에서, 뭔가 아주 작은 것이 꼬물거리는 듯 느껴졌다. 그녀가 입술을 깨물었다. 민주는 수술 준비를 위해 갈아입으려 손에 들었던 환자복을 다시 천천히 내려놨다. 내려놓고 벗었던 옷을 다시 꿰입었다. 옷을 입으며 뭔가 결심한 듯 입술을 더 꽉 깨물었다. 민주는 소지품을 챙겨 탈의실 밖으로 나가 간호사를 불렀다.
 "죄송한데요. 낙태수술 안 하려고요. 그냥 갈게요……."
 그녀는 도망치듯 곧장 병원 밖으로 뛰쳐나왔다. 산부인과에서 나온 그녀는 집으로 갈 수 없었다. 몸은 피곤했지만 집에 가도 쉴 자신이 없었다. 갈 곳을 잃은 채 한참 공원을 서성이던 그녀는 자신도 모르게 걷다보니 어느 새 드림대학병원 입구에 서 있었다. 민주는 슬픔이 밀려왔다. 먼 산을 보며 끝없이 흐르는 눈물을 훔쳤다. 그녀는 타박타박 걸어 병원 건너편에 있는 카페에 앉았다. 맞은편 드림대학병원을 바라보며 반나절을 고민했다. 눈부신 햇살 아래 오가는 사람들을 보았다. 민주는 많은 생각을 했다. 저녁까지 카페에서 쓸쓸히 앉

있던 민주는, 카페를 나와 편의점에서 사직서 용지를 사 집으로 향했다. 오래 망설였던 김민주는 결국 사직서를 냈다. 송문영은 격앙된 목소리였다.

"뭐? 퇴사? 민주 쌤, 갑자기 예고도 없이 내게 연타를 날리는 거야? 배신애 쌤 문제는 예상했던 일이잖아? 좀 지나면 덜 할 거니까 조금만 참아 봐."

"수선생님, 아니에요. 저, 진짜 생각 많이 했어요. 일 그만 둘래요."

"힘들어 그러지? 민주 쌤 맘 잘 알아! 나도 요즘 사표 던지고 싶은 마음이 강풍에 만국기처럼 펄럭인다. 근데 어쩌겠어? 와인병 뚜껑 틀어막듯! 그냥, 꽉 참고 있는 거야. 시간이 가면 다 괜찮아져, 조금만 더 참고 견뎌 봐. 나도 더 신경 쓸게."

"아니에요. 저 그만두고 싶어요. 진짜로요."

"그래서 결국 간다고? 민주 쌤, 고생고생해가며 기껏 일 완벽하게 다 배워놓고, 이제 와 그만 둔다고? 좀만 더 참고 견뎌보자니까? 나도 더 힘을 보탤게."

"아니에요. 이참에 우리아기 태교하면서 그냥 쉴래요. 어차피 잘됐어요. 남편과 상의도 다 했는걸요."

송문영 수간호사의 만류에도, 결국 민주는 며칠 후 떠날 준비를 했다. 송문영은 마음이 괴로웠다. 정호철도 육채남도 나재영도 착잡했다.

"민주 쌤 잘 가요. 그간 마음고생 몸 고생 많았습니다."
정호철이 손 내밀어 악수했다.

"선배님, 안녕히 가세요. 꼭 예쁘고 건강한 아기 낳으세요."

재영이 민주 선배를 꼭 안았다. 재영과 민주는 애써 눈물을 참으며 서로를 향해 웃었다.

"선배님. 정들었는뎅……. 그동안 신규들한테 너무 잘해 주셔서 감사했어용."

근육질 신규간호사 육채남이 울먹였다.

"민주 쌤, 잘 가. 이 지긋지긋한 병원 벗어나게 되어 속은 시원하겠다. 아기 잘 키워."

김봉희가 따뜻하게 웃으며 악수했다.

"우리 이젠 밖에서 보겠네? 잘 가요. 임신, 그거 참 좋은 거네. 이렇게 쉴 수도 있고. 부럽다."

최연희 차지가 민주에게 손을 내밀었다. 배신애 모습은 보이지 않았다.

"모든 선생님들 그동안 고마웠고, 정말 많이 감사했어요. 담에 봐요. 응급실 바쁘셔도 꼭 밥 잘들 챙겨 드세요. 그럼……."

모두의 배웅을 받으며, 민주는 우는 듯 웃는 듯, 쓸쓸하게 응급실을 떠났다. 그간의 마음고생을 말해주듯, 가방을 들고 돌아서는 민주 얼굴은 무척 초췌했다. 민주가 드넓은 병원 로비를 가로지르자 송문영이 따라왔다.

"가방 이리 내."

송문영 수간호사가 민주 소지품 가방을 받아들고 아쉬운 듯 함께 걸었다.

"송별회도 못 해 주고. 민주 쌤 이렇게 보내면 안 되는데. 정말 미안하네······."
"수선생님 아니에요. 나오지 마세요. 저 이만 갈게요."
송문영이 간호사들에게 말했다.
"모든 쌤들 각자 위치로 가서. 차지쌤 지시 받고 있어요. 나 저 입구까지만 다녀올게요."
최연희 차지가 외쳤다.
"자! 우리는 각자 위치로 갑시다. 이번 생은 어쨌든 간호사로 뛰어야 할 운명! 다음 생엔 편하게 좀 살아보려나?"
김봉희가 대꾸했다.
"어이구! 차지쌤 내생이 어딨어요? 우리 인생은 이번으로 다 일시불인 거 몰라요? 다신 안온다고요. 근데 오늘은 또 얼마나 오버타임이 길어질까?"
육채남이 분위기를 바꿔보려 너스레를 떨었다.
"저는 야근할 때마다 거대한 절망이 착불로 배달되곤 해용. 으윽! 어디 남는 도끼 없어요? 내 발등 좀 콱 찍게! 이번 생은 난 정말 틀렸어용. 환불하고 싶엉."
"하하하"
모두 웃으며 각자 자리로 돌아갔다. 푼수 육채남 덕분에 쓸쓸했던 간호사들이 잠시 웃었다. 재영이 말했다.
"채남쌤, 저랑 같이 지금부터 남은 시간 더 열심히 해요. 그럼 정시에 퇴근할 지도 모르죠?"
최연희가 드레싱카를 밀면서 재영에게 대꾸했다.
"재영 쌤. 벌써 입사 두 달 넘었지? 그래도 아직 꿈도 야무지다. 정시퇴근이란 희망은 언제나 우리 기대를 배신하곤 하지. 그건 기대 않는 게 정신건강에 좋아."
재영이 말했다.
"희망은 비용이 들지 않는다잖아요? 저는 마지막까지 항상 희망을 가져볼래요."
김봉희가 재영을 보며 턱없는 소리라고 묵살해버렸다.
"허이구! 재영 쌤. 그런 기대 일랑 모공 깊숙이 넣어둬. 이 병원에서 지금까지 정시퇴근이란 본 적이 없네. 더구나 오버타임과 초과근무 수당도 정확히 받아 본 역사가 없고."
최연희 차지가 두 팔을 벌리며 외쳤다.
"아, 밀물처럼 사라진 우리들의 칼 퇴근이여! 꿈 같은 초과수당이여!"
오병태가 따라서 외쳤다.
"젠장! 마라톤 선수들은 양 손에 든 거나 없지. 우린 대체 신(神)이냐? 인간이냐? 오 마이 갓이다."

송문영이 민주와 함께 착잡하게 로비를 가로질렀다.
"그래. 그동안 마음고생 많았던 것 나도 잘 알아. 차라리 결정 잘했어. 이왕에 떠날 거면 뒤도 돌아보지 말고 멋지게 가. 우리 간호사들 매 순간 힘든데, 제발 가끔은 좀 당당하고 멋있기라도 하자. 민주 쌤이 죄 지은 건 아니니까 멋지게 가. 그리고 여기는 다 잊고 남편한테 사랑 듬뿍 받고, 쉬면서 아기 잘 낳고 잘 키울 생각만 해. 알았지?"
"네, 수선생님 그동안 감사했어요."

"감사하긴, 내가 좀 더 챙겨주지 못해서 미안했지. 사실 우리가 돕는다는 것이 너무나 한정되어 있어. 이놈의 살인적인 근무환경이 개선되어야 다 해결 될 텐데……. 거대한 지붕이 낡고 헐어 붕괴직전인데, 매번 문고리만 수선하는 우스운 꼴이지 뭐야. 그런 인간들이 의료행정에 진을 치고 있는 한 지금으로서는 뻔하잖아? 그 속에서 우리 간호사들이 저 살자고, 남의 부부 가정사까지 참견한다는 건 블랙코미디지. 축복받고 결혼한 건강한 남녀가 사랑하고 애 갖는 게 무슨 대역죄냐? 그건 신성한 신의 영역이야. 21세기 하늘 아래서 임신 순번제란 게 애초부터 말이 안되지. 휴우! 말이 안 되는데…… 웰빙 웰다잉 의료선진복지 어쩌구 하면서 매일 화려한 현수막 로비에 걸고 수선떠는 우리 병원에서, 생명 탄생에 인위적으로 순번정하는 일이 말이 되고 있으니 참…… 어처구니없고. 하, 피곤하니까 말도 꼬이네. 내가 뭔 소리하는지 이젠 나도 엉킨다. 하하하, 나 참 어이없다. 민주 쌤이 알다시피 우린 모두 힘이 없지. 이 문제를 만약 누군가 돕는다면 그 누군가는 결국 국민들과 정부여야 해. 정책으로 지원해 주는 게 가장 빠르고 확실하지. 나라가 이 문제를 도와서 간호사 한 사람당 너무 많은 환자들에게 치이지 않게 해주고 말이야. 인구 절벽인 우리나라에서, 절대 임신과 출산이 일 때문에 좌지우지 되지 않도록 복지가 좋아지고, 간호사 인력부족문제가 사라져야 진짜 해결책일 거야. 그런데 내가 복건복지부장관도 아니고 대통령도 아니고. 하아-, 지금으로선 나도 어쩔 도리가 없네. 이럴 때 나라가 나서준다면, 가장 **빠르고 가장 확실한 지원군**이 될 텐데. 이 나라는 왜 애국만 요구하고 이런 우리 형편을 지원 못하는 걸까?"

"수선생님. 사실, 임신 순번제는 정말 없어져야 해요. 제가 간호사 그만둔다 해도 또 수많은 누군가의 문제잖아요? 결혼한 신혼부부가 임신조차 마음대로 결정할 수 없다니 이건 너무 말이 안돼요. 더구나 우리가 현장에서 보다시피 요즘 결혼도 갈수록 늦어져서 대부분 고령산모잖아요. 그만큼 임신 확률도 낮은데, 아이가 들어설 때 자연스럽게 낳아야지요. 임신순번제 눈치 보느라 조절하고 세월가다 그땐 정작 아이가 안 들어서서 못 낳는 경우도 많더라고요."

수간호사 송문영이 힘없이 바지에 손을 찔러 넣고 터덜터덜 걸었다.

"민주 쌤 말 맞아. 백번 말 안 되지. 태어나겠다는 아이를 어떻게 순번제로 막아? 우리나라가 정말 우리간호사들에게 조금만 관심 가져준다면, 우리 입장에서 생각하고 바라보면 답이 바로 나올 텐데. 곧 간호사 노동환경도 좋아질 날 오겠지. 최소한 우리 후배들은 마음 편히 아기 낳고. 비록 몸은 힘들어도 마음만은 누구보다 행복했으면 좋겠어. 그런 것 생각하면 선배로서 참 일궈놓은 게 너무 없어서, 후배들에게 미안해. 임신순번제라니……. 아마존 미개인들도 이렇게 살진 않을 텐데 말이지. 어쨌든 우리는 또 뛰면서 좋은 날이 오기를 기다려봐야지 뭐. 순응하는 용기라고나 할까. 젠장! 순응을 이럴 때 써야하다니. 정말 욕 나오네. 근데 지금으로선 해결책도 출구도 없다. 암흑이야 암흑! 캄캄해. 저 하얀 감옥 속에서…… 열린 듯 밀폐된 병원 안쪽에서 간호사들끼리 말도 안 되는 타협만 쥐어짜내고 있으니. 우리끼리 곪고 염증생기는 건 당연하겠지. 우리는 무척 기쁜 일을 맞고도 서로 미안하고 서로 죄인이 되고 있네. 그런 면에서도 이건 더 이상 덮어둘 수 없는 염증덩어리지. '나미야 잡화점의 기적'이라는 책을 쓴 히가시노 게이고라는 작가가 이런 말을 했어. '특별한 빛을 가진 사람은, 반드시 누군가가 그를 알아본다'고. 나는 그 문구를 읽는 순간 우리 간호사들이 떠올랐어. 그건 어쩌면 우리 간호사들을 말하는 거라고 생각해. 우리에겐 분명 특별한 빛이 있어. 누군가는 반드시 우리들이 발하는 소중한 그 빛을 알아보게 될 거야."
 송문영과 김민주는 이런 저런 대화를 하며 현관을 빠져나왔다. 도로가 한산한 오후였다. 송문영이 햇살 아래 두 팔을 벌려 심호흡을 했다.
"흐음! 하아! 겨우 몇 발짝인데 이렇게 병원 밖에 나오니 가슴이 확 트이네. 민주 쌤…… 잘 가."
송문영이 민주의 가방을 건네주었다.
"수선생님 그동안 챙겨주셔서 고마웠어요. 암튼 저 이만 갈게요."
"그래, 예쁜 아기 낳고 보란 듯이 잘 살아. 그리고 임신 너무! 너무! 축하해! 방금 전까지는 사실 마음껏 축하할 수 없었어. 나 용서해 줄 거지?"
늘 어떠한 일에도 다부졌던 수간호사 송문영 눈에 갑자기 눈물이 맺혔다.
"용서는요. 수선생님 잘못 아닌데요. 근데 갑자기 왜 우세요? 선생님답지 않게."
"방금 자기 배웅해주러 나오다 보니, 우리 병원 입구를 벗어났잖아. 자기가 임신 한 것은 충분히 축복 받을 일이야. 더구나 병원 밖에서는 더더욱! 내말 무슨 뜻인지 알지? 난 지금 병원 밖에 서 있어. 지금 잠시지만 그래도 난 이 시간 적어도 민주 쌤 편이란 거야."

"하하하, 네. 알겠어요. 잠시 직책을 벗어났다는 뜻이군요. 볼수록 참 대단하세요."

송문영이 고개 들어 먼 하늘을 바라봤다. 그녀가 불어오는 바람에 눈물 젖은 얼굴을 말리며 말했다.

"내가 웃긴 얘기 하나 해줄까? 나 전혀 대단한 사람 아니야. 나도 가끔은 너무너무 힘들어서 정말 펑펑 우는 거 모르지? 특히 비오는 날은 울기 딱이지. 나 참 주책이지? 오히려 전혀 울지도 않고 아무렇지 않다면 더 이상한 거 아닐까? 나는 눈물로 종종 나를 위로 해. 육체를 파먹는 말기 암만 무서운 게 아니야. 아픈 환자들과 늘 사랑을 나눠야 하는 우리가, 힘든 나를 위한 눈물조차 잃어버린다는 게 더 무서운 거 아니겠어? 우린 가축이 아니잖아. 때로는 나의 노고를 위해, 또 동료를 위해 울어주는 것도 건강에 좋아. 이별이 너무 길었다. 민주 쌤 어서 가. 나도 또 들어가 봐야지. 어디 갔나 찾고 난리겠네."

수간호사 송문영과 간호 2년차였던 김민주는 그렇게 각자 방향으로 발길을 돌렸다. 두 간호사가 쓸쓸히 각자 있어야 할 곳으로 멀어지기 시작했다. 응급실 서쪽 복도 끝에서 배신애가, 각자의 길로 멀어지는 두 간호사들의 소실점을 물끄러미 내려다보았다.

12. 오, 진상! 씨바쓰리갈 쌍쌍바 같은

응급실 시계가 어느새 밤 10시를 넘어서고 있었다.
재영은 나이트근무 중이었다. 환자 차트 정리를 하던 오병태가 웃으며 손을 모았다.
"하-, 오늘은 제발 아픈 사람들 많지 않게 해 주세요. 하나님 부처님."
그러자 김봉희가 웃으며 박자를 맞췄다.
"네, 그래서 단 하루라도 제에발~ 안 힘들게 주세요. 알라신 마호메트님. 큭큭큭."
육채남이 거들었다.
"믿습니당. 아멘! 인샬랑! 셰! 셰! 셰! 킥킥킥."
언제나 점잖은 정호철간호사가 세 간호사들 장난에 빙긋 웃었다. 밤이 깊어지자 여지없이 응급환자들이 밀려들기 시작했다.

응급실 앞에 흰 승용차가 급히 와서 멈췄다. 차에서 내린 삼십대 후반 남자가 네 살 난 아이를 품에 안고 다급히 응급실로 들어섰다.
"어떻게 오셨어요?"
재영이 다가와 맞았다.

"우리 애가 이마를 심하게 다쳤어요! 빨리 좀 봐주세요."
재영은 아이 이마를 들춰보았다. 아이를 안심 시키려 웃으며 말을 걸었다.
"아가야, 괜찮아. 선생님들이 곧 치료해주실 거야. 아이 착해."
아이가 수줍게 싱긋 웃었다. 체온도 체크했다. 특이사항이 없는 환자였다.
"보호자님 놀라셨겠어요."
"휴- 얼른 치료 해주세요. 빨리."
남자는 얼마나 급했는지 한발은 운동화 한발은 슬리퍼를 신고 있었다.
"꿰맬 정도는 아니니 너무 걱정하지 마세요. 곧 치료해 드릴게요."
아이 이마는 살갗이 일 센티 쯤 긁혀 있었다. 상처는 피가 약간 비치다 말라 있었다. 간호사 재영의 판단으로 응급실 환자 중 경증환자에 속했다.
"오, 오래 걸려요?"
아이는 생명에 지장을 주거나 심각한 상태가 아니었다. 울었는지 아이 얼굴에 눈물 콧물 자국이 하얗게 말라있었다.
"네, 곧 봐드릴게요. 환자분 진정하시고요. 아기는 몇 살이죠?"
"네 살요. 빨리요!"
"아기 이름은요?
"오보민요. 빨리요!"
"오보민……."
재영이 환자 EMR카드에 차근차근 기록했다. 아이 아빠는 얼굴에 긴장과 초조가 가득했다.

"보호자분 진정하시고요. 아기 상처는 언제 어떻게 다친 거예요?"

"거, 거실에서 막 달리다 장남감에 걸려 넘어지면서 식탁모서리에 부딪혔어요."

"네, 저희 병원 처음 오셨나요?"

"네."

'따르릉. 따르릉.'

"아, 보호자분 잠시만요."

재영이 오보민 아이의 접수를 받다 전화를 받았다.

"응급실입니다. 여보세요? 보호자님 울지 마시고 천천히 말씀해 주실래요? 거기 위치가 어디시죠? 여보세요? 네 보호자분, 진정하시고요."

아이를 안고 서 있던 보호자가 항의했다.

"이봐요! 아가씨! 우리 애 언제 봐 줄 거야?"

"보호자분 죄송해요. 잠시만 기다려 주세요. 급한 환자 전화라서요."

재영이 다시 전화를 이어갔다.

"네, 주소 좀 불러주시겠어요? 서울시 종로구 청계천로…… 쓰러진 환자 연세는요? 지금 환자는 어떻게 하고 계시나요? 119 부르셨어요? 아, 네! 그럼 구급차 요청해서 그리로 보내드릴게요."

재영이 프로그램에 응급환자 상세기록을 입력하고 도로 건너 광장소방서로 전화를 했다.

"이봐요! 아가씨! 내가 먼저 왔잖아? 순서 지켜요! 아, 증말!"

아가씨란 말에 수액을 잡던 오병태간호사가 힐끗 돌아봤다. 재영의 콜을 받은 광장소방서 119구급차가 요란한 사이렌소리를 내며 소방서 차고를 빠져나갔다.

"보호자분 죄송한데요. 급한 환자 전화라…… 여보세요? 방금 구급차 그리로 보냈으니까 곧 도착 할 겁니다. 사이렌소리 들리면 당황하지 마시고 그거 타고 오시면 됩니다. 환자분 머리를 낮게 해 드리고 다리를 높이 올려주세요. 보호자분, 울지 마시고요."

응급실 접수처에서 칭얼대는 아이를 안고 있던 보호자가 열 받아 외쳤다.

"아니 뭐 이딴 거지같은 병원이 다 있어! 야! 너 뭐야? 의사 나오라 그래! 우리 애가 먼저 왔잖아? 애가 지금 이 지경인데, 환자를 세워놓고 너 지금 장난해? 씨발!"

오병태가 미간을 찡그리며 다시 이쪽을 돌아봤다. 재영이 최대한 친절하게 보호자를 설득했다.

"보호자분. 진정하세요. 이 분이 더 급해서 그랬어요. 아이는 지금 잠들었네요. 잠시만 기다리시면 치료해 드릴 겁니다. 그리고 보호자분 너라니요? 예의는 지켜주세요. 저는 너가 아니고 간호사예요."

재영은 다시 방금 전 응급환자와 전화를 이어갔다. 아기를 안고 온 보호자는 점점 이성을 잃어갔다.

"아, 진짜! 야! 너 죽고 싶어?! 우리 애부터 치료하라고! 당장 전화 안 끊어? 내가 먼저 왔다고 했잖아?"

재영은 응급환자라 침착하게 전화를 이어갔다.

"여보세요. 네 전화 끊지 마시고요. 지금 환자는 자가 호흡 하시나요? 쓰러진 지 얼마나 되셨죠? 아, 저희 병원에서요? 언제 수술 하셨어요? 성함은요? 잠시만요…… 오동…….”
"야! 이년아! 너 지금 뭐하는 거냐고?"
급기야 보호자는 수화기를 사납게 빼앗아 재영 얼굴을 향해 던져버렸다.
"아악-!"
재영이 비명을 질렀다.
"으앙-!"
아이가 보호자품에서 놀라 울었다. 가뜩이나 정신없던 응급실이 난장판이 되었다.
"야 이년아! 너 지금 아픈 환자 앞에 놓고 뭐하는 거야? 전화만 받으면 다야?"
그 소란에 간호사들이 놀라 달려왔다.
"보호자님 지금 뭐하시는 거예요?"
최연희 차지가 젊은 보호자에게 강력히 항의했다.
"이 년은 또 뭐야?"
도도한 최연희 차지가 자기 또래 보호자 욕설에 확, 꼭지가 돌았다.
"후! 뭐, 뭐요? 이, 이년? 지금 말 다했어요? 엇따 대고 욕이에요?"
최연희 차지가 몹시 불쾌한 표정으로 조무사를 향해 말했다.
"여기 보안직원 좀 당장 오라해."
"야! 이 씨발년이 내가 아까부터 먼저 와 기다리는데 딴 전화만 받고 나를 엿 먹이잖아?"
정호철 간호사도 안색이 몹시 안 좋았다. 응급실 보호자들이 다 일어나 웅성거렸다.

최연희 차지가 신규 나재영을 보호하며 나섰다.

"보호자님, 저희 간호사들한테 함부로 반말하지 마세요! 저희가 대체 뭘 그렇게 잘 못했습니까? 응급실에서 환자는 중증도에 따라 순서가 정해집니다. 아시겠어요? 당장 사과 안 해요?"

김봉희도 나섰다.

"보호자님. 저 급한 환자분이 당신 가족이라고 한번 생각해 보세요. 당신한테 욕먹으라고 우리 부모님들이 힘들게 가르치고 간호사 만든 줄 아십니까?"

"허이구! 이것들이 아주! 개떼처럼 몰려 지랄을 하네. 우리 가족 아닌데 왜 내가 그런 생각까지 해야 해? 어쨌건, 내가 응급실 먼저 왔고! 내 차례고! 당장 우리 애 먼저 치료해 달란 말이야! 이것들 순 또라이 아냐?"

"뭐욧? 여보세요! 정말 말 다했어요? 당신 자식만 중요합니까?"

"넌 또 뭐야?"

"간호삽니다. 보호자님이 이러셔서 환자들한테 좋을 게 없어요. 환자 생명을 돌보는 간호사한테 어디 함부로 물건을 던집니까? 당장 사과하세요!"

"못하겠다! 어쩔래?"

보호자는 막무가내였다. 중증 응급실에서 치료하던 레지던트 최진우도 소란을 듣고 나왔다. 진우가 고개 숙인 재영에게 다가왔다.

"재영쌤 괜찮아요? 갑자기 어떻게 된 일이에요? 얼굴 상처 안 났어요? 이봐요! 보호자님. 저기 누워있는 저분들 안 보여요? 저 많은 환자분들 생명을 지켜내는 우리 간호사 쌤들한테 이게 무슨 행패입니까?"
수화기에 얼굴을 맞고 고개 숙인 재영은 말이 없었다.
"……"
젊은 보호자 악다구니는 계속 되었다.
"뭐? 폭력? 킥킥킥, 갑자기 나타나서 끼어드는 너는 또 뭐세요?"
"헐! 너라네. 참 어이없어. 그쪽이 말하는 여기 '너'는. 응급실 의삽니다! 왜요?"
"의사? 그럼 당신이 치료하면 되겠네! 어서 우리 애 상처 봐줘! 당장!"
"못 봅니다. 간호사 쌤들의 지시 먼저 따르세요. 의사는 의사고 나머지 수많은 일을 우리 간호사 쌤들이 직접 다 하시기 때문에 저 혼자 맘대로 환자 못 봐요! 아니 안 봐요! 아시겠어요? 병원에서 이렇게 폭력행사하고 소란피우시면 안됩니다! 당장 사과 안 해요?"
"이양반이, 내가 언제 폭력을 휘둘렀는데? 그쪽이 봤어? 난 전화 그만 하라고 빼앗아 좀 세게 내려놓은 것뿐이야! 알아? 신고할 테면 해 봐. 헐! 이것들이 떼거지로 협박을 하네. 여기만 병원이냐? 천지가 병원이다! 이런 뭣 같은 병원 말고도 갈 곳 널렸다. 애가 아파 왔으면 빨리 우리 애 먼저 치료해야할 거 아냐? 어디서 갑질이야? 사과? 못 하겠다 어쩔래? 당장 병원장 나오라 해! 내가 오늘 이 병원 문 닫게 해버릴 테니 두고 봐!"
최연희 차지가 나섰다.
"보호자님. 잘 모르시나본데요. 여긴 응급실입니다. 응급실은 내원

순서가 아니라 위급한 순서대로 치료하는 곳이라고요. 당장 저 간호사한테 사과하시죠?"
"못 한다 어쩔래? 고소라도 할래? 그럼 고소해봐! 내가 환자 생명 우습게 아는 너희 사기꾼들 다 고발해 쳐 넣을 테니 각오 단단히 해! 알았어?"
'쾅-!'
보호자가 옆에 있는 의료폐기물 쓰레기통을 발로 냅다 걷어찼다. 그 순간 누군가 갑자기 응급실 문을 박차고 달려 들어오며 외쳤다.
"보민아! 보민아!"
육채남 간호사가 달려갔다.
"여긴 응급실입니다. 좀 진정하시고 말씀하세요."
"저기, 우리 애가 다쳐서 여기로 왔다는데요? 보민아!"
"오보민 아기요?"
"네! 우리 보민이 어딨어요? 많이 다쳤어요? 심각해요? 보민이 어딨냐고요?"
"아, 좀! 진정하시고 제 말을 들으세요. 제가 지금 안내말씀 드리려 하잖아요?"
여자는 까칠하게 오병태 간호사를 무시하듯 위아래로 훑었다.
"말씀하세요."
"오보민 아기는 괜찮습니다. 큰 상처 아니니 염려마세요."
그때 남자 보호자가 이쪽을 향해 외쳤다.
"야? 너 이제 나타나면 어떡해? 그렇게 전화해도 안 받더니!"
젊은 보호자 품에 있던 보민이가 방금 달려온 엄마를 보자 울며 안졌다.

"어엄마아~! 으으앙!"

"어 그래 보민아! 엄마야, 많이 다쳤어? 그러게 왜 애도 하나 건사 못할 거면서!"

아기 엄마의 그 말에 젊은 보호자 눈이 또 한번 뒤집혔다.

"이 년이 말이면 단 줄 아나? 바람나서 새끼까지 버리고 집 나간 년이! 애가 다쳤다니까 그래도 에미라고 쳐왔네! 쳇!"

보민 엄마가 애를 품에 안고 남편을 향해 대들었다.

"뭐요? 그러게 당신이 잘했어봐! 내가 집을 나갔겠어?"

젊은 보호자가 씩씩대며 말했다.

"그럼 그 새낀 누구냐? 어? 애가 둘씩인 년이, 젊은 놈 끼고 낄낄대며 다니는 거 내가 못 본 줄 알아? 동네 창피해서 내가 얼굴을 못 들고 다닌다 이년아!"

김봉희가 열 받아 외쳤다.

"뭡니까 대체! 부부싸움은 좀 나가서 하시죠? 여긴 응급실입니다. 예? 보안실에서는 왜 안 오는 거야? 빨리 좀 오라 해줘요."

"거, 댁이 신경 쓰일 아니잖아! 남의 집 일이야!"

응급실 안쪽에서 환자를 간호하던 오병태가 일어났다.

"환자분 잠시만 쉬고 계세요. 제가 좀 다녀올 데가 있어서요."

오병태간호사가 양손가락 마디를 우두두둑 꺾으며 난동중인 보호자 쪽으로 걸어왔다.

"이런! 개살구 씨 발라 먹을! 거 진짜, 아까부터 듣자듣자 하니 수정과에 뜬 개잣 같은 소리를 하시네요! 간호사가 이래두 네네, 저래두 네네, 하니깐 개 뭐시깽이로 보이나! 이런! 조 시럽에 잣 담가 먹는 경우를 봤나! 지금 밤잠 못 자고 수많은 환자생명을 지키려 뛰는 우리 간호사들한테 뭐 하는 짓입니까! 응급실에서 난동부리다 부족해 이젠 부부싸움까지 합니까?"
보민 엄마가 이건 또 뭔 상황인가 어리둥절해 양쪽을 번갈아봤다. 오보민 아빠가 이번엔 오병태에게 시비를 걸었다.
"넌 또 뭐야?"
"나요? 뭐긴 뭐겠어요? 개씨바쓰리갈 쌍쌍바같은 물건 쳐다보구 있는 간호사죠! 멀쩡히 일하는 간호사를 수화기로 패질 않나! 이 늦은 시간에 응급실에 와서 무식하게 부부싸움을 쳐하질 않나! 여편네 바람나서 집 나간 게 뭔 자랑이라고 사방 시끄럽게 떠들어 대질 않나! 보안직원한테 끌려 나가기 전에, 당장 밖으로 나가시는 게 좋을 겁니다. 예?"
그때, 보안직원 둘이 나타나 자초지종을 파악했다. 오병태가 분이 식지 않는 듯 식식거렸다. 보호자들이 오병태 간호사 편을 들었다.
"간호사님 참으세요. 상대하지 마세요."
광경을 지켜본 채남도 열 받아 한숨을 푹푹 쉬었다.
"아니 뭐! 저런 인간들이……. 아후! 몰상식한 보호자들 갈수록 늘어나 큰일이네용! 쳇."
채남이 간신히 분노를 삭이며 재영을 살폈다. 보안직원에게 끌려 나간 젊은 보호자가 한참 실랑이 끝에 소란 피우지 않기로 약속하고 다시 들어왔다.
"재영쌤 괜찮아요? 고개 좀 들어봐요."

채남이 안쓰러운 신규동기에게 다가가 등을 토닥였다.

"……."

재영이 우는지 등과 어깨가 들썩였다. 재영을 보던 레지던트 진우도 속이 너무 상했다.

"재영쌤, 여기요……."

채남이 얼른 휴지를 가져다 엎드린 재영 손에 쥐여 주었다. 진우가 한숨을 푹푹 쉬면서 서 인턴을 불렀다.

"아! 서 인턴, 석션 어딨어요?"

"네? 선배님 석션은 갑자기 왜……요?"

"오늘 개 뭐시기 때문에 신물이 다 역류하네! 아후!"

서하윤 인턴이 공감한다는 듯 미간을 잔뜩 찌푸리며 대꾸했다.

"저도 지금 진짜 짜증 곱빼깁니다! 확! 그냥! 씨!"

만년간호사 김봉희가 체념한 듯 드레싱카를 끌어당기며 그 젊은 보호자를 불렀다.

"오보민 보호자님 아이 안고 이쪽으로 오세요. 제가 치료 해드리지요."

"됐어! 당신들 치료 안 받아!"

보민엄마가 남편한테 대들었다.

"안 받긴 뭘 안 받아? 이 밤에 어디로 갈 건데! 애 치료는 해야 할 것 아냐!"

재영이 얼굴을 들자, 눈앞에 정여진 선배가 애를 안고 치료 받고 있었다.

"서, 선배?"

정여진은 재영을 보자 깜짝 놀랐다.
"어? 어머, 야? 나재영? 네가 여긴 웬일이야?"
재영은 뜻밖이었다. 얼마 전, 퇴근하다 만났던 정여진 선배가 한밤중에 응급실에 나타난 것이었다. 몇 달 전 재영의 뒤 담화를 화장실에서 요란하게 해대던 그 선배였다. 꽤나 잘 사는 듯 과시했던 그녀를 보자 재영은 어이가 없었다.
"몰랐어요? 나 여기서 근무해요. 근데 선배……? 오보민 아이 엄마가, 선배였어요?"
"어? 어. 애가 다, 다쳤대서 왔지……."
여진의 말에 남편이 분노하며 외쳤다.
"애가 다쳐서 와? 새파랗게 어린놈하고 바람나 새끼 버리고 나갔다고 솔직히 말해 이년아!"
정호철이 다그쳤다.
"아 좀! 두 분 제발 그만 하세요. 저기 환자들 누워계신 거 안 보여요?"
재영은 정여진 남편의 폭로에 어처구니가 없어 헛웃음이 나왔다. 여진은 재영 앞에 창피해 고개를 못 들었다. 참 쓸쓸한 민낯이었다. 그때 다급한 구급차 소리가 드림대학병원 응급실로 들이닥쳤다. 한쪽 눈가가 부은 얼굴로 재영이 코를 팽, 풀었다.
언성이 오가고 시장난전 같았던 응급실.
갑자기 들이닥친 응급환자 때문에 관심은 그쪽으로 집중됐다. 열 받아 씩씩대던 간호사들도 일제히 응급실 입구로 시선이 꽂혔다.
"길 좀 비켜주세요! 어레스트(arrest-심정지)예요! 비켜요! 비켜!"

응급대원 하나는 환자 위에서 강하게 흉부압박 중이었고, 다른 대원 하나는 엠부를 짜고, 남은 한 대원은 응급카트를 밀며 나타났다. 심장이 멎은 환자는 70대 후반 노인이었다. 순식간에 모든 간호사가 백미터 달리기하듯 응급환자를 향해 포지션대로 달라붙었다. 모든 의료진도 신속히 둘러쌌다. 그들 뒤로 환자 아내인지 늙은 노파가 금방이라도 쓰러질 듯 따라왔다.

"아이구! 어떡하나……. 우리 영감 어떡하나……."

엠부를 누르며 달려온 구급대원이 외쳤다.

"의식이 없어요."

정호철 간호사가 엠부를 건네받았다. 최연희 차지가 순식간에 팔을 걷어 부치고 환자 위로 올라타 흉부압박을 이어받았다. 김봉희와 오병태와 나재영과 육채남이 포지션대로 신속히 모니터링 기를 연결하고 기본수액을 폴대에 걸었다.

1분 1초가 급한 응급상황이었다. 환자 동공반사를 체크하던 레지던트 최진우가 외쳤다.

"치프 콜 해 주세요! 빨리!"

최진우가 호흡을 확보하기 위해 기도삽관을 진행했다

"보호자님, 오동식 환자 의식 잃은 지 얼마나 되셨어요?"

노파가 힘겹게 대답했다.

"좀 됐……."

그때였다.

"엄마? 엄마가 여기 왜 왔어?"

방금 전에 치료 빨리 안 해준다고 난동을 부렸던 진상보호자가 외쳤다. 그가 응급실에 나타난 자신의 부모를 발견하고 달려왔다. 정여진은 시어머니를 보자 똥마려운 강아지처럼 절절맸다.
"아이구! 보민애비야! 너 왜 그리 전활 안 받냐? 그리구 너! 보민애미 아니냐? 새끼까지 버리고 나가놓고 뭔 낯짝으로 나타난 겨?"
아들이 대답했다.
"보민이가 이마를 다쳐서 응급실 왔어요."
"내가 느그 아부지 쓰러졌다고 암만 전화해두 도통 네가 전활 받아야 말이지! 보민이 안고 응급실 온 겨? 보민인 괜찮냐?"
"네, 괜찮아요. 엄마! 근데 아부지가 왜 쓰러지셨어요?"
"전활 하다하다 안돼서 내가 이 병원으로 전화했다. 에그, 조금만 빨리 왔어두. 이리 되진 않았을 텐데……."
그 순간 모든 간호사와 응급실환자와 보호자들 시선이 그 남자에게 모아졌다.
"세상에! 방금 실려 온 응급환자가 저 애기아빠 아부지란 말이야? 허허……! 아니 그럼 아까 지 아부지 살리려는 응급전화를 못 받게 그렇게 간호사 전화기 뺐고 난리쳤던 거여? 저런 저! 개호로자식 같으니! 저런 건 아주 광화문 네거리에 끌어다 놓구 작신 두들겨 패야 혀는디……."
흥분한 환자들과 보호자들이 자신의 일처럼 분노했다. 정여진은 그러면 그렇지 하는 표정으로 남편에게 눈을 흘기곤 밖으로 나갔다.
"아이그, 설마 자기 아부진 줄 알고 그랬겠어요? 모르고 그랬겠지……."
정여진 남편이 던진 수화기에 얼굴을 맞은 나재영. 한쪽 눈이 부은 재영은 묵묵히 환자 병상을 다니며 수액주입양이 적당한지 초침을 보면서 체크했다. 화가 덜 풀린 보호자들과 환자들은 흥분해서 그들끼리 논쟁이 오갔다.

"모르고 그랬어도 그게 말이 되나? 그럼 남의 집 누군가는 죽어도 된단 말이야?"

"누가 그렇대요? 내 말은……. 아마 몰라서 그랬을 거라는 거죠."

최연희 차지와 최진우 레지던트가 심폐소생술을 교대했다. 보호자들 대화가 또 오갔다.

"지금 보니 애도 멀쩡하네. 그리 심하게 다친 것도 아니구만, 응급실 와서 저 난리를 치고, 밤새 고생하는 간호사들한테 입에 못 담을 쌍욕을 하고……. 저럼 무식한 놈을 봤나! 진짜 못됐네! 지 아부지 살리려 한 줄도 모르고! 괘씸한 놈!"

"아니 요즘에도 저런 인간이 다 있네. 저런 건 아주 고개 못 들고 다니게 개망신을 줘야 하는 건데! 우리 같은 급한 환자들이 저런 놈들 때문에 빨리 손 못쓰고 골든타임 놓치면 황천행 아냐? 등골이 다 오싹하네!"

"누가 아니래요. 간호사선생님들한테 정말 잘 해야지. 저 봐, 밤낮 얼마나 고생하나."

최진우가 응급처치를 이어가며 노파에게 물었다.

"병원차에 탈 때까진 괜찮았다고요?"

"네 그런데 갑자기 저래요."

그 순간 정여진 남편은 낯이 뜨거워 간호사들 앞에 고개를 들지 못했다. 숨 가쁘게 뛰어다니며 오동식 환자를 살리려 애쓰는 간호사 모두

어처구니가 없었다. 이제 오동식 환자 심장은 오로지 의료진에게 달려있었다. 심폐소생술은 12분 째 계속되고 있었다. 잠시 후, 환자 심장이 아주 작게 뛰기 시작했다. 최연희 차지가 외쳤다.
"심장이 다시 뛰기 시작해요!"
4년차 레지던트 유설민 치프가 보호자를 불렀다.
"오동식 환자 보호자분!"
정여진 남편이 얼굴을 숙이고 천천히 다가왔다
"일단 저희가 심폐소생술을 해서 심장은 다시 뛰는데 아직 안심 못해요. 환자가 10년 전부터 고혈압도 있었고 심장이 안 좋았네요?"
"네……."
"어머님 말씀 들어보니. 로컬병원에서 수술한 후 가슴통증이 간헐적으로 있었대요. 가슴 통증은 심장이 보내는 위험신호거든요."
"네……."
"정호철 쌤, 여기 트랜스퍼 심장초음파검사 심전도검사 CT촬영 진행 좀 부탁해요."
정호철이 당직 인턴에게 급히 연락했다.
"오동식 보호자님."
아까 욕을 먹었던 최연희 차지가 정여진 남편을 불렀다.
"아까 환자분 심장마비 온 것 보셨죠? 보호자분이 우리 재영 쌤 전화 뺏고 난동부리고 방해만 안 했어도, 보호자님 아버지 상태가 지금보다 훨씬 더 좋았을 지도 몰라요. 이제 왜 보호자들이 업무 중인 간호사들한테 함부로 하면 안 되는지 똑바로 보셨죠? 우리를 대접해 달라는 게 아닙니다. 매순간 환자 안전을 위해 일하는 간호사들 업무를

오, 진심! 씨바쓰리갈 쌍쌍바 같은 209

방해하면, 바로 내 가족이 위험에 처할 수도 있다는 겁니다. 그리고, 간호사는 동네 아가씨가 아니에요. 긴 시간 전문교육을 받고 의료면허를 취득한 전문 의료인이에요. 앞으론 의료행위 방해하지 마시고, 간호사 선생님들께 최소한의 예의 좀 갖추세요. 아셨어요?"

"네. 선생님, 정말 면목 없고 부끄럽습니다. 제가 잘 못했습니다."

"보호자님 아버지는 심장이 멈춘 상태였고, 사실 죽어서 오신 거였어요. 근데 다행히 저희가 빨리 응급조치와 심폐소생술 했고. 일단 심장은 돌아왔어요. 급한 손은 썼는데, 심장이 또 언제 멈출지 몰라요."

정호철간호사가 외쳤다.

"엇?! 오동식환자분 다시 심박수가 떨어지고 있습니다!"

정여진 남편이 애타게 아부지를 불렀다.

"아버지! 정신 차리세요."

심장박동이 35까지 떨어지고 있었다. 다른 환자를 보던 유설민 치프가 급히 다가가 동공반사를 다시 확인했다. 유설민 치프가 말했다.

"다행히 아직 동공반사는 있네요. HR 30대인데 위기를 면한 게 아닙니다. 다른 약을 더 써보면서 CPR지속 하고요. 우선 심박수 정상범위로 돌아오게 하고서 검사결과 나오면 정확한 원인을 찾아봐야죠."

시간은 벌써 새벽으로 가고 있었다. 노재진 응급실장이 검사결과를 갖고 나타났다.

"오동식 보호자님."

"네……."

"아버님이, 평소 심부전증을 앓고 있었죠? 보니까 흉수가 많이 찼어요. 흉수가 뭐냐 하면 쉽게 말해 가슴 속에 정상 이상으로 물이 고였다는 건데요. 이런 증상은 아주 위험한 거예요. 조금만 더 늦었어도 아버지는 저세상 사람이 되셨을 겁니다. 이게요. 심부전 신부전 간경변 등에 의해 2차적인 결과로 나타나기도 해요. 가슴에 물이 많이 차면 호흡곤란이 와서 언제 잘못 되실지 모르는 상태라는 거예요."
오동식 환자 아들이 노재진 응급실장 앞에 털썩 무릎을 꿇었다.
"선생님 잘못 했습니다. 저희 아버지 좀 꼭 살려주세요. 제발 부탁드립니다. 제가 정말 잘못했습니다. 아까 난동 부린 거……."
"나, 난동……? 여기 응급실에서요?"
정여진이 팔짱낀 채 남편을 흘겨봤다. 노재진실장이 최진우와 최연희 차지 표정을 살피더니 눈치를 챘다. 노재진 응급실장이 환자검사결과 모니터를 살피며 말했다.
"아니, 알만한 분이 왜 난동을 부리셨을까. 응급실에서 난동 부리는 것은 간접살인 인 걸 모르셨어요? 더구나 가중처벌이죠."
정여진 남편이 겁을 먹고 눈이 동그래졌다.
"가, 간접살인에 가, 가중처벌이요?"
"당연하죠. 그분들 손에, 촌각을 다투는 위급한 환자생명이 달려있는데, 응급의료진 처치 방해하다 정말 여러 환자를 죽일 수도 있어요. 아까 보셨죠? 아버님을 우리 간호사 쌤들이 죽을힘을 다해 응급처치하고 심폐소생술 하는 거?"
"네."
"그럴 때 누군가가 간호사 때리고 욕하고 멱살 잡고 의료행위 방해

하면, 아버지는 이미 돌아가셨지 사실 수 있겠어요? 운전 중인 기사 폭행하면 간접살인이듯! 심각한 환자 의료행위 중인 병원에서 의료인들을 폭행하거나 방해하고 욕설 퍼붓는 것도 심각한 가중처벌 범죄입니다. 아시겠어요? 보호자님은 지금, 10년 이하 징역 또는 5천만원 이하 벌금에 처해질 난동을 부리신 겁니다. 오늘 현행범으로 체포되실 뻔 했네요. 용꿈 꾼 줄이나 아시고 이따 꼭 정중히 사과하세요."

"죄, 죄송합니다. 선생님 정말 면목 없습니다."

"그리고 오동식 아버님 치료법은 저체온 요법을 쓸 거예요. 우리 정상 체온이 37도잖아요? 그 체온을 33도까지 낮출 거예요. 33도에서 24시간 정도 유지한 다음에 0.3도씩 아주 조금씩 조금씩 정상체온 37도까지 올리는 치료요법이거든요. 이렇게 하는 이유는, 생체 대사와 산소소비량을 감소시켜서 장기의 저 산소 상태와 혈류차단에 견딜 수 있는 시간 연장을 위해 하는 겁니다. 심장 마비가 온 지 십분 정도가 지나면 뇌세포파괴가 일어나요. 그러다 자칫하면 뇌사로 갈 위험성이 엄청 높아져요. 그래서 우리가 심장마비 환자들을 발견했을 때 최대한 빨리 주변사람들 누구든 심폐소생술을 해줘야 해요. 그래야만 그 환자가 응급실에 와도 나중에 심장이 다시 뛸 확률이 그만큼 더 높아져요. 아마 아까 어머님은 너무 당황스럽고 급한 마음에 응급처치는 생각도 못하셨을 건데…… 이건 늙고 젊고 문제없이 누구든 다 할 줄 알아야 하는 생명을 살리는 일이에요. 누군가 쓰러지면 힘없는 유치원생도 두 주먹 합쳐서라도 환자 가슴을 쾅쾅 내려치는 것 정도는 할 줄 알도록 익혀야 해요. 평소 유튜브 보고 친숙하게 배워두세요. 아셨죠?"

"네."

노재진 응급실장 말에 간호사들이 슬며시 미소를 지었다.

"배우셔서 어머니께도 가르쳐 드리세요. 혹시 나중에 아버지가 위독하면 가슴을 규칙적으로 눌러 압박하시라고요."

"네, 선생님. 꼭 그렇게 할게요."

"그리고, 앞으로는 응급실 와서 난동부리지 마세요. 진짜 큰일 납니다. 간호사분들 우습게보고 함부로 대하지 마세요. 저분들 대단한 분들입니다. 보세요. 당신 아버지 목숨을 저승까지 가서 다시 찾아왔잖아요? 보호자분이 아무리 부모와 자식과 부인을 사랑한다 해도 그렇게 할 수 있는 능력 있어요? 보호자님 눈앞에서 죽어가도 전혀 못 하시잖아요? 저 간호사선생님들이 보호자님 대신 그 기적 같은 일을 대신하고 있잖아요? 저분들, 보호자님이 함부로 무시해도 되는 그런 분들 아닙니다. 의료법이 인정하는 전문가 분들이에요. 보호자님, 군대는 다녀왔죠? 장교와 부사관 중, 전쟁터에서 누가 더 필요할까요? 정답은 둘 다입니다. 어느 한쪽도 없어서는 절대 안 됩니다. 의료현장에서도 마찬가집니다. 의사 못지않게 간호사들 일이 막중해요. 여러분들을 가장 가까이에서 간호하기 위해 아주 전문적으로 공부하신 분들이고, 또 그만큼 대단한 분들이란 것 명심하세요!"

"네! 죄송합니다. 죽을죄를 지었습니다."

그날 새벽 오동식 환자는 의료인들의 노력으로 위험한 상황을 무사히 벗어났다. 정여진 남편은 나재영과 응급실 모든 간호사 앞에 진심으로 사과했다. 아수라장의 시간이 지나고 응급실 창문 밖으로 아침 해가 떠올랐다. 어느새 데이 팀과 근무교대 할 시간이었다.

13. 구급비발! 구급비발!

밤 열한 시 불이 훤히 켜져 있는 광장소방서 119센터.
'경준아…… 못난 아빠를 제발 용서해다오…….'
현대식 구급대원이 어둠을 응시하며 한숨을 길게 내쉬었다. 그는 대기실 창밖을 물끄러미 바라봤다. 3년차 신민욱은 다시 출동대기 중이다. 방금 전 주취자 신고가 들어와 출동을 다녀왔다. 민욱은 카바레에서 만취해 쓰러진 중년여인을 귀가 조치하다 머리를 잡혀 머리카락이 한줌은 뽑혔다. 지금까지도 정수리가 지끈지끈하다. 민욱은 헬멧이 쉽게 벗겨지지 않도록 끈을 더 바짝 조였다. 다시 폭풍전야다. 김태경 부대원이 현대식 대장에게 다가가 커피 한잔을 건넸다.
"선배, 경준이는? 아직도 소식 없어요?"
"그렇지 뭐……."
소방서 밖 깊은 어둠을 응시하던 현대식 대장이 쓰디쓴 커피를 목으로 넘겼다.
"아, 짜식. 그만큼 했으면 이젠 좀 아빠를 이해해 주지."
김태경은 현대장이 안쓰러웠다. 현대장이 체념하듯 한숨을 길게 쉬며 대답했다.
"그게 쉽겠어? 제 엄마를 갑자기 그렇게 떠나보냈는데……. 난 괜찮아. 죄인이니 언제까지든 경준이가 나를 용서하길 기다릴 밖에……."

"병장인가? 경준이 제대 얼마 안 남았죠?"

"음…… 아마 곧 제대하겠지."

김태경도 어둠을 바라보며 대답했다.

"참 세월 빠르다…… 고등학생이었던 때가 엊그젠데. 곧 제대라니……."

그 때였다.

'구급비발! 구급비발!'

김태경이 종이컵을 구겨 휴지통에 던지며 말했다.

"또 출동이구만. 에혀! 다녀오겠습니다. 자 출동!"

2소대 구급차는 긴급히 출동을 나갔다.

정시원 대원이, 쓸쓸하게 어둠을 보고 있는 현대식 대장에게 다가갔다.

"경준이 면회는 지금도 가세요?"

대식이 긴 한숨을 내쉬며 대답했다.

"휴, 가지……. 그런데 인석이 지금도 안 만나줘……."

현대장이 쓸쓸히 미소 지었다.

"아후! 녀석 참, 오래가네. 어떡해요?"

정시원은 너무 안타까웠다.

"내가 뭘 어떡해? 그냥 기다려야지."

현대장이 쓸쓸히 미소 지었다. 그는 아들에 대해 이미 오래전에 마음을 비운 것 같았다.

"경준이가, 이렇게 기다리는 아빠 마음 좀 제발 알았으면 좋겠는데……."
정대원이 마주보이는 드림대학병원 불빛을 건너다보며 말했다. 현대장은 체념한 듯 힘없이 말했다.
"녀석한테는, 아직 시간이 더 필요한가봐……. 그럴 거야. 그게 쉽지 않지. 나도 가끔 울컥하는데. 어린 녀석이 오죽하겠어?"
정대원이 물었다.
"편지에, 답장은…… 와요?"
"아니. 후후후."
대식이 쓸쓸히 웃었다.
"그럼, 지금까지 답장이 한 통도 안 왔어요? 대장님은 그렇게 매일 하루도 안 빼놓고 편지를 보내는데?"
"음, 한 통도 안 오네……."
"대장님 힘내세요. 경준이도 속으로는 아빠 생각할 거예요. 워낙 속이 깊은 녀석이니."
"글쎄, 그럴까? 이 못난 아빠를 용서할 날이 올까?"
"옵니다. 제가 장담해요. 그러니 식사 잘 챙겨 드시고 힘내세요."
"고맙네. 정대원. 그럴게."
현대식 대장이 창가 테이블로 가서 또 아들에게 편지를 썼다. 이 편지는 내일 아침 퇴근길에 아들 부대로 날아갈 것이다.
민욱이 소속된 1소대, 아직 2차 출동명령은 없다. 민욱은 모든 준비를 마치고 잠시 다이어리를 폈다. 노트 뒤페이지를 넘겨봤다. 민욱의 일기는 늘 몇 줄 쓰다 도중에서 멈춰있다. 어느 하루도 완벽하게 다 쓰인 일기는 없었다. 그만큼 출동이 잦았다. 민욱은 오늘도 일기를 다 끝내지 못할 것을 알지만 시간이 허락하는 한 뭔가를 적었다.

△월 △△일 날씨: 흐림
벌써 자정이 가깝다.
구급대원이 된 지 2년 반이 흘렀다. 참 시간 빠르다. 나는 가끔 생각한다. 내가 이 직업을 택하지 않았다면 지금 어떤 일을 하고 있을까? 간호학과를 나와 구급대가 된 것을 후회한 적은 한 번도 없다. 그러나 몹시 힘들긴 하다. 앞으로 내가 마흔이 되고 쉰이 되도록 지금의 일을 계속 할 수 있을까? 그것은 나도 장담할 수 없다. 그만큼 이 일은 고되다.
우리가 살면서 몇 번 보지 않아도 되는 일들이 있다. 타인의 죽음이 그것이다. 더구나 우리가 마주하는 죽음은 온전한 죽음이 거의 없다. 만약 내가 하는 지금의 일에 상응하는 보수를 바랐다면 이 일을 계속하기는 거의 불가능했을 것이다. 그만큼 구급대원들의 보수는 박하고 차후 평생 떠안고 살아야 할 정신적 트라우마는 실로 엄청나다. 나는 구급대원을 하면서 거의 매일 한 건 이상 타인의 참혹한 죽음과 마주한다. 방금 전까지 웃고 행복하고 멀쩡했던 그들이 순식간에 사망하고 저세상 사람이 되기도 하는 것이다. 이런 일을 거의 매일 겪다보니 안타깝고 겁도 난다. 외상 후 스트레스증후군일까? 처음 구급대원이 되고 겪은, 타인의 죽음에 대한 충격이 지금도 내게 남아있다. 가끔은 악몽을 꾸기고 한다. 그나마 지금껏 그런 악몽을 이겨내도록 나를 지탱해 주는 것은 바로 내가 갖고 있는 사명감, 이것이 매일을 견디는 유일한 힘이다. 그럼에도 인간 최소한의 복지가 지원되지 않는 현실. 답답하고 쓸쓸하다. 약속이나 한 듯 퇴근길 쓰디쓴 술 한 잔에 무수한 답답함을 함께 삼켜버리곤 한다. 오늘밤도 언제 어느 때 발생할지 모를 응급상황들이 나를 긴장시킨다. 오늘 밤엔 또 어떤 다급한 일들이 우리 구급대원들을 애타게 부를까……. 언제든 어려움에 처한 이들이 부르면 나는 달…….

민욱이 일기를 다 마치기도 전, 긴급전화가 걸려왔다.
"광장소방서 119입니다. 어느 동이요? 네, 도로에요? 도로 옆에 보이는 건물 말해주세요. 네? 알았습니다."
"1소대, 구급비발! 구급비발! 용마고등학교 정문 앞 도로에 주취자가 길에 쓰러져 있답니다. 반복합니다. 용마고등학교 정문 앞 도로에 방치된 주취자 안전조치 구급비발!"
'1소대 구급대 출동!'
명령이 떨어졌다. 구급대원 3년차 신민욱과 유난희 대원이 차에 뛰어올랐다. 김태경 부대장이 다급히 운전대를 잡았다. 요란한 사이렌소리가 소방서내부를 뒤흔들며 튀어나갔다.
'치지직-, 치지익-'
"주취자가 도로에 쓰러져 있대요. 옆으로 막 차가 지나다니는데 아무리 깨워도 안 일어난답니다. 주취자 확인해 안전조치하시고 무사귀소바랍니다. 4 6 ?(사륙: 알겠습니까?)"
"4 7 !(사칠: 알겠습니다.)"
대원들은 달리며 '주취자…….' 라는 낱말을 되뇌었다. 신민욱과 유난희가 머리에 쓴 헬맷을 한 번 더 단단히 고정했다. 주취자라면 무슨 짓을 할 지 모르기 때문이었다. 신고가 들어온 장소에 도착하니 어두운 도로가에 쓰러져있는 남성 주취자가 눈에 들어왔다.
"선생님 정신 차리세요."
"……"
신민욱과 유난희 대원이 요구조자를 살폈다. 도로와 인도에 절반 걸쳐진 주취자는 인사불성이었다.
"선생님, 119신고 받고 나왔습니다."
취객 옆으로 다가가니 냄새가 역겨웠다. 액정이 깨진 핸드폰은 도로 위로 나뒹굴고 있었다. 숨 쉴 때마다 술과 토사물 냄새가 뒤섞여 코를 찔렀다.
"잠시 도와드리겠습니다."
"…… 으으으. 아 놔! 씨발……."
취객은 눈도 못 뜬 채 다시 차가운 아스팔트에 얼굴을 박고 버둥거렸다. 민욱이 신속히 다가가 주취자 몸을 부축하며 일어났다. 유난희 대원이 취객 얼굴을 살폈다.
"꽤나 어린데? 아효! 학생 같은데 무슨 술을 이렇게 마셨을까?"
민욱이 취객을 자세히 살폈다. 많이 먹었어야 고등학생 쯤 되어 보이는 청소년이었다.
"…… 아, 씨발…… 놓으라구! 안 놔?"
민욱과 난희는 학생을 양쪽에서 부축해 구급차에 실었다. 김태경 부대장이 한숨 쉬듯 길게 말을 뱉었다.
"가자…… 애들이고 어른이고, 다들 힘들어서 죽지 못 해 사는가보다. 젠장, 술들을 온몸으로 먹는구나. 에혀, 출발한다."
구급차에 싣자마자 그대로 구급차 바닥에 굴러 떨어지듯 드러눕는 주취자 학생.
"이봐요, 학생. 정신 좀 차려 봐. 집이 어디야? 데려다 줄게."
"아, 씨발. 소리 좀 지르지 마! 귀 따갑잖아? 으음…… 좆만 한 게…… 떠들구 지랄이야"
민욱이 어처구니가 없어 피식 웃었다.
"하하, 참. 아이구…… 미치것다 진짜. 적당히 마시지, 무슨 술을…… 참."
유난희 대원이 한마디 거들었다.
"누군지, 함께 술을 마셨으면 좀 챙겨서 집까지 보낼 것이지. 이렇게 두고 갔을까?"
김태경 부대장이 운전을 하다 룸미러로 난희를 봤다.
"유대원. 저 친구가 말을 고분고분 들었겠어? 상태를 봐. 저렇게 길바닥에 홀로 남은 데는 이유가 있지."
유난희 대원이 운전하는 김태경 부대장에게 물었다.
"어쩌죠? 집도 모르고, 소지품도 지갑도 없어요."
"아, 주취자 핸드폰 있지? 한번 최근 통화내역 버튼 눌러봐."
김태경 대원 말에 유난희 대원이 액정이 나간 핸드폰 전원버튼을 켰다. 아무리 눌러도 켜지지 않았다.
"부대장님, 핸드폰이 방전인지 고장인지 먹통입니다."
"그래? 할 수 없네. 근처 지구대로 가자구."
학생은 바닥에 얼굴을 비벼대어 흙과 먼지가 가득했다. 구급차 뒤에 탄 신민욱과 유난희 대원이 식염수 적신 거즈로 학생 얼굴과 손을 닦았다.
"아…… 씨! 하지 말라니깐……. 아후…… 좆만 한 것들이."
취한 학생이 사납게 팔을 휘저었다. 유난희 대원이 좀 더 가까이 다가가 물티슈로 다시 얼굴을 닦았다.
'우웩…… 억…… 퉤!'
학생은 연실 토했다. 유난희 대원 발등 위로 쏟아진 토사물이 붉은 용암처럼 구급차 바닥으로 흘러 내렸다. 구급차에 시큼하고 고약한 냄새가 가득했다.
'우웩…… 우웩…… 퉤!'
한참동안 구토하던 학생은 다시 잠이 들었다. 유난희 대원 발등이 점점 더 뜨듯하게 젖어들었다. 시큼한 토사물이 신발 깊숙이 파고드는 기분이었다. 대원들은 학생을 지구대에 넘기고 지구대 주차장에 잠시 차를 세웠다. 구급차 바닥에 흥건한 토사물을 손으로 쓸어내고 바닥과 병상을 닦았다. 유난희 대원은 여분의 신발과 양말을 서둘러 갈아 신었다. 지구대에서 마지막으로 나온 김태경 부대장이 신발을 털며 구시렁댔다.
"아, 나 참! 어린 녀석이 뭔 술을 저리 퍼마셨는지 원……. 하효! 벌써 지친다. 지쳐!"
구급차 내부를 한참 닦아내도 악취가 사라지지 않았다. 신민욱 대원이 구급차 뒷문을 활짝 열어젖히고 침대와 내부에 소독약을 꼼꼼히 뿌려가며 환기했다. 다음 요구조자를 태우기 위한 배려였다.
"오늘은 이 소독을 또 몇 번쯤 해야 해가 뜰까요?"

민욱의 말에 유난희가 흐릿하게 미소를 지으며 대꾸했다.
"난 숫자 세는 것 이젠 관뒀어. 신대원은 아직 에너지가 받쳐주나 보네. 하하하."
그들은 귀서하기 위해 방향을 틀었다.
'학생은 보호자 만나 집으로 잘 돌아가겠지······.'
생각하며 민욱은 길게 심호흡을 했다. 한참을 광장소방서로 달리는데 다시 무전기가 외쳤다
'치지직-, 치지익-'
"제1소대 제1소대 구급비발! 급자 심정지 추정, 출동각지 마흔여덟, 4 6?"
"4 7!"
-애애앵---삐요삐요삐요---애애앵---삐요삐요삐요---
김태경 부대장이 구급차를 급선회해 또 달렸다.
'타인이라 생각하지 말고, 내 가족이라고 생각해. 그럼 빨리 안 갈 수 없을 거야.'
민욱은 달려가는 내내 현대식 대장이 조회 때마다 했던 말이 귀에 맴돌았다. 마음이 점점 더 급했다. 서울 남대문 도로 인접한 한 오래된 단층 아파트. 김태경 유난희 신민욱 대원이 급히 차에서 내려 건물을 보았다. 오래된 건물이라 엘리베이터도 없었다. 들것을 들고 계단으로 이동해 환자 집에 도착한 대원들은 포지션대로 신속히 움직였다.
"보호자분 놀라셨죠? 침착하시고요. 쓰러지신 지 얼마나 됐어요? 몇 시 쯤요?"
유난희 대원과 신민욱 대원이 기도삽관을 마치고 쓰러진 환자 호흡을

체크하는 동안 김태경 부대장이 보호자한테 물었다.
"어디 최근에 다니던 병원 있어요?"
"가까운 데 어디든 그냥 빨리 가 주세요."
"네, 그럼 갑니다."
쓰러지면서 약간의 출혈도 있었던 상황이었다. 맥박확인 후 병원이송을 서둘렀다. 대원들이 신속히 들것으로 환자를 옮겼다. 차에 싣고 급히 출발하면서 드림대학병원 응급실로 지금 심정지 환자가 가고 있다고 연락했다. 드림이라는 말에, 민욱이 아주 잠시 재영을 생각했다. 신민욱이 구급차 안에서 심폐소생술을 연거푸 시도하는 동안 유난희 대원은 엠부를 규칙적으로 눌렀다.
"보호자님, 혹시 그동안 환자 다른 지병 있어요?"
"당뇨 있고 16년 전에 과로사로 쓰러진 적 있어요."
"네. 최대한 빨리 갈게요."
구급차에서 심전도 분석을 해보니 위태롭게 뛰고 있는 심장 그래프가 보였다.
"환자 나이는요?"
"쉰아홉."
흔들리는 차에서도 소생술은 계속되었다. 응급실에 도착한 민욱은 오면서 받아 적은 환자 히스토리를 간호사에게 함께 넘겼다. 재영은 보이지 않았다. 환자를 넘기고 구급대는 소방서로 돌아왔다. 민욱은 소방서에 와서도 마음이 쉽사리 진정되지 않았다. 아버지 또래 되는 환자가 자꾸 마음에 걸렸다. 귀서하자마자 유난희 대원은 다시 구급차량 내부를 소독했다. 언제든 새로운 환자를 싣기 위해 매번 철저한 소독은 필수였다.
'제4소대 프렉쳐(골절) 구급비발 구급비발'
-애애앵---삐요삐요삐요---
4소대 구급차가 신속히 달려 나갔다. 민욱은 방금 전 병원으로 옮긴 환자의 발견부터 응급실 이송까지 출동기록을 꼼꼼히 적어 넣었다.
'따르릉! 따르릉!'
다시 응급자 신고전화였다. 출동기록을 적던 민욱이 상황실 쪽을 주시했다.
"광장소방서 119입니다. 환자분 의식 있어요? 없다고요? 외상으로 지금 어떤 것이 보이나요? 허리상처? 오토바이 사고라고요? 헬멧 썼어요? 위치는요?"
'제1소대 구급차 TA(교통사고) 구급비발 구급비발'
민욱은 하던 일을 멈추고 그대로 출동했다. 몸에 땀이 식기도 전이었다.
-애애애애앵---
이번에는 현대식 대장이 운전대를 잡았다. 현대식 대장은 늘 미소가 없고 얼굴이 어두웠다. 유난희 대원이 빠지고 5년차 정시원 대원과 신민욱 대원이 함께 출발했다. 목적지에 닿자마자 용수철처럼 튕겨나가는 정시원과 신민욱 대원. 주변은 교통사고 파편들로 아수라장이었다. 현대식 대장이 구급차를 세웠다. 들것을 들고, 도로 위에 쓰러진 환자를 향해 총알같이 튀어나간 정시원과 신민욱 대원. 사고현장은 전쟁터 같았다. 난리 통에서도 그들은 아랑곳없이 오로지 환자에게 집중했다. 오토바이와 승용차 추돌 사고였다.

"사고 당시 헬멧 썼어요? 안 썼다고요? 똑바로 누울 수 있겠어요? 천천히."

"지금 어디가 가장 많이 아파요? 어디라고요? 아, 다리? 다리하고 무릎?"

"발가락 좀 움직여 볼래요? 움직여지는 데까지 최대한 움직여 봐요. 천천히, 옳지."

환자가 간신히 발가락을 움직였다.

"여기, 어때요? 발등에 내가 만지는 느낌 있어요? 느낌 있는지 느껴 봐요."

"있어요……."

"아 있어요? 됐어요. 다행입니다."

경찰이 사고신고를 받고 현장에 도착했다. 신민욱 대원이 신속히 움직였다.

"잠시만 비켜주세요."

정시원 대원과 신민욱 대원이 환자를 처치하는 동안 현대식 대장이 경찰들에게 사고정황을 전달했다. 구급차는 바로 출발해 인근에 있는 드림대학병원에 도착했다. 그 사이 환자는 조금씩 안정을 찾아갔다. 응급실 문을 열고 들어갔다.

"오토바이TA인데. 허리통증을 심하게 호소합니다."

담당 간호사들이 달려와 환자를 건네 받았다. 대원들은 구급차내부를 닦고 소독하고 귀서 했다. 소방서에 도착한 신민욱 대원은 급히 뭔가 생각났는지 어딘가로 전화를 했다.

"응급실입니다."

"광장소방서 119 신민욱 대원입니다. 어제 새벽 4시 14분경에 도착한 CPR환자 지금 어떤가요? 아 그래요? 혹시 뭐 때문에 그랬던 건지…… 아 그래요? 암튼 다행입니다. 감사합니다."
응급출동이 끝난 후에도 끊임없이 생각하는 구급대원 민욱. 행여 자신이 하나라도 놓친 응급조치가 없었는지 민욱은 늘 돌아봤다. 온몸이 물젖은 솜 같다고 느낄 때쯤 태양이 솟았다.

"자 그만들 정리하고, 요 앞 24시 포장마차로 갑시다. 대장님이 한잔 사신답니다."
김태경 부대장이 피곤한 얼굴로 웃으며 전했다.
"알겠습니다."
환복을 마친 대원들이 터덜터덜 소방서를 나왔다. 모두는 지친 얼굴로 아침 햇살에 눈을 찡그렸다. 현대식 구급대장이 민욱을 격려하며 물었다.
"신대원 요즘도 운동 해?"
"아주 가끔요. 자주는 못 해요. 그냥 몸 푸는 정도죠."
김태경 부대장이 둘의 대화에 끼어들었다.
"우와! 저번에 신대원 운동하는 거 보니까 그냥 붕붕 나르던데? 누구든 걸리면, 그냥 한방에 가겠더라. 크크크. 신민욱 대원 운동실력 썩히긴 아깝던데. 이렇게 구급대원을 하고 있네."
현대식 구급대장이 자상하게 말했다.
"그래도 시간 쪼개 그렇게 몸 단련하는 것 참 용하네. 신대원, 운동 그만 둔 것 후회는 없어?"

"없습니다. 119대원으로서 사명감과 자부심 갖고 일하고 있습니다."
포장마차에 도착한 대원들은 테이블에 둘러앉았다.
"사장님, 여기 뜨끈한 해장국이랑 소주 두병 주세요."
언제나 밝은 김태경 부대장이 주문했다. 평소에 늘 과묵한 현대식 구급대장이 소주병 뚜껑을 비틀었다.
"자 고생들 했어. 한잔씩 하고 들어가서 푹 자자."
현대식 대장이 돌아가며 소주잔을 채워주었다. 지친 모두는 해장국에 밥을 말아 반주를 한잔씩 했다. 소주 몇 순배가 돌고 현대식 구급대장은 피곤하다며 먼저 일어났다. 대식이 유난히 지친 뒷모습으로 쓸쓸히 멀어졌다. 광장우체국 앞을 지나던 대식은 아침에 쓴 편지를 안주머니에서 꺼내 우체통에 넣고 잠시 멍하니 우체통을 바라보다가 집으로 향했다. 현대식은 아파트 우편함 앞에 서서 버릇처럼 물끄러미 빈 우편함을 바라보았다. 아들의 편지는 오지 않았다. 군 입대 후 아들은 단 한번도 대식이 보낸 편지에 답장하지 않았다. 부대로 면회를 가도 만나주지 않았다. 텅 빈 우편함. 대식은 출퇴근할 때마다 텅 빈 우편함을 바라보다 엘리베이터를 누르는 것이 습관이었다. 아무도 반기는 이 없는 캄캄한 아파트. 대식이 불도 켜지 않은 채 침대로 가 쓰러지듯 누웠다. 대식이 누운 안방 화장대 위, 3년 전 사고로 세상을 떠난 아내 영정. 어둠 속에서 대식이 아내 영정을 바라보았다.
'당신, 이제 오셨어요? 고생 하셨어요……. 어여 씻고 식사하세요.'
생전에 듣던 아내 음성이 들리는 듯 했다. 등 돌리고 모로 누운 대식의 등이 더 없이 쓸쓸했다. 24시 포장마차에는 올해 마흔 살 김태경 부대장, 서른일곱 살 정시원 대원, 그리고 서른두 살 유난희 대원, 서른한 살 신민욱 대원 셋이 남아 한잔 더 하는 중이었다. 김태경 부대장이 신민욱 대원을 보았다.

"신대원 이쪽으로 온 지 벌써 꽤 됐지? 힘들지 않아? 앞전 하던 일과 좀 다르지?"

"네, 조금."

민욱이 멋쩍어하며 대답했다. 정시원 대원이 웃으며 말했다.

"지금은 제법 잘 하던데?"

"환자들이 워낙 다양하니까 이제야 뭔가 조금 알 것 같아요."

"나도 처음엔 매번 처음 겪는 일처럼 난감하더라고."

"감사합니다. 근데 정 선배님은 왜 구급대원이 되셨어요?"

정시원이 해장국물을 한 수저 뜨다 진지하게 수저를 내려놨다.

"나는, 좀 사연이 있지……."

김태경 부대장이 불쑥 끼어들었다.

"정대원은, 예전에 대학 CC였던 첫사랑을 MT 물놀이 갔다가 익사 사고로 잃었어."

"엇! 그래요? 제가 선배한테 괜한 걸 물어봤네요. 죄송해요."

"죄송하긴. 괜찮아. 그때 내가 아끼는 사람을 구하지 못한 상처로 오래 힘들었는데. 어쩌면 그래서 난 구급대원이 된 셈이야. 그래서 덕분에 더 많은 이들을 도우며 살잖아. 괜찮아. 하늘에서 보고 잘 했다 할 거야. 워낙 오래전 일이고."

김태경 부대장이 싱긋 웃으며 정시원 대원 말을 받았다.

"하이고, 오래전? 오래전 여인을 지금도 못 잊어 수절하는 거잖아? 으이구! 딴청은!"
정시원이 애써 슬픔을 외면하며 둘러댔다.
"부대장님두 참. 그게 어디 제가 못 잊어선가요? 아직 연분을 못 만난 거죠."
"한잔 받아라."
김태경 부대장이 정시원의 마음을 안다는 듯 술잔을 가득 채워줬다.
"떠난 사람은 놓아 줘. 우리도 언젠가는 그리로 갈 건데. 그때까진 좀 내려놔."
유난희 대원이 김태경 부대장에게 물었다.
"부대장님."
"어?"
"현대식 대장님 아드님요. 아직…… 인가요?"
"그렇지 뭐. 그게 쉽겠어?"
정시원 대원이 걱정스러운 얼굴로 말했다.
"요즘 부쩍 대장님 안색이 어두우시던데요."
김태경이 쓰디쓴 소주를 한 입에 털어 삼키며 말을 이었다.
"기다리다 지치셨겠지. 잘 해결되어야 할 텐데……."
신민욱 대원은 그들이 무슨 말을 하는지 영문을 몰라 물었다.
"저, 제가 나설 자리는 아닌 것 같습니다만. 궁금해서요. 현대장님께 무슨 일 있어요?"
김태경 부대장이 신대원을 물끄러미 보았다.
"아휴, 그래. 언제 알아도 알게 될 거. 신대원도 우리 식군데 말하지 뭐."
신민욱 대원이 김태경 부대장 술잔에 정중히 소주를 따랐다. 김태경 부대장은 술병을 건네받아 윤대원과 정대원의 빈 술잔을 채워주며 입을 열었다.
"현대장님은 원래, 119구급파트가 아니셨어. 몇 년 전 그 사고 전까지는 말이지."
신민욱 대원 눈이 동그래졌다.
"사, 사고요?"
김태경 부대장이 쓴 소주를 입 안으로 털어 넣으며 대답했다.
"어. 크흐…… 아후, 오늘따라 술이 왜 이렇게 쓰냐? 그러니까 그게 말이야…… 벌써, 3년 전이네……. 그날, 우리 관할 고속도로에서 큰 액화가스 탱크로리 차량과 덤프트럭이 충돌해 전복되는 사고가 있었지. 전복된 탱크로리에 불이 붙었어. 그때 현대장님이 소방교로 화재담당부서에 근무 중이셨지. 마침 그날 대장님은 비번이라 부부가 집안 행사에 가려던 중이었어. 그런데 액화가스 탱크로리 전복 사고로 화재현장이 너무 심각했지. 현대장님은 워낙 화재진압 경험이 많으니까 급히 도움 요청했지. 그러자 집안 행사에 부인만 보내고, 급히 현장으로 달려왔어. 그렇게 해서 그날 쉬지도 못하고 현장에 출동했지."
신민욱 대원이 얼른 김태경 부대장 빈 술잔에 술을 따랐다. 넷은 모두 술잔을 부딪쳤다.
"아, 그러셨어요?"
"그런데 화재현장에 가보니 생각보다 불길이 더 심각했어. 나도 그날 구급대로 출동했었기에 상황을 봤거든. 그 불은 건물화재랑 또 달랐어. 화학물이 실린 차에 붙은 불길이 지상 5층 높이까지 치솟았다고 생각해 봐. 그날 모든 소방대원들이 현장에 도착해 약 15분간 화재진압을 시도했는데. 아, 그런데 갑자기 그 큰 탱크로리에서 가스 분출음이 새나오는 거야. 그러더니 바로 불기둥이 두 배 이상 커졌지. 불에 달궈진 탱크로리가 통째로 시한폭탄으로 돌변한 셈인데. 와! 진짜 겁나데. 얼마나 불길이 거대했는지. 제정신으로는 도저히 가까이 못갈 정도였거든. 최대한 빨리 불을 꺼야하는데, 전 대원들을 현대장님이 불길에 다가가지 못하게 막은 거야. 현대장님은 그전에 화학구조대에서 오래 근무한 분이셨거든. 그때, 아마 뭔가 직감한 것 같았어. 곧 폭발할 거라면서 접근하지 말라고 온몸으로 막아섰지. 현대장님은 모든 대원들과 시민들한테 200m뒤로 최대한 빨리 물러나라고 곧 폭발한다고, 목이 터지도록 외쳤어. 그날 현대장님 얼굴은 비장했어. 잘못하면 가족 같은 대원들 다 죽는다고 못 들어가게 필사적이었지. 그 당시 우리는 이러지도 저러지도 못했고, 화재진압 왜 않느냐고 민원은 계속 들어왔지. 그러자 화가 난 홍소방정님이 현대식 대장님을 명령불복종 죄로 해고한다고 식식대며 현장에 쫓아왔지. 현대장님은 접근하면 안 된다, 홍소방정님은 더 이상 못 기다리니 최대한 빨리 진압해라. 불길을 놓고 팽팽한 대립이 된 거야. 결국 현대장님은 명령불복종으로 현장에서 징계처분까지 떨어졌어. 그런데도 아무도 불길에 접근 허용 못한다고 또 막아섰어. 현대장님은 자신의 소방관 인생을 다 걸고 완강하게 버텼지. 결국 강제경질통보까지 현장에서 떨어졌어. 그래도 한발도 물러서지 않고 버티더라고. 그런데 그때 최고로 가열된 탱크로리가 또 한번 거대한 가스분출을 했지. 그러자 현대장님이 무전기를 들고 목이 터져라 외치셨어. 제발 피하라고! 최대한 빨리 멀리 떨어지라고. 결국, 우리는 설마하면서도 두려워 우선 피하고 보자며 모두 도망치듯 물러섰지. 아! 그런데! 잠시 후에 진짜 '펑!' 하고 대형 폭발로 이어졌지. 현대식 대장님 판단이 옳았던 거야. 와! 진짜 소름끼치데? 우리 모두 단체로 지옥 문고리 잡을 뻔했지."
신민욱 대원이 놀라 외쳤다.
"우와! 영화네요! 영화!"
김태경 부대장이 소주 한잔에 깍두기를 집어 먹으며 물었다.
"신대원은 화재 났을 때, 블레비 현상이라고 아나?"
"블레비 현상요?"
"화염 때문에 탱크가 가열되면 폭발로 이어지는데, 첫 째는 물리적 폭발, 그 다음에 화학적 폭발로 이어지거든. 그 때 파이어볼이 만들어져 허공으로 팍, 치솟아. 그 때 엄청난 화염이 거의 산처럼 높았어. 아, 끔찍하데. 그날 현대식 소방교님이 아니었다면 우리는…… 암튼 그때 현장에 있던 백여 명은 지옥 문 앞까지 갔다 온 거야."
"우와! 현대식 대장님 진짜 영웅 중에 영웅이시네요! 세상에! 진짜 큰 일 날 뻔했네요?"
김태경 부대장이 쓴 소주를 연거푸 입에 털어 넣었다.
"크-, 그렇지…… 현대장님 직감과 판단이 아니었으면, 많은 사람들 인생이 그날 끝났지."
정시원 대원이 얼른 김태경 부대장 술잔을 채웠다. 신민욱 대원이 궁금한 얼굴로 물었다.

"그럼 그 후엔 어떻게 됐어요? 현대장님 표창장 타셨겠는데요?"
"아니……. 물론 홍소방정님이 그날 이후, 징계처분도 경질도 다 철회했지. 그리고 표창장을 준다고 부르긴 했지. 근데 현대장님이 바로 다음날 사표내고 소방서를 떠났어."
민욱이 안타깝다는 듯 물었다.
"아니 왜요? 그렇게 훌륭한 일을 하신 분이 왜 떠나셨어요?"
유난희와 정시원은 사정을 안다는 듯 한숨을 길게 내쉬었다. 김태경 부대장도 한숨을 길게 내쉬고 소주잔을 다시 들었다.
"마가 꼈던 것인지……. 하필 그날…… 현대장님이 화재현장으로 갑자기 응급지원 나오게 되면서, 혼자 집안행사에 갔다 오시던 사모님이 교통사고로 현장에서 돌아가셨어……. 현대장님이 사모님을 혼자 보내지만 안았어도 비극은 없었을 텐데…… 왜 하필 우리가 그날 현대장님께 SOS를 해갖고선……. 아, 그날 부르지 말았어야 했어……. 결국 우릴 살리고 사모님을 잃게 된 거지 뭔가? 우리가 죄인들이지."
신민욱 대원 눈에 물기가 맺혔다.
"아, 너무 안타깝네요. 어떻게 그런 일이……. 그래서 대장님 얼굴이 늘 어두우시군요?"
유난희 대원도 정시원 대원도 침울했다. 김태경 부대장이 착잡한 얼굴로 다시 술잔을 들었으나 술잔이 비어 있었다. 신민욱 대원이 얼른 술잔을 채웠다. 김태경 부대장이 목 안으로 소주를 넘겼다.
"크-!"
잠시 침묵이 흘렀다. 김태경 부대장이 말을 이었다.

"그런 비극이 있고 나서 대장님은 달랑 하나 있던 아들과도 거리가 멀어졌지. 경준이는, 결국 아빠가 엄마를 죽인 거라고…… 그 당시 고등학교 2학이던 경준이는 공부를 참 잘했지. 근데 수능준비도 포기하고 가출해 방황하다 도망치듯 군 입대 해버렸어. 지금도 현대장님은 매일 한통씩 아들에게 손편지를 쓰는데…… 경준이는 답장은커녕, 대장님이 면회를 가도 만나주지 않아. 아직도 엄마를 사고로 떠나보낸 아빠를 용서 못하는 거지."
민욱은 가슴이 먹먹했다.
"아, 말도 안돼요. 그럼 우리 대장님 지금 혼자 저렇게 견디시는 거예요? 어떡해요? 경준이 마음을 모르는 건 아니지만, 대장님 마음이 어떤 심정일지…… 너무 가슴 아프네요."
시원이 한마디 했다.
"벌써 꽤 됐죠? 거의 제대할 때 다 됐을 걸요?"
"곧 제대할 텐데. 현재로선 참 문제야"
김태경 부대장이 말을 이었다.
"그렇게 형수님을 일찍 하늘로 떠나보내고, 아들은 나가서 연락 끊고, 현대장님은 화재현장 명령불복종으로 경질되었다가. 모든 대원들이 상부에 청원서 올리고 해서 몇 달 만에 철회되고 소방서에서 1계급 특진명령이 내려왔는데. 대장님은 다 싫다고 거절하고 구급대 부서로 발령내달라고 우겨서 우리 구급대장으로 오게 된 거야."
유난희 대원이 쓸쓸하게 먼 곳을 바라봤다.
"자, 한잔 씩 마저 하구 이만 일어나자구. 뭐 다 지나간 얘긴데 신대원도 알건 알아야지 싶어 말한 거야. 내색은 하지 마."

"네, 명심하겠습니다. 암튼 가슴이 먹먹하네요."
"그럴 것도 없어. 뭐, 처음엔 대장님도 무척 힘드셨겠지만 잘 이겨낼 거야. 우리까지 청승떨면 더 안 좋아. 웃자! 웃어!"
모두는 헤어져 쓸쓸히 각자의 숙소로 향했다. 저만큼 멀어지는 정시원을 김태경 부대장이 불렀다.
"아참! 정대원."
"네, 부대장님."
"나 내일 쉰다. 모레 보자."
"넵. 그럼 푹 쉬시고 모레 뵙겠습니다."
"난 내일도 못 쉰다! 가정의 평화를 위해 노력 봉사해야 하거든, 에혀! 죽을 맛이다."
마음이 무겁던 대원들 모두 김태경 부대장 말에 웃으면서 헤어졌다.

다음날 야간근무 시간 광장소방서 119는 출근하자마자 다시 출동이 시작 되었다.
'제1소대 구급비발 구급비발'
'치지지익-, 치지직-'
"제1소대원들께 알립니다. 폭행부상 신고입니다. 경찰이 현장에서 요청한 사건인데. 현장 가시면 부상 조심들 하시고 안전하게 귀서하세요. 4 6?"
"4 7!"
오늘밤은 현대식 대장이 구급차 운전대를 잡았다. 폭행사건이란 말에 유난희 대원과 신민욱 대원의 손길이 바빠졌다. 그들은 현장으로 가는 동안 뒷좌석에서 구급약품들을 꼼꼼히 챙겼다. 신고가 들어온 곳은 남산 쪽 으슥한 모텔이었다. 구급차가 모텔입구로 들어서자 어디선가 비명과 울음소리가 먼저 달려들었다.

"뛰어! 현장에 쓰러져 있는 이들은 3분이 30분이야."

현대식 대장이 신속히 모텔내부 가까이 차를 세우며 외쳤다. 구급차가 멈추자 즉시 대원들이 응급처치 가방을 들고 달렸다. 현장은 이미 피가 낭자했다. 건물 뒤쪽 주차장에서 쫓고 쫓기는 난투극이 벌어지고 있었다. 피투성이가 된 남자가 바닥에 쓰러진 채 몸부림 쳤다. 신민욱 대원이 나섰다. 현대식 대장이 운전석에서 내려 경찰에게 외쳤다.

"저기, 피 많이 흘리는 부상자부터 서둘러 제압해 주세요!"

발버둥치는 부상자를 경찰이 간신히 제압했다. 신민욱 대원이 다가갔다. 술 냄새가 엄청났다.

"선생님, 지금 어디 다친 건지 알아요?"

"몰라! 나 안 가. 병원 안 간다고 새끼야! 이거 놔!"

중년남자는 온 몸이 피에 젖었다. 그런데도 병원에 안 간다고 버둥거렸다.

"오빠! 사랑해. 오빠! 날 두고 가지 마!"

남자와 다툰 듯 보이는 중년여자는 울고불고 늘어졌다. 여자에게서도 술 냄새가 심했다. 그야말로 아수라장이 따로 없었다. 현대식 대장이 모텔 복도로 다급히 올라갔다. 또 다른 누가 흘린 것인지 모텔 통로 바닥에도 피가 흥건했다. 현대식 대장이 경찰에게 물었다.

"어떻게 된 거죠? 추가부상자는요?"

"모르겠어요. 싸우고 있다고 해서 우리도 방금 왔는데······."
현대식 대장은 그들이 묵었다는 숙소를 신속히 돌아봤다. 더 이상의 부상자는 보이지 않았다. 그는 급히 1층으로 내려왔다. 마당에서는 유난희 대원이 다친 중년여자를 치료하느라 실랑이 중이었다.
"안돼! 오빠! 가지 마! 미안해! 야! 이년아! 우리오빠 데려가지 마!"
'퍽!'
중년 여자가 주먹으로 유난희 대원의 얼굴을 가격했다. 그것을 본 신민욱 대원이 달려와 술 취한 여자를 제압했다.
"지금 뭐하시는 겁니까? 구급대원 구타하면 안 됩니다."
신민욱 대원이 유난희 대원을 구타하는 술 취한 여자의 손목을 잡았다.
"아--악!"
순간 여자가 신민욱 대원의 손등을 물어뜯었다. 끝끝내 자신의 역할을 묵묵히 하는 유난희 대원과 신민욱 대원. 여자에게 물린 신민욱 대원 손등에서 피가 흘렀다. 상처가 꽤 깊었다. 두 남녀는 모텔에 들었다가 술이 취해 둘이 치고받고 싸운 모양이었다. 싸울 때는 언제고 이젠 서로 못 헤어진다고 병원으로 데려가지 말라고 난리였다. 대원들은 숨이 턱까지 차올랐다.
"오빠! 가지 마! 병원 안 간다고! 아 씨! 안 간다고!"
"환자분 지금 다쳤어요. 모르시겠어요? 치료해야죠? 가까운 병원으로 갈게요"
가까스로 둘을 구급차에 태우고 출발했다. 차 안에서 응급처치하며 유난희 대원이 만취한 여성에게 물었다.

"어떻게 다친 거죠? 맞은 거예요? 부딪힌 거예요?"
"박았어요. 남자친구랑 싸우다."
그때 신민욱 대원이 유난희 대원 얼굴을 살폈다.
"엇! 선배님 코피 나요!"
유대원이 얼른 거즈로 자신의 피를 닦았다.
"아! 진짜! 아주머니가 구급대원 폭행해서 지금 코피 나잖아요? 시민을 도와주러 온 우리를 대체 왜 때립니까? 제발 정신들 좀 차리세요! 아니면 고분고분 말이라도 듣든지! 예?"
잠시 후, 여자는 술이 조금 깨는지 고분고분해졌다.
"때리긴 누가요? 제가요?"
"아주머니가 아까 모텔 주차장에서 구급대원 폭행 하셨잖아요? 지금 피 흘리는 것 안 보여요? 우리가 맞으면서까지 당신들을 위해 일하는 거 알기나 해요?"
운전하던 현대식 대장이 룸미러로 분노하는 신대원을 보았다. 구급차가 드림대학병원 응급실 입구에 도착했다. 과다출혈이 의심되는 남자를 먼저 들것에 옮겨 이동했다.
"오빠……."
아직 취기가 남은 듯 여자가 뒤 따라가며 울었다.
"심한 자해로 인한 충격 상태 같고요, 과다출혈로 인한 쇼크로 의심되는 환잡니다."
드림대학병원 야간응급실. 정호철 간호사가 히스토리를 받아들다 물었다.
"엇? 신대원님 손등이 왜 그래요?"

"환자분한테 물렸어요."

"세상에! 개도 아닌데 왜 물기까지. 소독 좀 하고 가세요. 병태쌤 치프 콜 좀"

"아, 채남쌤 이 환자분! 제3심(장)음 상태니까 IV(혈관주사) 잡으면서 쌤플도 받아."

손등 치료를 마친 신대원과 구급차는 광장소방서로 돌아왔다. 둘은 옷이 피투성이였다.

두 대원은 옷을 다시 갈아입었다. 어떤 날에는 하루에 두 번도 갈아입어야 했다. 신민욱 대원이 귀소 해 출동기록부를 적었다. 야간 군 작전 중인지, 광장소방서 앞으로 여러 대의 군용트럭이 굉음을 내며 줄지어 지나갔다. 현대식 대장은 군용트럭이 저 멀리 사라질 때까지 아들을 보듯 넋을 놓고 바라보다 돌아서서 쓸쓸히 담배를 태웠다. 출동 마치고 방금 돌아온 김태경 부대장이 멀리서 현대식 대장의 모습을 보고 따뜻한 커피를 들고 다가갔다. 대원들 야간 출동은 그 후로도 계속되었다. 정시원 대원이 신민욱을 불렀다.

"신대원 잠깐만."

"넵."

"여기 구급상자들 열어서 모두 점검 해. 혹시 뭔가 빠졌거나 부족한 약품들 있거든 꼼꼼히 채워 넣고 기록하고."

"넵"

민욱은 제세동기, 분만도구, 저혈당 환자용 수액, 주사기, 의자형 침대 주변도 한번 더 정리했다.

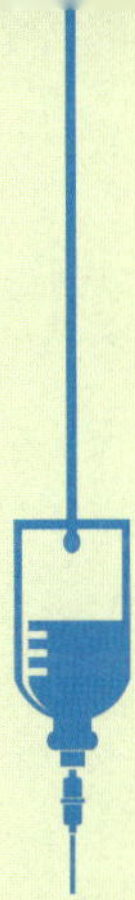

14. 비단향꽃무

지독한 소독약 냄새 안에서 매일 해가 뜨고 사라졌다. 가끔 하늘을 보면, 구름은 없고 쓰고 버려진 거즈가 뭉쳐진 채 둥둥 떠다녔다. 정신없는 시간 속에 아침이면 푸른 청춘들이 뭉텅뭉텅 빠져나갔다. 민욱은 행사현장에 안전요원으로 파견근무를 마치고 돌아왔다. 행사장 인사사고를 대비해 배치된 119대원으로 다녀온 것이었다. 몰려든 사람들에게 떠밀려 찢어진 손가락이 계속 욱신거렸다. 광장 우체국에 편지를 부치고 돌아온 현대식 대장이 민욱의 붕대 감은 상처를 살폈다.
"신대원, 병원 가봐. 몇 바늘 꿰매야지 이거 안 되겠다. 근데, 이건 뭐냐? 커플링은 아닌 것 같은데? 작아서 네 손가락에 맞지도 않네? 불편하지 않아? 그걸 왜 끼고 다녀?"
"아, 이거요? 커플링은 아니고요. 좀 사연이 있어서……."
현대식 대원은 뭔가 알겠다는 듯 묵묵히 웃어주었다.
"그래? 하하하. 암튼 좋을 때다."
"네? 아니, 그런 게 아니고요……."
"암튼, 얼른 병원에 가."
"괜찮습니다. 병원 갈 정도 아닙니다."

"가보라면 가 봐. 괜히 상처 더 키우지 말고. 안 아파야 시민을 챙기지…….."

민욱은 현대식 대장이 강제로 등 떠밀어 병원에 갔다. 맞은편 드림대학병원 응급실로 들어서자, IV주사를 막 마치고 인젝카(inject car-주사용품이 담긴 수레)를 정리하던 재영이 먼저 알아보고 다가왔다.

"웬일로 혼자 여길 다 오고? 어디 아파요?"

"네, 조금."

민욱을 보는 재영의 안색이 조금 어두웠다.

"어디 좀 봐요."

"손가락이 좀…….."

재영이 민욱의 상처를 확인했다. 민욱의 새끼손가락에는 여전히 재영의 이니셜이 새겨진 핑크골드하트반지가 얌전히 그녀를 향해 미소 지었다.

"세상에! 좀이 아닌데요? 이거 꿰매야할 정돈데요? 최진우쌤, 신민욱 대원님 좀 봐주세요."

레지던트 최진우가 상처를 보더니 말했다.

"심하네. 여기 슈처(봉합)준비 좀요. 이 상태로 일하려 했어요?"

"……"

민욱이 멋쩍은 듯 머리를 긁적거렸다. 재영이 멸균된 슈처세트를 최진우 옆에 펼쳤다.

"여기 있습니다. 잘 꿰매주세요."

재영이 다른 병상으로 서둘러 사라졌다. 최진우가 수술용 바늘을 챙기며 말했다.

"잠깐 누우세요."
신대원은 레지던트 최진우가 상처를 꿰매는 그 사이에 깊이 잠들고 말았다. 재영이 정신없는 라운딩 중에, 신민욱이 누운 베드를 돌아봤다.
'얼마나 피곤하면 잠시 누운 사이에 저렇게 깊이 잠이 들까? 살을 꿰매고 있는데도……'
잠든 민욱의 주머니에서 전화가 울렸다.

지난 밤 나는 꿈을 꾸었죠
지금도
안개 속에 희미한 음성 들려와요
먼 듯 아주 가까운,
안개 속에 서 있는 당신을 봤어요
거기 오래 서 있었나요, 그대
나는 아직도 그 향기 떠올려요
내 손을 잡아요.
지난날 슬픔은 잊고 내게 기대요

"저기요. 전화 왔어요."
재영이 다가와 민욱을 흔들어 깨웠다. 잠들었던 민욱은 순간 용수철처럼 벌떡 일어났다.
"넵! 구급대원 신민욱입니다."
전화를 건 것은 현대장이었다.

-어, 나야. 치료는? 다 했어? 뭐래?
재영은, 타인이 소지한 자신의 반지를 묘한 표정으로 응시했다.
 '사랑하는 엄마가 내게 준 반지가…… 어떻게 이 멀리까지 와서 저 사람한테 있을까……? 3년 동안 저 반지를 갖고 있었던 건가……? 그럼! 혹시 그날 밤 나를 납치하려 했던 그 범인이 이사람? 그건 아닌 것 같은데…… 그날 밤 인기척이 들리자 그 놈이 나보다 먼저 도망쳤는데…… 그럼 혹시 나중에 나타났던 그 사람이, 이 사람? 그럼 그날 내가 겁탈 당할 뻔한 그 현장을 숨어서 다 봤다는 얘기가 되는데? 헉! 아니야 아닐 거야. 그럼 나를 못 알아볼 리가 없잖아?'
재영은 민욱의 손가락에 반지를 보며 많은 생각이 들었다. 민욱이 수화기 너머의 현대장에게 대답했다.
"지금 다 꿰맸습니다."
-그럼, 오늘 현장파견으로 고생했으니 퇴근해 쉬고 내일 출근해.
"아닙니다 대장님. 뼈가 부러진 것도 아니고, 저는 괜찮습니다. 지금 귀서 하겠습니다."
-고집 부리지 말고 말 들어. 손가락이 찢어진 거잖아? 환자처치하고 이송할 때 불편할 거야. 내일 더 열심히 하면 되니까 오늘은 좀 쉬어.
재영이 곁에 다가와 물었다.
"민욱씨, 구급대장님이 쉬라는 데 왜 굳이 출동 나가려고 해요?"
민욱이 고개를 숙이고 대답했다.
"인원도 없는데 내가 빠지면 다른 사람이 그만큼 힘드니까요."
재영이 처치를 마친 슈처세트를 정리하며 민욱에게 말했다.
"나 좀 봐요. 우리에게도 아주 최소한의 쉴 권리와 휴식도 있어야하지 않아요? 여기 응급실 쌤들도 너무 고된 노동을 하고 있어요. 간호사들이 피곤한 문제는 둘째고요. 과로 때문에 집중력이 떨어져 자칫 환자생명을 놓치는 실수를 할까봐, 그게 문제죠. 우리 간호사나 민욱씨처럼 구급대원들의 체력은, 무한리필 되는 고기집이나 커피숍이 아니에요. 휴! 그러니까 내 말은요. 쉬라하면 그냥 좀 쉬라고요. 우리 간호사들도 그렇게 윗사람들이 걱정하면서, 제발 좀 쉬라고 해줬으면 정말 좋겠어요. 우린 그런 거 없거든요. 우리 너무 지쳤잖아요? 우리가 쓰러지면 그들은 누가 지켜요?"
민욱이 잠시 생각하더니 웃으며 말했다.
"그래요. 나 오늘은 좀 쉴게요. 단 하루만이라도 잠 좀 푹 자고 쉴게요. 내일 만날 환자들을 위해서."
재영도 환하게 웃었다. 민욱이 수납을 마치고 병원문을 나서려다 잠시 뒤를 돌아보았다. 민욱의 시선이 머문 곳에, 환자를 향해 해맑게 웃고 있는 재영의 옆모습이 보였다.

숨 가쁜 하루가 저물었다. 송문영은 퇴근하고 없었다. 재영은 오늘 오버타임으로 퇴근이 늦었다. 재영이 이브닝 팀에게 업무인계를 마치고 막 퇴근하려던 참이었다. 그때 로비에 있던 코디네이터가 다가왔다.
"재영쌤, 이거요."
그녀가 내민 것은 메모지였다.
"이게 뭐죠?"
"저도 몰라요. 어떤 남자가 쌤한테 꼭 전해달라고 놓고 갔어요."
재영이 의아해하며 열어보았다.

'누구지?'
손 글씨로 빼곡하게 쓰여 있었다.

TO: 나의 나이팅게일에게

응급실 문 밖에서 이 글을 쓰며, 당신의 옆모습을 보고 있어요. 몰랐죠? ㅎㅎㅎ. 내가 보고 있는 것도 모르고 열심히 환자들 캐어하느라 정신없네요.
재영씨, 웃음이 보면 볼수록 참 맑습니다. 화창한 가을날 마주하는 유리창 같아요. 재영씨는 지친 사람의 피로를, 참 기분 좋고 해맑게 씻어주는 그런 미소를 가진 것 알아요? 아까 내게 쉴 수 있는 용기를 준 것 고마워요. 재영씨가 아니었다면 난 지금도 아픈 손가락으로 들것을 들고 아비규환 속을 뛰고 있겠지요. 상처는 더 심해지고 피는 계속 흐르고…… 그 고통 이를 악물고 이겨내면서 '난 왜 이러고 사나……' 사명감은 개미 눈곱만큼도 없이 바닥나고, 급 우울감에 빠져 처량했을 거예요. 그렇게 되지 않게 용기를 줘서 고마웠어요. 많이요. 그런 의미로 내가 오늘 밥 살게요. 거절하기 없기예요. 결자해지(結者解之)! 나를 쉬게 한 사람이, 나의 저녁시간을 책임질 것! ^^
내가 얼마 만에 얻은 휴식인지 아신다면 걷어차지 말고 꼭 나와 주세요. 재영씨를 처음 알게 된 그날 아침 교통사고 사건 이후, 이런 귀한 시간을 그냥 집에 들어가 이불과 뒹굴고 싶지 않아졌어요. 내게 쉴 용기를 준 재영씨가 오늘 남은 시간도 책임져 주실 거라 믿어요.^^
장소: 병원 앞 그 카페.

시간: 그 때 그 시간.
과제: 우리 오늘 저녁에 뭐 먹을 건지, 뭐하고 놀 건지, 장소와 메뉴 정해서 나올 것.

재영이 빙그레 웃으며 편지를 보는데 퇴근하던 최연희 차지가 다가왔다.
"늦게까지 고생했어. 근데, 뭐야? 연애편지?"
놀란 재영이 편지를 뒤로 감추며 말했다.
"아, 아니에요. 제가 연애할 시간이 어딨어요?"
오병태가 장난치며 거들었다.
"오옷! 냄새 나네, 냄새 나."
재영이 멋쩍어했다.
"아무 것도 아니라니까요?"
최연희 차지가 한번 더 재영을 놀려주었다.
"하하. 재영쌤 귀신을 속여. 그 핑크한 눈빛은 어쩔 거야? 진짜 아냐? 연애도 할 수 있음 해. 물론 우리에게 그런 여유가 없긴 하지만, 사랑도 있어야 삶이 좀 촉촉하지 않겠어? 나야 뭐 독신주의자라 관심 없지만, 바쁘다는 것이 사랑하는 사람을 기다리게 할 정당한 이유는 될 수 없을 것 같은데? 재영쌤, 마음이 노크하면 문 열어주는 것도 필요해. 어서 가봐. 그 사람 문 밖에 너무 오래 세워두지 말고 즐거운 시간 보내."
"아, 진짜! 차지쌤까지 자꾸 놀리기에요? 그게 아니라니까요?"
"알았어. 알았어. 어서 가 봐."

최연희 오병태 육채남이 재영을 향해 소리 없는 파이팅을 날렸다. 재영이 그들의 뒷모습을 향해 웃으며 카페 쪽으로 걸었다. 남산에서 불어오는 아카시아 향이 그윽하게 감겨들었다. 사랑과 술 없이도 취할 만한 봄밤이었다.

재영이 카페로 들어섰다.
"재영씨! 여기요."
곳곳에 앉은 커플들과 많은 사람들이 저녁 여유를 만끽하고 있었다. 재영을 발견한 민욱의 얼굴이 환해졌다. 그 카페에는 비단향꽃무 라는 꽃이 연노랑 연분홍 연보라 화이트 갖가지 색으로 창가 꽃병에 꽂혀 있었다. 멀리서 보면 긴 꽃대가 달맞이꽃 같았다. 자세히 보면 훨씬 곱고 아름다운 꽃송이가 풍성하고 황홀했다. 흰 꽃은 풍성한 나비처럼 막 날아오를 듯해 흰 눈이 쌓인 듯 보였다. 창가로 다가간 재영이 놀라 외쳤다.
"우와, 눈송이가 쌓인 것 같아요. 이게 무슨 꽃이죠? 밖에는 아카시아 눈이 날리고, 여긴 또 다른 꽃눈이 소복이 쌓였네요. 야, 이 카페 주인 센스 있다. 이 봄에 흰 눈을 닮은 꽃이라니."
민욱이 화분이 있는 창가로 다가왔다.
"재영씨 차 뭐로 할래요? 이건 스톡이라 부르기도 하고, 비단향꽃무라는 꽃이에요."
"헐! 바람둥이 아니에요? 남자가 무슨 나도 잘 모르는 어려운 꽃 이름을 척척 알아?"
"하하. 그게 아니고요. 이 카페에 제가 가끔 오는데요. 오래전 저의 아버지가 저의 엄마에게 그 꽃으로 프러포즈를 했어요. 오래된 사진에서 봤거든요. 검색해 보니 비단향꽃무 더라고요. 아버지가 그 꽃으로 프러포즈를 하셨다면, 아마 우리 엄마가 그 꽃을 무척 좋아하셨던 거겠죠? 언젠가 이 카페 사장님과 그런 수다를 좀 떨었는데, 그 후부터 카페 사장님이 종종 이 꽃으로 디스플레이 하시더라고요."
"어머 그래요? 재밌네요."
재영이 차를 마시며 웃었다.
"프랑스에서는 남성이 사랑하는 여성에게 이 꽃을 모자 속에 넣어 선물한데요. 근데, 그 의미가 아주 재밌어요. '나는 절대 바람 피우지 않겠다'는 뜻이래요."
"어머! 바람 안 피겠다는 꽃의 맹세는 첨 들어봐요. 하하하. 이 꽃 대박이다."
"하하하, 재영씨 비단향꽃무 재밌죠? 좀 더 들려줄까요? 이 꽃은요. 어떤 어려움도 이겨내어 극복하는 강인한 사랑을 뜻하기도 하고, 지금 그대로의 당신 모습이 가장 아름답고 훌륭합니다…… 라는 의미가 있다고도 하죠. 언뜻 보기에는 참 연약한 모습인데 꽃말은 참 의미심장하죠?"
"꽃말치고는 참 씩씩하네요."
그때 민욱이 테이블 아래 쇼핑백에서 뭔가 꺼냈다. 풍성한 비단꽃향무 꽃다발이었다. 흰색과 연한 핑크와 그린 빛이 약간씩 가미된. 정원 하나를 통째로 옮겨놓은 듯 풍성한 꽃다발. 민욱이 빙긋 웃으며 재영 앞에 그 꽃다발을 내밀었다.
"짜잔-! 오늘 재영씨께 드리는 나의 선물입니다."

재영은 무척 놀랍고 당황스러웠다.
"아니, 왜 내게 이 꽃을?"
"두 가지 의미죠. 하나는, 오늘 내게 쉴 용기를 줘서 고맙다는 거고. 또 하나는, 지금 그대로의 재영씨 모습이 무척 아름답고 훌륭해서."
재영은 꽃을 받지 못하고 어색하게 서있었다.
"뭐해요? 꽃 안 받아요?"
"아, 이 걸 내가 어떻게 받아요?"
"내 고백이 좀 부족해요? 그럼 하나 더 추가할까요? 뭐 구급대원이나 간호사인 우리는 피차 너무 바빠 사랑할 시간도 별로 없죠? 우리 만날 날이 또 언제 올지 까마득한데, 우리 내친 김에 오늘 진도 좀 쭉 나갑시다!"
재영이 장난치듯 말했다.
"나가긴 뭘 나가요?"
민욱이 일어나 재영을 향해 섰다. 그리고 말했다.
"재영씨 아까 내가 말했죠? 비단꽃향무에는 '나는 절대 바람을 피우지 않겠다'는 뜻도 있다고? 30년 전에 우리 아버지처럼 내가 재영씨한테 오늘 남자답게 고백합니다. 저 재영씨 무척 맘에 듭니다. 재영씨 너무 예뻐요. 제 마음을 받아주세요. 저는 앞으로 오로지 우리 재영씨만 바라보는 한떨기 왕 해바라기가 되겠습니다. 부디 내 마음을 거절하지 마시고 30년 전 우리 엄마처럼 천사의 미소로 제 꽃을 받아주세요. 네?"
재영은 당황스러웠다. 그녀는 마주서서 어쩔 줄 몰라 했다.
"그, 글쎄요. 너무 갑자기 마구 폭격을 하니까. 정신이 하나도 없네요. 저기, 할 말이 있어요."

"할 말? 뭔데요? 거절만 아니라면 뭐든 좋아요."

"죄송한데, 저는 이 꽃 받을 수 없어요. 제가 아직, 당신이라는 무수한 시간에 동승할 준비가 안되어 있어요. 그러기엔 지금 제 앞에 탁하게 출렁이는 당신의 시간에 머물러 있거든요."

"탁하게 출렁이는 시간에 머물러 있다? 내게?"

"네."

민욱은 난감했다. 아름다운 그녀가 자신 안으로 발 들여 놓는 일을 상당히 주저했다.

"어떤? 하하하. 혹시 내 얼굴이 범죄형인가요? 설마, 날 치한쯤으로 보는 거예요? 나 그렇게 나쁜 사람 아닌데?"

"아뇨, 그건 아닌데. 글쎄, 뭐랄까…… 아무튼 지금은 민욱씨라는 호수에 저를 적셔도 좋겠다는 그런, 투명한 용기가 아직…… 제 안에서 풀려야 할 의문들도 많고요."

그때였다.

'받아 줘! 받아 줘! 받아 줘! 받아 줘!'

옆 테이블에서, 작게 시작한 음성이 점점 커지면서 재영을 향해 받아 주라 독촉했다.

"봐요. 저 위험한 사람 아니라고 저분들이 증명하잖아요? 그 탁한 숙제들이 뭔지 잘은 모르지만, 앞으로 나와 함께 풀어가면 안돼요? 저도 수학은 좀 하는데? 하하하."

재영이 난처해 머뭇거리자, 카페에 있던 모든 연인들이 둥글게 모여 들었다.

'받아 줘! 받아 줘! 받아 줘! 받아 줘!'
민욱은 무릎을 꿇고 예쁜 재영을 올려다보며 웃었다. 당황스러운 재영의 얼굴이 빨개졌다.
"아니 왜들? 아…… 알았어요. 일단 받을 게요."
재영이 얼굴을 붉히면서 민욱의 꽃을 어색하게 받았다.
'우와-! 짝! 짝! 짝! 축하합니다.'
"여러분 감사합니다. 덕분에 오늘 아름다운 천사를 애인으로 얻었어요."
민욱이 카페사람들에게 꾸벅 인사하며 웃었다.
'자, 재영씨. 우리 오늘부터 1일 맞죠? 이만 나가서 뭐 좀 먹어요. 배고파요."
"아, 정신이 하나도 없네요. 일단, 당신이라는 호수를 바라보는 것만은 해 보죠."
재영은 마음이 무척 혼란스러웠지만 끌려가듯 민욱의 손을 잡고 나갔다. 둘은 근처에서 저녁을 먹고 민욱의 차를 타고 한강으로 나갔다. 강물에 비친 유람선 조명들과 한강다리에 켜진 색색 조명이 눈부시고 화려했다. 둘은 초여름 밤 한강고수부지를 걸었다. 풀잎에 맺힌 밤이슬이 조명에 반짝였다. 앞서가던 민욱이 재영을 향해 돌아섰다.
"혹시 우리 그전에 만난 적 있어요?"
재영은 순간 민욱의 말에 깜짝 놀랐다.
"아, 아뇨. 그건 제가 묻고 싶은 건데? 우리 혹시 언제 만났어요?"
"글쎄요……. 저도 잘 모르겠어요. 근데, 이상해요. 왜 이렇게 내 마음이 간절하죠? 마치 재영씨를 기다려 온 것처럼? 재영씨를 기다린

저의 기다림은 유통기한이 좀 길죠. 그런데 그 기다림의 시간보다 더 중요했던 건 그 속이 재영씨로 가득 차 있었다는 거죠. 본 적도 없었는데, 마치 오래전부터 알고 있었던 것 같은 기다림. 이 기다림이 정말 기다림으로만 끝날까봐 그게 가끔 두려웠어요. 혹시 우리 전생에서 부부였나?"
민욱이 강바람을 향해 두 팔을 활짝 벌렸다.
"재영씨, 내 마음을 받아준 것으로 믿을게요."
"아니 무슨 KTX도 아니고, 왜 이렇게 초고속이에요? 알았어요. 뭐, 사귀어보죠."
"하하하. 약속했어요."
"네."
민욱이 앞서 걷다 다시 재영을 향해 돌아섰다.
"재영씨 나 오늘밤 소원이 있는데 들어줄래요?"
꽃다발을 가슴에 안고 걷던 재영이 강바람을 맞으며 민욱을 보았다.
"소원? 뭔데요?"
멈춰 선 재영 앞으로 한발 더 가까이 간 민욱이 말했다.
"태초부터 멸종하지 않고 지금껏 살아남은 생물하나 살리는 셈 치고, 나 오늘 딱 한번만 안아줄래요?"
"대체 왜 이래요? 좀 천천히 들어와요. 아니 무슨 사랑을, 그냥 하루 만에 일시불로 다 해치우려 해?"
"재영씨, 나는요. 사랑하면 그냥 왕창하는 거지. 밀당 하기 정말 싫어요. 어렸을 때부터, 수학은 빵점이었거든요."
재영이 강바람에 흩날리는 긴 머리칼을 손가락으로 쓸어 올리며 말했다.

"사랑하고 만나고 하는 것은 좋은데. 좀 천천히 들어와야 정신을 차리죠. 오늘 우리 첫만남인데 너무 빠른 거 알아요?"

그때 민욱이 두 손을 입에 대고 한강의 밤하늘을 향해 외쳤다.

"사랑합니다! 재영씨! 내 앞에 나타나줘서 정말 고마워요! 이젠 어디 가기 없기입니다."

재영이 망설이다 말했다.

"사랑은 이별이 있어 너무 슬픈 건데. 글쎄요, 저는……. 민욱씨, 우리 그냥 지금처럼 편하게 지내요. 사랑은 아직, 너무……."

"아하하. 재영씨가 나쁜 드라마를 너무 많이 봤구나. 그건 작가가 쓰기 달린 거예요. 우리 삶은 우리가 직접 써가는 거라는 것 몰라요? 아니, 우리 둘만의 사랑을 왜 남이 이리저리 마구 쓰게 놔둬요? 한 장 한 장 소중하고 아름답게 우리가 직접 써야죠. 요렇게 알콩달콩 하루하루 써나가는데 왜 슬퍼요? 슬픔을 만들 시간이 있기나 해요? 그리고 내가 맨 마지막엔 뭐라고 쓸 건지 알아요?"

"뭐라고 쓸 건데요?"

"둘이 아들딸 낳고 행복하게 오래오래 살았답니다. 이렇게 쓸 거예요. 해피엔딩으로."

"헐! 사랑을 말기 암처럼 참 속도감 있게도 하시네요."

"어? 그거 칭찬이죠? 칭찬한 거 맞죠?"

민욱이 재영에게 머리를 내밀며 쓰다듬어 달라는 시늉을 했다. 난감해 하던 재영이 웃으면서 민욱의 머리를 어색하게 쓰다듬었다. 둘이 눈이 마주치자 또 한번 웃었다. 강바람이 풀빛 레이스처럼 휘감기는 한강변을 둘은 손잡고 오래 걸었다. 재영이 물었다.

"민욱씨. 사랑이 뭘까요?"

"사랑요? 아, 사랑은. 음…… 아마도…… 열쇠를 맡기는 일 아닐까요?"

"열쇠?"

"네, 열쇠."

"혹시 민욱씨 식구 중 누가 도어락 수리 이런 거해요? 뜬금없이 무슨 열쇠? 픔."

"아이, 농담하시 마시고. 예를 들어, 내가 재영씨한테 "사랑합니다."라고 말한다는 것은 '제 열쇠를 당신에게 맡깁니다.' 이런 뜻 아닐까 저는 생각해요."

"그 열쇠는 대체 어디를 여는 열쇠인데요?"

"마음이죠. 바로 내 마음을 여는 열쇠를 재영씨한테 맡긴다는 뜻이죠. 이제 당신은 내 안으로 깊이 들어오게 될 거예요."

재영이 싸늘한 강바람에 꽃을 한아름 안고 걸으며 물었다.

"사랑한다는 것은 열쇠를 맡기는 것이다?"

"아마도 그럴 거예요. 그 열쇠를 재영씨가 갖고 있다가 언제든 나를 열고 제 안으로 들어오는 거예요. 내 마음의 주인이니까, 언제든 출입이 가능하죠. 세상에 비가 오면 내 안으로 들어와 그 비를 피하고, 비바람이 재영씨를 적시면, 그 때도 내 안으로 들어와 말리고, 또……."

"또?"

"또, 가끔은 내가 환해지도록 내 마음 안쪽에 등불도 밝혀주고. 또,

가끔은 내 마음이 춥지 않게 보일러도 틀어주고. 또 가끔은 나와 함께 여행하면서 환기도 시켜주고…… 재영씨가 주인이니까. 나를 오래 세워두면 쓸쓸하니까 자주 돌아봐줘요. 하하하. 어때요? 내게 재영씨의 열쇠 맡길 생각 없어요? 잘 생각해봐요. 무척 행복한 일들이 많을 것 같은데? 믿고 맡겨 봐요. 그러다가 마지막에는…….”
"마지막에는?”
"이것저것 다 해보고 그래도 심심하면 말이에요. 너무 조용하고 심심하면…….”
"심심하면?”
"인형을 서너 개 갖다 놓는 거예요.”
"인형……?”
"네, 재영씨와 나를 꼭 닮은 아주아주 예쁜 인형.”
"그런 인형을 어디서 구하죠?”
"구할 수 있어요. 그건 내게 맡겨주세요. 단, 그전에 조건이 있어요. 재영씨가 재영씨의 열쇠를 내게 줘야만 해요. 예쁜 재영씨. 내게 당신의 열쇠를 맡겨주시지 않겠습니까?”
"아휴! 순, 변태!”
재영이 민욱의 가슴을 주먹으로 치며 웃었다.
"윽! 나 변태 아닌데? 재영씨 이상하네. 아니 무슨 야한 상상을 한 건가요? 동대문시장 가면 우리 닮은 인형들 얼마든지 많다고요. 못난이 인형들 어마어마하게.”
"누, 누가 뭐래요? 나두 알아요. 나두 그 말 하려던 건데……?”
재영의 얼굴이 빨개졌다. 천천히 걷던 민욱이 다시 멈췄다.

"재영씨 날 봐요. 사랑해요. 정말, 아주 많이많이. 자, 오늘 준 내 열쇠 잘 간직하세요."

민욱이 앞서 걸으며 점점 더 멀리 갔다. 그러다 뒤돌아서 재영에게 외쳤다.

"재영씨, 문단속 잘 부탁합니다. 도둑 안 들게."

"하하하, 그러죠."

민욱이 저만치 걷다 다시 돌아섰다.

"그런데 아직 내게 재영씨를 열 수 있는 열쇠 안 주셨는데? 사실 상처 같으면 얼른 소독하고 몇 바늘 꿰매고 하면 되는데…… 부끄럽지만, 이 나이 먹도록 사랑은 처음이라…… 재영씨, 제가 어떻게 하면 되죠?"

"저도 잘 모르겠어요. 뭐가 뭔지……."

"흐음, 하아! 밤공기 참 좋네요. 재영씨."

"네."

"예전에 학교 다닐 때, 학교마다 잔디밭에 팻말 있었죠? 뭐라고 쓰여 있었는지 기억해요?"

"들어가지 마시오 라고 쓰여 있었죠."

"네, 맞아요. 그런데 그 팻말 없어진 지 한참 됐어요. 그 이유 아세요?"

"모르…… 겠는데요."

저만치 앞서 걷던 민욱이 한발 한발 재영을 향해 다가왔다.

"어차피 그것 백날 세워놔도 들어갈 놈은 어떻게든 기를 쓰고 들어가거든요. 이렇게!"

"으읍…읍…음……."
민욱이 재영을 가슴에 꼭 안고 강렬하게 키스했다. 밤바람도 달려와 둘을 꼭 껴안았다. 순간 재영은 꼼짝할 수 없었다. 꼭 안은 그들 뒤로 한강물이 조명을 받아 수은처럼 출렁였다. 재영의 얼굴을 두 손으로 사랑스럽게 쓰다듬는 그의 팔뚝에 푸른 힘줄이 성난 듯 도드라졌다. 재영의 블라우스 안으로 차갑게 스미던 강바람을 민욱의 따뜻한 체온이 살포시 감쌌다. 재영의 차가워진 몸이 민욱의 따뜻한 품에서 스르르 녹아내렸다. 재영은 민욱의 묘한 체취에 나른한 현기증을 느꼈다. 한참을 격렬하게 키스한 민욱이 천천히 입술을 뗐다. 재영이, 단단했던 민욱의 품에서 풀려났다. 재영은 순간 멍, 했다. 민욱이 재영의 보드라운 턱과 입술을 엄지손가락으로 사랑스럽게 어루만지며 달콤하게 눈을 맞췄다. 재영은 갑작스럽게 벌어진 일에 쑥스러워 먼 곳을 바라봤다.
"……."
"앞으로 항상 조심하는 게 좋아요. 어차피 시작한 사랑인데, 또 어차피 제가 더 많이 사랑할 것이기 때문에, 가끔 무게중심이 자꾸 흐트러질 지도 몰라요. 나는 그때마다 재영씨 쪽으로 기울어질 거고요. 그게 싫다면, 재영씨를 사랑하는 나만큼 재영씨도 나를 사랑해 주든가. 싫으면 기울어지는 나를 종종 오늘처럼 안아주든가."
당황했던 재영은 애써 쿨 한척 민욱 앞에 털털하게 웃어보였다.
"하, 우와! 이 남자 엄청 거치네?"
"거친 게 아니고 터프한 거라 해줘요. 프러포즈는 이미 아까 했고요."

민욱이 시계를 보았다.

"어, 벌써 자정이 7분이나 지났네. 너무 늦었다. 어서 갑시다. 들어가서 자고 우리 또 내일 저녁에 만나요. 서로 회사도 가깝고 아주 좋네. 재영씨, 저 사실 재영씨가 첫사랑이에요. 어느 한쪽이 더 사랑해야 한다면 제가 더 많이 할게요."

민욱은 집으로 돌아기면서도 많은 대화를 했다. 재영은 줄곧 들었다.

"재영씨는 내가 가장 따분할 시간에 조차 아름다워 눈 부셔요. 어찌 보면 내 모든 삶이 오래전부터 이미 재영씨를 향해 연결된 것 같은 느낌이에요."

재영이 눈 흘기며 웃었다.

"하여튼 잘도 갖다 부쳐요. 하하하."

민욱이 행복한 얼굴로 말했다.

"이미 재영씨는 내 인생에 승차했어요."

민욱의 말에 재영은 문득 그의 손가락에 있던 자신의 반지가 떠올랐다. 어쩌면 그 끝이 어딘지 몰라도, 그럴지도 모른다는 생각이 들었다. 민욱이 말했다.

"우리 힘 빼지 말기로 해요. 최선을 다해 멋진 사랑 해봐요. 삶도 젊음도 너무 짧잖아요. 망설이고 허비할 시간 없어요. 우리 닮은 못난이 인형도 얼른 사러 가야하고. 제 마음 속이 좀 넓어서, 예쁜 인형이 열 개는 있어야 할 걸요. 하하하, 근데 누가 키우지? 우선 낳고 결정하죠. 하하하."

"쳇! 뭐예요? 민욱씨 정신 차려요. 우리 오늘 첨 만났어요. 낳긴 뭐를 낳아?"

"우리 시간은 끝이 정해져 있어서, 서둘러야 해요. 봐요. 벌써 많은 시간이 우리 발밑에 우수수 떨어졌네. 하루살이들처럼 새카맣게. 여기도 있고, 저기도 있네. 시간은 언제나 하루살이죠. 우리 인간들도 평생이라는 단 하루를 버둥대며 살다 갈 뿐이에요. 그건 아주 소중한 거죠. 방금 지나간 재영씨와 나의 시간은 다시 오지 않아요. 자 내 손 잡아요. 시간이 없어요. 우리 시간을 다른 이유로 의미 없이 흘러가게 두지 말아요. 우리가 살아내야 우리 삶이지요. 억지로 끌려가며 사는 것은 의미도 체온도 없잖아요. 그건 살아있어도 죽은 삶이에요."
"하여튼, 무슨 약장수도 아니고 아주 청산수유네! 그럽시다. 까짓 것 자 손잡읍시다."
재영이 웃으며 민욱의 손을 잡았다. 민욱이 좀 더 꼬옥 재영의 손을 잡았다. 둘이 내일로 이어진 시간 위를 천천히 걷는 동안 밤하늘 별 몇 개는 집으로 돌아갔다. 재영이 말했다.
"사랑도…… 끝나는 날에는, 먼지 앉은 액자처럼 잊혀요. 끝이 완전한 사랑은 없는 것 같더라고요."
민욱이 재영의 손을 잡고 잠시 멈췄다.
"재영씨 날 봐요. 나는, 재영씨랑 끝이 추억으로 그치는 사랑은 절대 안 할 거예요. 긴 시간이 필요한 사랑이라면 끝없이 계속 써나가면 되죠. 저는 결혼이 항상 사랑의 사형선고라고는 생각 안 해요."
"민욱씨 혹시 여심공략 과외 받고 오셨어요? 어쩜 이리 말을 잘해요? 대박이다 진짜. 이런 말 하고 싶어서 그동안 어떻게 애인도 없이 혼자 살았대?"
민욱이 동문서답하듯 웃으며 외쳤다.

"재영아, 우리 이제 말 놓자. 앞으로 오빠라고 불러. 알았지? 하하하."
"헐! 완전 자기 멋대로, 속전속결이야."
민욱과 재영은 그렇게 옥신각신 좌충우돌 사랑을 키워나갔다.

민욱은 그날부터 광장소방서119구급대에서 자주 놀림을 받았다.
"신대원, 배고프다! 야식으로 사발면 좀 끓여봐."
민욱이 구급차 내부를 닦다가 실실 웃으며 대답했다.
"선배님들, 저는 배불러 생각 없습니다. 어제도 우리 재영이를 만났거든요. 지금 제 마음에는 사랑의 칼로리가 풀입니다. 춥고 배고픈 분들끼리 많이 드십쇼. 저는 그럴 시간 있으면 우리 재영이에게 문자 한통을 더 해야 함돠. 하하하."
"어이구! 아주 점점 뺀질뺀질 말두 안 듣고. 참 나, 유대원! 물 좀 끓여주라."
"하하하. 네, 제가 끓일게요."
대원들 모두 신민욱 대원을 보며 부럽다는 듯 웃어주었다.
'치지직-, 치지지직-. 구급비발! 구급비발!'
"또 출동이야?"
대원들은 손에 들고 한 젓가락 막 들어 올렸던 사발면을 그대로 내려놓고 구급차로 달렸다.
"아, 사발면……! 오늘 국물 맛 끝내줬는데."
구급차에 올라 탄 정시원 대원이 아쉬워 한마디 했다. 운전대를 잡은 김태경 부대장이 푸념했다.

"오늘 밤, 국물 맛이 끝내줬던 우리들의 사발면은 그렇게 사이렌소리 우거진 허공으로 흩어진 거지 뭐. 그들은 누군가의 비명이 가득한 도로 위를 달렸다. 이거지 뭐야. 가즈아~! 진시황의 만리장성 벽돌보다 더 많은 우리들의 요구조자들을 향해!"

출동하는 대원들을 소방서 옥상에서 내려다보던 현대식 구급대장이, 간밤에 쓴 편지를 주머니 속에서 만지작거렸다. 현대식이 사무실로 들어가 보니 자신의 책상에 메모지 하나가 보였다. 김태경 부대장이 놓고 간 거였다.

'대장님, 요즘 너무 먼 산을 자주 보십니다. 경준이 그놈, 부대에서 아빠 생각 많이 할 겁니다. 시간이 약일 거예요. 그러니 너무 속 태우지 마요. 올 때 되면 옵니다. 아빠 품 떠나 제까짓 게 갈 곳이 어디 있겠어요? 뛰어봤자 아빠 품이지. ㅎㅎ~ 부자간의 끈은 신(神)도 못 끊어요. 그러니 너무 힘들어 마시고 어깨 좀 쫙 펴시고 당당하게 웃으며 기다려요. 출동다녀와서 봐요. 그거 한 병 쭉 마셔요.'

메모지 곁에 따뜻한 홍삼꿀차 한 병이 놓여 있었다. 현대식은 드링크 병에 손을 가져가며 고마운 마음에 피식, 웃었다.

15. 오더 맞게 내린 거예요?

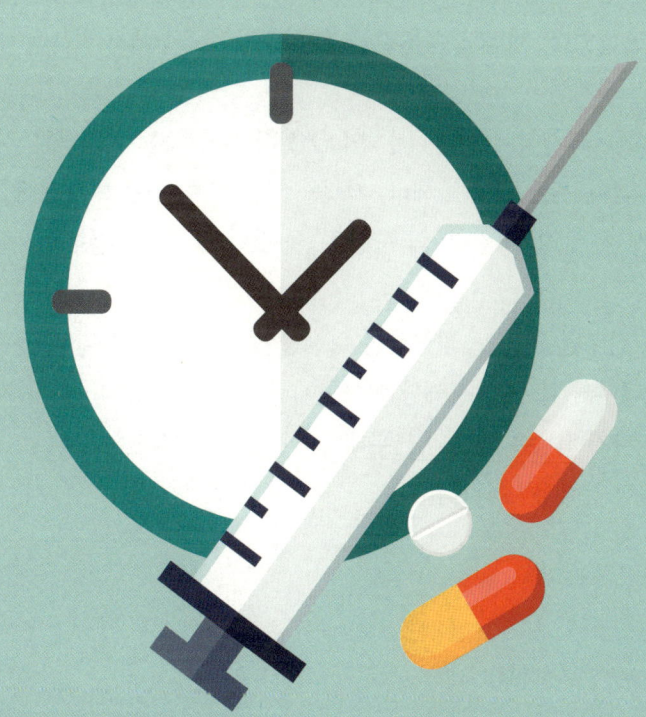

계절은 봄의 한가운데로 향해가고 있었다. 행인들의 옷도 한층 더 가벼워졌다.

'띵동!'

-보고 싶다, 우리 예쁜 재영이. 지금 출근하나 보구나? 아흥, 내 품 안에 너를 꼼짝없이 가두고 싶뜨아.

민욱이다. 재영은 출근하는 길에 문자를 보며 싱긋 웃었다. 재영이 길 건너편 광장소방서 주차장 쪽을 보았다. 거기서 민욱이 재영을 향해 손을 흔들었다. 재영도 손을 흔들었다. 소방서 옥상에서 민욱을 내려다보던 정시원이 장난쳤다.

"너희들 또 시작이냐? 젠장! 막소금을 확 뿌려버릴까? 신대원, 사랑이 밥 먹여주냐? 적당히 해라. 저것들 정말 더 이상 못 봐주겠네."

"선배님. 우리 재영이와의 사랑은, 커피 밥 다 먹여주던데요? 하하하."

"헛! 신대원. 사랑도 과식하면 위장병 생긴다. 남자가 밀당도 좀하고 그래야지 말이야. 상쾌한 이아침에 솔로들 가슴에 염장이나 지르고. 지나친 사랑은 과로와 근무태만의 원인인거 몰라?"

"모르겠는데요? 하하하."

"중병이구나."

"물론입니다. 저는 그래서 하루 한번 씩 혹시 모를 유언을 남깁니다."

"유언? 어떤 유언?"

"재영야, 보고 싶어 죽겠다아~ 나 이렇게 그리움에 사무쳐 어느 날 죽거든, 내 심장을 남산 중턱에 묻어다오. 해 뜨면, 동쪽에서 걸어 나와 재영이만 바라보고. 해지는 저녁이면, 서쪽 끝에서 이슬로 나와 또 재영이만 바라보고······."

"야, 야! 됐다, 됐어. 그만 해. 아유! 저걸 그냥. 하하하."

민욱이 깔깔 웃으며 편의점 쪽을 향해 걸었다. 소방행정과 직원이 나와서 광장소방서 1층 현관에 화려한 포스터를 붙였다.

2018! 광장소방서와 함께하는 봄꽃 콘서트!!

이 봄! 불철주야 시민의 안전을 위해 애쓰시는 소방관님들과 119대원여러분들을 위한 시간! 우리 광장소방서 가족여러분들의 적극적인 참여를 부탁드립니다. 현재 신청된 장기자랑, 클라리넷. 색소폰. 드럼. 벨리댄스. 시낭송······.

4층 옥상에서 내려다보던 정시원도 흐뭇하게 웃었다. 편의점으로 걷던 민욱이 옥상을 올려다봤다.

"정 선배님?"

정시원이 옥상에서 눈부신 아침햇살에 눈을 찡그리며 아래를 내려다보았다.

"왜에?"

"저 편의점 가는데 혹시 필요한 거 없어요?"

"필요한 거? 야, 그 편의점에 혹시 삼각김밥 하나 사면 유통기한 지난 열정 같은 거 안 끼워 주냐? 그런 거 있음 나 좀 사다주라. 아흐, 요즘은 아주 기운도 사명감도 방전이다. 젠장! 이 봄에 누구는 사랑에 익사당해 비몽사몽인데. 난 이게 뭐냐? 콘서트에 나가 노래나 부를까?"
김태경 부대장도 덩달아 너스레를 떨었다
"신대원아, 가는 김에 오늘 들어온 희망 있으면 원 플러스 원으로 부탁해. 비싸도 사와라! 왕창 먹어버리게! 이놈의 구급대 짓을 언제까지 해야 할 지 요즘 나두 죽것다."
"알았슴돠."
민욱이 웃으며 편의점 쪽으로 신나게 걸었다.

소방서 쪽을 보며 웃던 재영이 응급실을 향해 걷는데 전화가 왔다.
"오와! 이게 누구야? 김민주쌤? 잘 지내셨어요?"
-그냥, 그러고 지내. 재영쌤 아직도 그 병원에 있어?
"네. 하하. 낑낑대며 아직 버티고 있네요."
-힘들 텐데 그래도 용케 잘 견디네.
"하하, 어쩌겠어요? 어딜 가나 뭐 다 또 같을 테니 그냥 한 곳에서 버텨보는 거죠. 민주 쌤 아기는요? 뱃속 아기는 잘 크죠? 벌써 달수가 꽤 되었겠네? 예정일이 언제예요?"
-아니, 나 유산 됐어…….
"네? 어머! 어쩌다가요?"
-그때 사표내고, 자꾸 하혈해서 산부인과 갔는데…….

"가슴 아파 어쩌죠? 아."
–어쩔 수 없지…… 좀 쉬었다가 다시 가져야지 뭐.
"쌤 힘내세요…… 이말 밖에 드릴 말씀이 없네요……."
–재영쌤 고마워…… 사실 지금도 몸이 많이 안 좋아.
"쌤 언제 우리 저녁 먹어요. 제가 맛난 거 사드릴게요."
–고마워.

삶은 참 공교로웠다. 하필 김민주의 유산 소식을 전해들은 그날 배신애의 임신 소식이 들렸다. 모두는 축하했지만 재영에겐 더 김민주쌤의 아픔이 맴돌았다. 재영은 임신순번제 어긴 일로 임신 초기에 김민주 선배가 배신애 선배한테 시달린 것이 잊히지 않았다. 송문영 수간호사는 배신애의 나이트 듀티는 가능한 빼주었다. 그만큼 신규를 포함한 액팅(일반 간호사)들이 더 고생스러웠다. 드림대학병원 입사 두 달 만에 간호사 그만두고 고향으로 내려간 민선은 그새 결혼 소식이 들려왔다. 재영은 쉬는 민선이 부러웠고, 진심으로 친구를 축복했다.
어느 날 이해겸 레지던트가 급한 미팅이 있다며, 동맥혈가스검사 오더를 나재영에게 내렸다. 가뜩이나 바쁜 간호사 나재영은 업무가 자주 밀리자 스트레스를 받았다. 재영은 고민하다 최연희 차지에게 말했다.

"재영쌤 하지 마. 안 한다 그래. 문제 생기면 다 재영쌤이 떠안아야 해. 더구나 담당의 목도 하에 그것도 묶이는 거지. 이해겸 쌤은 자기 오더를 그렇게 떠넘기고 가버리는 게 어딨어? 자기만 바빠?"
"당장 안하면 기다리는 환자는 어떻게요? 처방이 나오든 오더가 진행이 되려면 검사가 있어야죠? 의사들이 바쁜 것 다 끝나면 와서 봐

준다고, 그냥 무작정 기다리라 해요? 안 되잖아요?"

보다 못한 최연희 차지가 이 사실을 수간호사에게 알렸다. 간호과와 응급의료진 사이에 팽팽한 갈등이 오갔고 회의가 열렸다. 이재흔 간호부장이 항의 했다.

"간호부 업무가 산더민데, 의사들 업무를 간호부로 넘기면 어떻게 합니까?"

의사 쪽 대표가 말을 받았다.

"우린들 일부러 그래요? 응급수술 온콜수술 예약수술 처치고 처방이고 뭐고 우린들 잠이나 제대로 잡니까? 여기서 네일 내일 따지면 환자들은 더 기다려야죠. 방법이 없어요."

양수현 간호과장이 한마디 했다.

"환자들, 의사 오더 늦어 진료대기 길어지면 누구한테 항의하죠? 다 우리 간호사들한테 항의합니다. 그건 안 될 일이지요. 레빈튜브 동맥혈채취 닥터 업무잖아요? 간호사들도 각자 담당환자 처방과 진단 내리고 케어하느라 정신없습니다. 의사들 오더 나오면 언제 실수가 있을지 모르니, 우리도 받은 오더 집중 필터링 해야 하고요. 아래로 조무사들 지시하고 거기에 각종 환자들 컴플레인까지 다 우리가 커버하고 정신없습니다. 제발 이런저런 일들 간호사한테 미루지 말아주세요. 인턴이랑 레지던트 기다리다 속 타서 간호사들이 웬만한 처치 다 직접 감당하고 있습니다. 의사가 부족하다는 이유로 중환자실 같은 곳에서는 우리 간호사들이 의사대신 처치 대부분 다 하는 것 아시지요? 선생님들 바쁘면 환자 무기한 대기시키죠? 환자들은 언제까지 마냥 기다릴 수 없고요. 결국 선생님들이 해야 할 일을 제 때 와서 안 해주면, 우리 간호사라도 나서서 환자를 도울 수밖에 없는 처지입니다. 선생님들이 마땅히 해야 할 의료행위를 제 때 신속히 해주어야 하는데 평균홀딩시간이 너무 깁니다. 선생님들이 와서 손을 쓸 때를 기다리다가는 환자들이 먼저 숨넘어가요. 그러니 보고 있는 우리라도 급한 대로 손을 쓸 수밖에요. 그런데 입장 바꿔서 선생님들 오더를 교수가 지시했을 때, 제 때 안 되어져 있고 하면, 업무 불이행으로 누가 징계 먹지요? 왜 상관도 없는 간호사들이 선생님들 대신 징계 먹어야 합니까? 선생님들 기다리다 환자가 위급해서 손을 쓰면 손을 써서 문제, 안 쓰면 안 써서 문제. 이건 너무 하잖아요? 억울하게 우리 간호사들만 중간 틈에 끼어, 막중한 환자 업무에 압사당하면서 화장실도 못가고 뛰며 일합니다. 간호사들 인조인간 아닙니다. 우린 지쳤다고요. 그런데 그렇게 살인적으로 일하는 우리 간호사들 처우는 눈 씻고 봐도 없습니다. 제일 최 말단 대접이지요. 아쉬울 때만 간호사들 끌어다 부칩니다. 거기에 간호사들 과로거나 말거나 의사들은 여러 시술들 그냥 막무가내로 오더 내리지요? 그거 다 누가하라는 건가요? 의사들 일인데 본인들은 바빠 못한다거나 마냥 기다리라 하고요. 내린 오더는 점점 쌓여갑니다. 그럼 간호사들은 환자들에게 들볶여 죽으라는 건가요? 우리 간호사들이 그것만 해요? 간호과장인 저나 곁에 계신 간호부장님이나, 사실 병원 관리자입장입니다. 그동안 우리는 부끄럽게도 우리 간호사들 피 뽑아서, 드림대학병원 살찌우는 병원수익에만 앞장 선 꼭두각시들이었죠. 간호과 수장이면서 사실상 내 식구 눈물은 알고도 외면했습니다. 이점 저부터 너무 부끄럽습니다. 어쩌면 가장 큰 책임은 우리에게 있습니다. 통감합니다. 그러나 해도 너무들 하십니다. 이제 저 간호과장 양수현은, 불명예스럽게 잘리는 한이 있더라도 앞으로 우리 간호사들 입장에서 할 말은 단호히 해야겠습니다.

병원 인증이라고 해서 4년마다 해야 하는 게 있지요? 의사. 간호사. 인사과직원 다 똑같은 직원 아닙니까? 왜 선생님들은 안 하면서 우리 간호사들은 퇴근시간 지나도 걸레 들고 먼지 닦고 병원 청소해야 합니까? 병원인증기간에는 간호사들 퇴사율이 급속도로 높아지는 것 대체 누구 탓인가요? 이런 일까지 우리가 해야 합니까? 우리 간호사들이 병원청소하고 물걸레질 하려고, 간호면허 국가고시 봤을까요? 우리 간호사도 선생님들과 동등한 전문 의료인입니다.

의사 대표가 계면쩍어 말했다.

"저흰들 일부러 그럽니까? 정신없이 바쁘니까······."

"의사가 모자라면 병원에 항의 하란 말입니다. 의사 숫자 늘릴 때까지, 될 때까지 강력히 항의 하세요. 우린요, 오프 때 쉴 시간 쪼개가면서, 시청 앞 사거리로 나가 목이 쉬도록 간호사 수가 만들어 주고 간호사 숫자 늘려 달라고 외칩니다. 세상도 병원도 꿈쩍 않습니다. 선생님들 궁극적으로 환자 살리려고 바쁜 거 아닌가요? 대한민국 의료 현실 구조는 잘 못 되도 너무 잘 못 되어 있습니다. 우리 간호부 말이 틀리면 말씀해 보세요! 그리고 이해겸 선생님, 당신이 할 일을 우리 간호사에게 미루지 마세요. 당신 할 일은 당신이 해요. 안 그래도 바쁘고 정신없는 우리 간호사들한테 떠넘기지 마세요. 뭡니까 대체?"

결국 이해겸은 시말서를 썼다. 다음날 아침 간호부 회의실에서 송문영 수간호사가 환자별 주의사항과 특이점 전달사항들을 지시했다.
 "어제 내과병동에서 링거수액 오더를 혼동한 사건이 있었습니다. 다행히 환자는 위급함에서 겨우 돌아왔습니다만 쌤들 항상 확인 또 확인하시기 바랍니다. 자 각자 위치로."

오후, 또 수많은 응급환자들이 몰려들었다.
재영에게 넘어온, 레지던트 이해겸이 처방한 응급환자 둘의 오더가 이상했다.
 "차지쌤, 이상하네요. 아무리 보고 또 봐도 박정만 환자랑 박정민 환자 IV오더가 잘못된 것 같아요."
 "그래? 그럴 리가? 누가 봤는데?"
 "이해겸 쌤요."
차지 최연희가 EMR차트를 확인했다. 재영이 곁에서 말했다.
 "박정만 환자는 심부정맥혈전증 이거든요. 그럼 헤파린은 이분에게 처방 되는 게 맞는 거잖아요?"
 "물론이지."
 "그런데 TA(교통사고)환자에게 IV 고용량을 쓰라고 적혀있다니까요. 이거 한번 보세요."
 "뭐야? 이런, 미친! 그건 절대 안 되지! 얼른 해겸 쌤 콜 해봐."
전화를 받은 이해겸은 재영의 말은 자세히 듣지 않고, 자기 오더 이상없다며 까칠하게 굴었다. 곁에서 듣고 있던 최연희 차지가 화가 나 전화를 바꿨다.
 "이해겸 선생님. 지금 이 오더 잘 못 되었는데요? 다시 한번 보세요."

이해겸이 전화기 너머에서 미간을 구기며 EMR 모니터를 확인했다.

"아 참, 뭐가 잘 못 돼요? 그 두 환자 다 내가 봤고 정확히 오더 내린 거라니까요. 그대로 하시면 돼요."

"해겸쌤, 우길 걸 우겨야죠? 왜 차근차근 듣지 않는 거죠? 상식적으로 생각 해 보세요. 어떻게 심부정맥혈전증 환자한테 처방되어야 할 헤파린을 출혈위험인자 환자한테 처방합니까? 것두 고용량으로? 이게 지금 말이 된다고 생각하세요?"

"뭐, 뭐라고요? 제가 그렇게 오더를 내렸다고요? 그럴 리가 없는데요?"

이해겸이 다시 신경질적으로 모니터를 주시했다.

"그래요? 지금 오더 자료 보고 있는 거예요? 못 믿겠으면 직접 와서 해명해 주세요. 기다릴 테니 와서 자료 보고 오더 수정해서 다시 내요."

이해겸이 응급실로 내려왔다.

"그럴 리가 없는데……."

이해겸이 신경질적인 표정으로 EMR과 차트 모니터를 다시 한번 대조해 살폈다.

"오더 맞게 내렸어요?"

유설민 치프가 따라 내려왔다.

"뭐 또 실수 했어요?"

이해겸이 난처한 표정이다.

"아, 왜 이렇게 됐지? 내가 분명 아까 바로 봤었는데……. 죄송합니다. 오더 다시 수정할게요. 박정만 환자 (심부정맥혈전증)가 헤파린IV 입니다."

"정신을 어따 두고! 참 내! 이해겸! 대체 왜 노티(보고) 않고 네 멋대로 엉터리 오더를 내? 하마터면 큰일 날 뻔했잖아? 정신 차리고 똑바로 내든지! 그렇게 자신 없으면 노티라도 제대로 하든지! 자꾸 이럴 거면 민폐 끼치지 말고 당장 그만 둬!"

사람 좋은 유설민 치프가 이해겸에게 윽박질렀다. 송문영 수간호사도 등골이 오싹해 한마디 더 했다.

"설민쌤, 레지던트 쌤들 신경 좀 더 써요. 우리 간호팀에서 재확인 않고 덜컥 주사했으면 어쩔 뻔 했어요? 차지쌤과 재영쌤 오더 필터링 아주 잘했어. 늘 한번 더 의심하고 한번 더 확인. 알지? 아우! 기특해라!"

송문영 수간호사가 재영을 칭찬했다. 이해겸은 그 사건으로 두 번째 경고를 당했다. 응급실 안쪽에서 육채남이 당황스러운 표정으로 송문영에게 다가왔다.

"저 수선생님. 이거 한번 봐 주실래용?"

"뭔데?"

"여기 이소켓 말이예용. 푸시(단번에 모든 용량을 다 주입)가 아니라 점적(천천히 방울방울) 투여 아니에용?"

"점적투여지. 왜?"

"근뎅, 푸시 하라고 하는데용?"

수간호사 송문영이 놀라 물었다.

"푸시? 이소켓을? 푸시 하라고?"

"넹."
"누가?"
"이해겸 쌤이용."
"아후! 젠장, 아주 돌아가시겠군. 잠깐 기다려. 이소켓을 푸시 하라니, 대체 환자를 죽이겠다는 거야 살리겠다는 거야."
송문영이 다시 의국으로 콜 했다.
"치프 바꿔주세요. 설민쌤 여기 응급실입니다. 이해겸 쌤이 오더 내리신 거 다시 좀 봐요. 아니, 랩(혈액검사수치)도 안 좋고 혈압이 낮은 환자분한테 이소켓을 푸시(한번에 다)하라면 어떡합니까? 그건 점적투여 하는 거잖아요? 아니 그 이해겸쌤 왜 자꾸 이런 실수하죠? 우리 쌤들이 다행히 잘 커버해서 그렇지 자꾸 이러다 진짜 큰일 나겠네. 대체 이런 위험한 오더가 어딨어요?"
송문영이 채남에게 지시했다.
"이거, 주입속도랑 용량 기록 다시 수정 받고 점적 투여해. 수액세트 한번 더 확인하고."
"넹."
이해겸은 그날 유설민한테 여러 번 불려가 조인트를 까였다. 열불 난 해겸은 입술을 잘근잘근 깨물었다. 해겸은 그날, 오래도록 차트를 노려보았다. 숙소에서 창밖을 내다보는 그의 얼굴이 차게 얼어붙었다.

'띵동!'
문자알람이 울렸다.
-우리 재영이는 알까? 이렇게 재영이가, 마주 보이는 건너편 건물에

있어도. 고개 드는 뻔뻔한 보고픔은 한여름 캐러멜처럼 끈적인다는 걸. 힝ㄲㅠㅠ. 재영아 쫌 보자! 오빠 좀 살려주라. 엉?
-크크크. 아이고. 너무 웃겨. 오빠 알았어. 오늘 퇴근 후 만나.
그날 저녁 재영은 시간 내서 민욱을 만났다. 둘은 한동안 만나지 못했다. 오랜만에 만난 둘은 뚝, 뚝, 꿀물이 쏟아졌다. 남산타워 레스토랑에서 식사를 하고, 한강유람선 선상에서 도시야경을 보았다. 한강유람선상의 레스토랑에 마주앉아 차를 마셨다. 먼 곳에서 날아든 불빛이, 검은 수면 위로 마요네즈처럼 기름지게 떠다녔다.
"오빠, 사랑해. 그리고 고마워. 나를 예뻐해 줘서."
재영이 민욱에게 사랑한다고 했다. 민욱은 기뻐 밤하늘을 보며 활짝 웃었다.
"한번 만 더 속삭여줄래? 나 행복해서 빵! 터져버리게?"
"싫어. 오빠가 풍선처럼 터져 버릴까봐 안 해."
강물에 빠진 유람선 불빛이 유화물감처럼 출렁였다. 테이블에 마주보고 앉았던 민욱이 갑자기 장난기가 발동했다.
"자, 내가 잠시 후 그쪽으로 옮겨 갈 거야. 우리 재영이 곁으로"
"헉! 왜?"
"오빠가 방금 너를 보면서 문득, 하고 싶은 일이 생겼거든. 뜨거운 남자로서 말이지."
순간 재영이 멈칫, 하며 웃었다.
"뭐, 그렇다고 긴장씩이나. 겁먹지 마. 절대 아픈 건 아니야. 다만 좀 뜨거울 뿐이지. 막상 하고나면 정말 하길 잘했구나 생각이 들 거야. 자 지금 오빠가 그리로 순간이동 한다."

민욱이 재영 옆으로 다가가 살며시 그녀를 바라보았다.
"재영아, 오늘 밤 오빠를 받아줄 거지?"
재영은 그 말의 의미를 생각하다 흠칫 놀라 대답을 못했다.
"하하하, 지금 무슨 상상을…… 농담이야, 농담. 아니 애가 왜 이리 불순해?"
순간 놀란 재영은 얼굴이 붉어졌다. 민욱은 그런 재영이 너무 예뻤다. 민욱이 재영을 살며시 안고 이마에 키스했다. 민욱이 재영의 두 손을 꼭 잡고 속삭였다.
"오빠 봐봐. 우리가 앞으로 사랑하는 동안에도 이 세상은 여전히 해가 뜨고 지고. 하늘엔 비도 내릴 거고. 그전처럼 바람도 여전히 불거야. 그럼에도 불구하고 우린 사랑할 거고. 우린 누구보다 행복할 거야. 우린, 그 비와 바람 속에서도 우리만의 태양을 떠오르게 할 거야. 왜냐고? 우린 서로의 열쇠를 가졌으니까. 언제든 너를 향해 열고 들어갈 수 있는, 행복의 마스터 키! 우리 재영이는 오빠 손 꼭 잡고 아무 생각 마. 오빠만 믿어. 언제나 오빠가 우리 재영이 앞에 설 테니까."
둘은 무척 행복했다. 민욱이 재영의 핸드백을 멨다. 유람선 뱃머리에 올라서서 타이타닉처럼 두 팔을 활짝 벌리고 외쳤다.
"행복하다! 신민욱! 우리 재영이가 있어 죽을 만큼 행복하다!"
유람선에 탄 연인들이 부러운 눈으로 둘을 바라봤다.
"오빤 오래전부터 너와 이러고 싶었어. 정말 오늘을 꿈꿨지. 꿈꾸었더니 그대로 되는구나. 역시 꿈은 이루어지는 거였어. 행복은 그것을 간절히 원하는 사람 것인가 봐. 이렇게 예쁜 재영이가 오빠 앞에서 웃고 있다니. 오빠가 너를 이렇게 바라보고 있다니. 오빠 눈 속에 우리 재영이가 있어. 지금 이렇게. 꿈처럼"

재영은 민욱을 만날 때마다 그의 새끼손가락에 끼어져 있는 반지로 늘 시선이 갔다. 오늘은 꼭 그 반지에 대해 묻고 싶었다. 둘은 물이 보이는 난간 쪽에 섰다. 바람과 하나 된 물살이 흰 포말을 허공으로 흩뿌렸다.

"오빠. 궁금한 게 있어."

"뭔데?"

"그 반지."

"반지?"

"오빠 새끼손가락에 그 반지 말이야."

"어. 이게 왜?"

"어디서 났어? 혹시 그 반지 주인 알아?"

"주인? 몰라……."

"근데 왜 늘 끼고 다녀?"

"글쎄……. 나도 모르겠어. 왠지 내가 갖고 있어야 할 것 같아서."

"그 반지 어디서 난 거야?"

"주웠어……."

"주웠다고? 어디서?"

"영동에서."

"영동……?"

"오빠 영동에 살았어?"

"지금도 할머니가 거기 사셔."

"그래?"

재영은 이제 어느 정도 알 것 같았다.
"혹시 오빠네 할머니 영동에서 포도과수원 하셔?"
"어! 그걸 네가 어떻게 알았어? 너 요즘 내 뒷조사까지 해? 하하하."
"오빠 농담 마. 나 지금 심각해. 그럼 혹시…… 러.브.윈.드. 와인 공장?"
"엇?! 맞아. 근데 재영이가 러브윈드도 다 아네? 아! 맞다! 너."
"그래, 나 그 지역에서 대학교 다녔다고 했잖아?"
"그랬지? 와! 우리 정말 인연이구나. 지금도 우리 할머니 거기서 포도과수원 하셔."
"그럼, 그 반지는……?"
"그 지역 대학생들이 로컬봉사 왔다 간…… 그날 밤 좀 이상한 일이 있었어."
재영은 소스라치게 놀랐다. 민욱이 말한 날은, 자신이 겁탈당할 뻔했던 그날이었다.
"이…… 상한 일? 어떤?"
민욱의 미간이 구겨졌다. 재영은 불안했다. 자신의 과거사건이 적나라하게 드러날까 두려웠다.
"그날…… 악몽을 꾸었어. 꿈에 누군가 흐느끼는 소리를 들었는데. 왜 내가 저번에 말했지? 나 그전에 몸이 좀 아팠었다고?"
"……."
"사실, 그날 처음 해리증상이 나타났었어. 꿈에 누군가 살려달라고 나를 부르는 것 같았어. 그런데 아침에 일어나보니 믿을 수 없는 일이 생긴 거지. 침대 속 발은 온통 진흙투성이였고 밖으로 내 발자국이 찍혀있었어. 꿈인 줄 알았는데 꿈이 아니었던 거야. 믿을 수 없어서 흔적을 따라가 보니 포도 창고 뒤였어. 거기서 내 발자국이 멈춰있더라고. 아무도 없었지. 다만 누군가의 운동화 발자국이 마구 찍혀있었어. 그날 밤 누구였을까? 그런데 내방에 다시 돌아와 보니 내 책상에 흙 묻은 이 반지가 놓여 있더라고. 그날 밤 나는 악몽을 꾼 게 아니었던 것 같아. 꿈으로 알았던 그 일은 사실 현실이었던 거지. 그날 밤 어떤 소리를 따라갔다가 현장에서 내가 주워온 반지 같은데, 더는 기억나는 게 없었어. 그래서 병원에 갔더니 해리성 기억상실증이라 하더라고. 대체 이 반지는 뭘까? 창고 뒤가 어수선했던 것으로 보아, 그날 밤 반지 주인은 엄청 위급했던 것 같아. 지금도 가끔 그 때의 악몽을 꿔. 근데 말이야."
"근데?"
"그날 우리 과수원에 손님이 왔었어."
"손님……?"
"우리 할머니 친구의 손자야. 우린 거의 형제처럼 자랐는데, 그때 우리 집에 머물고 있었어. 그런데 그 다음날 갑자기 미국으로 떠났어. 마치 뭔가에 쫓기듯."
"그게 누군데?"
"아직은 말하기가 조심스러워. 내가 틀릴 수도 있고."
재영은 공포가 밀려와 난간을 두 손으로 꽉 잡았다. 민욱이 재영을 살폈다.
"그 애가 그 사건 이후, 급히 미국으로 간 게 우연이었을까? 나머지는 나도 잘 모르겠어. 암튼 그날 이후, 그 반지를 버릴 수도 누굴 줄 수도 없었어. 분명 그날 밤 포도창고 뒤에서 어떤 일이 벌어진 건데…… . 난 지금도 얼굴 모르는 그녀에게 너무 미안해. 내가 도와주지 못한 게 말이야."

"그럼 그녀는, 그날 밤 오빠 덕분에 위기를 벗어난 거네?"

"아마 그럴지도 모르지. 근데, 도대체 그날 그곳에서 무슨 일이 있었던 걸까?"

"그 동생이란 사람? 그 사람이 대체 누군데?"

"지금은 심증뿐이라 말할 수 없어, 내가 잘못 알았을 수도 있고."

재영은 답답했지만 민욱의 말에 더 이상 물을 수 없었다.

며칠 후, 민욱이 소방서 기숙사에서 쉬고 있을 때였다. 근무 중인 재영이 급한 부탁을 해 왔다.

ㅡ민욱오빠. 병원기숙사 내 방에서 어제 컨퍼런스 준비한 자료 좀 갖다 줄 수 있어? 밤새 만들어 놓고 아침에 깜빡하고 그냥 왔네. 비번은…….

"으구, 덜렁쟁이. 알았어. 갖다 줄게. 그 대신 뽀뽀해봐! 세상에 공짜는 없다. 음하하."

재영이 웃으며 망설였다.

"어허, 얼른 뽀뽀!"

재영이 전화기에 대고 소리를 냈다.

ㅡ쪽! 쪽! 쪽! 됐지? 으이그~ 나 바빠.

"하하하! 아이구 울 애기. 걱정 마! 이 오빠가 냉큼 갖다 줄게! 험."

─하하하. 오빠 땡큐.

재영이 환하게 웃으며 전화를 끊었다. 민욱이 재영의 기숙사로 향했다. 문을 열자 향긋한 여자 향기가 민욱에게 와락 안겼다. 자료는 방문 앞에 놓여 있었다. 신발 신느라 잠시 바닥에 놨다가 잊고 나간 듯했다.

"하여튼, 덜렁대기는."

민욱은 자료를 들고 돌아서려다 호기심에 발길을 멈췄다.

"온 김에 우리 재영이 사는 것 좀 보고 갈까?"

함께 병원에 입사했던 민선이 태움에 시달리다 떠나고 재영은 혼자 그 방을 썼다. 민욱은 콧노래를 부르며 방을 둘러보았다. 책상 위에 갖가지 미니액자와 향수들이 보였다. 미니어처향수들은 일렬로 선 요정들처럼 창가 햇살을 받고 있었다. 미니액자에는 재영이 친구들과 엄마아빠와 함께 찍은 사진들이 빼곡했다. 민욱은 사진 속 재영의 얼굴을 손으로 사랑스럽게 쓰다듬었다. 재영이 활짝 웃고 있는 액자 하나를 들고 '쪽' 입을 맞췄다. 읽다 만 책도 그대로 놓여 있었다. 펼쳐진 책 뒤 작은 책꽂이에는 간호에 관련된 책들이 가득했다. 가지런히 꽂힌 책 위로 회색 노트 하나가 눈에 들어왔다. 민욱은 무심코 노트를 촤르르 넘겼다.

"우리 재영이, 병원일로 피곤할 텐데 독서도 공부도 열심히 하네."

노트에는 간호학과 필기가 빼곡했다. 재영의 필기를 보자 민욱도 간호학과 시절 공부했던 내용들이 추억처럼 떠올랐다. 그때 민욱의 시선이 어딘가에 멈췄다.

"엇? 뭐지?"

그가 노트 맨 뒤쪽에서 이상한 메모를 발견했다.

2018년 9월 4일
러브윈드는 소문대로 아름다웠다. 내가 공부하는 교실로 가끔 불어 왔던 상큼한 바람은 알고 보니 그곳 포도알갱이들이 날려 보낸 향기였다. 바람 속에서 보랏빛 알갱이가 알알이 영그는 그곳. 우리는 들뜬 마음으로 MT를 떠났다. 그런데…… 포도알처럼 영글던 나의 꿈이 그날 악몽으로 돌변했다.
　'개새끼!'　'죽일 놈'　'당장 지옥으로 꺼져버려!'
아, 울 엄마가 사준 반지는 어디로 갔을까? 엄마에게 차마 잃어버렸다고 말을 못했다. 가여운 나의 핑크골드하트, 너 대체 어디에 떨어진 거니? 울 엄마가 간호대학입학 기념으로 내 이니셜까지 정성껏 새겨 주신 건데 ㅜㅜ 멋진 간호사 되라고…… ㅜㅜ 과수원을 찾아가 보려다 끔찍하고 두려워 가지 못했다. 그날 밤 포도창고 뒤로 가지 말았어야 했다. 뒤에서 갑자기 덮친 놈의 얼굴을 못 봤으니 범인을 알 길이 없다. 아! 그 팔뚝! 무슨 문신 같았다. 여신인가? 날개와 발톱이 새를 닮은 여자……. 미친 놈! 지옥에나 떨어져라! 그날 그 사람이 와주지 않았다면 나는…… 아, 끔찍하다. 다행이 그의 인기척 때문에 도망칠 수 있었다. 하마터면 큰일 날 뻔했다. 근데 나중에 나타난 그 사람은 대체 누구였을까? 얼굴은 못 봤지만, 나의 은인인 것은 분명하다. 그날 내 옷은 좀 찢어졌지만 그 사람 덕분에 무사했다. 그놈 팔, 그게 무슨 문신일까? 내 핸드폰에 찍힌 사진은 너무 흐려 알아볼 수가 없다. 이 악몽 언제쯤 잊힐까…….

재영의 일기를 읽던 민욱은 온몸에 경련이 일어 그 자리에 주저앉고 말았다.

'어떻게 이런 일이! 이런 일이 내게 일어나다니! 그럼, 그날 밤 재영이가 포도 창고 뒤에서 변을 당할 뻔 한 거야? 내가 주운 이 반지는 재영이가 분실한 거였고? 이럴 수가! 맙소사! 그렇다면 대체 놈은 누굴까? 러브윈드 공장직원들은 다 퇴근한 시각이었는데. 포도주공장 경비원도 기제사라서 그날 지방에 내려가고 없었고 보안시스템 어디에도 외부인 출입은 없었어. 그렇다면 분명 과수원 내부에 있던 사람 중 하나일 확률이 높은데. 그날 과수원에 남자라고는 나하고……?'
민욱은 신경이 곤두섰다.

'잠깐만! 무, 문신? 팔뚝에 문신이라 했지? 날개와 발톱이 새를 닮은 여자……?'
순간 민욱의 뇌리를 스치는 것이 있었다.

'맞아. 그날 등목하면서 봤던 그 문신! 혹시 재영이가 그날 밤 그걸 본 걸까?'
민욱의 머릿속에서 의문의 퍼즐이 조금씩 맞춰져 갔다. 민욱은 갑자기 휴대폰에 저장된 과거 사진들을 모조리 훑었다.

'어딨지……? 그날 등목 할 때 찍었던 그 사진. 지우지 않았으니 분명 어딘가 있을 거야.'
민욱은 재영의 방에 선 채 휴대폰 속 예전 앨범들을 아래로 아래로 훑어갔다. 얼마나 시간이 흘렀을까?

'아! 있다! 그날 포도과수원에서 찍은 것들! 휴! 다행히 안 지웠구

나!'

민욱은 과수원사진들 속에서, 등목을 하며 환하게 웃는 누군가의 사진을 찾아냈다. 웃고 있는 그의 팔뚝에 검은 반점 같은 것이 보였다. 그것을 보자 민욱의 표정이 더욱 굳었다. 민욱은 사진을 터치해, 그의 상체를 확대해보았다. 웃고 있는 그의 왼쪽 팔뚝에 예리한 것에 찔린 듯한 미세한 흉터들이 서너 개 보였다. 그때는 관심 깊게 보지 않았던 것들이 지금 눈에 들어왔다. 민욱의 얼굴은 점점 굳어졌다. 정확히는 알 수 없지만, 팔의 문신은 신화에 나오는 여신 같았다. 여자는 차렷 자세로, 긴 머리에 나체로 정면을 응시하고 있었다. 어깨 양쪽으로 커다란 새의 날개가 늘어져있었다. 두 발은 종아리부터 발까지 독수리의 다리와 발톱을 하고 있었다. 흉측했다. 문신 속 여자 얼굴은 아름다웠지만 전체적으로 괴기스러웠다. 민욱은 휴대폰 검색창에서 그 여신이미지를 찾아보았다. 그것과 닮은 여신을 찾는 건 어렵지 않았다.

'여신…… 이쉬타? 이거다!'

민욱의 양 미간이 파르르 떨렸다. 지식검색으로 집요하게 훑어 내려갔다.

'전쟁과 섹스의 여신이라고? 헐! 미친놈…….'

민욱은 다리에 힘이 빠져 주저앉았다.

'아, 재영이였구나. 그날 밤 창고 뒤에 있었던 여자가……! 그래서 교통사고 현장에서 재영이를 처음 본 순간 내 느낌이 뭔가 이상했었구나. 재영이가 자꾸만 이 반지에 집착했던 이유도 바로 그거였어. 그런데 왜 이 반지를 처음 봤을 땐 모른 척 했을까……? 그래, 여자로서 엄청난 악몽이었을 거야. 할 수만 있다면 죽을 때까지 영영 떠올리고 싶지 않을 만큼 공포였겠지. 더구나 남자친구인 내게 말하기는 더 어려웠을……. 죽일 놈! 잠깐만! 이, 이니셜? 엄마가 선물한 그 반지에 이니셜을 새겼다고?'
민욱은 자신의 왼쪽 새끼손가락 중간쯤에 단단히 박혀있던 반지를 얼른 빼서 링 안쪽을 보았다. 글씨가 너무 작아 잘 보이지 않았다. 민욱은 환한 창가로 가 다시 살폈다.
'있다! N·J·Y……! 그렇다면 이, 이건! 재영이 반지가 틀림없다!'
민욱은, 재영이 방 거울 속에 비친 자신을 바라봤다.
'아! 신민욱! 바보! 아, 병신! 왜 나는 이걸 그동안 못 봤을까? 아! 재영아, 얼마나 힘들었니? 우리가 이렇게 만나진 이유가 있었구나. 정말 다행이야! 이젠 내가 널 지켜줄게! 사랑한다. 나재영! 앞으로 죽을 때까지…… 너를 절대 혼자 두지 않을 게! 내가 반드시 너를 지켜줄게.'
민욱은 그 반지를 새끼손가락에 끼었다. 재영의 가늘고 흰 손가락이 떠올랐다. 민욱이 분노하며 돌아서나오다 순간 다시 돌아봤다. 흰색 화장대 위 액자 속에 엄마아빠와 함께 웃고 있는 모습. 꽃다발을 안고 환하게 웃는 재영이 눈에 들어왔다. 사진 속 재영의 네 번 째 손가락에서 그 반지가 거짓말처럼 빛나고 있었다. 사진 속 메모에 '나이팅게일 선서식'이라 적혀 있었다. 사진 속에서 그늘 없이 환하게 웃는 재영. 그 옆에는 학사모를 쓴 재영의 졸업사진이 있었다. 그 손에 반지는 없었다. 반지를 잃어버린 후에 찍은 사진이니 당연했다. 순간 너무 가슴이 아팠다. 민욱은 재영의 사진에 손을 가져가 재영의 미소를 매만졌다. 갑자기 재영이 사무치게 그리웠다. 바로 그때, 민욱의 얼굴이 순식간에 굳어졌다.

"그렇다면 놈은 재영이를 첫눈에 알아봤을 확률이 높다! 앗, 큰일 났다! 재영이가 위험하다! 재영이는 놈이 범인인 줄 전혀 모를 텐데! 큰일이다!"

민욱이 재영의 자료를 들고 응급실로 달렸다.

"어? 형! 오랜만이네. 어딜 그렇게 정신없이 가?"

민욱은 응급실 앞에서 해겸과 딱, 마주쳤다.

"어? 그, 그래. 해겸아 오랜만이다. 병원일은 할만 해?"

"그냥 그렇지 뭐. 근데? 형 쉬는 날 아냐? 여긴 웬일?"

해겸이 웃는 얼굴 속에 감춰진 차가운 시선으로 민욱을 주시했다.

"아, 그, 어제 이송환자 빠진 서류가 좀 있어서……."

민욱이 미소 속에 해겸을 경계하며 지나쳤다. 두어 걸음 걷던 해겸이 민욱을 불렀다.

"민욱이 형."

"어?"

"괜찮아?"

"어? 뭐가?"

"형 안색이 너무 안 좋아 보여."

"그래? 내가 좀 피곤해서 그런가봐. 담에 보자."

민욱이 침착하게 응급실로 향했다. 해겸이 의사가운주머니에 손을 찔러 넣고 지나갔다. 몇 걸음 걷다 멈춘 해겸이, 저만치 멀어지는 민욱을 주시했다.

그날 저녁, 민욱이 재영을 급히 카페로 불러냈다. 민욱은 마지막으로 뭔가 확인이 필요했다.
"웬일? 출근 안 해? 오늘 오빠 야간 조 아냐?"
민욱이 뭔가 결심한 듯, 자신의 휴대폰을 테이블 위에 가만히 내려놓으며 대답했다.
"어 대장님께 조금 늦는다 했어. 재영아 어서 앉아봐."
미소를 띠며 앉으려던 재영의 얼굴이 엄청난 공포로 얼어붙었다.
"……!"
민욱이 재영의 안색을 예리하게 살폈다. 재영은 민욱의 휴대폰 배경화면으로 설정된 이쉬타 여신을 뚫어져라 보고 있었다. 그걸 놓칠 리 없는 민욱의 시선. 민욱이 의도한 대로 재영은 여지없이 온몸으로 그날의 공포를 들려주고 있었다. 민욱은 생각했다.
'맞구나……. 아, 재영아……. 네가 그날 밤, 이 문신을 본 거였구나. 이해겸! 이 죽일 놈!'
민욱은 재영의 눈빛과 행동에서 여실히 알게 되었다. 재영이 가여웠던 민욱은 분위기를 바꿨다.
"하하하. 재영아 왜 그래? 얼른 앉아. 우리 뭐 마실까?"
"아, 아냐. 저기…… 오빠, 나 갑자기 몸이 좀 안 좋네. 오늘은 그냥 들어갈게. 미안해."
재영이 뭔가에 쫓기듯 카페를 나가버렸다. 민욱은 재영을 붙잡지 않았다. 민욱은 멀어지는 재영을 보며 가슴 아팠다.
'이해겸……. 이 개자식!'

분노로 두 주먹을 움켜쥔 민욱이 팔을 부르르 떨었다. 민욱이 저만치 멀어지는 재영을 소리 없이 따라갔다. 재영이 숙소로 안전하게 들어가는 것을 먼발치에서 확인한 후에야, 안심하며 소방서로 발길을 돌렸다. 같은 시간, 병원 앞 24시편의점 안에서 누군가 그 둘을 지켜보고 있었다.

16. 바람마저 경배를 올리는

5월, 어느새 온 세상은 꽃으로 뒤덮였다. 곳곳에서 꽃향기가 만발했고, 화단마다 갖가지 천연물감들이 나무를 열고 걸어 나왔다. 황홀한 봄밤이었다. 광장소방서 119구급대 제1소대가 밤 근무 중이다. 보름 전부터 핑크빛과 개나리 빛 포스터가 붙고 소방서 분위기가 점점 흥겨움에 들떴다. 대원들은 각 소대별로 퇴근을 미루며 장기자랑을 연습했다.

2018! 광장소방서와 함께하는 〈광장119 소방사랑 봄 콘서트!〉
이 봄! 불철주야 시민의 안전과 안녕을 위해 애쓰시는 소방관님들과 그 가족들과 119대원 여러분들을 위한 시간! 우리 소방서 가족여러분들의 적극적인 참여를 부탁드립니다. 오가는 대원들마다 현관에 붙은 포스터에 관심이 많았다. 현대식 대원만 그 앞을 관심 없이 지나쳤다. 어떤 계절이든 응급신고는 여전했고 1분당 한건의 사건들도 변함없었다. 한 식당에서 응급환자신고가 들어와 출동했다. 다급히 현장에 도착해 보니, 병원 바로 앞에 있는 식당의 손님이었다. 현대식 구급대장이 물었다.

"환자분! 119 부르셨죠? 지금 어디가 제일 아프세요?"
"나요? 나 감긴데……."

"네? 감기요? 몸이 심하게 불편하세요?"
"아니, 그건 아니고."
"감기로 구급대를 부르시면 어떡합니까? 저 앞에 병원 있네요. 길 건너 병원, 보이시죠? 정히 불편하시면 저기 응급실 가서서 치료 받으세요. 이런 것으로 저희를 부르시면, 더 급한 시민들이 도움을 못 받잖아요? 얼른 병원 가시든지 아니면 집에 가셔서 약 드시고 푹 주무세요. 저희는 또 다른 출동을 나가야해요."
"아니, 그게 아니고. 나 아퍼."
"감기시라면서요? 감기는 집에 가실 수 있잖아요?"
"감기라도 아픈 건 아픈 거잖아?"
"그럼 저기 저 병원 응급실로 태워다 드려요?"
"아니. 나 집까지 좀 태워다 줘."
"예?"
"나 집까지 좀 태워다 달라고. 나 이거 타고 집에 갈 거야."
"안됩니다. 얼른 귀가하세요."
"아, 왜 그래? 나도 세금 내는 시민이고. 내가 지금 불렀잖아? 내가 아프다고! 감기라고! 그니까 집까지 좀 태워다 달라고!"
중년남자에게서 술 냄새가 훅 끼쳤다.
"혹시 약주하셨어요?"
"아니, 나 술 안 마셔."
"근데 대체 왜 이러세요?"
"뭘 왜이래? 아프다는데?"
"안 됩니다. 저 병원 응급실로 가세요. 모셔다 드릴 테니."

바람마저 경배를 올리는 295

그때 지나가던 술 취한 노숙자가 비틀대며 다가와 주사를 부렸다.

"이봐, 아지씨. 아지씨! 예?"

신민욱이 다가갔다.

"무슨 일이세요?"

"나, 배가 아픈데. 천원만 줘!"

온 몸이 땀에 젖은 신대원은 어처구니가 없어 한숨이 절로 났다.

"천원만 달라고요? 후!"

"나, 지금 배가 아프다고. 그니까. 아이씨! 그러지 말구, 에? 아이씨! 나 천원만 달라구우!"

감기니까 집까지 구급차타고 가겠다는 시민과, 배 아프니 천원만 달라는 주정뱅이 노숙자가 그날 밤 광장소방서119구급대 제1소대 구급대원들의 진을 다 빼고 있었다. 참다 못 한 신민욱 대원이 주머니를 뒤져 2천원을 노숙자에게 건넸다.

"자요! 2천원. 여기 정신없으니까. 얼른 다른 데로 가세요."

돈을 받은 그가 근처 편의점에서 소주 한병을 들고 어두운 공원 쪽으로 향했다. 그는 박자도 맞지 않는 노래를 신나게 불렀다. 현대식 대장은 아직 실랑이가 끝나지 않았다.

"내가 이걸 타고 가야 보험 든 119응급비용을 받는다고! 그니까 얼른 나를 집까지 좀 태워다 달라고!"

"휴! 집이 어디신데요?"

"여기서 가까워."

"그럼 택시 타고 가세요. 예? 택시 잡아드릴 테니."

"택시-!"

신민욱 대원이 재빨리 도로로 나가 택시 한 대를 불러왔다. 현대식 대장이 말했다.

"보아하니 약주도 좀 하신듯 한데, 얼른 이 택시 타고 가세요. 저희는 더 급한 환자 구하러 출동해야합니다. 아셨죠?"

그들은 119 신고가 들어오면 일단 그 어디든 가야했다.

신민욱 대원과 유난희 대원과 현대식 구급대장은 다시 교통사고 신고를 받고 현장으로 출동했다. 새벽 1시가 넘어가고 있었다. 도로에 자동차 유리가 산산조각 나 서 있기도 힘든 상황이었다. 운전석과 우그러진 핸들 사이에 낀 부상자. 엿가락처럼 우그러진 앞문과 핸들을 절단하고 간신히 밖으로 구출했다. 최신형 스트레쳐카를 밀고 신민욱 대원이 요구조자에게 가까이 다가갔다.

"환자분 잠시만요. 아니, 움직이지 마세요. 지금 몸 상태를 정확히 모르니 걷지 마시고 그대로 계세요. 몸에 최대한 충격 안 가도록 할 겁니다…… 됐습니다. 자, 의자에 앉듯 천천히 한번 앉아보세요."

응급의자에 요구조자를 조심해서 앉히고 뒤로 서서히 눕히자 수평 침대로 변신했다. 대원들은 최대한 조심해서 부상자를 구급차에 실었다.

----애애애애앵------삐요삐요삐요-------

현대식 구급대장이 사이렌을 울리며 출발했다. 유난희 대원이 물었다.

"환자분, 병원 어디로 가실래요? 평소 다니는 곳 있어요?"

"그냥 가까운 데로요."

'이럴 땐 환자가 의식을 잃지 않게 최대한 말을 걸어야 한다.'
상황을 파악한 신민욱 대원이 계속해서 환자에게 말을 걸었다.
"환자분, 아까 끼어 있었죠? 운전대에?"
"네."
"그럼 신체장기도 충격 받았을지 모르니까. 좀 큰 병원으로 갈게요."
"네."
"아까 핸들에 세게 눌렸었어요?"
"네."
현대식 구급대장이 룸미러로 대원들을 향해 말했다.
"차에 끼이셨으면 일시적 저혈압이 있을 수 있어. 최대한 빨리 이송해야 해. 좀 더 서두를 테니까 환자분 낙상 없도록 안전유지 해."
안전 재점검을 하며 신민욱 대원이 다시 말을 걸었다.
"정신 잃지 마시고요. 지금 제일 아픈 데가 어디세요?"
"다리."
"다리? 잠시 볼게요. 여기, 만지면 아파요? 아고, 지금 보니까 눈도 붓고 이마에 혹도 나셨네."
"네."
신민욱은 이따금 창밖으로 교통 상황을 보며 계속 환자에게 말을 걸었다.
"다리 말고 또? 가슴이 끼였다면서요? 괜찮으세요?"
"네."
"자! 병원 도착!"

현대식 구급대장이 차를 세웠다.
"응급실 다 왔습니다. 이제 괜찮아요."
신민욱 대원과 유난희 대원이 구급차에서 뛰어내려 스트레쳐카를 운반했다.
"응급환잡니다! 흉부 압박 TA!"
환자를 드림대학병원 응급실로 이송을 마쳤다. 민욱은 얼른 재영을 찾아보았다.
'오늘 나이트 근무라 했는데? 어디 갔지?'
웬일인지 그녀가 보이지 않았다. 민욱은 재빨리 해겸을 찾아봤다. 민욱이 예리하게 해겸을 주시했다.
'저 자식, 왜 저기 있어? 혹시 또 무슨 꼴통 짓 하려는 건 아니겠지?'
스테이션에 앉아 챠팅 중인 간호사 뒤를 서성이던 해겸이 민욱에게 손 인사를 했다.
'저놈은, 바쁜 레지던트가 왜 스테이션에서 얼쩡대지?'
민욱이 주차장으로 나왔다. 대원들은 주차장에서 잠시 땀을 식혔다.
"휘요……! 힘들지?"
현대식 대원이 두 대원들을 격려했다.
"아닙니다. 괜찮습니다. 대장님이 힘드시죠."
민욱은 응급실에 보이지 않는 재영을 생각했다.
"자! 다음 환자를 위해 또 정리해야지. 차 내부 항상 철저히 소독 하고."
"옙!"

현대식 구급대장이 분무기로 구석구석 병상 소독을 도우며 신민욱을 보았다.

"신대원, 정신없지?"

"백건 출동하면 매번 거의 다 상황이 다르니까. 많이 긴장되네요. 휴요!"

"그럴 거야. 그래도 유대원과 신대원 아주 노련하게 잘 하고 있다! 자, 귀서!"

"귀서."

광장소방서로 돌아온 대원들은 지친모습으로 사무실로 들어갔다. 신민욱 대원이 아까 쓰다만 출동일지를 펼치다 핸드폰을 보았다. 재영이 보낸 카톡이었다.

-오늘 신규 하나 들어옴. 나에게도 드디어 후배가 생겼다는 사실! 음하하. 잘해 줘야지.

민욱은 빙그레 웃으며 답장을 썼다.

-방금 나 거기 다녀왔는데, 울재영이 안 보이더라? 어디 간 걸까? 보고 싶다. 늘 걱정되고.

문자를 보내놓고 민욱이 긴급출동일지를 기록했다. 유난희 대원과 현대식 대원은 출동대기 했다. 유난희가 물었다.

"대장님 저 커피 마실 건데. 드릴까요? 신대원도 커피?"

"네, 한잔 주세요."

유대원이 물을 끓여 막, 종이컵에 따르려 할 때였다.

'따르릉! 따르릉!'

"광장소방서 119입니다."

"주취자요? 위치는요? 네? 어디요? 종로구…….."
'제1소대 구급비발! 구급비발! 요구조자, 현재 주취 상태! 위치는 서울 종로구…….'
유난희 대원이 종이컵에 뜨거운 물을 따르다 말고 뛰어나갔다. 현대식 구급대장이 운전석에 뛰어 올랐다.
"하아, 또 가보자! 주취자라니까 헬멧들 꼭 써."
"넵!"
————애애애애앵——————삐요삐요삐요——————
현장에 도착해 한참 실랑이를 치른 신민욱 대원과 유난희 대원이 주취자를 양 옆에서 팔짱을 끼고 부축했다.
"야! 내 팔 놔! 하, 짜증나네!"
대원들은 묵묵히 현장을 수습했다. 50대 남자 주취자는 술에 떡이 되어있었다.
"어린놈의 새끼가! 야! 내가 거지새끼냐 개새끼야"
유난희 대원이 말했다.
"선생님 욕하지 마세요. 예? 녹음 중입니다."
"녹음해 이 년야! 녹음 얼마든지 하라고! 이 개 쌍년아!"
신민욱 대원이 강력히 말했다.
"자꾸 대원들한테 욕하시면 다 녹음돼서 벌금 물으셔야 한다고요."
"그까이거 돈? 얼만데? 낼게, 내면 되지 뭐!"
신민욱 대원이 인상을 찌푸리며 유난희 대원에게 물었다.
"어떡하죠? 병원으로 가나요?"
유난희가 현대식 구급대장에게 물었다.

"대장님 어떻게 할까요?"

"지구대에 데려가도 저 분 밤새도록 저럴 거 아냐? 가자, 병원으로. 술이라도 깨도록."

현대장이 차를 병원 응급실로 돌렸다. 그 사이에도 주취자는 신대원을 향해 발길질과 주먹질을 쉼 없이 해댔다.

"아! 아저씨! 진짜! 왜 이래요?"

"얌마! 어린놈이! 자식뻘도 안 되는 놈이 까부네. 야 이 새끼야! 내가 너보다 더 큰 자식이 있어. 이 좀만 한 놈이! 오늘 너 인생 끝내줄 수도 있어 인마. 그렇게 해줄까?"

광장소방서 신민욱 대원과 유난희 대원은 이미 온 몸이 땀에 젖었다.

"아! 좀 가만히 계세요. 자꾸 때리지 마시고요."

"이 새끼 싸가지 좆나 없네! 야! 너 오늘 인생 막 내리고 싶어? 너 오늘 내가 죽여 버릴까? 놔 이 새끼야! 때려 죽여버릴랑게."

그 와중에 구급차는 드림대학병원 응급실 주차장에 도착했다. 주취자는 구급차에서 내려서도 욕이 끝날 줄 몰랐다. 유난희 대원과 신민욱 대원이 그 욕을 다 먹으며 실랑이를 했다.

"놔! 이 년아! 나 담배하나 펴야 것다. 에이씨, 담배도 없네! 담배 하나 줘! 놔, 이 새끼야! 저 년이! 지금 뭔데! 아이고 확! 죽여벌랑게!"

'퍽!'

그 순간 말과 동시에 유난희 구급대원의 머리를 주먹으로 가격했다. 주먹에 맞은 유난희 대원이 아스팔트 위로 나가 떨어졌다. 현대식 대장과 신민욱 대원이 깜짝 놀라 유난희 대원을 일으켰다.

"유대원! 괜찮아? 어디 맞은 거야? 머리? 아 진짜, 저 사람 안 되겠네! 괜찮아?"
"괜찮습니다."
참다못한 현대식 대장이 열불 나 소리 질렀다.
"이 사람이! 아, 진짜! 당신! 정말 혼나고 싶어? 구급대원을 왜 폭행해? 매일 당신들 위해 생고생하는 구급대원을 왜 폭행 하냐고! 구급대원 폭행하면 벌금 500만원이야! 알아?"
"야! 이 새끼야! 쳇! 뭐? 500? 칫, 그까이거 내면 되지! 너 오늘 내가 확 죽여 버린다? 그까짓 벌금 500만원 내고, 내가 너 오늘 죽여 버릴 거야. 이 좀만 한 새끼야!"
현대식 대장이 지친 얼굴로 쓰디쓴 웃음을 지었다. 그의 웃음은 슬픔에 가까웠다.
"예! 우리 같은 구급대원, 주먹으로 마음대로 패시고! 벌금 500만원은 까짓것 선생님한텐 잔돈푼이니 그냥 내면 되고요? 그쵸? 참 돈 많아 좋~으시겠습니다. 우리는 밤낮으로, 시민들에게 주먹으로 맞고, 발길질 당하고, 구토물 온 몸으로 받아내고, 옷 찢어지고, 정강이 까이고, 배가 터지도록 쌍욕 얻어먹고 해도! 선생님이 그 까짓것이라 말하는 그 돈의 절반도 안 되는 고작 그 월급으로 온 식구가 먹고삽니다. 예? 돈 많으셔서 아주 좋~으시겠어요."
주취자 난동은 그칠 줄 몰랐다.
"벌금? 500만원? 칫, 그까이거 내면 되지! 너 일루 와봐!"
주취자에게 멱살이 잡힌 현대식 대장. 그가 이리저리 끌려 다니며 한숨을 쉬었다.
"하아-, 진짜! 지친다 지쳐…… 아유, 증말!"

그때 응급출동 무전이 왔다.
'치지직-, 치지지익,-'
"제1소대 1소대 구급비발! 구급비발! 카디악 어레스트(갑작스런 심정지). 출동각지! 서울시 용산구 소월로…… 4 6?"
"4 7!"
현대식 대장이 무전을 받고 외쳤다.
"급자, 어레스트다! 신대원! 저분 빨리 응급실 모셔다 드리고. 출동!"
"옙!"
신민욱이 간신히 주취자를 응급실로 넘겼다. 민욱은 재빨리 재영을 찾아보았다. 그녀가 차트를 들고 중증 구역으로 뛰어 들어가는 모습이 보였다. 이번에는 해겸을 주시했다. 간호사들은 정신없이 오가는데 그는 또 스테이션 쪽을 서성거렸다.
'저놈 저기서 뭐하는 거야?'
민욱은 빛의 속도로 구급차를 향해 달렸다.
"제1소대 1소대 구급비발! 구급비발! 심정지 추정환자, 출동각지! 공원에서 갑자기 쓰러진 60대 노인. 신민욱 대원과 유난희 대원이 포함된 1소대 차량이 긴급 출동했다. 환자는 어두운 공원에 누워 있었다. 대원들 셋이 순식간에 환자를 둘러쌌다.
"환자분! 정신 차리세요! 환자분!"
"기도확보!"
유난희 대원이 신속히 바이탈을 체크했다. 신민욱 대원이 심폐소생술을 연속했다.

"환자 처음 발견한 분? 아, 신고하신 분인가요? 혹시 가족이세요? 어떤 상태였죠?"
다행히 심장이 다시 뛰기 시작했다. 신민욱 대원이 외쳤다.
"맥박 돌아왔습니다!"
그들은 들것에 신속히 환자를 싣고 구급차 쪽으로 이동했다.
"천천히! 그쪽, 더! 이쪽, 이쪽으로, 옳지!"
대원들은 환자호흡 유지를 위해 능숙하게 산소를 투입하며 응급실로 출발했다. 소방서로 돌아와 다 식은 커피를 한 모금 마시려던 그때 또 신고가 들어왔다.
"네? 어디요? 잠시만 기다려 주세요! 바로 출동하겠습니다!"
"대장님! 출산이 임박한 30대 임산부랍니다!"
그들은 또 출동했다. 거의 1분의 한건 간격으로 긴급출동이 접수되었다. 신민욱 대원과 유난희 대원은 다급한 산모를 싣고 응급실로 촌각을 다투며 달렸다. 달리는 구급차에서 유난희 대원이 산모의 상태를 살폈다.
"아악---, 엄마…… 나 죽을 거 같아……. 후우, 후우, 후우."
극심한 진통으로 가쁜 숨을 몰아쉬며 산모가 횡설수설했다.
"여보! 정신 차려! 조금만 참아!"
"아악---. 엄마…… 엄마…… 으흡……. 후-, 후-."
식은땀으로 온몸을 적시며 진통을 참는 예비엄마의 고통이 구급차 안에 가득했다. 유난희 대원이 산모 자궁을 내진해보더니 외쳤다.
"앗! 양수가 터졌어요! 아, 안되겠어요! 지금 아기를 받아야 하겠는데요? 이미 머리가 많이 내려왔어요! 어머니, 라마즈호흡법 연습해 보셨죠? 자, 천천히 심호흡! 후-, 하-, 후-, 하-, 아버님 잠시 자리 좀! 예. 됐어요. 거기 앉으셔서, 산모 손 꼭 잡아주세요. 어머니! 지금 급해서 제가 아기 받을 겁니다. 저를 믿으시고, 호흡 천천히! 네, 저를 믿고 지시에 따라주세요. 시작할게요. 심호흡! 심호흡! 후! 후!"
출산장비를 대기하고 유난희 대원이 산도를 살폈다. 현대식 대장이 틈틈이 룸미러로 뒤쪽 상황을 주시하며 요철을 피해 안전하게 차를 몰았다. 신민욱 대원이 규칙적으로 산모의 바이탈 체크를 했다. 유난희 대원이 쉽게 아이를 받을 수 있게 신대원이 유도등을 산모 국부 가까이 비췄다.
"아기가 거의 다 나왔어요. 밑에 힘 빼세요! 힘주면 안돼요! 잘 하고 계십니다. 호흡, 후우-, 네, 천천히요. 힘주면 안돼요. 힘 빼세요. 옳-지!"
"으…… 응애! 응애! 응애!"
병원 응급실로 가던 차 안에서 대원들은 신생아를 무사히 받아냈다.
"어머니! 축하드려요! 새벽 3시 38분, 예쁜 공주님 건강하게 출산하셨어요! 자, 남편분 이쪽으로 오셔서 탯줄 좀 잘라주세요."
비좁은 구급차 안에서 아기를 받아 안은 산모가 감격의 눈물을 쏟았다. 떨리는 손으로 힘겹게 탯줄을 자른 아기 아빠도 벅찬 눈물을 훔쳤다.
"가, 감사합니다. 아, 정말 감사합니다. 아, 세상에! 정말 감사합니다."
그가 반복해서 고맙다는 인사를 했다. 현대식 대원이 환한 얼굴로 외쳤다.

"응급실 도착했습니다."
대원들이 산모를 싣고 아빠가 아기를 안고 신속히 드림대학병원 응급실로 들어섰다.
"산모와 아기 도착했습니다!"
산모를 응급실에 들여보내고 대원들은 밖으로 나왔다.
"아후-, 좀 앉자. 쓰러지것다 쓰러지것어! 정신 좀 차리고 움직이자!"
"우와-, 참 경이롭습니다."
민욱이 가슴 벅찬 미소를 띠었다. 유난희 대원도 뿌듯했다. 민욱이 허공에 외쳤다.
"아가야, 너는 오늘 이렇게 여러 사람의 땀과 사랑으로 값지게 태어났단다. 예쁘게 잘 커서 어려운 사람 도우며 살아라."
민욱이 방금 세상에 태어난 아기를 떠올리며 두 손을 흔들며 돌아섰다. 동이 트려는지 희붐하게 날이 밝아오고 있었다. 잠시 쉰 대원들이 터덜터덜 지친 걸음으로 구급차에 올랐다. 현대식 대원이 긴 숨을 내쉬며 말했다.
"가자. 고생들 했다. 벌써 동이 트네……."
민욱이 재영에게 문자를 날렸다.
-재영아, 오빤데. 시간 날 때마다 잘 있는지 문자 좀 해라. 걱정된다. 그리고, 오늘 퇴근하면 우리소방서 광장에서 콘서트 있으니까 꼭 와. 꼭 와야 한다. 오빠가 기다릴게!
유난희 대원이 말했다.
"대장님 오늘 저녁에 콘서튼데 우리 몇 시까지 근무해요?"

"글쎄. 우리는 근무 마쳤으니 퇴근하면 되지만, 어쨌든 오늘만큼은 TO생기면 서로 지원 출동 나가야겠지? 유대원 콘서트 좋아해? 아, 맞다! 유대원 음악 좋아하지? 신나게 즐겨. 음악도 듣고. 좋을 때다……. 일단 귀서하자구."

1소대가 출동을 마치고 소방서로 향했다. 출동에서 돌아온 다섯 대의 구급차들이 줄지어 정차해 있었다. 광장소방서 입구에 이미 거대한 현수막과 배너들이 나부꼈다.

"오와! 올 봄 행사는 더 신경 좀 썼네! 야외 특설무대로 하나 봐요. 음하하. 드디어 오늘인가! 얏호!"

신민욱 대원이 들떠 호들갑을 떨었다. 그 모습을 빙그레 보던 현대식 대원이 말했다.

"그렇게 좋아? 흐흐흐. 신대원도 장기자랑 신청 했나?"

"네, 대장님. 저는 노래 신청했습니다."

"하하. 그래? 기대할게. 잘 해 봐! 우리 1소대가 상 좀 타보자."

"아, 좀 떨려요. 하하하. 대장님도 구경하실 거죠?"

"그래. 대원들 대신 기동대기조 하면서 틈틈이 구경할게. 신대원은 좀 쉬면서 내 몫까지 즐겨. 이건 명령이야. 어? 하하하."

"넵! 대장님 명령 최선으로 받들겠습니다."

능청부리는 신대원을 보며 현대식 대장이 웃었다. 광장소방서 앞 광장에는 야외무대 설치로 대성황이었다. 드림대학병원에서 화려한 소방서쪽을 보며 부러워했다.

-재영아, 사진 멋지지? 여기에 우리 재영이만 오면 완벽하다. 음하하. 이따가 최고로 예쁘게 하고 와. 알았지? 뽀뽀~~쪽!

재영이 민욱의 문자를 확인하며 혼자 씨익 웃었다. 육채남이 외쳤다.
"오왕! 저기 보세용! 광장소방서 멋진 야외무대가 생겼어용. 오늘 콘서트 한데용. 우왕! 좋겠당. 우리병원은 안 하나?"
재영이 말했다.
"채남쌤, 우리 이따 구경 갈래요?"
"어머어머! 그럴래용? 저야 좋좋!"
송문영이 외쳤다.
"그럼 시간되는 쌤들 퇴근하는 길에 가서 구경하고 가세요. 볼만 하겠네."
간호사들이 웃었다. 해가 저물자 무대는 더 화려하고 완벽한 모습을 갖췄다. 주변에 어둠이 몰려들고 조명들이 일제히 깨어났다. 야외특설 무대와 백여 개 좌석이 마련되었다. 봄꽃이 흐드러진 남산에서 이따금 아카시아향이 넘실넘실 건너왔다. 무대 주위로 색색 풍선들이 장식되고 화려한 조명이 설치되었다. 오늘 사회자로 발탁된 사람은 김태경 부대장이었다. 신민욱 대원과 유난희 대원과 정시원 대원이 소방서 앞을 지나는 행인들에게 풍선과 소방서 로고가 찍힌 예쁜 기념 필통들을 나눠주었다.
"아! 아! 마이크 테스트! 제27회! 광장소방서! 하나 둘, 하나 둘, 아, 아."
김태경 부대장이 마이크 테스트를 했다. 봄밤 산책 나온 주변 아파트 주민들이 삼삼오오 몰려들었다.
"여러분 오래 기다리셨습니다. 봄향기 콘서트에 오신 여러분을 환영합니다!"

2018! 광장소방서와 함께하는 〈119 소방사랑! 안전사랑!〉 봄 콘서트를 시작하겠습니다!
힘찬 박수로 맞아주시기 바랍니다!"
 "욧후! 우와! 휘-익! 짝짝짝! 김태경 부대장님 멋집니다!"
신민욱이 휘파람을 불고 환호했다. 장기자랑을 신청한 소방대원들은 곳곳에 흩어져 긴장한 모습으로 연습에 여념이 없었다.
 "네 첫 순서로 멋진 격려말씀 주신 소방서장님께 감사의 박수 부탁드립니다!"
주변이 떠나갈 듯한 악단의 팡파레와 함께 갖가지 장기자랑과 시상과 표창이 이어졌다. 주변 아파트 베란다에 매달려 구경하는 주민들도 환호하고 박수치며 구경했다. 소방관들이 입은 주황색 유니폼으로 무대가 더욱 화사했다. 긴급출동 대기 중인 현대식 대장도 먼발치서 흥겨운 시간을 구경했다. 그러는 중에도 비상대기조의 긴급출동으로 구급차들이 수시로 나가고 들어왔다.
 "네! 감사합니다. 열띤 성원으로 오늘 이 야외무대가 들썩이고 있습니다. 우와! 방금 보신 악기 연주들과 멋진 벨리댄스를 선사해주신 여성대원 여러분들 정말 아름다웠습니다. 아주 대단합니다. 하하하. 매일 거친 유니폼만 입으시다가 아름다운 콘서트를 화사하게 해 주시니 정말 즐거운 봄밤입니다. 네! 지금 우리 콘서트가 주민들 전체의 콘서트가 된 것을 볼 수 있습니다. 저 맞은편 드림대학병원에서도 창문으로 구경을 하시는군요. 감사합니다. 환자와 간호사 그리고 의사여러분! 제 마이크 소리 들리면 손 한번 흔들어보세요! 우와! 반응이 뜨겁네요. 네네. 아, 감사합니다. 환자여러분들 얼른 나으세요! 네, 그리고 이곳을 에워싼 고층 아파트 베란다에 매달린 사랑하는 주민 여러분! 제 목소리 들리시면 손 한번 흔들어 주세요! 우와! 네, 네네. 아주 뜨겁습니다. 네. 대단히 감사합니다. 그러나 베란다로 구경하시는 주민들께서는 낙상에 주의해 주시고! 하하하! 네 직업병 발동했습니다. 언제나 안전에 유념해 주시면서 끝까지 오늘의 눈부신 광장소방서 봄향기 낭만콘서트! 멋지게 감상해 주시기 바랍니다."

"우와! 짝! 짝! 짝!"

"수상하신 대원여러분들도 열렬히 축하드립니다. 와! 무대가 후끈후끈합니다! 이런 행사를 왜 봄에만 하는지 참 아쉬운 일입니다. 계절마다 하면 얼마나 좋을까요? 하하하! 그러나 우리 광장소방서 119 대원들은 늘 우리 주민의 안전을 위해 뛰어야합니다. 매번 이런 축제를 할 수 없어 아쉽지만 그 대신 오늘 몇 배로 맘껏 즐겨주시기를 바라겠습니다. 자! 다음 순서는 우리 광장소방서의 마스코트! 아이돌은 못 되도 아이덜 쯤은 되는, 우리 제1소대 영원한 꽃미남 아이덜! 신민욱 대원의 순서입니다. 신민욱대원, 앞으로 나오세요!"

그동안과 달리 아주 멋지게 차려입은 신민욱이 멋쩍어하며 무대로 올라왔다.

"우리 민욱오빠 최고!"

언제 왔는지 무대 아래서 재영이 해맑게 외쳤다. 민욱이 조명 아래 관중들 틈에 신나게 손 흔들어 보이는 재영을 발견하고 환하게 웃었다. 김태경이 마이크를 건네며 물었다.

"노래를 부르신다고요? 제목이 '꿈에' 맞나요?"

"네, 제가 직접 작사 작곡한 노랩니다."

"와! 그래요? 우리 신대원이 그런 재주도 있었나요? 하하하. 저는 정말 몰랐네요. 자 그럼 시작할까요?"
"네."
"자 박수로 청해보겠습니다."
"우와! 짝! 짝! 짝!"
고요한 전주가 흘렀다. 잔잔한 발라드 노래의 선율을 타고 민욱이 재영을 향해 미소를 보내며 노래를 시작했다.

그날 밤 나는 꿈을 꾸었죠
지금도
안개 속에 희미한 음성 들려와요
먼 듯 가까운,
그곳에 서 있는 당신을 보네요
그대여 당신은 나를 변화시키는 사랑
그대여 당신은 나를 깊어지게 하죠
지금까지 영원히, 당신만 기다렸죠

…… 민욱이 노래를 부르며 무대를 천천히 내려갔다.

그날 밤 나는 꿈을 꾸었죠
거기 오래 서 있었나요, 그대
나는 아직도 시간의 긴 벼랑 끝에서
아팠던 그대 목소리 떠올려요

이제 내 손을 잡아요,

무대를 내려간 민욱이 재영에게 다가가 손을 내밀었다. 재영이 부끄러워 얼굴이 빨개졌다. 무대 위 조명이 그들을 따라가 행복하게 비춰주었다. 여신처럼 선 재영이 아름답게 미소 지으며 민욱의 손을 잡았다. 재영과 민욱은 서로 얼굴을 마주보며 리듬을 탔다.

*지난날 슬픔은 잊고 이제 내게 기대요
그대여 당신은 이제 울지 말아요
그대여 당신은 이제 내 품에만 있어요
이대로 영원히, 우린 행복하죠*

우 린 행 복 하 죠…….

달달한 사랑노래가 끝나고 잠시 더 음악이 흘렀다. 민욱은 모두가 보는 광장 한가운데서 재영을 한쪽 품에 꼭 안았다. 청중들이 기도하듯 두 손을 모으며 예쁜 두 연인을 행복하게 바라봤다. 민욱이 마이크를 들고, 품 안에 안긴 재영을 사랑스럽게 바라보며 고백했다.
"사랑하는 재영아! 너는 언제나 이 오빠를, 끝없이 강하고 멋진 남자가 되고 싶게 한다. 나재영! 너는 나의 여신이야. 사랑해. 오빤 너만 보면 매순간 너무 행복해서 정말 미치겠다! 오빤, 앞으로 영원히 너의 보디가드가 되고, 이번 생이 다할 때까지 너를 지켜줄게! 그리고 항상 행복하게 해줄게! 사랑해 재영아!"

"와아—! 키스해! 키스해! 짝! 짝! 짝! 키스해!"
현대식 대장도 먼발치에서 눈부신 두 연인을 보며 흐뭇하게 웃었다. 함께 구경 온 드림대학병원 응급실 간호사들도 부러운 눈으로 두 연인을 보았다. 무대 주변에 모인 수많은 인파가 두 연인을 향해 환호하며 외쳤다. 재영의 얼굴이 더 빨개졌다.
"키스해! 키스해! 키스해! 키스해!"
재영을 품에 안은 민욱이 청중을 향해 씩씩하게 웃으며 물었다.
"여러분! 저희 키스해도 될까요?"
"네에———! 키스해! 키스해! 키스해! 키스해!"
"오늘 밤 여기 모인 모든 분들이 우리 사랑에 영원한 증인이 되어주세요."
"네에-우와! 짝짝짝——! 키스해! 키스해! 키스해! 키스해!"
민욱이 마이크 든 손을 내리고 재영의 눈을 지그시 바라보았다. 그때 무슨 일인지, 갑자기 그들을 비추던 조명이 반짝 꺼졌다가 곧바로 켜졌다. 불이 켜지자 민욱이 재영을 품에 한번 더 꼭 안으며 키스했다. 그 황홀한 남녀 모습에 주민들이 휘파람을 불고 환호하고 시끌벅적했다. 그렇게 축제의 분위기가 한껏 고조되었다. 민욱은 두 눈을 감고 한참 강렬하게 키스했다. 키스 도중 뭔가에 흠칫 놀란 재영이 눈을 동그랗게 떴다가 다시 감았다. 민욱은 눈을 꼭 감은 채 미소 지었다. 민욱과 재영은 뜨겁게 뜨겁게 키스를 이어갔다. 긴 키스타임이 끝났다. 재영의 립스틱이 민욱의 입술에 영산홍처럼 붉게 번져있었다. 민욱이 재영을 바라보며 행복하게 미소 지었다. 재영이 잠시 돌아섰다가 민욱을 바라보았다. 그녀 손에는 핑크골드반지가 마술처럼 들려

있었다. 민욱이 길고 긴 딥키스를 통해 재영에게 그 반지를 돌려준 것이었다. 민욱이 모두가 보는 앞에서 직접 재영의 하얗고 가느다란 손가락에 그 반지를 정성껏 끼워주었다. 민욱이 마이크를 다시 들었다.

"신기하게도 이 반지가, 오래전 저와 우리 재영이를 연결해 주었습니다. 우리 재영이가 저에게 이 반지로 먼저 왔습니다. 오늘 비로소 반지의 주인에게 제 사랑을 듬뿍 얹어 돌려줍니다. 저희 둘, 예쁘게 오래오래 사랑할 것을 여러분 앞에 약속드립니다. 나재영! 오빠한테 시집 와라! 알았지?"

무대 위에 선 민욱이 재영을 한번 더 꼭 안아주고 이마에 입을 맞췄다. 재영이 손가락에 반지를 끼고 환하게 웃었다. 둘은 손을 잡고 관중 속을 행복하게 걸어 나갔다. 김태경이 마이크를 이어받았다.

"우와! 오늘 뭐, 아주 후끈후끈합니다. 사랑고백까지 이렇게. 하하하. 참 보기 좋습니다. 여러분! 저 두 연인들 참 예쁘지요?"

"네!"

"네, 두 분 오래오래 행복하게 예쁜 사랑하세요! 자! 이제 다음 순서가 또 우리를 기다립니다. 오래 기다셨습니다. 오늘의 피날레! 오늘의 하이라이트! 오늘의 절정! 오늘의 특별 게스트를 지금 무대로 모셔보겠습니다. 자, 시낭송 해주실 분 앞으로 나와 주세요!"

그런데 무대로 나오는 사람이 아무도 없었다. 주변에서 재촉하며 박수치고 웅성거렸다.

"아이구! 네, 제 목소리가 적었나봅니다. 좀 더 크게 불러보도록 하겠습니다. 제가 호명하면 주민여러분들은, 아시죠? 네! 힘찬 박수 부탁드리겠습니다!"

"으이그, 하여튼 저 넉살은 알아줘야 한다니까. 물건이야 물건. 하하하."

무대 먼 뒤쪽에 기대서서 구경하던 현대식 대장이 김태경의 너스레에 환히 웃었다.

"자! 다시 한 번 가보겠습니다! 자! 여러분! 오래 기다리셨습니다. 오늘의 피날레! 오늘의 하이라이트! 오늘의 절정! 특별 손님을 무대로 모시겠습니다. 자, 시낭송 해주실 분 앞으로 나와 주세요!"

현대식 대장과 소방서장이 멀리서 김태경 부대장의 사회 보는 모습을 구경하며 껄껄껄, 웃었다. 현대식 대장이 웃으며 외쳤다.

" 게스트가 어느 대원이야……? 어느 대원인데 이렇게 뜸 들여? 크크크."

바로 그 때였다. 잔잔한 음악이 먼저 들려왔다. 이윽고 무대 뒤에 이윽고 무대 뒤에 환한 조명이 켜졌다. 그림자로 보아 건장한 남자모습이었다. 그 실루엣이 마이크를 잡자 나직이 음성이 들려왔다. 모습은 보이지 않고 검은 실루엣이 낭송하는 목소리만 잔잔히 스피커로 들려왔다. 그 소리는 사뭇 떨리고 있었다.

-시-
위대한 유산

새파란 나의 청춘, 엄마 품만 비비며 살던 나
아픔에 쫓기듯 떠밀려 들어온 또 다른 세상
부모님 얼굴은 간 데 없고, 부대 담벼락은 감옥처럼 높고 까마득한데

연병장 끝은 보이지 않는 아득한 공포로 엄습해 왔다
그날 이후, 하늘의 별이 된 나의 어머니
눈부셨던 배움과 꿈에 대한 열망도 더는 앞으로 나아갈 수 없었고
내 책상 위 수많은 교과서도 먼지를 들쓴 채 나를 잊어간 시간들

아무리 둘러봐도 경직되고 낯선 표정들 속에서
깊은 밤, 차가운 총을 전공교과서 대신 품에 안고 불침번을 서며
지나온 아픔들을 간절히 뒤적이다 보면
굳게 다문 나의 침묵 속에서 또 다시 눈물로 번져오는
아! 사무치게 보고픈 나의 아버지, 인형보다 작은 나를 업어 키운 당신의 등
나는, 자랑스런 부모님 아들이므로
청춘의 땀과 인내로 위대한 오늘을 또 하나 건축한다

밤낮 없는 출동 속에, 모래알처럼 꺼칠한 피곤과 괴로움을 마셔도
황량한 바람마저 그 사명감에 경례를 올리는
나는, 자랑스러운 119대원의 아들이다
나는, 자랑스러운 119대원의 아들이다

대식은, 상상도 못한 뜻밖의 선물에 소스라치게 놀랐다. 방금 전까지 웃던 그는 광장소방서 담벼락에 얼굴을 묻고 펑펑 울고 있었다. 아들이었다. 아들의 목소리였다. 대식의 아들이 3년 만에 이렇게 무대 뒤에서 자신을 애타게 부르고 있었다. 그토록 꿈속에서도 그리워했던

아들. 경준이가 온 것이었다. 후회와 아픔과 기다림으로 대식을 멍들게 했던, 무수한 죄책감의 벼랑 끝으로 대식을 떠밀었던, 그 아들이 오늘 자신을 찾아 왔다. 아버지 앞에 바치는 시 한편을 낭송하기 위해 먼 최전방 부대에서 먼 이곳까지 단숨에 달려온 것이었다. 대식은, 복받침에 떨리는 아들의 음성을 눈감고 느꼈다. 대식의 눈물이 목을 타고 가슴께로 시냇물처럼 흘러들었다.

"와! 감동의 시낭송이었습니다. 자 그럼 이 시의 주인공과, 이 시를 쓴 저 뒤에 있는 분을 무대 앞으로 모시겠습니다. 자! 다 같이 힘찬 박수! 두 분 무대로 나와 주세요."

"우와!"

사회를 보던 김태경이 아들과 아버지를 무대 위로 불렀다. 현대식 대장이 눈물을 삼키며 무대 위로 올라왔다. 늠름한 육군병장 현경준이 군복차림으로, 장막 뒤에서 나왔다. 경준은 아버지 앞으로 저벅저벅 걸어가 절도 있게 서더니 경례를 올렸다.

"충성! 병장, 현경준! 저를 낳고 길러주신 아버지께 인사 올립니다!"

경준은 아버지 현대식에게 거수경례를 하고 무대 위에서 큰 절을 올렸다. 대식은 울음을 삼키며 웃었다. 대식은 목이 메어 말을 잇지 못했다.

"그래……, 그래. 와줘서 정말 고맙다! 내 아들!"

대식의 목소리에 또 한 번 물기가 가득 맺혔다. 주변 아파트 베란다에 매달려 구경하던 주민들 모두 끝없이 환호성을 날렸다. 집을 나가 방황하다 군 입대를 한 후, 몇 년 만에 품에 안은 아들은 어느새 건장한 버팀목이 되어있었다. 대식은 아들 손을 꼭 잡고 무대를 내려왔다. 그렇게 콘서트는 막을 내렸다. 꼭 잡은 화해의 손으로, 그날 밤 두 부자는 오래 소주잔을 기울였다. 이제는 장성한 아들과 아버지가 마주 보고 앉은 자리. 한 자리가 비어있는 포장마차 원탁. 밤하늘 저쪽에서 바람이 되어 찾아온 대식의 아내가 빈 의자에 앉아 남편과 아들의 대화를 밤새 들었다.

재영은 그날 밤 민욱과 많은 대화를 했다. 민욱은 과수원 포도창고 사건의 범인 이야기는 끝내 하지 않았다. 재영도 더는 묻지 않았다. 어쩌면 이미 서로 알고 있는지도 몰랐다. 다만 서로가 얼마나 아끼고 사랑하는지를 알 수 있었던 밤으로 족했다. 핑크골드하트 반지는 그렇게 해서 3년 만에 민욱의 품에서 재영의 손가락으로 사랑이 되어 돌아왔다. 둘은, 그들이 직접 겪지 않았다면 믿기 어려울 인연이었기에 더욱 소중했고 그만큼 둘의 사랑은 갈수록 빛나고 아름다웠다.

다음날 이브닝팀, 인수인계를 하던 드림대학병원 응급실이 발칵 뒤집혔다.

평소 화를 안내던 송문영 수간호사가 회의실이 떠나가라 소리쳤다. 전날 나이트 근무였던 책임간호사 최연희 차지도 놀라 얼굴이 창백했다. 심경이 날카로워진 송문영이 물었다.

"대체 관리들을 어떻게 한 거야! 다시 카운트 해봐! 간밤 제일 마지막에 누가 열었어?"

정신없이 환자 케어하던 이브닝팀 간호사들은 눈앞이 캄캄했다. 김봉희가 조심스럽게 물었다.

"오병태 쌤…… 아니야?"

오병태가 깜짝 놀라 대답했다.

"네? 저, 아닌데요? 간밤에 이브닝 팀 중 마지막으로 마약금고를 연 건 재영 쌤인데?"

그때 재영이 병동에 심부름 차 갔다가 숨 가쁘게 응급실 스테이션으로 다가왔다. 송문영이 화난 얼굴로 나재영을 불렀다.

"재영 쌤! 지난밤에 마지막으로 마약금고 열었어?"

"네? 네."

"그때 카운트 다 정상이었어? 이중 잠금 똑바로 했고?"

"물론이죠. 저는 어제 트랙션 (traction-부러진 뼈를 맞춘 후, 추를 이용해 당겨서 유지시킴) 환자 주사한 것 외엔 손대지 않았는데요? 정호철 쌤께 제가 어젯밤 시린지(syringe-주사기와 바늘이 합쳐진 것) 용량 컨펌 받았잖아요? 그쵸?"

정호철이 난처한 얼굴로 고개를 끄덕였다. 분노한 송문영이 다그쳤다.

"그럼, 마약성진통제 잔량이 대체 왜 안 맞아? 다들 무슨 일을 이따위로 합니까?"

그동안 송문영이 이렇게 화를 낸 적이 없었다. 그녀가 다시 날카롭게 재영을 지목했다.

"재영 쌤. 지금 페치딘 75mg(마약성 진통제)이 비는데, 이거 어떻게 된 거야?"

"넷? 저는 모르는 일인데요? 간밤에 잔량 다 맞았었는데……."

송문영이 스테이션에 둘러선 간호사들을 향해 소리 질렀다.

"페치딘 75mg이면! 성인 3회주사량인 거 몰라요? 다들 정신을 어다 둔 겁니까? 그 약품을 사용한 쌤들이 모르면 대체 누가 안단 거야? 당장 찾아요! 오늘 그 약품 못 찾으면 퇴근이 문제가 아니라, 마약류 관리법 위반으로 심각해집니다. 알죠? 뭐하고 섰습니까? 빨리 안 찾고!"

갑자기 응급실 간호팀에 비상이 걸렸다. 최연희 차지와 정호철간호사는 간호기록과 약국 처방과 수 없이 대조했다. 나머지 간호사들은 응급실과 스테이션, 뒤쪽에 비치된 약품창고를 열고 수없이 카운팅 해도 분실된 페치딘은 어디에도 없었다.

ㅡ아…… 오빠 어떡해. 큰 일 났어. ㅜㅜ~ 우리 지금 페치딘 75mg 사라져서 초비상이야. 난 분명히 어젯밤 카운팅 정확히 했는데…… 오빠 우리 퇴근 물 건너 갔어. ㅜㅜ

민욱은 답장이 오지 않았다. 심지어 정호철과 육채남이 응급환자들 베드 밑에까지 모조리 뒤져봤지만 귀신이 곡할 노릇이었다. 송문영과 최연희 차지는 간호부에 호출당하고 나재영도 불려가고 심각한 시간이 이어졌다. 늦게 퇴근한 재영은 피곤해 졸도할 지경이었다. 민욱이 일어나 재영의 문자를 확인하고 안색이 어두워졌다.

ㅡ뭐야? 아니 어쩌다 그런 일이……. 재영아 골치 아프겠다. 근데 너무 걱정 마. 네 잘못은 아닌 것 같은데? 혹시 다른 쌤 실수로 누락된 거 아냐? 간호기록과 약국과 모두 대조해 봤어? CCTV보자고 해.

재영은 답이 없었다.

ㅡ간밤 이브닝 땐 카운팅이 맞았다며? 밤새 일하고 피곤할 텐데, 우리 재영이 편히 쉬지 못할까 걱정이다.

여전히 재영은 답이 없었다. 민욱은 걱정하고 있을 재영이 마음에 밟했다. 민욱은 피곤한데 더는 잠을 잘 수 없어 일어났다. 민욱이 밥을 뜨는 둥 마는 둥 출근했다. 퇴근한 재영은 시체처럼 자고 일어나 문자를 확인했다.
-오빠 우리 그쪽엔 CCTV없대. 전에 사생활 침해라고 간호사들 항의가 빗발쳐 설치 못했대. ㅜㅜ

그날 밤, 한밤중에 김민주의 전화가 걸려왔다. 생전 술을 입에 잘 대지 않던 그녀였다. 술에 떡이 된 민주의 음성. 그간 또 한번의 임신을 했지만 다시 유산되었다며 하소연했다. 드림대학병원에서 임신순번제를 어긴 후 심한 태움에 시달려 습관성 유산을 겪은 김민주는 몹시 피폐해져 있었다. 남편과 불화도 무척 심해졌다며 힘겨워했다. 임신이 두 번이나 실패하자, 김민주 남편은 집에 잘 들어오지 않았다. 그는 점점 노골적으로 이혼을 요구하고 나섰다. 김민주는 재영에게 전화해 죽고 싶다며 펑펑 울었다.
"민주쌤, 먹지도 못하는 술을 왜 이리 많이 드셨어요?"
"머지않아 남편과 이별을 하든. 이세상과 이별을 하든…… 둘 중 하나를 선택해야 할 것 같아. 난 모든 걸 잃었어. 여자의 삶도 한 인간으로서 삶도. 간호사로 살다가 다 잃었어."
민주는 어디에다 하소연해야 할지 모르겠다며 죽고 싶다는 말만 되풀이 했다. 재영은 밤늦도록 민주의 넋두리를 들어주었다. 속이 상했지만 딱히 도와 줄 힘이 없었다.
"쌤, 대체 술을 얼마나 드신 거예요? 나약한 생각 말아요. 죽긴 쌤이 왜 죽어요? 쌤이 뭘 잘 못했다고? 그지 말구 맘 강하게 먹고 다시 건강 추슬러요. 아기는 건강해진 후 가지면 되잖아요? 우리 민주쌤은 착해서 누구보다 복 받고 행복하게 살 거예요. 민주쌤 이번 주말 나 오프니까 만나요. 내가 바람 좀 쐬게 해줄게. 그럴래요?"
"아니야……. 오프면 재영 쌤도 쉬어야 한주를 또 버티지. 우리나라 간호사들 살인적인 노동 내가 알잖아? 나 신경 쓰지 말고 푹 쉬어. 그리고 재영 쌤……."
"네. 말씀하세요. 선배님."
"거기서 죽도록 일하지 마…… 내 인생 다 망가지고 나면, 그게 무슨 소용이야? 나를 봐. 나처럼 되지 마. 그리고 오늘 잠도 못자고, 피곤할 텐데 내말 끝까지 들어줘서 정말 고마웠어. 잊지 않을게……. 재영쌤 잘 지내. 안녕."
새벽빛이 훤해질 때까지 민주는 울다 전화를 끊었다. 잠을 못 잔 재영은 피곤하고 슬펐다. 누군지, 가해자를 향해 주먹을 날리고 싶어도 대상이 묘연했다.
"띵동!"
-나의 여왕님, 출근 중이군. 걱정돼서 쉬지 못했지? 에휴! 아직 못 찾았데?
-어. ㅠㅠ
-걱정이다. 그런데 언제 봐도 함부로 아름다운 재영아. 그쪽 일대가 눈부시다! 하하.
문자를 본 재영이 아침햇살에 손을 이마에 대고 건너편을 바라봤다. 출근한 민욱이 주차장 앞을 비질하다 손을 흔들었다.
-눈부시긴, 간밤에 민주 쌤까지……. 으휴! 잠 한숨도 못 자 지금 죽

을 지경. ㅜㅜ
-우리 예쁜 재영이를 왜들 그렇게 괴롭히나? 민주 쌤은 왜?
-김민주 선배, 또 유산 됐대. 어제 술 마시고 전화해 밤새 펑펑 울더라고……. 나 오늘 누구 하나 걸리면, 패대기치고 싶은 심정이야. 응급실 지옥불 속으로 들어가는 중. 으휴.

문자를 마친 재영이 건너편 민욱에게 손을 흔들며 응급실로 향했다. 잠시 후 민욱에게 재영의 문자가 도착했다.

-오빠, 나 어떡해…… 방금 긴급회의 했는데, 맨 마지막에 마약금고를 열었던 내가 다 책임지는 거래. ㅜㅜ

출동대기 중이던 민욱은 일이 손에 잡히지 않았다. 김태경 부대장이 숙소로 들어왔다.

"이야, 오늘 같은 날도 다 있네. 출동이 없으니 살 것 같다. 왜 이렇게 세상이 조용하냐? 너무 조용하니 왠지 으스스하다. 에라 모르겠다. 이럴 때 좀 쉬자. 으하하."

김태경이 출동대기실 한쪽에 설치된, 2층 간이침대로 올라가 팔베개를 하고 벌렁 누웠다.

"신대원아, 너도 이리 와 누워라. 짬짬이 쉬어야 버틴다."

"하하하. 네."

민욱이 1층 차가운 메트리스에 몸을 뉘였다. 김태경 부대장이 코를 큼큼거리며 말했다.

"젠장! 침대매트리스가 오래되어서 홀아비들 꼬락내가 진동하네. 아휴!"

"하하하."

민욱이 옆으로 돌아누우며 웃었다.

"......!"

그때, 아래층에 누웠던 민욱이 압정에 찔린 듯 벌떡 일어났다.

"아구! 깜짝야!"

위층에 있던 김태경 부대장이 민욱의 행동에 소스라치게 놀라 외쳤다.

"신대원? 너 왜 그래? 아, 긴급출동인지 알고 깜짝 놀랐잖아? 참 방정맞게도 일어난다."

민욱이 씽긋 웃더니 갑자기 겉옷을 챙겨 입었다. 갑자기 변한, 그의 눈빛이 심상치 않았다.

"부대장님. 저 잠시만 어디 좀 다녀와도 될까요?"

"야 인마! 언제 출동 떨어질지 모르는데 가긴 어딜 가?"

그는 책상 위 일회용 마스크를 챙기며 대답했다.

"잠시면 돼요. 아주 금방 다녀올게요! 몇 초 안 걸려요."

민욱이, 김태경 대답이 떨어지기도 전에 소방서 밖으로 튕겨지듯 달렸다.

드림대학병원 4층.

복도 끝에 있는 의국은 낮인데도 한산했다. 몇몇은 연구실에서 회의 중이고 몇은 응급실 라운딩 중이었다.

"아줌니는 저짝 소회의실 청소 하시믄 되야요. 거그 비밀번호 적어 준 대로 잘 누르고 드가서 청소 하쇼잉?"

레지던트 숙소에 청소부들이 디지털 도어락을 누르고 들어섰다.

"선상님, 쪼까 청소하러 왔어라."

청소부가, 밤샘 근무 후 실신하듯 잠든 의사를 살피더니 혼자 중얼거렸다.

"웜머. 누가 업어가도 몰것네. 선상님, 청소하러 왔어라우."

청소부들이 각각 구역을 맡아 청소를 시작했다. 그들은 먼지가 나가도록 문을 반쯤 열어두고 분주히 청소기를 돌렸다. 민욱이, 린넨실 세탁물에서 의사가운으로 위장하고 마스크를 하고 엘리베이터 쪽에 숨어 틈을 노렸다.

"반장님, 이런 거는 워떻게 정리하쥬?"

마침 새로 온 청소부가 고참인 듯한 그녀를 다시 불렀다. 청소하던 그녀가 청소기를 잠시 끄고 문을 열어둔 채, 소회의실로 가서 청소하는 법을 다시 일러주고 있었다. 잽싸게 그 틈을 노려 민욱이 레지던트 숙소로 숨어들었다. 1층 응급실로 진입하는 앰뷸런스의 다급한 사이렌 소리가 간간히 들려왔다. 얼굴에 긴장이 가득한 그가 초스피드로 책상들을 훑었다.

'여기다!'

해겸의 책상을 찾아 서랍을 모조리 뒤지기 시작했다. 그러나 그가 찾는 것은 어디에도 없었다. 민욱은 2층짜리 침대 둘을 재빨리 훑었다. 맨 아래에 해겸의 사진이 붙은 침대가 보였다. 그가 최대한 신속하게 매트리스를 들춰보았다. 마스크를 쓴 민욱의 눈에 섬광이 비쳤다.

'있다!'

민욱의 예감이 적중했다. 거기 종이로 된 약 봉투 속에 뭔가 있었다.

"아줌니, 첨엔 다 그런 거잉게. 모르믄 내게 또 물어보소잉? 천천히 허소."

맞은 편 소회의실에서 이쪽으로 청소부가 돌아오는 인기척이 들렸다. 그녀 발자국 소리가 점점 더 가까워졌다. 문으로 도망치기엔 이미 너무 늦어버렸다. 민욱은 숨을 곳을 찾아 신속히 뒤를 돌아보다 순간 기절하는 줄 알았다. 요란한 청소기 소리에도 침대에 죽은 듯 곯아떨어진 레지던트가 보였다. 청소부에게 들킬까봐 민욱의 심장이 콩알만해졌다. 이윽고 청소부가 안으로 불쑥 들어왔다. 그녀가 아무 일 없다는 듯 다시 청소기를 요란하게 돌렸다. 빈 침대들 다 털고 시트도 갈고 베개를 정돈했다.

"웜매! 염병할 먼지 좀 보소잉. 의사선상님덜은 거시기(밥) 안 자셔두 살것구마잉? 이 먼지만 먹어도 겁나게 오지것네잉? 지랄하구! 아오! 이, 먼지!"

청소부 여자가 숙소를 정돈하더니 이내 문을 닫고 나가버렸다. 급한 대로 해겸의 침대에 이불을 뒤집어쓰고 자는 척 누웠던 민욱이 이불을 살짝 내리고 주변을 살폈다. 옆 침대에 시체처럼 곯아떨어진 레지던트뿐이었다. 그가 살금살금 문을 조금 열고 복도 밖을 살폈다.

"신대원! 너, 어딜 쏘다니다 이제 오냐?"

주머니에 양손을 찔러 넣고 뭔가 생각하며 소방서로 돌아오던 민욱은 화들짝 놀랐다. 옥상에서 담배를 피던 현대식 구급대장이 웃으며 내려다봤다.

"저기 편의점에요. 헤헤."

"근무시간에 편의점엘 다 가고, 우리 민욱이 많이 늘었네. 그래, 이런 날도 있어야 살지."
"출동 없었죠?"
"여태 쉬다 방금 2소대 첫 출동 나갔어."
"네. 헤헤."

17. 난장판

마약성 진통제 도난사건으로 재영은 며칠 째 얼굴이 어두웠다. 아침 출근길에 신민욱이 문자했다.

-이쁜 재영아. ^^ 사랑스런 재영아. 살아 있구나? 비교적 굿모닝?

드림대학병원 응급실 휴대폰 소지는 공식적으로 금지였다. 민욱과 사귀면서 재영은 가끔 그 규정을 몰래 어겼다. 재영은 휴대폰을 바지주머니에 넣고 화장실 가서 문자를 보고 혼자 웃는 게 작은 낙이었다. 정신없이 바쁠 때는 그것마저도 불가능했다. 가끔 그렇게 문자 보는 재미가 고된 업무를 버티는 힘이었다. 오늘도 재영은 무음모드로 바지 주머니 깊숙이 휴대폰을 숨겨 넣었다.

"재영 쌤, 채남 쌤."

회의시간에 송문영이 말했다.

"네."

"오늘부터 일주일 간 내과병동 헬퍼 좀 다녀와."

출근하자마자 둘은 내과병동으로 갔다. 내과 병동 수간호사 변미영이 말했다.

"채남쌤, 609호 아뻬(맹장염)환자 소변검사 할 것 한번 더 받아 놓구 폴리(소변줄) 끼워드려. 곧 OR(수술실) 들어갈 거야. 그리고 601호 환자

금식 팻말 걸어놓고."

"넹. 근데 폴리를 제, 제가 해용?"

돌아서던 변미영 수간호사가 휙 몸을 돌려, 채남을 봤다. 채남이 작게 말했다.

"여성 환자분이라서……."

"헐, 질병과 죽음이 남녀 가려요? 바이러스가 남녀 가려요? 웬 생뚱맞은 질문? 그리고 그분 심한통증 때문에 몸을 잘 못 가눠요. 남자 쌤이 도와드려야 할 거 같아 그래."

"…… 알겠습니당."

채남이 소독된 폴리카테터(소변줄)를 챙겨 병실로 들어갔다. 아뻬 환자는 육십 대 여성이었다.

"이용순님, 곧 수술 들어가실 거라서용. 소변 줄 끼워 드릴게용."

채남이 긴장한 얼굴로 커튼을 쳤다.

"바로 누우시고 하의 좀 잠깐 내려 보실래용?"

"알았슈. 근데 내가 통증 땜에 잘……."

채남이 힘껏 도와서 바로 눕혔다.

"힘주시면 더 아파요. 힘 빼시고 가만히 누워계시면 금방 끝납니당."

"알았으니 얼렁 해유. 애두 넷씩 낳는데 뭘."

환자보다 더 긴장한 채남의 민둥산 머리에 땀이 송글송글 맺혔다. 채남이 폴리를 꽂기 위해 환자 요도를 신중히 살폈다.

"……"

생각보다 요도가 쉽게 보이지 않는 환자였다.

난장판

"으……아파라. 총각! 아, 뭐 혀? 여자 거시기 첨 봐? 빨랑 꽂지 왜 자꾸 찔러대기만 혀? 오매 아픈 거. 아고 나 죽네……."

"죄송해용. 지, 지금 찾고 있어용. 아, 왜 안 보이징? 여기가 맞는 뎅."

"……워매, 아픈 거."

당황한 채남이 갈수록 절절매자 옆 병상 노파 목소리가 커튼 안으로 넘어왔다.

"이봐! 총각. 아니, 젊은 남자가 왜 그렇게 구멍을 못 찾아? 거시기 한번도 안 해 봤어? 깔깔깔!"

채남은 순간 얼굴이 확 달아올라 도망치고 싶었다. 나이든 여자 환자들이라 그런지 부끄럼 없고 대범했다. 남자간호사 육채남을 향해 음담패설을 서슴없이 날렸다. 가뜩이나 진땀 빼던 채남의 손은 더 당황했다. 약속이나 한듯 저마다 한마디씩 했다.

"하하하! 킬킬킬! 구멍을 잘 찾아야 진짜 남잔디, 워쩌! 저 총각 애인도 읍나벼. 킥킥킥."

"그려도 총각 방댕이 보니께 힘은 겁나 좋것구만. 좋을 때여. 히히히."

"오메, 할머니도. 아고 나 실밥 땡겨 아파유. 그만 웃겨유."

"웃기긴 내가 뭐를? 아, 즈그덜은 그거 안 하고 애 낳남? 내숭은! 키키키."

"총각! 여자랑 잔 적 읍써? 자 봤을 거 아녀? 구멍이 어디쯤인지. 잘 기억을 떠올려 보랑께. 깔깔깔."

순간, 채남은 토할 것 같았다.

같은 시간 스테이션에서 변미영 수간호사가 다른 간호사에게 액팅 오더를 내렸다.
"그러지 말고 빨리 다녀와. 그 정도도 못 참아?"
"수 선생님 저 진짜 못가겠어요. 오늘 헬퍼로 온 쌤 보내시면 안돼요? 제발요."
재영은 스테이션 밑에 떨어진 볼펜을 줍던 중이었다.
"으이그. 하여튼."
변미영이 스테이션 밑에 기어들어간 재영을 불렀다.
"나재영 쌤이라고 했죠? 나 잠시만 봐요."
"네? 네."
재영이 스테이션 밑에서 고개를 들었다.
"재영쌤이 604호 피버(고열)환자 액팅 좀 다녀와요."
재영은 잠시 망설이다 대답했다.
"네, 근데 잠시 화장실 다녀와서 해도 될까요?"
"알았어요. 빨리 갔다 와요."
병실을 라운딩 중인 재영에게 그 환자가 치근거렸다.
"어이, 이봐 아가씨. 나는 다른 게 더 급한데. 킬킬킬."
천진한 재영은 눈치를 못 채고 친절하게 물었다.
"환자분 어디 불편하세요? 제가 뭐 도와 드릴까요?"
짓궂은 환자가 불뚝 선, 아랫도리를 가리키며 말했다.
"아 도와주면 나야 황송하지! 낄낄낄. 난 지금 여기, 이게 더 급해. 아가씨 엉덩이를 보니 더 못 참겠네. 한번 줄 겨? 키키키."

옆 병상 남자도, 한 수 거들었다.

"아까 내 체온 재고 간 키 큰 간호사는 검정 팬티를 입었던데, 이번에 온 아가씨는 분홍 팬티네? 우와! 후끈한 걸(girl). 뜨거운 걸(girl). 먹고 싶은 걸(girl)."

순간 식겁한 재영이 뒤를 돌아봤다.

"아가씨 입은 그 흰 바지에 훤히 다 비쳐. 킥킥킥. 아가씨 혹시 바나나 좋아해? 난, 조개를 좋아하는데. 남자 엉덩이 주사 놓을 때 기분이 어때?"

"혹시 남자 엉덩이 주사 놓다 딴 생각 해본 적 없어? 섹시하다거나. 심장이 벌렁거렸다거나, 킬킬킬."

재영은 순간 얼굴이 울그락푸르락 진정이 안 되었다. 재영이 차갑게 말했다.

"아가씨요? 저는 간호삽니다. 그리고 환자분, 장난이 너무 심하시네요. 혈압재야 하니 그만하세요."

"아니 뭘 그렇게 뻣뻣하게 굴어? 그냥 보나, 말하고 보나 뭐가 달라? 그러게 누가 흰 바지 입으래? 지들이 다 비치는 옷 입어놓고 환자들이 보면 본다고 시비야?"

"뭐라고욧?"

"뭘 그렇게 유난 떨어? 그냥 장난 좀 친 건데! 아까 딴 간호사는 주사 놓는 동안, 허벅지 주무르고 가슴 만져도 가만 있드만. 거 좀 만진다고 아가씨 몸뚱이가 닳아 없어지기라도 해? 좋은 게 좋은 거라고, 답답하게 누워있는 환자가 웃자고 한 농담 좀 받아주면 안돼? 꼴에 유난 떨기는! 젠장! 별 섯도 아닌 것들이!"

재영의 분노가 한계에 다다랐다.

"환자분! 말씀 다 하셨어요? 그럼 다른 곳에 가서 누워계시던가요? 환자분이 원한다는 그 서비스는 그런 곳이 제격 아닌가요? 별것도 아닌 우리한테 왜 간호 받는 거예요? 환자 돌보는 간호사가 노리개예요? 접대부예요? 환자생명 돌보는 우리한테 이러시면 안 되죠. 여자 의사한테도 그럴 수 있어요? 그럴 용기 없으시죠? 의사들한테는 입도 뻥긋 못하면서 간호사는 만만하세요? 못난 변태 찌질이 짓 좀 그만하시죠? 네? 좀 있다 여의사 오면 한번만 달라고 해 보세요? 아님 한번 찐하게 그녀 젖통을 주물러 보시든지! 그녀는 뭐라 할지 참 궁금하네요! 저는 도저히 환자분 혈압 못 재겠습니다!"

재영이 씩씩대며 병실을 나와 버렸다. 잠시 후, 그 남자환자가 스테이션으로 와 거칠게 항의했다. 불친절한 간호사 당장 해고하라며 난동을 부렸다. 그 시간 채남도 사건이 벌어진 상태였다. 채남도 더 이상 폴리를 끼울 수 없어 병실을 박차고 나와 있었다. 분노가 치민 재영이 씩씩대며 스테이션으로 갔다. 스테이션 안쪽에서는 이미 채남이 변미영 수간호사에게 한소리 듣고 있었다. 재영의 얼굴을 본 다른 간호사가 이유를 물었다. 재영이 상황 이야기를 하자, 어처구니없다는 표정으로 재영을 스테이션 안쪽으로 들여보냈다.

"변 수선생님, 여기 케어 필요한 신규 또 있네요."

변미영 수간호사가 재영과 채남 둘을 앉혀놓고 열 받아 소리쳤다.

"너희가 그렇게 잘났어? 그 정도도 못 참아? 그냥 웃고 넘기면 되지! 그런 걸로 환자들한테 컴플레이션 들어오게 해? 그럴 거면 간호사 때려 쳐. 저분들 환자잖아? 라포유지(환자와 의료진간의 심리적 신뢰관계)

몰라?"

화가 난 재영이 변미영을 똑바로 쳐다봤다.

"수선생님! 라포요? 환자와 의료진 간 심리적 신뢰관계를 위해서 참으라고요? 진짜 라포가 들으면 참 기가차서 자다가 이불킥 날릴 일이네요. 그래서 수선생님은, 그 위대한 라포를 위해 환자가 한번 달라면 주고, 만진다면 닳아 없어지는 거 아니니 얼마든지 만지세요. 이러시면서 환자케어하세요? 지금까지 그러셨어요? 그게 수간호사님이 신규들에게 하실 말씀이세요? 수간호사님은 누구를 위해 그 자리에 계신 건가요? 환자를 위해 쾌적의 케어를 제공하는 것도 수간호사님의 임무겠지만, 부당한 것들에서 간호사들의 품격을 정당하게 보호해 주는 일도 수간호사님이 하실 업무 아닌가요? 저는 그렇게 알고 지금까지 믿고 따르고 있습니다. 제가 잘못 생각한 건가요? 이건 아니잖아요?"

"이봐! 재영쌤! 말이면 다야! 내가 언제 그러라했어?"

"지금 수선생님, 말씀이 그 말 아닌가요? 나만 난청인가? 채남쌤도 들었죠? 말씀해 보세요. 우리 간호사들은 환자들이 성추행해도, 그들은 아프니까 그저 친절히 모셔야 하는 접대부란 말로 안 들려요?"

채남이 분노하며 외쳤다.

"저도 이해 안가용. 저는 간호사를 그만 두면 두었지 저런 저질 환자는 케어 못해용! 씨! 수선생님! 왜 간호사들만 참아야 해용? 치료받으러 온 환자들도 의료진에게 최소한의 예의는 기본 아닌가용? 지금 심각한 성추행 사건에서 라포가 왜 나와용? 저분들이 방금 제게 뭐라 한 줄 아세용? 폴리(소변줄) 끼우려는데, 절더러 구멍을 왜 그렇게 못 찾느냐고. 여자랑 안 자봤냐고 합니당. 이게 환자분이 간호사에게 할 소리예용? 저 이런 간호 못 해용. 응급실로 내려갈 거예용!"
 "채남쌤. 환자분들이 웃자고 한 말을 뭘 그리 예민하게 받아? 그리고 지금 병동 헬퍼하다 말고, 뭐? 응급실로 간다고? 난 가도 좋다고 허락 안 했어. 가기만 해 봐! 당장 해고야!"
재영이 또 한번 놀라 물었다.
 "헐! 수선생님. 해고요? 응급실 간호사인 육채남 쌤을 핼퍼병동 수간호사님이 해고하신다고요? 신규들 목은 아무데서나 내려치면 픽픽 잘려나가는 하루살인가 보죠? 진짜! 기도 안 차네요! 그럼 지금 당장 저도 응급실로 돌아갈 테니! 우리 둘을 세트로 해고하세요. 한번 해고 해 보세요. 정말 실망입니다. 수선생님, 방금 전 저희 신규들이 그런 문제를 안고 병실 밖으로 나와 수선생님께 애로사항 말씀드렸을 때, 그 환자들에게 가서 자제요청 사과요구 하셨어요? 그것은 하지 않으시고, 대뜸 우리만 몰아세우는 건 옳지 않잖아요? 선배들이 설령 그런 말도 안 되는 환경에서 지금껏 간호해 오셨더라도 후배들만큼은 그런 억울한 처우를 받지 않게 보호막을 쳐주는 게 선배님다운 것 아니에요? 그게 안 되면, 최소한 같이 싸워주든가! 근데, 나도 당했으니 너도 당해도 돼 이건가요? 저도 더 이상 여기서 수간호사님 믿고 일 못 하겠습니다. 응급실로 돌아가겠습니다."
변미영 수간호사가 어이없다는 얼굴로 팔짱을 끼고 단호히 말했다.
 "하! 어이없어! 그래! 가라, 가! 응급실에 오는 환자들은 병동 환자들보다 더 고매하고 교양 있어? 우리나라 꼴통 환자들 수준 대부분 거기서 거기야. 아주 소수의 인격적인 환자들 외에 거의 대부분이 입이 더럽든가 손짓발짓이 거지같이 더럽던가! 싸가지 없는 거 몰랐어?"

"수선생님! 그러니까 받아주지 말아야죠? 어쨌든 진상환자들 버릇 잘못 들인 데 선배들도 일조 하신 거잖아요? 대부분 먹히니까 찔러보는 거 아닌가요? 적어도 우리 응급실 송문영 수간호사님은, 간호사들 편에서 최소한의 방패라도 되어주려 애는 쓰십니다. 아셨어요?"

재영과 채남은 그길로 응급실로 돌아왔다. 송문영이 내과병동에서 돌아온 둘을 보고 깜짝 놀랐다.

"뭐야? 왜 내려왔어? 일주일간 내과병동 헬퍼 보냈잖아?"

"저, 그게……."

입이 댓 발 나온 재영과 채남이 주뼛거리며 말을 못했다.

"그게 뭐? 바빠 얼른 말해. 설마 도망친 거야? 아님, 심부름 온 거야?"

재영과 채남은 얼굴이 울상이었다. 망설이던 재영이 각오한 듯 말했다.

"수선생님! 우리 그 병동에서 일 못하겠어요. 환자들이 너무 개차반이예요. 성희롱에 성추행에."

송문영은 몇 마디만 듣고 바로 알아차렸다. 신규들에게, 올게 온 것이라는 생각이었다.

"휴! 일단 알았어. 내가 병동에 알아볼게. 저기 새로 온 신규쌤 백 좀 봐주고 있어."

며칠 전 들어온 신규 하은상이, 진땀 빼고 있었다. 재영이 보니 얼굴에 긴장이 역력했다. 신규를 보니 몇 달 전 자신의 모습이 떠올랐다.

아무것도 못한다고, 기본도 모른다고 선배들한테 욕은 또 얼마나 먹었던가. 온 종일 밥 한술 물 한 모금 마시지도 못했을 신규를 보니 재영은 짠했다.

재영이 은상에게 다가가려던 그 때였다. 링거 꽂고 잠든 응급환자 베드 옆에서 은상이 얼쩡댔다. 재영이 그쪽으로 다가가려다 걸음을 멈췄다. 잠시 후, 그 환자 보호자가 전화 받으러 응급실을 나갔다. 신규 하은상이 잠든 환자 머리맡에 있던 당근주스 한병을 마시고 싶은 듯 바라보았다.

'얼마나 목이 마르면……'

그 모습을 본 재영은 생각했다. 재영은 신규의 타는 목마름이 어떤 건지 알고도 남았다. 재영은 순간, 대상이 묘한 분노와 슬픔이 밀려왔다. 그렇게 서 있던 재영에게 방금 고열로 실려 온 유치원생 응급환자가 막대사탕 하나를 건넸다. 내과병동에 변미영 수간호사에게 다녀오던 송문영이 응급실 복도를 들어서다 그 모습을 보았다.

"선쌤밈, 이거여."

재영은 가슴이 울컥할 정도로 아이에게 고마웠다. 재영도 온 종일 아무것도 먹지 못했다. 막대사탕을 보는 순간, 자신도 모르게 군침이 돌았다. 그런 재영의 시야에, 온종일 굶고 뛰며 환자 수액을 걸고 있는 은상의 모습이 보였다. 사탕을 만지작대던 재영이 은상에게 다가갔다.

"하쌤, 여긴 내가 볼 테니 화장실 좀 다녀와요. 온 종일 못 갔죠? 그리고 이거……."

재영이 신규 하은상 주머니에 뭔가를 찔러 주었다. 방금 유치원생이

준 막대사탕이었다. 재영은 먹고 싶었지만 꾹 참고 후배 주머니에 넣어주고 은상의 등을 강제로 떠밀었다.

"얼른 다녀와."

은상은 주머니에 손을 넣고 화장실로 달렸다. 송문영 수간호사는 두 후배를 보며, 만감이 교차했다. 화장실로 달려간 은상은 쓰린 배를 쥐고 소변을 억지로 눴다. 변기에 앉아 주머니에 손을 넣어보았다. 작은 막대사탕이었다. 은상은 재영 선배가 너무 고마웠다. 온종일 먹은 것이 없던 은상은 그 막대사탕을 까서 입에 통째로 넣고 깨물어 우물거렸다. 평소에 단 것이 싫어 거들떠보지 않았던 막대사탕. 몸이 녹초가 되어서일까? 오늘은 정말 꿀맛이었다.

'얼른 다녀와.'

재영 선배 말이 뇌리를 스쳤다. 은상은 와그작와그작 단단한 사탕을 깨물기 시작했다. 최대한 신속히 깨물어 번개처럼 목안으로 우물우물 삼켰다. 빈속에 신물 나던 위장에 사탕 한 알이 들어가니 놀라운 평화가 찾아왔다. 막대사탕 한 알을 편히 먹을 여유가 없는 것이 간호사라는 직업일 줄 은상은 꿈에도 몰랐다. 은상은 그동안 달려온 간호학과 대학시절의 숨 가쁘고 희망에 들떴던 시간들이 주마등처럼 스쳤다. 자신도 모르게 목을 타고 뭔가가 흘러내렸다. 눈물이었다.

'아, 나 왜 이래. 갑자기 눈물이 다 나냐. 울지 마, 하은상······.'

은상은 눈물을 닦았다. 이유 없이 처량했다. 알 수 없는 감정이 복받쳐 조절되지 않았다. 그녀는 변기에 앉아 눈물을 닦았다. 수많은 선배들이 그랬을 것이고, 신규 나재영이 그랬던 것처럼. 신규 하은상도 그렇게.

오후가 되자 재영이 스테이션 안쪽에 벗어두었던 카디건을 걸쳤다. 주머니에서 뭔가 부스럭 소리가 났다. 그녀가 주머니에 손을 넣자 초코파이 하나가 손에 집혔다.

"어?! 이걸 누가……?"

재영은 너무 반가운 나머지 응급실 안을 휙 돌아봤다. 모든 간호사들이 저마다 정신없이 뛰어다닐 뿐 누군지 알 턱이 없었다.

'은상 쌤인가? 신규가 이런 게 어디서 났지? 환자 보호자가 줬나?'

재영이 고개를 갸웃하는데, 송문영이 말했다.

"재영쌤, 이 처방전 갖고 약국에 가면 에날라프릴20mg과 다이클로지드 50mg을 줄 거야. 그것 좀 갖다 줘. 얼른 다녀와."

"수 선생님? 조무사님 있는데, 제가 가요?"

그때 송문영이 눈을 찡긋했다. 아까 자신이 은상에게 사탕과 함께 등 떠밀었을 때 했던 말을 송문영 수간호사가 자신에게 하고 있었다. 재영은 그제야 뭔가 알 것 같았다.

'아! 내 주머니 속 초코파이 수선생님이 넣어주신 거구나.'

"넵! 얼른 다녀오겠습니다. 헤헤."

재영은 송문영을 향해 빙긋 웃으며 나갔다. 약국에 다녀온 재영이 초코파이 반쪽을 남겨 은상의 주머니에 다시 넣어주었다. 은상이 놀라 돌아봤다.

"어?!"

재영은 시치미 떼고 응급실 라운딩을 다시 뛰었다. 문영이 재영을 지그시 바라보고 있는데 간호부에서 송문영을 긴급 호출했다. 육채남과 나재영 간호사가 불친절했다고 601호와 609호 환자와 두 병실 보호자 전원이 강력히 컴플레인을 걸었다는 것이었다. 환자들은 당장 두 간호사가 환자들 앞에 무릎 꿇고 사과 하던지. 아니면 해고하라고 항의가 빗발쳤다. 병원 행정부원장은 이미 뚜껑이 열려있었다.
"무슨 일을 그렇게 해요? 첫째도 친절 둘째도 친절, 병원지침 잊었어요? 더구나 지금 두 병실 환자와 보호자가 다 들고 일어나서 다른 병실까지 동요되고 있다고요! 어떻게 책임 질 겁니까? 대체 응급실은 신규간호사 교육을 어떻게 하는 거예요?"
행정부원장이 송문영 수간호사를 노려봤다. 이재흔 간호부장과 양수현 간호과장이 벌레 씹은 얼굴로 앉았다. 이재흔 간호부장이 문영에게 물었다.
"수선생님. 타 병동에 헬퍼로 가서 환자들한테 그러면 됩니까? 환자에게 이유 없이 불친절했고 소리 질렀다면서요?"
문영이 알고 있는 사실과 너무 달랐다. 문영이 되물었다.
"이유 없이 불친절이라고요? 이건 누구 의견이죠? 제가 알아본 바로는 그게 아니고 두 병실 환자분들이, 우리 쌤들에게 차마 입에 담지 못할 성희롱 발언을 한 걸로 알고 있습니다. 다시 한번 공정히 알아봐 주세요. 저는 받아들일 수 없습니다."
양수현과장이 행정부원장에게 요청했다.
"부원장님, 그 환자와 보호자들 불러 정확한 진위를 가려주세요."
행정부원장이 내과병동으로 연락해 보호자들이 몰려왔다. 송문영이 나재영과 육채남을 불러 대면을 시켰다. 재영과 채남은 그 당시 병실에 없었던 사람이 대부분인 보호자들이 잘못 알고 항의하는 것을 보고 무척 당황스럽고 억울했다. 재영이 말했다.

"그때 현장에 있던 분들은 왜 이중에 없죠? 거기 있었던 목격자를 불러 주세요. 저희는 억울합니다."
보호자들은 한 치도 물러서지 않았다.
"이것 봐! 간호사! 당신이 내 남편한테 욕했다며? 우린 이미 다 알고 있어. 아파 누워있는 환자한테 간호사가 그래도 돼? 나는 이 두 간호사 해고하기 전에는 절대 퇴원 안 합니다! 못 해요! 우린 이 병원을 상대로 정신적 피해보상 소송 걸 테니 그런 줄 알아요! 그리고 당신들! 간호사 교육 똑바로 시켜! 어디서 감히 환자들한테 간호사가 욕이야! 지금 갑질하는 거야?"
"헐! 욕이요?"
듣고 있던 나재영이 벌떡 일어났다.
"저희는 욕한 적 없습니다. 그리고 갑질은 그 환자분이 저에게 했습니다! 보호자님 잘 알아보고 말씀하세요!"
송문영이 나재영을 진정시켰다. 보호자와 재영과 채남을 돌려보내고, 양수현이 말했다.
"대체 어느 쪽이 진실이야?"
송문영이 대답했다.
"제가 그동안 봐 온 우리 재영 쌤과 채남 쌤은 절대 그럴 쌤들 아닙니다. 뭔가 오해가 있는 것 같아요. 현재로서는 우리 두 간호사 쌤들 해고한다는 건 말도 안 됩니다."
행정부원장이 탁자를 신경질적으로 내려치며 발끈했다.
"그럼 어떡합니까? 방금 들었죠? 우리 병원을 상대로 소송 걸겠다잖아요? 나참! 당장 두 쌤이 환자 앞에 가서 무릎 꿇고 빌든지, 아니면 내일 아침 사직서 내라 하세요! 병원장님 아시면 우리 모두 옷 벗습니다. 병원 불친절하다고 소문나면 당신들이 책임 질 겁니까? 요즘 소문이 얼마나 빠른지 다들 아시죠? 페이스북 카카오스토리 인스타…… 저분들 똘똘 뭉쳐 드림대학병원 간호사들 불친절하다 소문내면 우린 끝장입니다. 아무튼 이 문제, 간호부에서 책임지고 해결 하세요! 에잇 참!"

행정부원장이 문을 쾅 닫고 나갔다. 이재흔 간호부장도 난감했다. 그가 말했다.

"보호자들이 아무리 나빠도 저렇게 한 통속으로 뭉칠 수 있나? 진짜 우리 간호사들이 욕하고 불친절하게 군거라면? 심각한 거잖아? 골치 아프네! 증말!"

양수현 간호과장이 대답했다.

"좀 더 알아보죠. 저는, 송문영 수간호사를 믿어요."

셋이서 뜨겁게 난상토론 중이던 바로 그때였다. 간호부 사무실 창문 밖으로, 하늘에서 빛의 속도로 어떤 물체가 낙하했다.

18. 유서

"쿵-!"
뭔가 육중한 것이 땅에 떨어지는 소리가 났다.

따르릉! 따르릉!
"119입니다."
"오, 옥상에서 사, 사람이 떨어졌어요! 빨리요! 빨리!"
"위치가 어딥니까?"
"드림대학병원 응급실 옥상이요. 암튼 빨리요. 어디로 연락해야 할지 몰라 우선 구급대로 전화 한 겁니다. 아후! 빨리 와주세요!"
"제1소대! 구급비발! 구급비발! 드림대학병원 응급실 옥상, 폴다운(추락)!"
--애애앵-----삐용삐용삐용-----
"신고자분! 저희도 최대한 빨리 출동할 테니 그 병원 응급실에 얼른 알려주세요!"
"네. 알았습니다."
--애애앵-----삐용삐용삐용-----
"사람이 죽었다! 사람이 죽었다!"
"사, 사람이 죽었어요! 빨리 나와 보세요!"

"병원 옥상에서 사람이 떨어졌어요!"

수많은 사람들이 몰려들었다. 동시에 광장소방서119구급대의 요란한 앰뷸런스 소리가 현장으로 들이닥쳤다. 양수현과장과 이재흔 간호부장과 송문영도 혼비백산해 회의실 밖으로 달려 나갔다. 병원 밖은 환자들과 보호자들과 주민들로 야단법석이었다. 진입이 불가능해지자 구급차에서 내린 신민욱 대원이 먼저 내려, 통제봉을 들고 인파를 뚫었다. 그 속으로 현대식 대장이 조심조심 진입했다.

"길 좀 열어주세요. 119구급차량입니다! 아! 참, 징글징글하게 안 비킨다."

투신자가 누워있는 현장에 응급실 의료진과 119대원들이 뒤엉켰다. 응급실 간호사들까지 밖으로 일제히 나왔다. 재영도 소란에 놀라 밖으로 나왔다. 뭐가 뭔지 정신이 없었다.

"아고……! 죽었나봐! 여자네?"

"박살났겠지, 저 까마득한 옥상 높이를 봐요. 이 병원이 우리나라 병원 중 제일 높다지 아마?"

"아이고! 그걸 알고 올라가서 뛰어내린 거 아녀?"

"오메, 젊은 여자가 왜 옥상까지 올라가 떨어져?"

"투신자살이라는데요?"

"투신자살? 아고, 끔찍해라. 곱게 죽지 웬 투신자살?"

"죽음이면 다 뼈아픈 죽음이지! 고운 죽음도 있어요? 그렇게 함부로 말하는 거 아닙니다. 당신이 저 사람 속사정 알아요? 당신은 자식 안 키워요?"

"근데? 왜 하필 이 병원옥상에서 투신을?"

"그야 모르죠."

"뭔가 그럴만한 사연이 있겠지."

환자와 보호자들이 둥글게 몰려 저마다 웅성거렸다. 추락한 부상자를 스트레쳐카에 실은 구급대원들이 다급히 응급실로 옮겼다. 한 뼘 가량 벌어진 인파들 틈으로 들것을 본 재영이 순간 비명을 질렀다.

"아아-악! 안돼!"

재영이 바닥에 주저앉고 말았다.

"민주쌤! 안돼요!"

민욱은, 하늘을 찢는 재영의 비명에 가슴이 무너졌다. 오늘 새벽까지 재영과 통화했던 김민주. 드림대학병원 옥상에서 투신한 여자는 바로 김민주 간호사였다. 그녀가 축 늘어진 채 들것에 실려 가는데, 누군가 쑥덕거렸다.

"김민주 간호사 신규 때랑 임신순번제 어겼을 때 배신애가 엄청 피 말렸잖아?"

"그 소문, 나도 들었어. 그때 배신애가 좀 심했지."

임신 중인 배신애. 인파 속에 있던 배신애가 창백해진 얼굴로 서서히 뒷걸음쳤다. 부상자가 떨어진 자리에, 아직 식지도 않은 피가 흥건했다. 환자는 응급실로 옮겼지만 이미 회생 불가능했다. 옮겨진 주검을 본 모든 간호사는 충격이었다. 송문영이 창백해진 얼굴로 정신을 가다듬고 말했다.

"쌤들. 정신 바짝 차려요. 우린 간호삽니다."

수간호사 송문영이 재영 손을 잠시 잡아주고 김민주에게 다가갔다. 온몸이 부서진 채 실려 온 김민주, 레지던트 최진우도 유설민 치프도 노재진 응급실장도 말을 잃었다. 유설민 치프는 자신의 아내 배신애가 김민주를 괴롭혔던 무수한 과거가 불길하게 떠올랐다. 얼마 전까지 함께 일했던 동료였다. 그때 임신순번제를 어긴 죄로 배신애에게 심한 태움을 당했던 김민주. 그녀가 드림대학병원 옥상에서 몸을 날려, 저세상으로 날아가고 말았다. 투신자 상태를 살핀 유설민 치프가 침울하게 고개를 가로저었다. 그가 착잡하게 가라앉은 목소리로 사망진단을 내렸다.

"DOA(Dead On Arrival-도착 시 이미 사망). 사망원인, 수이사이드(suicide-자살) 추정, 사망시각······."

김민주 사고소식을 듣고 달려온 유가족은 응급실 복도에 주저앉아 대성통곡했다. 민주 남편도 청천벽력으로 절규했다. 병원 밖은 소문 듣고 몰려온 기자들로 북적였다. 인터넷은 순식간에 뜨겁게 달아올랐다.

[50여개 전국병원 수만 명 인권유린 악습]
[의료노동자 50%이상, 휴식여유 아예 없어]
[드림대학병원 고(故) 김민주 간호사 투신자살-예견된 사건]
[간호사 65% 이상이 비하발언과 욕설경험]
[국내병원 93% 간호사들, 근무 중 식사 사실상 불가능]

실시간 인터넷검색창에 드림대학병원 고(故)김민주 간호사 투신자살 사건이 속보로 떴다.

"아! 진짜! 똥파리 기레기새끼들! 짜증나!"

행정부원장이 미간을 찡그리며 복도를 다급히 오갔다. 행정부원장이 응급실 쪽을 보며 신경질적으로 외쳤다.

"기자들이 묻거든 나 없다 해! 알았어? 연락 안 된다고."
행정부원장이 지하로 연결된 엘리베이터로 연기처럼 사라졌다. 병원은 일대 아수라장이 되었다. 듀티조들은 환자 케어에 집중했지만, 듀티가 끝난 간호사들은 퇴근시간도 잊고 충격으로 곳곳에 모여 웅성거렸다.

그날 밤, 신민욱 대원이 해겸을 응급실 건물 뒤로 불러냈다. 어둠속에 민욱이 있는 쪽으로 해겸이 반기며 걸어왔다.
"형? 웬일로 날 불렀."
'뻑!'
'어억!'
해겸의 말이 채 끝나기도 전, 민욱의 앞차기가 또 한번 어둠을 찢으며 해겸의 가슴께로 박혀들자 그 자리에 고꾸라졌다.
"형! 지, 지금 무슨 짓이……."
'파-바-팍!'
해겸의 말보다 앞선 민욱의 두 번째 날라 차기가 해겸을 저만치 날려버렸다.
'휘익-, 빠-바-박-!'
뒤돌려 차기에 이어 두 주먹이 해겸의 얼굴과 가슴을 연타로 파고들었다.
'퍼-퍼-퍽!'
"헉, 헉, 헉, 씨발! 지금 뭐하자는 거야! 혀엉! 미쳤어?"
저만치 떨어신 해겸이 입술에 흐른 피를 손등으로 닦으며 비틀비틀 일어섰다. 영문을 모르는 해겸이 맞받아칠 기세로 민욱을 노려봤다. 민욱은 순간 더 열이 뻗쳤다.

"헐! 지금 맞받아 쳐 보시겠다? 너! 이 새끼! 진짜! 안되겠구나. 그래! 너 오늘 아예 뒈져라! 가뜩이나 오염 심한 세상. 너 같은 양아치 개 쓰레기는 뒈져야 돼! 너 나한테 형이라고 부르지 마!"

말 끝나기 무섭게 민욱이 또 다시 몸을 붕, 날렸다. 해겸도 맞고만 있지 않겠다는 듯, 두 주먹을 허공에 휘둘렀지만 계속 빗나갔다. 민욱은 민욱은 용무도 유단자였다. 해겸은 민첩하게 날아다니는 민욱을 한 대도 가격하지 못한 채 번번이 나가떨어졌다.

'억……!'

"아, 씨발! 이유나 알고 싸우자구! 빌어먹을!"

민욱이 다시 주먹을 날렸다.

'뻑!'

'컥……!'

민욱이 주체 못할 분노로 숨을 몰아쉬며 외쳤다.

"헉! 헉! 그 지저분한 입 닥쳐! 넌 인간도 아니야!"

'퍼-퍼-퍽! 퍼억-!'

민욱에게 북어포처럼 흠씬 두들겨 맞은 해겸이 처참한 몰골로 쓰러져 민욱을 올려 보았다.

"혀어엉! 아, 진짜 좆나 열 받네! 대체! 왜 이러는 거야! 씨발! 헉, 헉."

'부우우-웅! 퍽!'

간신히 일어나려는 해겸을 향해 민욱이 다시 한번, 몸을 날려 돌려차기로 턱을 날려버렸다.
 "학! 학! 학! 너! 자꾸 그 아가리 놀리면, 오늘 쥐도 새도 모르게! 확 그 모가지 비틀어 버릴지도 모르니까! 그, 더러운 아가리 닥쳐! 알았어? 짐승만도 못한 새끼야! 시궁창에 구더기만도 못한 새끼!"
 말을 끝낸 민욱이, 시멘트바닥에 쓰러진 해겸의 눈앞에 뭔가를 툭, 집어 던졌다.
 "이게 뭔지는 네놈이 더 잘 알지? 너, 내가 당장 유치장에 구겨 처넣으려니! 명선 할머니 초상 치를까봐 참는다. 너! 이거 갖고 당장 미국으로 꺼져버려 개새끼야! 알았어? 가기 전에, 응급센타에 마약성 진통제 도난사건, 조용히 자수하고 문제 다 떠안고 깔끔하게 해결하고, 이 나라 떠나! 알았어? 지금 너 같은 양아치새끼 하나 때문에 아무 잘못 없는 우리 재영이가 궁지에 몰렸어! 알아? 좋게 말할 때 당장 다 해결하고 조용히 떠나! 만약 내일도 내 눈에 띄면 넌 내가 그 자리에서 작살낸다! 그나마 의사면허 지켜줄 때, 조용히 미국으로 꺼져! 그리고 뒈질 때까지 다신! 이 땅 밟지 마! 너란 새끼를 그나마 이쯤에서 조용히 보내주는 건, 첫째 우리 재영이 두 번 충격 받을까봐! 둘째, 내가 전혀 모르는 걸로 알고 있는 재영이의 그 악몽과 상처, 영원히 덮어주기 위해 이쯤에서 조용히 처리하는 거닷! 재영인 아직도, 그날 밤 과수원창고 사건이 네놈 짓거린 줄 몰라 새꺄! 그러나 네 팔뚝의 그 거지같은 문신을 재영이 기억하고 있더라! 그래서 내가 네놈이 범인인줄 알았지. 재영이 알까봐 이 정도로 덮는다. 오늘밤 당장 이 병원에서 연기처럼 꺼져! 알겠어? 그리고 마지막 충고하는데. 너, 명선 할머니 봐서라도 인간 좀 되라. 한심한 개새끼야! 너만 믿고 사는 네 할머니 불쌍하지도 않냐?"
의사가운을 입고 얼굴이 피투성이가 된 해겸이 기어가 땅바닥에 던져진 것을 집어 들었다. 거기에는 해겸이, 포도과수원 침대 매트리스 밑에 숨겼던 것과 드림대학병원 의국 숙소에 숨겼던 페치딘과 다른 병동에서 훔친 펜타닐 일부가, 오렌지 빛 주사기와 함께 들어있었다. 그리고 민욱이 인화한 해겸 팔뚝 여신문신 사진도 들어있었다. 해겸이 실성한 듯 입에 흐르는 피를 튀기며 씨-익 웃었다.
"낄낄낄! 으핫하하! 어떻게 알았지? 기억이 돌아오기라도 했나? 낄낄낄. 그날 밤 안개 속에 나타난 게 형이지? 나도 목소리 듣고 대충 짐작은 했지. 으하하. 그래서, 재영이 그년을 지금 사랑이라두 하는 거야? 흘흘흘! 염병! 재밌게 돌아가네."
민욱이 돌아서며 신경질 적으로 가래침을 뱉았다.
'쿠왁-! 퉤!'
"그래! 나 우리 재영이 많이 사랑한다. 결혼할 거야! 너! 마지막으로 내가 경고하는데! 우리 재영이한테 접근할 생각 마! 안 그럼 넌 정말 내 손에 뒈진다! 어떡할래? 내 손에 뒈질래? 아님 감방 갈래? 아니면 오늘밤 여길 뜰래?"
"힐힐힐! 아, 참! 기분 시궁창이네! 잇히히. 아! 씨발년! 그날 밤 끝장냈어야 했는데……. 킬킬킬."
해겸이 어둠 속에 비틀비틀 의국 숙소로 향했다. 해겸은 그날 밤 노재진 응급의료센타 실장 책상에 편지 한 장과 사표와 증거약품을 반납하고, 밤 비행기로 영영 한국을 떠났다. 의료진은 무책임하고 불손하고 충격적인 이해겸의 처사에 분노했지만 어쩔 수 없이 받아들였고 노재진 응급실장이 자진해 간호부와 병원 측에 유감을 표했다. 이해겸의 마약진통제 도난 사건은 다음날 간호부에 전해졌다. 모두는 놀라 경악했다. 몇몇은 이해겸이 너무 쉽게 자수하고 떠난 것에 의문을 갖는 표정이었다. 또 더러는 해겸이 그렇게 떠난 것을 조금 씁쓸해 했다. 다행히 재영은 민욱이 손을 쓴 사실은 까맣게 모른 채, 징계 대상에서 벗어났다.

-헐! 오빠. 대박사건! 이해겸 그 인간이 응급실 마약사건 주범이었어. TT 하마터면 내가 다 누명쓸 뻔 했어. 어젯밤 미국으로 떠났다는 소문도 있던데? 오늘 진짜 안 보이네?
-아! 그랬어? 그 놈 아주 나쁜 놈이었네! 우리 재영이 누명 벗어 다행이다. 앞으론 다 잊고 웃어. 알았지? 그리고 문제 해결 된 것, 축하해.
-오빠 고마워. 아! 한시름 덜었네. 앞이 캄캄했는데.

그녀 역시 적잖이 놀랍고 당황스러웠다. 모두 병원 외부로 소문날까 적당히 쉬쉬했고 그 사건은 그렇게 급속히 잦아들었다. 그렇게 신속히 처리되고 덮인 데는 충격적인 김민주 사건도 영향이 있었다. 사망선고가 내려진 김민주는 장례식장으로 옮겨졌다. 유가족은 진상규명을 외치며 장례를 무기한 거부했다. 송문영은 혼란 속에, 재영에게 신속히 유품을 정리하라 일렀다. 응급실 안쪽에서 유품을 정리하던 재영이 갑자기 멈추고 송문영에게 다가왔다.

"수선생님, 잠깐 저 좀……."

재영이, 송문영과 회의실에 앉았다. 재영이 뭔가를 보여줬다. 송문영이 재영을 뚫어지게 보다 종이를 펴 보았다. 유서였다. 김민주 유서가, 유산된 두 아이 초음파사진과 함께 그녀 주머니에서 발견되었다.

유서를 읽던 송문영 두 손이 떨렸다. 재영이 가까이 다가가 유서 내용을 보며 말했다.

"오늘 새벽 김민주쌤이 술에 취해 전화했더라고요. 너무 힘들다고, 먼저 간다고. 절더러 너무 죽도록 일하지 말라고…… 그러다 진짜 죽는다고 했어요. 근데 그게 마지막이었다니, 흐흐흑!"

'저는 나약하고 힘없는 2년차 간호사 김민주입니다. 제 한 목숨 끊으며, 이 사회 썩은 곳들이 달라질 수 있기를 바라며 이 유서를 씁니다.

저는 지난 2년간, 드림대학병원 간호사로 일했습니다. 프리셉터 선배 밑에서 갖은 욕 다 먹고 인격모욕 당하면서 간호를 배웠습니다. 매일 이어지는, 수당도 없는 초과 근무에, 지칠 대로 지친 선배들에게 짐이 된 신규간호사 김민주는, 매번 선배들에게 걸림돌이었습니다. 저는 드림대학병원 신규시절 내내 선배들의 엄청난 태움과 투명인간 취급으로 극심한 공포를 느꼈습니다. 임신 후에는, 또 임신순번제를 어겼다고 모욕적인 욕을 수없이 들었고 극심한 스트레스의 날들이었습니다. 그래서 낙태하려 산부인과를 전전했던 적도 있습니다. 결국 뱃속 아이가 불쌍해 낳기로 하고, 병원을 퇴사했지만 얼마 못 가 아기는 유산되고 말았습니다. 그 후 다시 건강을 추슬러 아이를 임신했지만 습관성으로 또 유산되었고 한 남자의 아내로서, 여자로서, 한 인간으로서, 제 삶은 무참히 박살났습니다.

이제 더 이상 저는 살 희망이 없어 떠납니다. 우리나라 의료보험 간호수가와 그릇된 병원구조와 간호사 처우문제는 정말 달라지지 않으면 안됩니다. 안타까운 희생은 저 하나로 마지막이길 바랍니다.
대한민국 병원장님. 간호사들 죽도록 부려먹지 마세요. 그러다 정말 다 죽습니다. 간호사 인력 더 뽑아서 간호사 1인당 담당 환자 지금보다 최소한 절반 이하로 줄여야합니다. 그리고 간호사가 할 일만 시키세요. 간호사가 병원 청소붑니까? 간호사가 병원 거래처 접대붑니까? 간호사가 병원 홍보직원입니까? 간호사는 오직 환자의 간호를 위해 있습니다. 시킬 걸 시키세요. 간호사 목 조르듯 인력 줄여 당신들 병원 건물 늘이는 짓 그만하시고, 그 돈으로 간호사 일한만큼 월급 투명하고 정당하게 주고, 간호사 정원 늘리고 인력 확충해서 환자들 위해 일하는 안전하고 건강한 간호사들이 되게 하세요. 병원장님들, 더 이상 환자 생명을 담보로 욕심 부리지 마세요. 간호사들 인력 줄이고 간호사들 과로로 내모는 것은 곧 환자생명을 담보로 당신의 부를 축적하는 겁니다. 드림대학병원장님. 당신 그러다 많은 환자들을 죽이게 될 겁니다. 간호사들은 인간이지 기계가 아닙니다. 우리나라 간호사들이 담당하는 환자 숫자는 일본과 미국의 네 배, 그야말로 살인적입니다. 그런데도 드림대학병원장 당신은 우리 간호사들을 염전노예 부리듯 하고 있습니다. 최소한의 간호 인력으로 최대한 많은 환자를 케어 하라 볶아댑니다. 당신은 환자와 간호사를 죽이는 간접살인자입니다. 그런, 지옥과 같은 근무환경이니 간호사들은 지쳐 거칠어지고 스트레스도 최악입니다. 거기에 아무 것도 모르는 신규가 입사하면, 그 신규간호사 교육까지 기존 간호사가 다 책임지라고요? 살인적인 업무로 간호사들 제 시간에 퇴근을 못하는데, 신규간호사들 교육까지 맡으라니 병원장님 지금 제정신입니까? 오늘 나를 죽인 것은 간호사들이 아니라 병원장 당신입니다. 병원장님. 간호사들 등에 빨대 꽂고 피 빨아 병원건물 짓는 짓 이제 그만하세요.
우리 간호사들 살인적인 업무구조로 내 뱃속 아이가 둘이나 유산되었고, 마지막으로 오늘 내가 죽습니다. 이는 곧 세 사람의 생명을 당신의 부패한 욕심과 비양심이 죽인 겁니다.

병원장님,

신규간호사들이 입사하면 최소한 3개월간이라도 반드시 별도로 임상교육 받아야합니다. 환자 케어만도 손이 딸리는 기존 간호사들에게, 살인적인 숫자의 환자들 돌보며 거기에 신규간호사까지 데리고 다니며 가르치라고요? 병원장님, 당신은 미쳤습니다. 그게 가능한지 당신이 한번 직접 해 보세요. 미국에 있는 제 간호사 친구가 그러더군요. 너희 나라 병원에서는 그렇게 해도 환자들이 멀쩡히 살아서 퇴원하느냐고요. 오히려 아무 이상 없는 그게 더 기적이라고 말합니다. 신규간호사는 반드시 별도 적응교육이 필요합니다. 그 후 임상으로 나가야 기존 간호사선배들에게 업무상 짐이 되지 않고 한사람의 간호사로서 신속하고 안전한 환자케어가 가능합니다. 그렇게 되면 지친 선배들한테 태움으로 시달릴 일이 없고, 간호사들끼리 병원 내 태움문화 절대 생기지 않습니다. 그리고 간호사협회 임원진들. 당신들은 수십만 간호사들 회비, 포주처럼 열심히 받아 챙기면서 하는 일은 대체 무엇입니까? 보수교육 하나가 전붑니까? 그마저도 따로 돈 받지요? 그리고도 간호사를 위한 협회라 할 수 있습니까? 부끄럽지 않으신가요? 간호조무사협회 임원들 열심히 뛰는 것 보면서 뭔가 깨닫는 것 없습니까? 간호조무사협회를 보고 한 수 배우셔서 부디 이제라도 정신 좀 차리세요. 당신들 생각만하면 간호사로서 창피하고 욕이 절로 나옵니다.

현재 잘못된 병원구조를 보지 않고, 이 사회는, 태움문화를 마치 간호사들의 인격이 잘 못 되었거나 간호사들 심성이 나빠 후임을 태운다고 오해합니다. 우리 간호사들 그렇게 나쁜 사람들 아닙니다. 물론, 내 선배가 후배를 괴롭히고 태운 것 잘못입니다. 그러나 더 근본적 문제는 우리나라의 기형적인 간호의료현실입니다. 나와 내 뱃속 아이는 이 나라 잘못된 의료구조가 죽였고 이 병원 원장이 죽였습니다. 간호사들은 그 노동착취의 한 희생양일 뿐입니다. 세상에 처음부터 나쁜 간호사는 없습니다. 현 시대에 안 맞는 의료보험구조가, 결국 점점 더 인정사정없고 잔인하고 나쁜 간호사를 만듭니다. 간호협회 임원들! 부끄러운 줄 아시고 이제라도 의료보험 심사평가원에 적극적으로 개선요청 공문 띄우고 발로 뛰세요. 간호협회 당신들! 감투놀이에만 빠져 놀고먹는 탁상행정! 쪽팔린 줄 아시고 지금 당신들이 차고앉은 자리 값들 좀 하세요. 그리고 의료보험심사평가원 담당자 분들 보세요. 여러분들이 진정으로 국민을 위하고 환자를 위한다면, 소리 없이 지쳐 쓰러져가는 간호사부터 살리세요. 간호수가 문제 당장 개선하세요. 일부 파렴치한 의사들, 당신 일은 당신들이 하세요. 당신들만 바쁩니까? 화장실 갈 시간도 없이, 물 한모금도 못 마시면서 뛰는, 업무의 노예로 사는 우리 간호사들한테 왜 당신들 일까지 떠넘깁니까? 이기적인 당신들도 암묵적 살인잡니다.

그리고 존경하는 대통령님,
우리나라 병원구조문제 간호사들의 처우문제 의료보험간호수가문제

정말 바뀌어야합니다. 일부, 발로 뛰지 않고 밑에서 입으로만 일하는 사람들 말만 듣지 마세요. 우리 대통령님은 과연 그 심각성을 얼마나 아시나요? 무수한 간호사들이 수없이 죽어나가도, 귀 막고 눈 감은 이 나라. 얼마나 더 많은 환자의 생명과 간호사들을 잃어야 개선하실 건가요? 건강하게 살 수 있었던 환자들이, 많은 의료사고로 영문도 모른 채 죽어나갑니다. 이대로는 안 됩니다. 시스템이 뿌리부터 바뀌어야 삽니다. 제가 간호대학교에서 배운 것 중에, 한번 쓰고 나면 세균감염 위험이 있어 반드시 폐기해야 한다고 배운 의료물품들을, 현재 드림대학병원에서는 소독해 여러 번 다시 쓰라고 지시합니다. 그것 때문에도 신규시절 저는 선배들한테 무수히 혼났습니다. 제 후배들 역시 그 약품과 의료도구들을 버리다 혼납니다. 현재 우리나라 의료수가에서 비보험 의료용품을 드림대학병원은 재탕삼탕 소독해서 사용합니다. 왠지 아세요? 하루에 의료보험 적용되는 의료소모품 숫자가 최소한으로 한정되어 있기 때문입니다. 병원 찾는 환자들은 갈수록 늘어나는데, 정부가 지원하는 보험적용 수가에 해당하는 소모품 숫자는 늘어나지 않거나 오히려 깎입니다. 의료보험 적용 대상 물품이 한 개이면, 어떤 병원은 그 하나로 환자가 얼마나 밀려오든 하루 종일 소독해서 최대한 다시 쓰면서 버티라고 지시하는 실태를 대통령님은 아시는지요? 그 이상은 가급적 못 쓰게 합니다. 새 물품사용이 추가되면 병원의 비용이 지출되기 때문입니다. 내 앞에 많은 환자들이 사용했던 것을, 한번 쓰면 각종 세균과 질병감염 위험 때문에 폐기해야 할 1회성 소모품을 소독해 또 쓰고 또 쓰고, 이 끔찍한 현실을 환자들은 얼마나 알까요? 현재 잘못된 의료수가구조로 인해 환자들은 치명적인 감염위험에 노출되어있고, 그러다 문제가 생기면, 병원 지시에 따른 간호사들만 관리부주의로 옷을 벗게 됩니다. 그런 의료소송의 희생양이 되어도 누구 하나, 깊은 우물 속 진실을 보지 못하고 있습니다. 애당초 1회용인 그것들을 재사용하다 세균에 감염되어 환자가 잘 못되면 간호사들이 잘못 보관해서 벌어진 간호의료사고인가요? 아니면 처음부터 재사용 금지된 것을 재사용하도록 불법을 자행시키는 드림대학병원 탓인가요? 지금 이 시간에도 드림대학병원은 자신의 엄청난 이익창출을 위해 환자와 간호사를 사지로 내몰고 있습니다. 드림대학병원 관계자들은 말합니다. 나라가 의료수가를 올려주면, 그럴 일은 자연히 없어진다고요. 간호사들은 때로 사비를 털어 병원 물품을 사서 쓰는 경우도 허다합니다. 의료선진국이라는 우리나라에서 간호사 중 절반이 환자 치료를 위한 의료용품을 자신의 돈으로 산 경험이 있다면 대통령님 믿으시겠는지요?

대통령님.

저는 대통령님을 존경합니다. 저는 간호사이기 전에 대통령님을 제 손으로 직접 한 표를 행사해 뽑은 대한민국 국민입니다. 우리 대통령님은 늘 말씀하셨지요? '사람이 먼저'라고요.

네 맞습니다. 사람이 먼저입니다. 대통령님 말씀대로 사람의 안전과 생명은 그 어떤 것보다 중요합니다. 그런데 저는, 그 어느 나라도 아닌, 대한민국 간호사였던 죄로, 뱃속의 핏덩이들을 둘이나 저세상으로 먼저 보냈고 오늘 결국 저도 떠납니다. 부디 국민을 사랑하는 우리 대통령님이 이런 고질화 된 간호의료문제들을 꼭 근본적으로 개선해 주세요.

저는 믿습니다. 우리 대통령님이 이 문제를 아신다면 반드시 고쳐주실 것을요. 부디 보호자들이 안심하고 아픈 가족을 병원에 맡길 수 있는 의료환경을 만들어 주세요. 간호사들이 안전한 물품으로, 시간에 쫓기지 않고 환자를 위해 최선을 다하게 해 주세요. 인간으로서 최소한의 권리인 밥과 물 좀 마시며 일할 수 있는, 사람다운 간호사들이 되게 간호의료복지환경을 개선해 주세요. 환자에게 집중하고 그들을 충분히 케어 할 수 있게 해 주세요. 아픈 환자들의 고통과 호소를 가슴으로 들어주고, 아픈 곳은 한 번 더 소독해주고, 닦아주며 간호할 수 있는 건강하고 바른 간호의료시스템을 만들어주세요.
대통령님, 간호사들은 국민 건강을 지키는 최후의 보루입니다. 간호사가 쓰러지면 환자들도 죽습니다. 사람은 그 누구도 태어날 때부터 죽는 날까지 병원과 간호사를 떠나 살 수 없습니다. 세상 어느 집이든 환자는 있고 앞으로 생깁니다. 지금 우리나라 20만 간호사들은 쓰러지기 직전입니다. 과로에 지친 간호사가 환자진단을 내리고 대통령님 가족의 건강을 돌본다면 맡길 수 있으신지요? 지친 간호사들을 위한 진정한 간호복지가 절실히 필요한 때입니다. 부디 제 유서를 대통령님이 읽으실 날이 오길 저 하늘에서 영혼이 되어서라도 간절히 기도하겠습니다.
마지막으로, 대한민국 국민과 대한민국 모든 간호사들과 대통령님께 묻고 싶습니다. 제가 만약 대한민국 간호사로 살지 않았다면 어땠을까요? 저는 오늘 어딘가에서 사랑스러운 나의 두 아이와 상쾌한 저녁공기 마시며 행복하게 웃고 있을지도 모릅니다. 대통령님, 제 나이 28세입니다. 죽기에는 너무 아까운 나이 아닌가요? 부디 저와 우리

두 아이의 죽음이, 대한민국 간호사들의 지옥 같은 근무환경을 바꾸는 마지막 피맺힌 절규이기를 바랍니다.
이만 먼저 떠납니다.
전, 드림대학병원 응급실 간호사- 김민주

유서를 다 읽은 송문영이 잠시 갈등했다.
"수선생님, 유가족들에게 유품과 함께 전달할게요."
재영이 손등으로 눈물을 훔치며 말했다. 고심하던 송문영이 단호히 막아섰다.
"안돼. 이건 내가 보관할게. 재영쌤도 비밀로 해. 우린 이 유서 본 적 없는 거야 알았지? 이게 밖으로 나가면 우리병원도 곤란하고, 일이 더 커지고 복잡해져. 그래서 좋을 거 없어."
"수선생님, 일이 커지고 복잡해져도 유가족과 이 세상도 알 건 알아야지요? 민주쌤이 왜 죽음을 선택했는데요?"
재영은 화가 났다. 수간호사 문영은 잠시 갈등했다. 이 유서가 노출되면 모든 분야에서 시끄러울 것이란 생각이 들었다. 문영은 조용히 넘어가고 싶었다. 그 태풍 속에 자신이 포함되어 휘둘리고, 자신의 위치가 피해 받는 것도 싫었다. 송문영은 생각했다.
'내가 왜 이럴까? 내가 왜 나답지 않게, 이런 비겁한 생각을 하는 걸까……?'
수간호사 송문영은 재영에게 말했다.
"그래도…… 이건 일단 내가 보관할게."

"수선생님······. 수선생님 답지 않아요. 왜 이러세요?"
한참 나이어린 신규간호사 나재영의 용기 있는 질문에 송문영 수간호사가 발끈했다.
"재영쌤. 뭐가? 대체 나다운 게 뭔데? 나두 사람이야. 알겠어? 우리 병원이 시끄럽게 매스컴 타서 우리에게 도움 될 게 뭐야? 세상 떠난 사람은 안타깝고 아프지만, 어차피 떠난 사람은 떠난 사람이고, 우린 살아야 할 거 아냐? 이 유서 세상으로 알려지면, 병원에서 우리한테 아이구 잘했다 하겠어? 왜 미리 못 막았냐고 응급실과 나한테 징계 내려올 것 아냐? 그리고 저 수많은 환자와 보호자들은? 현재 우리병원 병상 숫자 알지? 3,000병상이야. 그 보호자들과 환자들 이 유서내용 알면 가만있겠어? 나도 이 자리 그냥 쉽게 올라온 거 아니야. 아무리 신규라서 뭘 모른다 해도, 재영쌤이 한번 상상해 봐. 내가 그동안 여기까지 어떻게 올라왔겠나. 나, 목숨 걸고 죽도록 일해서 이 자리까지 올라온 거야. 아버지, 엄마, 임종도 못 보며 감정도 없는 노예처럼 일만 죽도록 했어. 재영쌤이 이번만 날 좀 이해해 줘. 알았지? 우리, 눈 딱 감고 조용히 지나가자. 이 유서, 비밀이다?"
"아, 아니······ 수선생님이 어떻게? 저는 수선생님을 존경했는."
"시끄러! 나 존경하지 마! 나, 재영쌤이 존경할 만한 그런 위인 못 돼. 알겠어?"
재영은 무척 실망한 표정으로 송문영 수간호사를 바라보았다. 재영이 말했다.
"좋아요. 비밀로 하지요. 그러나 조건이 있어요."

"뭐? 조건?"
"네!"
"뭔데?"
"비밀로 하겠지만 이 유서 보관은 제가 하겠습니다."
문영은 맹랑한 신규간호사 나재영에게 놀라는 기색이 역력했다.
"지금 그게 말이 된다고 생각해?"
재영은 한참 위의 직급인 수간호사였지만 겁나지 않았다. 재영은 그간 누구보다 존경했던 송문영에게 적잖이 실망한 상태였다. 재영이 강한 어조로 말했다.
"말이 되든 안 되든. 이 유서는 제가 보관할 겁니다. 돌아가신 민주쌤도 그걸 바랄 거고요. 안 그럼 지금 당장 폭로할 겁니다."
송문영 얼굴에 당황한 기색이 역력했다.
"뭐, 뭐? 나재영……? 지금 이거 월권인 거 몰라? 그리고 미쳤어? 지금 응급실 복도에 실성한 유가족들 보고도 그래? 또 저기, 응급실 밖을 봐. 이리떼처럼 먹이를 노리는 기자들 안 보여? 이거 세상에 알려져 봤자. 우리 얼굴에 침 뱉기야! 세상 사람들이 이 유서 보고, 어이구 그래 간호사들 그동안 참 고생했구나, 할 것 같니? 아무리 신규에 철부지라도 그렇지 앞뒤분간은 하면서 나서! 세상이 얼마나 잔인한 줄 아직 다 모르지? 돌 맞아 다 죽어가는 우리한테 돌 한 번 더 던지기가 쉽지. 강력하게 암벽처럼 버티고 있는 이 병원과 대놓고 갑질하는 인간들한테, 국민들이 우리대신 맞서 싸워줄 줄 알아? 착각하지 마."
"아니요. 세상 정의는 아직 살아있어요. 저는 그렇게 믿어요. 저희 부모님도 말씀하셨어요. 세상이 아무리 썩었어도, 소수의 가슴 따뜻한 사람들에 의해 이 세상은 다시 꿈을 꾸고 행복할 수 있는 것이라고요. 그러니, 어서 그 유서 제게 주세요."

"안돼! 여러 소리 마. 지금 건방지게 누굴 가르치려 들어?"

재영은 결국 유서를 문영에게 빼앗긴 채 상담실을 나왔다. 이재흔 간호부장과 양수현 간호과장이 문영과 재영과 채남을 회의실로 호출했다. 이재흔 간호부장이 말했다.

"앞전 병동 사건은, 결국 윗선에서 근무성적 불량으로 해고처리 하란 통보가 내려왔어요. 보호자들이 절대적으로 항의하니 징계위원회조차도 생략되었고. 더 이상 우리도 어쩔 수 없네요. 내과병동 환자와 호보자들이 저렇게 똘똘 뭉쳐 항의하니. 안타깝지만 우리도 더는······. 어떻게 할래요? 지금이라도 저분들께 무릎 꿇고 사과할래요? 그들이 원하는 건 그겁니다. 그거 못하겠다면, 한 달 후 여기를 떠나든지. 후-, 그러지 말고 그냥 이쯤에서 한 발 물러나 적당히 사과하고 조용히 처리합시다!"

채남이 대답했다.

"저 안 나갈 겁니당. 그리고 뭘 사과하죠? 구멍 잘못 찾은 걸 사과할까용? 쳇! 어이 없엉!"

재영도 말했다.

"저도 이 병원 안 나가고, 사과도 못합니다. 잘못한 게 없으니까요. 왜요? 그럼 그 환자가 한번 달랄 때, 아 네 드리죠 했어야 해요? 부장님이 한번 말씀해 보세요. 부장님 딸이라면 직장에서 고객이 한번 달라 하거든 얼른 줘라 하고 가르칩니까?"

재영 말에 이재흔 간호부장 얼굴이 상기되었다.

"뭐, 뭐요? 나참! 지금 악담 하는 거예요? 말이 너무 심하잖아?"

양수현 간호과장이 한숨을 쉬었다. 재영이 한마디 더 쐈다.

"부장님 따님께는 심한 말이고. 우리한테는, 환자들의 성추행쯤 대수롭지 않은 일인가요? 우리도 다 어느 부모의 소중한 자식들입니다."

"이봐요 재영쌤. 누가 뭐래? 왜 나한테 그래? 그리고 이게 떼쓴다고 될 일이냐고? 아직 어려서 세상물정 잘 모르는군."

"부장님, 아직 어려서 세상물정 모르는 저는, 아무튼 절대 사과 못합니다."

재영이 회의실을 나갔다. 채남도 뒤따라나갔다. 회의실을 나갔던 재영이 창백한 얼굴로 되돌아왔다.

"수선생님! 큰일 났어요!"

19. 현대판 염전노예들

혼비백산한 나재영이 회의실로 돌아와 송문영에게 말했다.
"병원 복도가 꽉 막혔어요. 유가족들이 배신애쌤을 만나겠답니다. 따져볼 게 있다고요."
간호부장과 간호과장과 송문영 수간호사가 놀라 밖으로 나갔다.
[간호사들은 현대판 염전노예! 그 위에 초호화 드림대학병원!]
[드림대학병원은 고(故)김민주 간호사에게 사과하라!]
[고(故)김민주 간호사를 죽인 살인마! 드림대학병원!]
병원 안과 밖에 현수막을 걸고 점거한 김민주 유가족들의 거센 항의가 빗발쳤다.
"배신애! 나와! 네가 우리 손주들을 죽였다며? 너 이년! 당장 나와!"
응급실에서 일하던 배신애가 김민주 남편 태현에게 끌려나와 바닥에 쓰러졌다. 임신 말기로 접어들어 만삭인 배신애가 겁에 질려 바들바들 떨었다.
"이 살인자! 네년이 착한 우리 민주를 죽였어? 우리민주를 제일 괴롭혔다며? 너도 죽어!"
태현은 눈이 뒤집혀 배신애를 발로 걷어차려 했다. 그때 유설민 치프가 허둥지둥 달려와 아내를 감싸며 대신 무릎을 꿇었다.

"죄송합니다. 제가 대신 용서를 빕니다. 이렇게 빌겠습니다. 제 아내는 지금 임신 중입니다."

"뭣? 너 지금 뭐라 했어? 우리는 새끼를 두 번이나 잃었어. 근데 네 새끼는 그렇게 중요해? 야! 이 개새끼야! 네 새끼만 중요해? 그럼 어디 너도 한번 자식 잃어봐! 그게 어떤 것인지 직접 겪어보라고! 이 개새끼야!"

두 눈이 충혈 된 태현이 배신애를 실성한 듯 노려봤다. 의사가운을 입고 유가족 앞에 무릎 꿇은 유설민 치프가 두 손을 싹싹 빌며 말했다.

"잘못했습니다. 부디 용서해 주십쇼. 염치없지만 살려주세요. 이렇게 빕니다. 살려주세요."

배신애가 외쳤다.

"그래요! 내가 그랬어요! 내가 괴롭혔다고요!"

남편 품에 있던 배신애가 붉게 충혈 된 눈으로 두려움에 몸을 떨며 외쳤다.

"네! 제가 김민주를 괴롭혔습니다. 정말 잘못 했습니다. 그러나 저도 죽을 만큼 힘들었어요. 저도 옛날에 선배한테 얼마나 시달렸는지 아세요? 저는 왜 그렇게 당했어야 했을까요? 저도 그때는 선배만 미워했었어요. 그런데 그게 아니더라고요. 그 선배들도 지쳐서 그런 거였어요. 우리 간호사들 몸이 쇠붙이예요? 환자 돌보기만도 정신없는데, 신규까지 데리고 다니며 가르치라니 그게 가능하냐고요. 그러다 내 담당 환자 못 챙겨 행여 잘못되기라도 하면 어떻게 되는지 아세요? 그걸로 간호사 인생 끝장인 겁니다. 그런 피 마르는 상황에 신규에게 고분고분 따뜻하게 잘 해줄 수 있겠어요?"

"야! 이년아 어디 터진 입이라고 함부로 지껄여! 그게 사람을 볶아 죽일 이유냐?"

폭발한 태현은 급기야 배신애를 향해 발길질을 날렸다. 그 순간 달려온 보안직원이 가까스로 가로 막았다.

"네가 우리 착한 민주를 들볶아 병원서 쫓아냈고 결국 나의 세 가족을 죽였잖아? 바쁘면 바쁜 거지 네깟 게 뭔데 우리 민주를 괴롭혀! 어? 말해 봐 이년아! 좀 일찍 병원일 배운 게 벼슬이냐? 너는 올챙이 적 없었어? 넌 첨부터 잘했냐고! 우리 민주가 착하고 다 참으니까 만만해 보였니? 대답해 이 나쁜 년아! 너도 오늘 똑같이 네 뱃속 새끼도 죽여버리고 너도 죽여버릴 거야! 그래야 공평하지! 안 그래? 너 살고 싶으면 당장 우리 민주 살려내! 내 두 아이도 당장 살려내!"

 태현은 보안직원들에게 두 팔을 잡힌 채 허공을 향해 절규했다. 그의 눈물이 목울대를 타고 끝없이 흘러내렸다. 수간호사 송문영이 유가족을 설득했다.

"저기, 유가족분들 고정하세요. 물론, 배신애 쌤 잘못 했습니다. 그에 앞서 저도 우리 간호사들 좀 더 살피지 못한 점 반성합니다. 죄가 있다면 수간호사인 제가 감독하지 못한 죄가 큽니다. 제가 죄를 받겠습니다."

김민주 엄마가 나섰다.

"오냐! 그래, 너 말 잘했다. 넌 수간호사라는 게 네 후배교육 하나도 똑바로 못 시켰냐? 넌 수간호사라면서 대체 누굴 위해 일 했냐? 병원 발바닥 핥아댔냐? 네 후배들이 저 지경이 되도록 대체 뭘 했는지 말해 봐! 그 이름이 부끄럽지두 않은 게야?"

보고 있던 정호철 간호사가 상기된 얼굴로 나섰다.
"수선생님! 수선생님은 뭘 그렇게 잘못 했어요? 뭘 빌어요 빌기는! 왜 그래요 진짜! 잘못은 드림대학병원과, 현 실정에 무관심했던 이 사회잖아요? 우리가 그토록 외칠 때 세상은 뭘 했는데요? 당신 가족의 건강이 위협받고 있다고, 간호사가 살아야만 환자가 산다고, 우리가 그토록 외쳤잖아요? 그런데 세상이 우리 외침에 그동안 관심이나 있었어요? 사람들은 내내 무관심하다가, 자신 가족이 입원했다가 잘못되어야만 그때서야 의료소송하고 억울하다고 진상 밝혀달랍니다. 왜요? 미리미리 관심 좀 가지시지 그랬어요? 우리가 늘 바뀌어야 한다, 달라져야 한다 할 땐 당신들 귀 막았잖아요? 그땐 귀 막고 눈 감고 있다가 왜 이제 와서 이래요! 간호사들 지금보다 노동 강도 약해지면 환자에게도 보호자에게도 후배에게도 친절하지 말래도 얼마든지 친절해져요. 하지만 늘 위아래서 쥐어짜고 일에 치여 사는데 얼굴에 웃음기가 생길 수 있어요? 수선생님. 우리도 사람이에요. 우린 기계가 아니잖아요."

그때 재영과 최연희 차지 김봉희 육채남 오병태 모든 간호사들이 김민주 유가족 앞에 나와 눈물 흘리며 무릎을 꿇었다.
"저희 모두의 잘못입니다. 저희가 좀 더 적극적으로 배신애 쌤을 막지 못했고, 용기 있게 나서지 못했고, 민주쌤에게 더 따뜻하게 대해주지 못했습니다. 우리 모두가 김민주 간호사를 죽인 살인자입니다. 우리가 김민주 간호사를 옥상에서 떠민 거나 다름없습니다. 우리를 용서하지 마세요. 그러나 우리 역시 또 다른 김민주입니다. 그리고 우리 모두가 김민주를 죽인 가해잡니다. 비겁했던 우리를 용서하지 마세요. 늦었지만 이제라도 김민주 간호사 대신 세상에 외치겠습니다. 제발 잘못된 간호의료제도를 바꿔 달라고, 우리 정말 힘들다고, 더 외치겠습니다. 그러니 여러분들도 부디 눈과 귀를 막지 말아주세요. 저희와 함께 외쳐주세요. 여기 아픈 간호사들이 있다고…… 여기, 안으로 점점 병들어가는 간호사들이 있다고…….”
정호철 간호사의 말끝에 태현이 비명에 가깝게 절규했다. 그가 오열하며 통곡했다.
"아-아-악! 그래도! 당신들은! 이렇게 살아 있잖아! 우리 민주가 이 세상에 없는데, 내 두 아이가 세상에 없는데, 그것들이 다 무슨 소용이야! 대체 무슨 소용이냐고! 우리 민주 당장 살려내! 살려내란 말이야!”
병원 바닥에서 울며 발버둥치는 태현을, 보다 못한 안전요원들이 위로하며 부축했다. 송문영이 울며 일어나 주머니에서 김민주 유서를 꺼내 유가족에게 건넸다.
“……죄송합니다. 이 유서 이제야 돌려드립니다. 제 후배가 시퍼런 목숨을 끊었는데…… 비겁하게, 제가 살고 싶어서……, 잠시 망설였습니다. 너무 부끄럽습니다. 반성합니다.”
태현을 보며 슬피울던 재영이 놀라 송문영수간호사를 보았다. 그러나 그 후, 드림대학병원과 간호협회는 한 간호사의 충격적인 죽음 앞에서도, 이렇다 할 최소한의 성명발표 없이 침묵으로 일관했다. 그 협회는 유가족에게 진정성 있는 사과 한마디도 없었다. 그 후로도 전국에서 많은 간호사가 끝없이 세상을 등졌지만, 간호협회들은 어떤 성명도 입장도 단 한 마디 없었고 잔인 하리 만치 침묵했다. 그들은 매우 영악했다. 자신들에게 이득이 없는 문제 앞에서는 쥐죽은 듯 고요했다. 그들의 이름은 간호협회였지만, 진정한 간호복지를 위해 간호사들을 위해 항의하거나 투쟁하고 나서는 일은 없었다. 김민주 유서 내용은, 병원 밖에 대기 중이었던 기자들에게 곧 바로 알려졌다.
[간호사 김민주 유서 발견! 백의의 천사? 알고 보니, 현대판 염전노예!]
[대한민국 의료시스템! 간호사 등골 위에 세워진 흡혈탑?]
[서울 드림대학병원 김민주 간호사 죽음, 사실상 업무재해!]
[故김민주 간호사 사망- 드림대학병원 어떤 보상도 입장표명도 없어]
[입 다문 간호사협회, 김민주 사망에 꿀 먹은 벙어리?]
유가족들은 김민주 유서를 토대로 병원과 정부와 간호사협회를 상대로 소송을 제기했다. 응급실 간호사들도 늦었지만 뭐든 힘을 모아보기로 했다. 퇴근 한 응급실 간호사들이 먼저 모였다. 그들은 듀티가 회전하는 대로 수시로 상담실에서 회의하며 모이고 흩어졌다. 그들은 '하얀 비명'이라는 이름으로, 드림대학병원 간호사 비상 단톡방을 만들고 본격적으로 투쟁을 각오했다. 처음에는 행여 불이익을 당할까봐 적당히 눈치만 보던 간호사들이 점차 큰 목소리를 내기 시작했다. 곁에서 지켜보던 간호부장과 간호과장, 송문영 수간호사는 마음만 중간에 끼어 이러지도 저러지도 못했다. 팔짱 낀 이재흔 간호부장이 착잡하게 물었다.

"휴! 양과장, 우린 뭘 어째야 하는 거야? 우린 병원 입장에 서야 하잖아? 참나!"

"부장님과 나랑 수 선생님까지는, 간호노조나 집회 이런 거 절대 가담 못하게 되어 있잖아요? 승진 때 각서 왜 쓰라 했겠어요? 왜요? 가담하시게요? 뭐, 옷 벗을 각오 되셨으면 하셔도 되고요. 사실 뭐, 뒤집긴 뒤집어야 하죠. 우리, 최소한 솔직 합시다. 지금 잘못된 간호의료체계문제 너무 심각한 것 사실 아닙니까?"
이재흔 부장이 미간을 구기고 뒷머리를 벅벅 긁으며 말했다.
"하요- 그게. 난 아직 막내가 대학생이라 좀 더 살아남아야 해…… 쪽팔리지만 나 솔직히 용기 안 난다. 하, 젠장 기분 되게 꿀꿀하네. 양과장, 간호사인 듯 간호사 아닌 간호사 같은 우리냐? 하요, 젠장! 대체 우린 진짜 정체가 뭐냐? 다들 저렇게 신규까지 소신 있게 행동하는데, 우리 혹시 단세포 아메바냐? 하, 젠장! 갈등생기네."
양과장이 팔짱낀 채 서서 이재흔 부장에게 대꾸했다.
"저건 뭐 아무나 하는 건 줄 아세요? 부장님, 저게 보기엔 쉬워보여도 용기 없인 절대 못하는 거예요. 작은 거인이 되어야 가능한 거죠."
"그럼 양과장은? 가담 할 거야?"
"저, 저요? 하하, 아니 뭐. 저도 사실 용기가……. 암튼 우린 오늘 저 간호사 쌤들 비상 모임 갖는 거 절대 못 본 겁니다."
양수현과장도 꺼려지긴 마찬가지였다. 자료를 다 만든 재영이 퇴근하면서 민욱에게 문자했다.
'띵동'
-오빠, 오늘 좀 만날 수 있어? 거기서 기다릴게.
재영이 기자들을 피해 뒷문으로 퇴근해 카페로 갔다. 민욱이 카페에 먼저 와 있었다. 민욱이 재영이 앉기도 전에 여러 가지 대화를 늘어놓았다.

"김민주쌤 투신자살 사건 놓고 인터넷이 발칵 뒤집혔던데? 아까 많이 놀랐지?"

"근데 나도 지금 무사하지 못해."

"뭐? 네가 또 왜?"

재영은 며칠 전 있었던 진상환자 일을 민욱에게 고했다. 민욱이 분노를 참지 못했다.

"그게 정말이야? 병원들이 썩었어도 너무 썩었군! 암만 그래도 이 정도일줄 몰랐네! 재영아, 세상에 다 까발려! 모조리 까발려! 절대 네 스스로 그만두지 마. 알았지? 지금도 그런 진상인간들이 병원에 있구나. 참 문제다. 문제."

"그래서 나도 버틸 수 있을 때까지 버티려고. 지금 청와대 국민신문고 청원게시판에 우리 간호사처우개선 문제를 수없이 올리는데 간호사들 외엔 반응이 없어. 이렇게 하소연만 하며 우리 동료들을 매번 잃을 수는 없어. 우리가 좀 더 적극적으로 세상에 알리려 해. 오빠 내 부탁하나만 들어줄래?"

"물론이지. 뭐든 말해. 도와줄게!"

"고마워 오빠. 그럼 이것 좀 부탁할게."

재영이 민욱에게 건넨 것은 손톱만한 USB였다.

"오빠, 나 또 들어가서 준비할 게 있어. 자세한 건 문자로 알려줄게."

'띵동'

드림대학병원 [하얀, 비명] 단톡방. 줄줄이 올라오는 간호사들 의견은 뜨거웠다. 그 긴 꼬리는 밤새 이어졌다.

-우선 우리가 먼저 반성해야 합니다.
-우리가 습득한 임상노하우를 우리만의 자산으로 착각하지 맙시다. 그러니까 자꾸 신규들 가르치며 손해 보는 기분이 드나 봐요.
-맞아요. 나도 혼자 성장한 게 아닌데. 세상이 나를 믿고 기다려 준 거였는데, 내가 오만했어요.
-그래도 힘내요. 우린 이번에 바르게 우는 법을 배웠잖아요? 나를 위해서가 아닌, 동료를 위해서 우는 법이요.
-그동안 간호사연좌제 때문에 좀 겁도 났고 침묵할 수밖에 없었지만 이젠 침묵하지 맙시다.
-근데 현재 이 잘못된 구조를 어디서부터 어떻게 바꿔야 할까요?
-드림대학병원은 임금에 관한 부분은 철저히 법에 위반했어요. 간호사 초과근무에 대한 임금이 없는 것 분명한 위법이고, 헌법에 여성의 모성 보호법이 분명 있어요. 그런데 안타깝게도 김민주 간호사가…….
-간호사를 서비스업이나 종업원으로 보는 환자들의 잘못된 인식도 빨리 고쳐져야 해요.
-평균 근속연수는 5년에 그침. 현장일손은 모자라고, 떠난 간호전문인들은 병원으로 돌아올 생각 없죠.
-간호사가 자부심이 없다는 것은 곧 환자가 위험하다는 신호지 뭐겠어요?

-저는 중환자실 간호사예요. 다른 환자 살피다가 옆 환자 돌아가신 것도 모르고 뒤늦게 발견할 때 많아요. 엄연히 따지자면, 병원서 돌아가셨으면서도, 죽음에 대한 배려나 예의는커녕! 그분의 정확한 사망 시각도 놓치고 있는 거죠. 그걸 보호자분들이 안다면 얼마나 기가 막히고 항의가 빗발치겠어요? 근데 막상 그런 보호자들이 우리나라 비효율적인 간호의료현실에는 관심이 없더라고요. 정말 답답해요. 제발 국민들이 달라지길…….
-국민여러분, 저희 말 좀 들어보세요. 헌신을 약속하며 의료현장에 띄어든 우리 백의의 천사들이 이제는 죄책감 없이 일할 수 있게 도와주세요. TT 언제든 환자가 될 수 있는 우리 모두의 건강과 안전을 위해서 말입니다. 으휴! 슬프당.
-5년 전 태움으로 지금도 악몽을 꾸는 일인입니다. 저 그때 얼마나 힘들었냐하면요. 차에 치여 죽지 않을 만큼만 다쳐서 일 좀 쉬고 싶다…… 그런 생각까지 든 적 있어요. 태움 진짜 무서워요. 인간으로서 할 짓이 아님.
-나두 신규 때 태움 무지 당했네요. 벌써 8년 됐네. 조금만 참자, 참자 하지만. ㅠㅠ 근데 출근하면 또 지옥도가 펼쳐졌죠. 내가 모르는 응급상황이 펼쳐지고, 실수할까봐 두렵고 심장이 떨리고, 실력 없는 내 존재자체가 민폐인 것 같아 죽고 싶더라고요.
-근데 태움이 생길 수밖에 없는 이 의료현실을 개인 간호사한테만 책임을 너무 지우는 건…… 잘못됐다고 봐요. 이건 간호사만의 문제가 아니죠. 내가 아프면 내 문제고 내 가족이 아프면 내 가족의 문제죠.
-병원이, 환자한테 써야 할 물품까지, 그 치료하는 비용을 아끼라고

하죠. 인간의 생명을 담보로 이익을 창출하는 병원들 문제예요. 이건 아니죠. 우리누구든 죽을 때까지 병원을 한번쯤 이용하잖아요? 이런 우리들의 목소리에 귀 기울인다면 지금의 이런 최악의 상황은 벗어나고 개선된 환자서비스를 제공할 수 있지 않을까요?
-그러니까 우리가 지금 여기서 단톡하고 있는 거겠죠. 달라지길 바라고.
-환자의 수익이 병원 수익에 연동되지 못하게 법이 바뀌어야 해요. 환자로 얻은 수익은 고스란히 환자의 더 나은 케어에만 쓰이게 하는 거죠. 그거 중요해요.
-저도 간호사지만. 어떤 땐, 간호사들 정말 의료인 맞나? 의심스러울 때도 있어요. 조금이라도 책임을 질만한 일들은 안하려 하는 분도 가끔 있더라고요. 그러면 안 되는데, 우리 간호사들도 솔직히 반성 좀 합시다.
-레디컬, 웨스팅게일~ 이런 거지같은 편파적 대접 노노! 우린 전문의료인, 간호사일 뿐.
-암튼 우리 쌤들, 태움이라는 문화는 사라져야합니다. 간호사 인력이 많다면 해결될 가능성이 충분하지만 현재는 국민들의 도움 없이는 암울합니다. 많은 사람들이 이 일에 관심을 가져주어 간호사 환경이 조금 개선되었으면 하는 거죠. 또한 간호사협회도 정치 창녀 짓 그만 좀 하고요. 협회면 협회답게, 사지로 내몰린 간호사들 살릴 대안을 내놓고, 심사평가원에도 적극적으로 공문 띄우고요. 강력히 개선 요청하고요. 병원에게도 간호사 인력배정을 더 많이 될 때까지 죽도록 요청하고, 이런 걸 협회에서 나서줘야 하는데……. 우리 간호협회, 조

무사협회 열정 발바닥도 못 따라 가요. 정부에서도 관련법을 바꿔야 하고요. 으휴, 이게 될까요? 꿈이겠져.
-임신한 간호사는 현실상 죄인취급 받죠. 숫자 부족한 간호사가 일하다 육아휴직을 사용하는 것은 "나 혼자 내 새끼 잘 키워보겠으니 동료들이 힘들든 말든 상관없는 사람입니다"라는 꼬리표와 같져…. 눈치 보이져. 나라에선 인구절벽이라고 아이들 낳으라면서, 간호사 복지처우개선은 언제 해 줄지. ㅠㅠ
-간호수가도 의료수가처럼 별도로 계산되어야 해요. 이것이 개선되어야 간호환경에 희망이 생깁니다. 그 결실은 모두 환자들에게 돌아가고요. 우리 간호사들이 환자 처치에 드는 비용을, 지금처럼 뭉뚱그려 병동입원료에서 넣지 말고, 별도로 독립시켜 정산하는 시스템이 시급해요. 그래야만 병원이 간호사들을 무시 안하고 투명인간 취급 않을 테고요. 의사들처럼 수익을 창출하는 분야로 인정되어야 간호사 수를 더 늘리겠지요. 그렇게 되면 우리 환자들 치료받고 케어 받는 환경이 외국처럼 차원이 높아집니다. 그 방법도 도입되어야 합니다. 반드시.
-하아, 피곤해요~ @@ 우리가 피곤함을 무릅쓰고 이 밤중에 환자들의 안전한 간호환경을 위해 애쓰는 것을 국민들은 알까요? 이게 다 그들의 의료안전을 위해 이러는 것인데……. 국민들은 나 몰라라 하고. 우리가 돈 더 많이 받고 싶어 저런다 하고.
-알게 될 날이 올 겁니다. 저는 그럴 거라 믿어요. 그들의 환자와 가족들을 위해, 그들도 우리의 손을 잡고 함께 나서줄 거라 믿어요.

그날 밤, 퇴근해 쉬고 있는 정시원에게 긴급 문자가 왔다. 문자를 본 정시원 표정이 굳어졌다. 아들과 행복한 통화를 마친 현대식에게도 긴급문자가 왔다. 문자를 본 현대식 대장이 서랍에서 새 양말을 꺼내 신고 바지를 입었다. 아내와 외식을 마치고 귀가 중인 김태경에게도 긴급문자가 왔다. 김태경이 웃으며 아내를 집 앞에 내려주고 굳은 얼굴로 어딘가로 차를 돌렸다. 휴식 중인 유난희에게도 문자가 도착했다. 문자를 자세히 확인한 유난희가 거울 앞에서 외출 준비를 서둘렀다. 문자를 본 정시원이 거실 창밖을 바라보며 심각한 얼굴이다. 정시원이 어딘가로 가려는지 현관을 나섰다. 문자를 확인한 현대식이 외출복으로 다 갈아입고, 식탁에 앉아 뭔가 골똘히 생각하다 의미심장한 얼굴로 문을 나섰다. 외출 준비를 마친 유난희가 입을 굳게 다물고 어둠에 싸인 창밖을 주시했다. 시간을 보더니 모두 집을 나섰다.

20. 하얀 비명

며칠 후 5월 12일 아침이 밝았다.
재영이 데이 근무를 하기 위해 숙소를 나와 응급실 쪽으로 터벅터벅 걸었다. 민주가 뛰어내린 옥상이 보일 때마다 악몽처럼 느껴졌다. 재영은 그 사건 이후 고개 들어 하늘과 옥상을 보지 않는 버릇이 생겼다. 시간마다 [하얀 비명] 단톡방을 드나들며 활동하던 재영은 피곤에 지쳐 힘이 없었다.
'띵동!'
-오왓! 나의 천사가 나타났다! 하하. 걸음이 그게 뭐야? 힘 좀내고 잘 다녀와.
문자를 본 재영이 힘겹게 웃으며 건너편 광장소방서를 바라보며 문자했다.
-오빠, 오늘은 나이팅게일 생일이자 '국제간호사의 날'인데, 우리는 오늘도 일터로 가네……. 어쩌겠어? 열심히 일하는 수밖에. 간호사가 쓰러져야 한다면 그곳은 병원이 아닌. 집이어야 한다. 아고, 젠장!
-나의 천사님, 국제간호사의 날을 축하한다. 이따 오빠가 축하주 사줄게.
건너편 소방서에서 민욱이 출근해 손 흔들었다.
-오빠, 그날 내가 돌린 문자들 다 보셨대?

―음, 다들 잘 봤어. 어제와 그제 저녁에 만나 심각하게 의논했지.
―아, 다행이네.
―우리 대원들도 생각이 모두 일치하더라고. 암튼 수고해. 항상 몸조심하고. 무슨 일 있음 바로 콜, 알지?
―알았어. 백이 있어 든든하네! 역시! 오빠 최고야. 오늘 퇴근 후 봐.
응급실 외벽은 여전히 김민주 유가족 현수막이 봄바람에 흔들렸다. 유가족들은 자리를 떠났지만 아직 김민주 장례식은 하지 않았다. 가족들은 동분서주하며 집회를 하고 드림대학병원의 구조적문제를 세상에 알리고 있었다. 장례식장 간판을 보던 재영은 울컥했다. 그곳 차디찬 안치실 어딘가에 아직 김민주가 누워 있었다. 아직, 하늘로 훨훨 날아가지 못한 채.
재영은 좀 일찍 출근했다. 송문영 수간호사와 김봉희선배가 나와 간밤의 EMR을 확인 중이었다. 재영이 스테이션을 향해 터덜터덜 걸어 들어가며 말했다.
"쓸쓸한 아침이네요……. 아, 다 낡은 담장처럼 우르르 무너지기 직전임돠. 어무야, 어떡해요. 우리 다들 눈이 개구리왕눈이가 됐네. 며칠 내내 울어서."
김봉희가 처량하게 대답했다.
"그래. 그 후로 모두 쓸쓸하고, 모두 아슬아슬 하지……."
송문영 수간호사가 힘없이 대답했다.
"오늘도 태양은 떠올랐고 세상에 봄꽃은 넘치는데, 우린 유통기한도 없는 슬픔 속으로 익사 중이다……. 피곤타, 온몸이 크래커처럼 파삭! 부서질 것 같아……."

재영이 힘없이 말했다.
"하! 나는 그날부터 우울증이 호환마마처럼 번지고 있어요. 진짜 죽겠네요."
송문영이 말했다.
"나두 간신히 버티고 있다. 누군가 건들면 팡! 터질 것만 같아."
눈치 없는 채남이 상황파악 못하고 웃었다.
"어머어머! 수선생님, 봉숭아예용? 손대면 톡, 터질 것만 같은? 딱 어울리신당."
"아니. 봉숭아면 예쁘기나 하게? 폭탄이야 폭탄! 건들면 사방으로 터질. 크레모아!"
오병태가 들어오며 한마디 했다.
"오늘 부디 JS만 없어라. 그럼 그럭저럭 괜찮은 하루였다고 오버해 주마."
재영이 물었다.
"JS요?"
"진상환자, 말이야~"
"아, 진상? 맞아요. 부디 빗겨가기를."
응급실 데이팀 멤버들이 포지션대로 준비를 마쳤다. 간밤에 실려온 환자 외에 응급실은 너무 조용했다. 재영과 채남은 신규 은상과 함께 간밤에 온 응급실 간호기록을 눈에 익혔다. 별다른 환자들 없이 오전이 지났다. 응급실 간호사들은 실로 몇 달 만에 구내식당에 내려가 점심이라는 생경한 것들을 입안에 욱여넣었다. 식사를 마치고 돌아오자 간밤에 실려 온 NPO(금식) 환자가 외쳤다.

"이봐 아가씨. 밥 좀 줘! 배고파 죽것어!"
"할머니. 아직 진지 드시면 안돼요. 모든 검사 마치고 이따가 드세요."
"검사? 뭔 검살 또 해? 아, 나 배고파 얼른 밥 줘!"
"의사 선생님이 아직 아무것도 드시면 안 된대요. 조금만 참으세요. 아셨죠?"
"아 몰러! 나 밥 안 주면 집에 갈 겨. 밥을 먹어야 살지! 얼렁 밥 줘. 배고프다니께."
할머니 환자가 주사바늘을 뽑으려 했다.
"어, 할머니 링거 막 뽑으시면 큰일 나요. 좀만 참으세요. 지금 뭐 드시면 안돼요. 검사 못 해요."
"뭔 벵원이! 밥도 안주고 아주 날 배곯아 죽게 할라나벼! 나 혈당 떨어져 기절한다니께! 아, 얼렁 밥 달랑게!"
저쪽 남자환자가 간호사를 불렀다.
"어이, 이봐! 아가씨."
"환자분 어디 불편하세요?"
"나 똥 마려요."
"아직 걸으시면 안돼요. 변기 갖다 드릴게요."
"아참! 나 화장실 간다고!"
"안돼요. 환자분. 의사쌤이 아직 걸어 다니지 마시라고 했잖아요? 답답해도 여기 계세요. 변기드릴 테니 거기다 변 보세요."
남자 환자가 간호사에게 짜증을 부렸다.
"아 싫다는데 왜 자꾸 그래? 비켜! 여기서 어떻게 똥을 누란 거요?"

"환자분, 아직 그렇게 막 걸어 다니시면 안 된다니까요? 환자분, 말 좀 들으세요."

"아 비켜! 중환자도 아니고 멀쩡한데 왜 화장실을 못 가게 해? 별 일 다 보겠네!"

"그래도 안돼요. 변기 드리고 커튼 쳐드릴 테니 가만 계세요."

결국 환자는 마지못해 인상 쓰며 간호사가 가져다 준 변기에 오래, 변을 보았다. 변을 본 후에도 남자환자는 뭐가 못마땅한지 간호사들에게 계속 성질을 냈다. 검사결과를 갖고 최진우 레지던트가 내려왔다.

"황동남 환자분? 검사결과 다행히 괜찮습니다. 간호사 선생님 안내에 따라 수납하시고 약 받아 가세요."

"거봐! 나 멀쩡하다니까. 왜 변소도 못 가게 붙잡아 놓구 생 지랄들이여!"

"아 그거는요. 혹시 환자분이 화장실 가서 힘주다 혈압에 이상이 올 수도 있고 그래서 그런 거였어요. 갑자기 위험할 수도 있거든요."

"아프긴 누가? 난 멀쩡하구만! 젠장! 틈만 나면 돈 뜯어낼 궁리로 지랄두 풍년일세!"

남자 환자의 욕설에 레지던트 최진우도 난감했다.

"어제 갑자기 쓰러져서 오신 거잖아요?"

환자가 주섬주섬 옷을 챙겨 침대에서 내려왔다.

"그때 그냥 잠깐 그런 거지! 그렇다고 내가 중병환자라도 되여? 아, 드럽게 화장실도 못 가게하고 여기서 똥 누라 전 지랄들을 히고!"

송문영이 환자에게 다가기 위로하려 말을 걸었다.

"환자분, 그래도 결과가 좋다니 다행입니다. 수납에 가셔서 수납하."
수간호사 송문영 말이 채 끝나기도 전이었다.
"에잇!"
'퍽!'
황동남 환자가 자신이 가득 똥을 싼 이동식 변기를 냅다 발로 걷어찼다. 순간, 그 안에 가득 담겼던 설사 똥이 엎질러지면서 응급실 내 천지사방으로 튀었다.
"꺄-악!"
신규 하은상이 놀라 비명을 질렀다. 똥물이 사방으로 튀고 벌창이 되었다. 수간호사 송문영은 침착하게 말했다.
"어머, 금싸라기 참외 드셨나 봐요. 어머 많이도 싸셨네요. 환자분 시원하시죠? 어서 퇴원세요. 여긴 저희가 천천히 치울게요. 수납처 좀 모셔다 드려."
송문영이 조무사에게 지시했다.
"네."
문영은 잠시 작은 한숨을 쉬더니 말했다.
"재영쌤 채남쌤 어서 치우자. 급한 환자들 또 몰려오기 전에."
"으아, 참 미쳐요. 아니 왜 자기가 똥 싼 변기를 걷어 찬데요? 아후! 수선생님. 커텐, 이동침대 저 무한한 나사들 틈에 똥물과 참외 씨가 다 튀었어요. 베드, 모니터⋯⋯ 스테이션 위⋯⋯ 인젝카까지⋯⋯. 아 진짜 미치겠네!"
송문영이 그런 것에 달관한 듯 대답했다.

하얀 비명 387

"불평하는 환자 원망하지 마. 말없이 있다가 퇴원 할 때 그 불평 조용히 싸가지고 가면 더 큰 문제야. 다 이해해 드리자. 그분들이 원하는 건 거창한 게 아니야. 우리가 그분의 가족이면 돼. 시간 없어. 서둘러 닦아."

재영과 채남은 그날 똥 속에 섞인 참외 씨와 전쟁을 치렀다. 침대 나사 틈새마다 한 씨 한 씨 모조리 손톱과 핀셋으로 일일이 파내며 닦아야했다. 재영과 채남이 아직 환자 똥에 섞인 참외 씨를 베드 틈새마다 닦는데, 병원 행정부원장이 채남과 재영을 내과 병동으로 호출했다. 송문영은 직감이 안 좋아 그들이 사라진 쪽을 바라봤다. 재영과 채남이 내과병동으로 가보니 어제 그 환자와 보호자들이 모여 있었다. 간호사들이 들어가자 보호자들이 코를 쥐고 아우성쳤다.

"뜨악! 이게 뭔 냄새야?"

"켁! 똥냄새 아녀?"

"간호사들이 오니까 웬 똥냄새가 진동을 혀! 아 더러워!"

재영과 채남이 그들 앞에 섰다. 행정부원장이 말했다.

"얼른 사과하세요. 저분들이 두 분 사과 받아야만 퇴원한답니다. 우리 그만 고집 피웁시다. 다들 지쳤어요. 얼른 사과하고, 저분들 지금 퇴원하시게 해요."

어제 그 남자환자가 재영과 눈이 마주쳤다. 재영을 향해 은근 쌤통이라는 표정이다. 재영이 작지만 단호히 대답했다.

"못합니다."

행정부원장 인상이 험상궂게 일그러졌다.

"못해요? 그냥 사과해요. 거참! 이분들이 사과 받아야 오늘 퇴원 한다잖아요?"
"글쎄, 저는 잘못한 게 없어요. 뭘 사과해요? 제가?"
"채남쌤도 얼른 저쪽 할머니 환자분한테 사과하세요."
"저도 못합니당. 저는 환자분께 잘못한 게 없거든용."
그때 재영이 다짐한 듯, 행정부원장한테 말했다.
"행정부원장님. 저 잠시 드릴 말씀 있어요."
행정부원장이 신경질 적으로 물었다.
"뭔데요? 하라는 사과는 않고!"
"잠시만 따로 봬요."
재영이 엘리베이터 옆 휴게실로 앞서 갔다. 행정부원장이 재영의 뒤를 따라왔다. 휴게실로 들어간 재영이 행정부원장을 마주보고 앉았다. 스테이션을 맡기고 뒤따라온 송문영이 엘리베이터에서 막 내렸다. 내과병동 스테이션으로 가던 문영이 휴게실에서 새어나오는 소리에 걸음을 멈췄다.
"행정부원장님, 저기 남자 환자분말인데요. 그때 정말로 제게 심한 성추행발언 했습니다. 제가 휴대폰에 녹음까지 했어요. 여기 제 폰에 증거자료 다 있으니 직접 들어보세요."
"아 참! 나재영씨 대체 왜 이래요? 그거 말하려고 날 보잔 거야? 휴! 나재영씨 나랑 해보잔 거야 지금? 우린 그 환자가 재영씨한테 성추행을 했냐 안 했냐를 알고 싶은 게 아니야. 사실이 궁금한 게 아니라고! 아직두 내 말 뜻 모르겠어요? 그렇게 안 봤는데 재영씨 참 답답하네! 휴! 그냥, 빌어. 눈 딱 감고 한번 무릎 꿇으면 모든 게 다 조용해지는 거야. 아무 일도 없던 것처럼. 알아요? 나재영씨. 여기 관 둘 거야?

난 그래도 재영씨한테 최대한 피해 안 가게 해주려 며칠 째 이러는 건데. 참, 말귀를 못 알아듣네. 그래서 빌 거예요? 말 거예요? 저 사람들 지금 며칠 전부터 버티는 걸 겨우겨우 설득해서 오늘 퇴원수속 밟았는데, 정말 이럴 거예요? 병실이 없어서 지금 환자를 못 받는다고 알아? 저 사람들 내보내야 환잘 받을 거 아냐? 나재영씨가 병실 손해비용 다 책임 질 거야? 그렇게 돈 많아?"

재영은 행정부원장 말에 이러지도 저러지도 못한 채 손가락만 매만지다 한마디 했다.

"그렇다고 안한 사실을 사과해요? 오히려 사과 받을 사람은 저예요! 근데 무릎까지 꿇으라고요? 더구나 내게 증거까지 다 있는 데도요?"

행정부원장이 신경질적으로 안경을 벗더니 머리를 벅벅 긁었다.

"아, 몰라몰라! 그럼 나도 이제 모르니까. 직접 해결해요! 나도 더는 못 해. 나재영씨 해고처리 될 겁니다. 그리고, 남은 익월 월급은 이번 내과병실 손해비용 차감되고 나갈 거예요. 알았죠? 그럼 나올 것도 없으니 짐만 싸면 되겠네."

행정부원장이 휴게실을 나가려는데, 재영이 대답했다. 재영은 평생 처음으로 집을 산 부모님의 대출금을 다달이 보태고 있었다. 만약 여기서 잘 못되면 많은 것들이 수포로 돌아가 버릴 상황이었다. 재영은 고민하다 눈 딱 감고 입을 열었다.

"하, 할게요. 하죠."

행정부원장이 걸음을 멈추고, 반색하며 돌아봤다.

"하하하! 하, 한다고? 방금 사과 한다고 했죠?"

"네……."

해정부원장이 갑자기 반색을 하며 재영에게 다가앉았다.

"하하하, 아니 진작 그렇게 나올 것이지. 여러 사람 진을 다 빼구. 하하하! 자 그럼 갑시다. 재영씨 이제 보니 처세 좀 할 줄 아는데? 하하. 그게 다, 서로 좋은 게 좋은 거지. 그럼그럼. 자 얼른얼른 가서 간단히 한번에 딱 끝냅시다! 재영씨가 하면 채남씨도 따라 하겠지."

둘은 휴게실을 나와 복도를 걸었다. 재영은 행정부원장 뒤에서 도살장 끌려가는 소처럼 따라갔다. 완강히 버티던 채남이 잠시 후 나타난 둘을 번갈아 보았다. 행정부원장이 웅성거리는 보호자와 환자 앞에 나재영을 떠밀듯 세웠다.

"보호자 분. 기다리게 해 죄송합니다. 우리 간호사가 잘못했다고 모두 시인했습니다. 사과드린다니까 받아주시고 수납후 퇴원하시면 되겠습니다. 자, 재영쌤. 뭐해요? 얼른 무릎 꿇지 않고?"

재영이 치밀어 오르는 무수한 생각들을 꾹꾹 눌렀다.

'나재영, 다른 것 다 잊자. 오로지 엄마 아빠 생각만 하자……. 우선 여기서 살아남아야 뭐든 하지. 나는 잘못이 없지만, 오늘은 무릎을 꿇자. 이곳에서 어떻게든 살아남아, 우리 부모님 아파트 대출 금 갚아드리자.'

그녀가 입술을 깨물며, 천천히 병동복도에 무릎을 구부렸다. 재영은 자신도 모르게 눈물이 먼저 솟았다. 그녀가 차가운 병실 복도에 막 두 무릎을 꿇을 때였다.

"재영쌤! 멈춰요!"

송문영이 외치며 다가왔다. 수간호사를 본 나재영이 흐느껴 울며 일어섰다.
"수선생님……? 흐흐흑……!"
"재영쌤. 죄졌어요?"
"아니요."
"근데? 왜 지금 나재영 간호사가 무릎을 꿇으려 해요?"
"그냥요……."
"그냥? 그냥이 어딨어요? 잘못이 없는데 왜 무릎을 꿇어요?"
"그냥…… 뭔지 모르지만, 어쨌든 지금은 이래야 할 것 같아서요……."
"나재영 간호사님! 나 똑바로 보세요."
재영이 울며 송문영 수간호사를 바라보았다. 송문영이 재영을 향해 말했다.
"재영쌤의 그 무릎은 아무 때나 함부로 꿇는 게 아닙니다. 진실로, 베드에 누운 아픈 환자를 위해, 좀 더 가까이 다가가 환자의 목소리를 들어야 할 때, 간호사의 무릎은 바로 그럴 때만 꿇는 거예요. 우린 간호사예요. 부당하고 정의롭지 못한 일에 무릎을 꿇어서야 되겠어요? 더구나 재영쌤, 증거도 다 있다면서요? 이런 시정잡배들 같은 인간에게 꿇기에는 나재영 간호사의 그 무릎은 너무 아깝습니다. 앞으로 내 말 명심하세요. 당신의 그 아름다운 무릎은 진정으로 당신의 간호가 필요한 환자 앞에만 꿇습니다. 자, 여긴 내가 알아서 할 테니 아무 걱정 말고, 채남쌤, 재영쌤, 응급실 스테이션으로 내려 가 있어요."
"수 선생님 감사합니다. 흐흐흑!"
행정부원장이 송문영을 눈엣가시처럼 노려봤다. 행정부원장이 표정

관리를 못한 채 대꾸했다.
"수간호사님 지금, 다 된 밥에 뭐 하십니까?"
"행정부원장님, 똑바로 들으세요. 문제 더 크게 키우고 싶지 않으시면, 여기서 끝내세요. 아시겠어요? 이만 하면, 제 말이 무슨 뜻인지는 알아들으셨을 줄로 알고, 돌아갑니다."
송문영이 복도를 걸어 나가는데 행정부원장이 불렀다.
"이봐요! 송문영씨! 당신 해고당하고 싶어? 지금 이게 무슨 상황인지 몰라서 그래?"
"네, 잘 알죠. 위대한 드림대학병원 내과병동 두 병실에 개념 없는 인간들이 베드 꿰차고 공갈 협박하니까. 곤란하셨겠지요. 당장 환자를 더 받아도 시원찮은데. 이미 단물 다 빠진 환자 둘이 버티고 나쁜 소문만 퍼트리고 있으니. 뭐, 그런 상황 아닌가요? 그래서 나재영 간호사를 공갈 협박해 강제로 무릎 꿇리고 싶으셨나보죠? 차암-, 대단하십니다."
"송문영! 당신 당장 해고야! 알아?"
"네네! 제발 그러실게요. 안 그래도 내가 이 병원을 해고하려던 참인데! 마침 잘됐네요!"
행정부원장이 열 받아 씩씩 거렸다. 보호자들은 한 수 더 떴다.
"아니! 뭐 저딴 간호사들이 다 있어! 멀쩡한 남의 남편을 성추행범 만들고 사과는커녕, 뭘 잘했다고 되레 큰 소리야! 내 절대로 이 병원 가만 두지 않을 겁니다."
환자와 보호자들은 행정부원장에게 거칠게 항의했다. 문영이 응급실로 가려 엘리베이터 앞에 섰다. 내과 병동 변미영 수간호사가 한숨 쉬며 송문영에게 다가왔다.

"송문영 수간호사님, 어쩌려고 그래요?"

"뭘 어째요? 그럼 저런 양아치들과 타협해요? 난 못해요."

변미영이 푸념을 했다.

"우린 저들보다 더한 환자도 다 참고 일했잖아요? 웬만하면 참아요."

송문영이 변미영을 돌아봤다.

"변미영 수간호사님, 당신과 나는 간호사후배들한테 사죄해야 해요. 바로 우리가 저런 인간들을 저 모양 저 꼴로 만들었다고 생각 안 해요? 그래서 우리 못난 선배들 때문에 우리 후배들이 지금 이런 대접까지 받는 거란 생각 안 해봤어요? 이게 다 우리가 미련곰탱이처럼 참고 참아서 벌어진 일입니다. 그래서 병원과 일부 잘못된 환자들이 우릴 더 우습고 만만하게 보는 거라고요. 난 더 이상 안 참을 겁니다. 늦었지만 이제부터는 침묵하지 않을 거예요. 우리 모든 선배간호사들은 반성해야합니다. 우리가 침묵한 것이, 때로는 우리 뜻과 달리, 암묵적 공조자가 된 것은 아닌지 이번 기회에 돌아봐야 한다고 봐요. 저부터 반성하려합니다."

'띵동!'

엘리베이터가 내려와 문이 활짝 열렸다. 변미영이 엘리베이터에 타려는 송문영 팔을 붙잡고 걱정된다는 듯 물었다.

"우리 둘 다 수간호사로 승질할 때 각서 쓴 것 잊었어요? 우리도 여기까지 쉽게 온 것 아니잖아요? 대체 어쩌려고?"

단호한 표정의 송문영은 변미영을 똑바로 보며 되물었다.

"변미영 수간호사님. 정말, 몰라서 묻는 거예요?"
송문영이 변미영 팔을 빼고, 당당하게 돌아갔다. 응급실에 내려가니 스테이션 분위기가 이상했다. 송문영이 둘러보며 물었다.
"분위기가 왜 이래? 된서리 맞은 풀잎처럼 축축 늘어져가지고."
"수선생님 해고라면서요? 정말이에요? 재영쌤과 채남쌤 편들다 해고당한 거예요?"
"소문 참 빠르네. 해고는 무슨. 그런 일 없어요. 신경 쓰지 말고 환자분들 한번 더 케어 하세요."
어느덧 하루해가 뉘엿뉘엿 지고 있었다. 응급실 창문으로 노을이 밀려들었다. 송문영이 조금 늦은 퇴근을 위해 소지품을 챙겼다. 곧 있으면 데이 팀들도 퇴근할 시간이었다. 이브닝 듀티조가 하나 둘씩 출근했다. 그때 행정부원장이 송문영에게 와서 해고통지서를 집어던졌다. "송문영씨! 당신을 오늘부로 해고합니다. 30일분 임금 여기 넣었으니 챙기시고. 그리고, 병원의 기존 지급품 하나도 빠짐없이 반납하시고, 차지에게 업무인수인계 착수할 것을 명합니다."
행정부원장이 차갑게 돌아갔다. 응급실 모든 간호사들이 스테이션에 모여 웅성거렸다. 오병태가 어처구니없는지 한마디 했다.
"해, 해고? 우리 송문영 수 선생님을? 이게 무슨, 중환자실에서 역기 드는 소리?"
송문영이 잠시 응급실을 나갔다. 모두 스테이션에 모여 은밀하고 단호한 눈빛이 오갔다. 방금 출근한 최연희 차지가 간호사 단톡에 [하얀! 비명!]이라는 문구를 올렸다. 그러자 드림대학병원 전체 병동 간호사들이 동일하게 움직이기 시작했다. 정호철이 스테이션 안쪽에서 뭔가를 주섬주섬 꺼냈다. 최연희도 김봉희도 약속 한듯 각자 뭔가를 준비했다. 그들은 단체로 사직서를 써서 스테이션 위에 올려놨다. 드림대학병원 모든 간호사들이 일제히 행동에 나섰다. 그리고 하나하나 구호를 적었다.

간호사도 사람입니다!
더는 침묵하지 않겠습니다!
간호사 처우개선!
공짜노동 OUT
태움 OUT
간호인력법 제정!
간호사복지법 제정!
김민주법 제정!
무한도 무보수 야근 NO!
간호사는 무제한노동자? NO!
노동피로 간접살인!
살인적인 근무환경? NO!

최연희 차지가 말했다.
"어떤 일이 있어도, 급한 환자는 듀티 짜서 자리 뜨지 말도록! 책잡힐 일 하지 맙시다. 응급과 중환자 어싸인들은 차질 없게 항시대기하기로 했죠?"
"염려 마세요. 다 짜놨어요. 저희가 당번으로 환자분들은 철저히 지킬 겁니다."
환자 응급대기조를 제외한 드림대학병원 모든 간호사들이 저마다 촛불과 팻말을 들고 섰다. 촛불을 든 그들은 한발 한발 복도로 줄지어 나왔다. 발걸음은 비상구 계단을 향해 위로위로 불빛 소용돌이가 끓어 넘치듯 거슬러 오르기 시작했다. 이 소식을 전해들은 행정부원장과 진료부원장이 놀라 병동과 응급실을 뛰어다녔다. 드림대학병원 간부들과 수간호사들은 조합에 들거나 단체행동을 할 수 없다는 각서를 쓰고 입사한 터였다. 변미영 내과병동 수간호사가 촛불을 들고 간호사들 대열을 따르려 하자 행정부원장이 소리쳤다.
"간호부장 어딨어! 당장 간호부장 불러와! 모든 병동 어싸인(환자담당자) 자리비면 가만 안 둬! 스테이션 자리 지키고 어싸인 단 한명도 자리 뜨지 마! 알겠어? 한 발짝이라도 자리 뜨는 순간! 환자간호책임 유기! 직무유기로 다 유치장에 쳐 넣어버릴 테니! 명심해!"
행정부원장의 협박에 마음이 흔들린 변미영이 주춤했다. 거대하고 고요한 빛의 물결이 드림대학병원 모든 복도로 나와 나선형 계단을 빙글빙글 돌아 천천히 옥상으로 올라갔다. 병동 복도를 통과하는 고요한 촛불들은 저마다 눈물을 흘리고 있었다. 변미영이 행정부원장의 엄포에 어쩌지 못하고 서있자. 병실에서 링거 폴대를 밀며 나온 한 환자가 외쳤다.
"내가 촛불을 들게요! 아까 잘못된 보호자들 행동을 용기 없이 보고만 있었던 것 정말 미안했어요. 우리 간호사들 그동안 너무 고생 많았어요! 우린 모두 달라져야 해. 우리 환자들 생명 지키려 제 몸 아끼지 않는 간호사님들 감사해요. 그 촛불을 내게 줘요! 나는 다리는 멀쩡허니께! 내가 옥상으로 가면 되것네. 간호사님은 나를 부축하쇼! 그럼 근무 이탈, 책임 이탈은 없는 거요. 나를 부축하는 거니까! 자, 내가 앞장 설 테요!"

이 말을 듣고 삼삼오오 환자들이 함께 촛불을 들겠다고 나섰다. 오히려 간호사들이 링거 폴대를 밀며 그들 뒤를 따랐다. 환자들은 서두름 없이 엘리베이터를 기다렸다가 차근차근 옥상으로 향했다. 한 환자가 또 다른 병동 간호사에게 말했다.

"간호사님, 그 촛불 제게 주고 나를 좀 부축해 주실래요? 갑자기 병원 옥상에 올라가 신선한 바람을 좀 쏘이고 싶구먼. 허허허. 오늘은 별이 얼마나 떴나?"

그 모습을 본, 더 많은 환자들이 하나 둘씩 겉옷을 걸치고 슬리퍼를 발에 꿰었다. 두발로 거동이 가능한 모든 환자와 보호자들까지 촛불을 들고 병실을 나섰다. 가장 위중한 환자 보호자는 병상 머리맡에 한마음으로 촛불을 밝혔다. 보호자들이 복도에 나와, 묵묵히 행진하는 간호사들에게 말했다.

"간호사선생님들 우리가 미안했어요! 우리가 너무 힘들게 했던 것 같아요. 아까 사실 선생님 잘 못 없었던 것 나도 알고 있었는데…… 나도 용기가 없어 나서지 못해 미안했어요. 어서 가세요. 가서 외치세요. 그동안 참고 말 못한 것, 다 말 하세요. 우리가 증인이 되어 드리리다!"

드림대학병원은 순식간에 지상에서 가장 거대한 '나이팅게일 선서식'이 재현되고 있었다.

응급실로 달려간 진료부원장이 행정부원장과 같은 말을 외쳤다.

"응급실 어싸인 자리비면 가만 안 둬! 스테이션 자리 지켜! 어싸인 단 한명도 자리 뜨지마! 알었어? 허락 없이 자리 뜨는 순간 다 유치장에 쳐 넣어버릴 거야! 명심해!"
 송문영은 이미 해고통보를 받은 몸이라 당당하게 촛불을 들고 대열에 합류했다. 이브닝팀 중 위중한 환자 담당만 남고 이미 모두 선두대열에 합류했다. 그들은 하나의 거대한 붉은 용암처럼 위로위로 끓어올랐다. 복도를 행진하며 만감이 교차하는지 눈물을 흘렸다. 나재영 간호사도, 육채남 간호사도, 하은상 간호사도, 배신애 간호사도, 정호철 간호사도, 최연희 차지도, 김봉희 간호사도, 오병태 간호사도, 그리고 송문영 수간호사도…… 오래전 간호학과 대학을 갓 입학해 멋진 간호사의 꿈을 안고 나이팅게일 선서식을 했던 숭고한 촛불이, 오늘 높이 든 분노의 촛불과 오버랩 되어 눈물이 흘렀다. 복도를 지나 끊임없이 옥상으로 행진을 이어가는 드림대학병원 간호사들. 멋진 전문 의료인이 되라고 열심히 길러주신 부모님께 지금 자신들이 너무 초라해 슬펐다. 병원 비상계단을 통해 드림대학병원 건물 중 가장 높은 27층 동관 옥상으로 촛불행진은 계속 되었다. 행정부원장이 병원장에게 전화로 보고했다.
 "지금 모두 동관으로 향하고 있습니다! 동관에는 제일 높은 옥상이 있습니다. 그리로 갈 목적인 것 같습니다! 병원장님 면목 없습니다!"
 -그 지경이 되도록 당신은 대체 뭘 한 거야? 빨리 막아! 매스컴, 기자들 모르게 단속 똑바로 하고! 금방 갈 테니 어떻게든 수습해! 알았어? 못 막으면 행정부원장 당신도 해고야! 알아? 그리고 시위가담

자 모조리 명단 적어 보고해! 전원 해고라고 알려! 동참 못하게 막으란 말이야!"

"넵! 알겠습니다! 최대한 막아보겠습니다!"

병원은 초비상이 걸렸고 스피커는 분주했다.

"드림대학병원내부에 알립니다. 지금 원내에 작은 소요가 있습니다. 경고합니다. 최대한 신속히 각자 포지션으로 복귀할 것을 경고합니다. 환자생명을 지켜야할 간호사 여러분, 냉정하고 침착하게 제자리로 돌아가 주시기 바랍니다. 지금부터 어떤 간호사도 어싸인 이탈, 환자 케어임무 이탈, 스테이션 이탈자는 절대 묵과하지 않겠습니다. 차후 불이익을 당하는 일 없도록 한분도 동요하지 마시기 바랍니다. 동요자는 차후 큰 불이익이 있을 것을 경고! 합니다."

의사들이 모두 나와 안타까운 시선으로 촛불 행진을 바라봤다. 드림대학병원 모든 과 복도에는, 임금협상 해고통보 철회, 칼퇴 보장, 간호인력 두 배 확충, 간호수가 개선, 신규간호사 별도 교육과정 원내 신설, 노동환경 개선을 요구함이라는 문구가 곳곳에 붙었다.

"사실, 간호사들 오래 참았지 뭐. 너무들 했잖아? 터질 게 터진 거지. 하, 짠하다."

몇 몇 의사들은, 소매 자락에 눈시울을 적셨다. 곁에 또 다른 의사는 부러운 듯 말했다.

"짠하긴 뭐가 짠해? 멋지구만! 야, 그래도 간호사들은 부당한 것에 저렇게 항의라도 하지. 우리 봉직의들은 대체 뭐냐? 찍소리도 못하고 엎드려 살잖아? 그놈의 계약직이라는 목줄 때문에……. 우리야말로 들고 일어나야 하는 기 아니냐? 우린 간호사 쌤들한테 한 수 배워야 해."
그때 또 다른 진상 환자가 마음이 변했는지 복도로 나와 나재영에게 다가왔다.
"간호사 선생님, 그간 정말 죄송했습니다. 제 못난 부끄러움 용서를 빕니다, 제가 지금 밤하늘 별이 보고 싶은데 저 좀 부축해 주시겠어요? 촛불은 제가 들 테니 선생님은 저를 부축해 주세요."
그 광경을 본 행정부원장 얼굴이 붉으락푸르락하며 그 앞을 막아섰다.
"가긴 어딜 가!"
행정부원장이 핏발 선 눈으로 앞을 막고 나재영 간호사를 노려봤다. 그러자 환자가 단호히 나섰다.
"당신! 뭐야! 간호사 선생님은 지금 환자간호 중이니 당장 길을 비켜주시죠."
행정부원장은 양팔을 벌리고 잠시 버티다 꿀 먹은 벙어리처럼 길을 터 주었다. 잠시 멈췄던 촛불이 다시 움직이기 시작했다. 레지던트 최진우도 간호사들의 촛불행진을 보며 가슴이 뭉클했다. 노재진 응급실장도 고요한 미소로 응원했다. 병원 모든 임원진이 출동했지만 거대한 촛불을 막을 힘은 없었다. 이재흔 간호부장과 양수현 간호과장도 그들을 막지 못한 채 묵묵히 바라보았다. 이미 터진 봇물이라 손을 쓸 수 없었다. 간호사들 손에 의지한 환자들이 촛불을 직접 들고, 한발 두발 기도하듯 옥상으로 향했다. 낮에 응급실에 실려 온 유치원생 여자 아이가 최진우의 발밑에서 의사가운을 잡아당겼다. 아이는 어디서 구했는지 앙증맞은 LED촛불을 손에 들고 진우를 올려다보며 빙긋 웃었다. 왼쪽 손등에 수액을 꽂은 그 꼬마아이가 말했다.

"의사선생님, 저 좀 저기로 데려가 주세요."

레지던트 최진우가 꼬마의 눈높이에 몸을 낮추고 마주 보며 물었다.

"너, 저기 따라 가고 싶어?"

"네."

"왜?"

"빛이잖아요? 저기에 빛이 있잖아요?"

"빛이 있어서 가고 싶다고?"

"네. 아픈 건 싫어요. 빛은 환해서 따뜻해요. 아프지 않아요."

진우가 꼬마의 말을 천천히 따라해 보았다.

"아픈 건 싫다? 빛은 아프지 않다…… 고?"

최진우가 웃으며 심오한 듯 고개를 끄덕였다. 아이의 눈높이에 맞춰 한쪽 무릎을 꿇고 미소 지었다. 꼬마에게 장난스럽게 눈을 찡긋 하더니 아이의 작은 손을 잡고, 체념한 듯 일어섰다.

"하요, 그래…… 가보자. 네 말 참, 심오해서 어렵긴 한데. 빛이 있는 곳으로 가자. 빛은 아프지 않으니까. 빛은 따뜻한 거니까. 얘가 커서 철학자가 되려나? 음, 심오해! 아주 심오해! 하하하. 가자! 빛이 모인 곳으로!"

진우가 짓궂게 고개를 갸웃하며 빙긋 웃었다. 그날 구급대원들은 구조자들을 최대한 다른 병원으로 이송했다. 간간히 다급한 응급환자 소수만 응급실로 왔기에 대기 중인 담당 간호사와 의사가 무리 없이 치료했다. 꼬마아이를 따라 최진우가 링거 폴대를 끌며 촛불행진을 따라갔다. 유설민 치프가 멀어지는 진우를 향해 외쳤다.

"최선생, 환자 안보고 어디 가?"
레지던트 최진우가 조막손을 꼭 잡고 장난기를 섞어가며 이쪽을 향해 외쳤다.
"저도 빛이 있는 곳으로 갑니다……. 아픈 건 싫거든요. 헤헤."
응급실에서 환자를 보던 유 치프가 복도를 내다봤다.
"뭐? 그게 뭔 소리야?"
유설민 치프가 고개를 갸웃했다.
"그런 게 있어요…… 선배, 너무 깊이 알려하지 마요. 얼른 다녀올게요. 가자! 빛이 있는 곳으로."
최진우가 개구쟁이처럼, 촛불 든 꼬마와 함께 신나게 따라갔다. 각각의 병동에서 한참 전에 출발한 촛불들이, 동관 옥상으로 하나 둘씩 모여들기 시작했다. 동관 옥상이 환자와 보호자들과 간호사들로 가득 차자, 다른 촛불들이 서관 옥상으로 향했다. 행정부원장과 진료부원장은 속이 새카맣게 타들어갔다.
-병원장님, 언제 오실 겁니까? 크, 큰일 났습니다! 동관이 환자와 보호자들과 간호사들로 다 차고, 지금 또 다른 촛불들이 서관 옥상으로 향하고 있습니다!
동관, 서관, 남관 드림대학병원 드높은 옥상마다 수천 개의 촛불들이 모여들자, 주변 아파트 주민들이 놀라 베란다에 매달려 웅성웅성 내다보았다.
바로 그 때였다.
드림대학병원 도로 맞은 편, 광장소방서 119대원 신민욱, 유난희, 정시원, 김태경, 현대식구급대장이 비장한 얼굴로 소방서 옥상으로 향했다. 광장소방서 옥상 국기계양대쪽에 뭔가 작은 불빛이 생겨났다. 잠시 후.

거대하고 강렬한 레이저 빔 프로젝트가 허공 어딘가를 향해 로켓포처럼 발사되었다. 그 빛은 한 치의 망설임도 없이 맞은편 드림대학병원 흰 건물벽을 향해 별똥별처럼 날아가 산산이 부서져 눈부신 영상이 되었다. 순식간에 드림대학병원 건물 흰 외벽 하나가, 통째로 대형 스크린으로 돌변했다. 거대한 스크린 화면에 가장 먼저 나타난 영상은 [나이팅게일 선서식] 장면이었다.

'우리가 이러려고 간호사가 되었습니까?' 라는 붉고 거대한 문구와 함께 수천 명 간호사들이 스크린에 가득 찼다.

나이팅게일선서

나는 일생을 의롭게 살며
전문 간호직에 최선을 다할 것을
하느님과 여러분 앞에 선서합니다.

나는 인간의 생명에 해로운 일은
어떤 상황에서도 하지 않겠습니다.

나는 간호의 수준을 높이기 위하여
전력을 다하겠으며, 간호하면서 알게 된

개인이나 가족의 사정은 비밀로 하겠습니다.

나는 성심으로 보건의료인과 협조하겠으며
나의 간호를 받는 사람들의 안녕을 위하여
헌신 하겠습니다.

거대한 스크린에 느린 자막으로 올라가는 나이팅게일선서식을 구경하던 아파트주민들은 박수치고 함성을 외쳤다. 수많은 주민들이 베란다에 매달리거나 창문으로 내다보았다. 잠시 후, 누가 시키지도 않았는데 많은 아파트 주민들이 밖으로 삼삼오오 먹을 것들을 챙겨 걸어 나왔다. 그들은 광장소방서 주차장으로 방석을 들고 나와 줄지어 앉더니 대형 스크린을 영화처럼 관람하기 시작했다. 어떤 직장인들은 캔 맥주와 마른안주까지 챙겨 나와 목을 축이며 축제하듯 시위에 동참했다. 그 광경을 실시간 생방송으로 유튜브에 동영상을 찍어 올리는 사람도 여럿 보였다. 페이스북 실시간 방송으로 촬영하는 사람도 많이 목격되었다. 송문영 수간호사와 나재영이 동관 옥상에 서서 마이크를 들고 외쳤다.

간호사도 사람입니다! - 사람입니다!
이제 더는 침묵하지 않겠습니다! - 침묵하지 않겠습니다!
간호사 처우개선! - 간호사 처우개선!
공짜노동 OUT - OUT!

하얀 비명 405

태움 OUT – OUT!
간호인력법 제정! – 간호인력법 제정!
간호사복지법 제정! – 간호사복지법 제정!
김민주법 제정! – 김민주법 제정!
무보수 연장근무 NO! – NO!
간호사는 무제한노동자? NO! – NO!
노동피로 간접살인! – 노동피로 간접살인!
살인적인 근무환경? NO! – NO!
드림대학병원은–간호사 등골 빼서 지은 인골탑!

주변 아파트에서 누군가 그 광경을 스마트폰으로 찍어 실시간으로 방송을 내보냈다.

"짜잔! 여러분 놀라셨죠? 지금 제가 라이브로 방송을 하고 있는 여기는 저희 집 바로 앞에 있는 그 이름도 유명한 서울 드림대학병원 현장입니다! 지금 무슨 일인지 드림대학병원 모든 간호사들이 일제히 옥상으로 올라가 촛불을 밝히고 있습니다! 네, 그야말로 장관입니다! 이런 놀라운 광경을 언제 또 볼 수 있을까요? 지금, 병원건물 옥상마다 촛불 든 환자들과 간호사들이 가득합니다. 지금 이 병원건물 전체가 거대한 하나의 촛불 형상이 되어 남산밤하늘을 밝히고 있는데요. 거대한 촛불이 아마도 기네스북에 오를 만큼 어마어마합니다. 아, 그렇지요? 이 병원은 고(故)김민주 간호사 투신자살 사건으로 실시간 검색어로 등극한 악명 높은 병원이기도 합니다. 아직 고(故)김민주 간호사의 장례식이 치러지지 못하고 있다는 후문입니다. 그렇다면 지금 저 병원건물 지하 어딘가에 고(故)김민주 간호사가 하늘로 떠나지 못하고 슬프게 누워 있겠군요. 아! 진짜 안타깝습니다. 오늘 무슨 일로 저분들은 저렇게 수천 개의 촛불을 병원 옥상에 밝힌 것일까요? 그 내막은 아직 저도 잘 모릅니다. 아무튼, 지금 제가 실시간으로 영상을 올리고 있습니다. 우리 한번 끝까지 지켜보기로 합시다. 댓글 많이 달아주시는 것 잊지 마시고요. 네, 함께 보시죠! 아! 지금 건물 외벽이 거대한 스크린으로 돌변했습니다! 와! 대단합니다! 시간 되시는 분들은 현장으로 직접 오셔서 보시는 것도 기념이 될 듯합니다. 암튼 대단합니다. 대체 누가 이런 기발한 생각을 다 했을까요? 병원 건물로 된 거대한 스크린이라! 아이디어 무지 좋습니다. 네!"
대형 스크린 화면이 바뀔 때마다, 주변을 메운 모든 주민들이 힘차게 환호성을 질렀다.
 "멋집니다! 간호사선생님들 힘내세요! 응원합니다! 그동안 너무 고생 많으셨습니다!"
라고 매직으로 쓴 문구들이 주변 아파트 창문과 거실에 나붙었고 모두 손뼉을 쳐주거나 환호성을 질렀다. 인터넷과 페이스북 방송을 타고 드림대학병원 간호사들의 문제가 널리널리 퍼져나가기 시작했다.

21. 저기, 저것이 뭡니까?

같은 시각, 청와대 관저 후원으로 누군가가 산책을 나왔다. 남북미 정전협정 삼자평화회담과 삼팔선 비무장지대 평화공원조성 준비. 동해선과 경원선 남북 철로 확장 계획으로 고심하던 대통령이 머리를 식히고 있었다. 그는 며칠 동안 연이은 미세먼지로 볼 수 없었던 맑은 밤하늘을 보며, 모처럼 상쾌함을 누렸다. 대통령은 최근 들어 유독 맑고 쾌청한 밤하늘이 놀랍고 신기했다. 그는 서울 사대문 내 공기가 좋아진 것을 기뻐하며 수행원들과 돌아서려던 그때였다. 대통령은 문득 남산 기슭 쪽의 이상하고 거대한 불빛을 발견했다. 그가 수행원들에게 물었다.

"저기 저것이, 뭡니까?"

대통령은 한밤중의 거대한 불빛이 심상치 않게 보였다. 청와대에서도 확연히 보이는 건물 옥상의 거대한 횃불과 쉼 없이 움직이는 레이저 빛에 놀라, 비서관에게 신속히 알아보라 지시했다. 비서관이 급히 알아보더니 어느 병원 옥상위의 불빛이라고 대통령에게 보고했다.

"이 늦은 시각에 무슨 불빛이기에 이곳까지 환히 보일까요? 얼른 상세히 알아보세요."

비서관이 어딘가로 전화를 걸어 자세히 알아보고 달려왔다.

"대통령님. 남산 밑에 있는 드림대학병원 옥상불빛이라고 합니다. 별일은 아니라고 하니 신경 안 쓰셔도 될 것 같습니다."

"음, 그래요? 알았습니다. 자 다들 이만 들어갑시다."

대통령은 천천히 관저로 향해 걸었다. 그때 또 다른 비서관이 허겁지겁 달려왔다.

"대통령님! 대통령님! 큰일 났습니다! 지금 모든 방송사들이 긴급 뉴스특보를 내보내고 있고 드림대학병원이 실시간 검색어 1위에 올라있습니다!"

"그래요? 왜죠?"

"서울 드림대학병원에 근무하던 김민주라는 간호사가 며칠 전, 병원 옥상에서 투신자살을 했답니다. 그리고 오늘, 병원 모든 간호사들이 지금 옥상에서 촛불시위 중이랍니다!"

"저런! 집무실로 가 무슨 상황인지 좀 봅시다!"

운동복 차림의 대통령이 서둘러 집무실로 향했다. 집무실로 향하는 2층, 한쪽 벽면에 '사람이 먼저다!' 라는 글귀가 커다랗게 걸려 있었다. 그 글귀가 오늘밤 유독 대통령 눈에 들어왔다. 대통령이 계단을 오르다 그 글씨 앞에서 걸음을 멈췄다. 그러고는 그가 말했다.

"아닙니다. 이렇게 아니라, 지금 내가 옷 갈아입고 나올 테니, 그 병원으로 암행 좀 나가봅시다."

대통령이 탄 차가 최소한의 의전만 갖추고 조용히 남산 소월로 쪽으로 암행을 나섰다. 점점 가까이 달려갈수록 불빛은 생각보다 더 거대했다. 광장소방서119센터 옥상에서 드림대학병원 외벽을 향해 쏜 화면에는, 간호사를 위한 또 한편의 시가 천천히 자막으로 올라가고 있었다.

어느 간호사의 기도

김명희(시인 · 소설가)

삶의 바다에 풍랑이 일면
바람만 탓하지 않고
그 안에서 고통 받는 생명에게
먼저 달려가겠나이다

육신의 고통으로 우는
그들에게 손 내밀고
마음의 상처가 덧난 이들에게
어깨를 내주며
그들을 위한 보살핌과 헌신으로
밤과 낮을 밝히겠나이다

나를 필요로 하는 이들에게
기꺼이 먼저 다가가 자세히 들어주며
깊이 바라보고 기도하면서
손을 꼭 잡아주겠나이다

바라오니
만나는 모두가 고통의 올무에서

벗어나게 해줄 수 있는
그런 삶이 되게 하소서
그런 빛이 되게 하소서

대통령이 탄 리무진이 병원건물 쪽으로 조금 더 접근하자 간호사들의 절규가 들려왔다.

"고마운 엄마, 죄송해요. 그동안 고생하신 아빠, 정말 죄송해요. 당신들은 우리에게 아픈 이들을 돌보라 하셨습니다. 당신들은 우리에게 희생과 사랑으로 어둠을 밝히는 세상의 불빛이 되라 하셨습니다. 그렇게 염원을 담아 길러주신, 우리 간호사들이, 지금 우리나라에서는 이정도 인권밖에는 안 되나 봅니다. 환자와 보호자한테 따귀 맞고, 욕설에 짓밟히고, 조롱당하면서도 아픈 이들만 바라보며 꾹 참았습니다. 밤도 낮도 없이, 밥도 물도 못 먹으며 뛰어도, 오로지 환자를 지켜내기 위해 감내할 수 있었습니다. 그러나 우리는 환자를 최선으로 돌보지 못했습니다. 병원잡일과 청소에 동원되는 현대판 염전노예였고, 속옷 차림으로 행사에 동원되는 기쁨조였습니다. 환자에게 성추행당하고, 보호자들에게 욕 얻어먹고, 뺨까지 맞으면서 참고 일했지만 우리가 환자를 위해 할 수 있는 일이 너무 없습니다. 겨우 이것밖에 못 돼서 정말 정말 죄송합니다."
간호사들이 옥상 위에 모여 울며 선언문을 낭독했다.
간호사는 백의의 천사이기 전에, 마땅히 존중받아야 할 누군가의 자녀이자 인간이다!

오늘 우리는, 간호사의 안전과 처우개선 및 그 손에 달린 환자의 안전보장을 요구한다!
벼랑으로 내몰린 간호사의 인권보장을 주장하며 우리는 다음과 같이 요구하는 바이다!
간호사도 아프고 힘든 것을 알고 느끼는 하나의 사람이다.
간호사는 안전하고 질 높은 환자간호를 위해 교육받을 권리가 있다.
간호사는 환자의 생명을 돌보는 노동자이다! 거기에 희생과 봉사라는 올무로 우리를 묶고, 살인적인 노동과 무보수의 연장근무를 강요하지 말라!

병원을 병풍처럼 둘러싼 아파트, 그곳 주민 모두 그 광경을 안타깝게 지켜보았다.
"진리와 정의가 이깁니다. 힘내세요! 간호사선생님들 사랑합니다. 힘내세요! 꼭 이기세요! 저희가 응원합니다! 그동안 무관심했던 것 죄송합니다. 이제라도 함께할게요."
주민들 모두가 베란다에 써서 붙였다. 누군가는 실시간 아프리카 방송을 진행했다.
"여러분 반갑습니다! 여기는 아프리카 방송입니다. 그리고 저는 BJ 부시맨입니다……."
같은 시각, 청와대 청원게시판은 [간호사 인권보장, 간호사 처우개선 요청] 민원으로 불통이 되고 말았다. 순식간에 수천 만 건의 청원이 쇄도했다. 모든 인터넷 동영상 게시글 아래 댓글이 끝없이 이어졌다.
"국민의 뜻이자 명령이다! 인간다운 간호사! 사람다운 간호사! 환자만 돌보는 간호사! 생명과 건강과 신체적 정신적 안전을 보장받는 간호사! 인격과 인술을 존중받는 간호사! 그리고 지치고 괴로워 울지 않는, 행복한 간호사가 되게 모든 법률을 고치고 개선하라! 이것은 지엄한 국민의 명령이다!"

:소울박스 : 응급실에서 오래 기다리게 했다고 간호사님한테 짜증낸 것 미안합니다.
:불멸의 꽃 : 간호사님들 존경합니다. 우리 환자들을 위해 부디 다시 힘을 내 주세요.
:미소기획 : 무관심했던 저희가 잘 못했습니다. 이젠 함께하겠습니다.
:붉은 해변 : 간호사님 힘내세요. 전 국민이 응원합니다. 정부는 대통령 케어 개선하라.

청와대 게시판 청원 글이 밤이 깊도록 꼬리에 꼬리를 이어갔다.

어느새 중계차들이 병원으로 모여들었다. 근처 다른 병원에서 텔레비전 뉴스속보를 본 나이트 듀티 간호사들이 드림대학병원 간호사들 옥상촛불시위 기사를 읽고 함께 움직이기 시작했다. 드디어 바로 옆 병원 옥상에도 촛불이 훤히 타올랐다. 그러자 바통을 이어받듯, 바이러스 퍼지듯, 도미노처럼, 옆 병원, 또 옆 병원, 병원으로 옥상 횃불이 봉화처럼 옮겨 붙는 기적이 일어났다. 서울에서 경기로, 경기에서 점점 지방 모든 병원으로. 결국 얼마 안 가 제주도 마라도병원까지 기적의 촛불들이 병원 옥상에 붉게 켜졌다. 위성사진에 찍힌 한반도 남쪽 모든 병원옥상 촛불을 든 간호사들 모습이 속보로 방송되었다. 드림대학병원 옥상에서는 최연희와 정호철이 번갈아 구호를 외쳤다.

'간호사! 이제는 말한다!' '간호사! 이제는 말한다!'
환자안전과 생명을 지켜내기 위해!
우리는 더 이상 참지 않겠다!
정부는 고질화된 의료구조 개선하라! 개선하라!
드림대학병원은 김민주 간호사에게 사과하고 보상하라! 사과하고 보상하라!
법적 노동시간 보장하라! 보장하라!
간호사 처우개선 보장하라! 보장하라!
출퇴근이 정확한 근무환경 보장하라! 보장하라!
무보수 초과노동 잡부노동 거부한다! 거부한다!
간호사는 접대부가 아니라 의료인이다! 간호사는 의료인이다!
간호사 이제는 말한다! 이제는 말한다!

이리저리 뛰느라 지친 행정부원장과 진료부원장. 초췌한 몰골로 병원 밖으로 나와 옥상을 향해 외쳤다.
"아, 재수 없어! 아주 꼴값들을 하세요! 저것들이 미쳤나! 당장 안 내려와!"
응급수술 중인 의사들 외에 나머지 의사들도 주차장으로 나와 옥상을 올려다봤다. 언제 왔는지. 옥상 위 재영을 올려다보며 민욱이 싱긋 웃었다. 재영이 구호를 외치자 똥 씹은 얼굴을 한 드림대학병원장이 옆에 있던 신민욱 대원을 향해 항의했다.
"119대원이요? 거 뭡니까? 당장 저 인간들 끌어내지 않고! 의사 선생들도 나한테 월급 받고 싶으면 당장 저 간호사들 모조리 잡아끌어내요! 경찰들은 신고한 지가 언젠데, 왜 안와 대체!"
병원장이 다시 앞에 선 신민욱 대원을 보며 외쳤다.
"이봐! 구급대원! 당장! 저것들 모조리 끌어내라니까!"
민욱이 옥상 위에서 울며 구호를 외치는 재영을, 손나팔을 하고 힘껏 불렀다.
"야! 나재영! 너 미쳤어?"
간호사복 입고 촛불 든, 나재영이 눈물을 뚝뚝 흘리며 신민욱을 내려다보았다. 민욱이 옥상을 향해 더 크게 외쳤다.
"나재영! 넌 정말…… 최고의 간호사야! 멋지다! 나재영! 사랑한다! 우리 결혼하자!"
행정부원장이 신민욱에게 거칠게 항의했다.
"당신! 지금 뭐하는 거야? 당장 저 사람들 모조리 끌어내라니까!"
얼굴이 분노로 가득한 병원장이 자신의 대머리를 감싸며 고함쳤다.
"난 망했어! 내가 직접 올라가 너희들을 모조리 끌어내리겠어! 가만 안 둬!"
화가 머리끝까지 치민 병원장이 팔을 걷어 부치고 씩씩대며 옥상으로 연결된 계단 입구로 향했다. 그것을 본 이재훈 간호부장이 달려가 그 앞을 가로막았다. 그가 두 주먹을 우드득 꺾으며 병원장을 향해 한마디 했다.
"이봐! 어딜 가려고? 정의가 없는 분노는 살인흉기라서 말이지? 후후."
겁먹은 병원장이 놀라 뒤로 몇 걸음 물러서며 으름장을 놓았다.
"넌 또 뭐야? 너 지금 어느 편이야? 옷 벗기 싫으면 당장 비켜!"

뒤에서 양수현 간호과장이 병원장을 포위하며 한마디 했다.
"당신, 죽을래? 아니면, 이제라도 정신 차릴래?"
화가 치민 병원장이 양수현 간호과장을 향해 손을 번쩍 들었다.
"이 미친년이 감히! 너! 내가 누군지 잊었어?"
병원장이 양수현 간호과장 얼굴을 때리려 손을 높이 올렸다.
"그 손 멈춰요! 누가 감히 내 생명을 지키고 보호하는 간호사님께 손을 대! 간호사를 때리는 건! 환자 모두를 때리는 거와 같은 거 몰라? 좋게 말할 때, 그 손 내려놓으시지?"
옥상으로 가지 못한 환자들이 일제히 몰려와 병원장을 노려봤다. 병원장은 몰려든 환자들의 항의에, 양수현 과장을 향해 올렸던 손을 주춤거리며 내렸다.

병원 모든 옥상은 이미 간호사와 환자로 넘쳐났다. 옥상으로 오르지 못한 환자들이, 손에 촛불을 들고 병원 밖 주차장으로 물길처럼 흘러나왔다. 끝없이 몰려오는 환자들 인파에 경악한 병원장이 다급히 행정부원장을 불렀다.
"행정부원장! 행정부원장!"
"옙! 저 여기 있습니다!"
"당장 전체 병동 환자들 단속 시켜!"
"옙! 알겠습니다!"
급히 병원 내부로 달려갔던 행정부원장이 혼비백산해 돌아왔다.
"벼, 병원장님! 큰일 났습니다! 중증환자들까지 모두, 병상 머리맡에 촛불 켜놨고요! 옥상뿐만이 아니라, 병원 전체가 촛불입니다!"

병원장은 울상을 짓고 주차장 바닥에 주저앉았다.

"재영아!"
지방에서 뒤늦게 도착한 친구 민선이 임신한 배를 만지며 남편과 손을 흔들었다. 구호를 외치던 재영이 민선을 향해 손을 흔들었다.
"민선아! 잘 왔어! 어서 와!"
그때 막, 병원에 접근한 대형 리무진 한 대. 대통령이 VIP석에서 차창문을 열고 옥상 위 무수한 촛불을 놀란 듯 올려다봤다. 검은 리무진이 주차장에 진입하자 누군가 차단기로 막았다. 수행원이 급히 내렸다.
"대통령님이 오셨습니다! 당장 차단기 올리세요!"
그 말에 놀라 순식간에 차단기가 올라갔다. 삽시간에 기자들의 카메라가 몰렸다. 대통령이란 말에 식겁한 병원장은 생쥐처럼 군중 속을 빠져나갔다. 리무진이 들어서자 대통령이 천천히 내려 모습을 보였다. 병원장은 주차장 구석 화물탑차 뒤로 숨어 꼼짝하지 않았다.
"우-와! 대통령님이다! 반갑습니다."
"오실 줄 알았습니다! 우리들의 영원한 영웅! 대통령님!"
"어서 오세요! 우리가 만든 광화문 대통령이다! 오와! 역시! 국민 편!"
리무진에서 천천히 내린 대통령이 인파들을 향해 손을 흔들었다. 그가 말했다.
"오면서 상황보고 다 받았습니다. 드림대학병원장 어딨습니까?"
십여 명 수행원들이 순식간에 병원장을 찾아내 대통령 앞으로 데려왔다. 암행 나온 대통령이 드림대학병원 주차장에서 비공식 기자회

견을 자처했다.

"존경하는 국민여러분.
깊은 밤중에 제가 나타나 놀라셨죠? 저도 청와대 관저에서 산책하다가 이 거대한 횃불을 발견하고 깜짝 놀랐습니다.
일 년 전 우리 국민여러분께서는 바로 저 앞에 보이는 광화문광장에서 추운 겨울한파와 생명과 건강을 담보로 이 나라 안녕을 위해 맞서 싸워주셨습니다. 저를 이 나라 대통령 만들어보겠다고, 저와 함께 광장에서 추위에 떨며 외쳐주셨습니다. 그 생각을 할 때마다 저는 지금도 가슴이 뜨거워지고 목이 메여옵니다. 그렇게 여러분들이, 이 나라 부정부패와 고착화된 적폐와 싸워, 저를 대통령으로 만들어 주신 것입니다. 그러나, 제가 그동안 시급한 국정현안에 밀려, 이렇게 중대한 문제를 미리 돌보지 못했습니다. 국민 여러분 너무 죄송합니다. 정말 죄송합니다.
여러분께서는 지난 긴긴 계절 하나하나의 촛불을 모아 거대한 횃불을 만들어 주셨습니다. 그렇게 고통을 감내하며 저를 대통령으로 만들어 주셨을 때는, 아프고 힘겹고 괴로운 국민들을 보듬고 안고 품고 가라는 뜻이었을 것입니다. 그러나 제가 여러 방면에서 뛰다보니, 아프고 곪고 상해서 무너져가는 대한민국 간호계의 처우개선문제와 피맺힌 호소를 두루 살피지 못했습니다. 오늘 이 자리를 빌려 모든 국민들께 용서를 구합니다. 그동안 여러분들이 저를 위해 높이 들어주셨던 지난날의 무수한 그 촛불을, 이제 국민여러분의 의료복지와 안위를 위해 오늘부터 제가 대신 들겠습니다.

존경하는 국민여러분!

이제 그 아픈 팔 내리십시오. 팔 내리시고 편히 쉬시기 바랍니다.

내일 아침, 저는 날이 밝는 대로 무엇보다 먼저 전국 모든 간호사여러분의 인권과 노동환경을 대대적으로 살피고 개선하겠습니다. 간호사들의 출근이 즐거운 병원! 퇴근이 정확한 병원들이 되도록 개선하겠습니다. 무엇보다 간호의료직 종사자 분들의 희생의 가치, 사랑의 가치, 생명존중의 가치를 다시 환산하겠습니다. 잘못된 법이 있다면 고쳐서! 사람이 먼저인 나라! 환자가 마음 편히 치료받는 나라! 간호사가 행복한 나라! 오로지 환자만 위해 일하는 간호사, 그런 간호의료 복지가 되도록 보건의료시스템을 철저히 보완하고 수정하겠습니다. 이 밤 많이 놀라시고, 잠 설치셨을 텐데 얼른 모두 주무시기 바랍니다. 내일아침 저는, 그 어떤 현안보다 먼저 간호사처우개선 전담팀인 TF를 구성해 오늘 이 문제를 해결하겠습니다. 감사합니다.

진우와 함께 나온 그 꼬마가 외쳤다.

"우와! 우리 대통령 할아버지다!"

꼬마가 대통령에게 다가가 그 손에 LED촛불을 들려주었다. 대통령이 웃으면서 그 촛불을 받아들고 꼬마를 번쩍 품에 안아 올렸다. 그 순간, 주변을 둘러싼 국민모두가 대통령을 연호하며 손뼉 쳤다.

다음날 아침.

충분하지는 않았지만 병원 측 사과를 받고 민주는 늦게 하늘로 떠날 수 있었다. 대통령 약속대로 정부는 TF팀을 구성하고, 드림대학병원 간호사와 질의응답 시간을 가졌다. 송문영과 나재영과 그 외 모든 간호사들은 오랜 만에 속 시원히 할 말을 다 했다. 은박지 같은 햇살이

나뭇잎 위로 내려와 반짝였다. 오랜 만에, 박하사탕처럼 시원하고 상쾌한 기분이었다.

22. 우리 제발 ER(응급실)에서는, 만나지 말자

민주가 투신자살 했던 날 왜 해겸이 쫓기듯 사표를 던지고 밤비행기로 떠났는지 그 이유를, 재영은 알게 되었다. 그날은 아주 우연히 민욱을 만나러 광장소방서에 갔던 날이었다. 외부 파견에서 돌아오는 민욱을 숙소에서 기다렸을 때였다. 재영은 심심하던 차에 그의 책상에 가지런히 놓여있던 민욱의 노트를 우연히 펼쳐보았다. 해겸이, 오래전 영동 포도과수원 MT에서 자신을 겁탈하려 했던 성추행범인이었음을 알게 된 재영은 그 자리에 쓰러질 뻔했다. 가까스로 마음을 가다듬은 그녀는, 노트에 빼곡히 적혀있는 민욱의 섬세하고 뜨거운 사랑에 눈시울이 붉어졌다. 응급실 마약진통제 도난 사건도 해겸의 짓이었다는 것과, 재영이 다칠까봐 민욱이 의국으로 숨어들어 모든 진상을 밝히고 증거물을 확보했던 사실도 노트에서 낱낱이 알게 되었다. 그리고, 반지. 재영의 핑크골드 하트반지를 왜 민욱이 갖고 있었던 것인지도, 재영은 그날 진실을 다 알게 되었다. 재영은 사랑하는 민욱오빠의 사랑이 몹시 감동스러웠다. 재영은 그날, 민욱의 사랑을 모두 알고 더는 그 일들에 대해 아파하거나 내색하지 않기로 마음먹었다.

5년 후.

"우와! 날씨 참 좋다! 저 구름 좀 봐! 대관령 양떼들이 이쪽으로 다 왔네! 하하하."

제법 완숙미가 넘치는 재영이 평소처럼 아침출근을 하고 있었다. 어느새 재영은 드림대학병원 응급실 6년차다. 드림대학병원 옥상에서 촛불 들고 울던 그날 밤이 엊그제 같았다. 그날 이후, 드림대학병원은 완전히 탈바꿈 했다. 지금도 재영은 응급실 옥상을 가끔 올려다보았다. 김민주 선배가 세상을 향해 절규하며 몸을 날렸던 저 옥상. 세상은 간호사들 모두가 옥상 위에서 울던 그날 밤과, 그날 이후로 완벽히 나뉘었다. 달라진 건 그뿐만이 아니었다. 대통령 특별지시로 관련 부처 TF회의석상에서 간호사 처우개선에 관한 발표를 한 후, 심각한 문제 사안들에 상응하는 간호법이 제정되었다. 또 모든 병원 간호사 근무환경이 전격적으로 개선되는 기적이 일어났다.

이제 그들은, 아침 출근시간이 정확했다. 물론 퇴근도 정확했다. 신규 간호사들을 위한 6개월간의 임상수련코스가 병원 내부에 따로 마련되었다. 임상수련코스에는 각 과별 전문 간호사가 최고로 친절하게 임상 라운딩을 지도했다. 완벽한 간호사로 만들어 배출했기에 임상에서는 곧바로 전문 의료인의 역할을 정확히 해냈다. 간호사들의 인원은 과거보다 세 배로 늘었고 케어 할 환자들은 삼분의 일로 줄었다. 주야 3교대로 지옥노동이었던 그들에게 주야 4교대 근무가 정착되었다. 속옷이 비치던 간호복은, 환자 돌보기 편리한 특수복으로 바뀌었고, 신발은, 노동 강도가 높은 간호사들 허리와 관절에 무리가 덜 가는 편한 운동화로 교체되었다. 근무 중에 땀 흘린 간호사들은 퇴근 이후 전용 샤워 실을 쓸 수 있게 되었다. 오전과 오후 두 시간 마다 30분씩 법정 휴식타임이 생겨났다. 원하는 간호사는 휴식 타임에 무료 물리치료와 전신 마사지를 예약할 수 있었고, 그 외 나무 그늘이나 벤치에서 잠시 커피를 마시는 행복한 간호사도 흔히 볼 수 있었다. 무보수 노동이란 단어 자체가 병원에서 영영 사라졌다. 1시간 30분간의 점심시간을 지키지 않는 병원은 심사평가 때 엄청난 불이익이 가해졌다. 쾌적하고 청결한 직원식당에서는 따뜻하고 정갈한 뷔페가 매일 간호사들을 기다렸다. 언제나 활짝 웃는 간호사가 환자 한 사람 한 사람을 천천히 오래 돌보게 되었다. 간호사와 환자는 오래 대화 했고 눈빛을 보며 소통했다. 간호사들은 가끔, 곤히 잠든 환자를 살피다 창문 밖에서 응급실 안으로 날아든 새들의 노랫소리에 아주 잠시 귀를 기울여도 좋았다. 그리고 아주 가끔은 병원 광장 폭포수 쏟아지는 곁에서 아이스커피 한잔 마시는 것도 흔한 일상이 되었다. 모두는 화장실로 병실로 허겁지겁 뛰지 않아도 되었다. 랜덤으로 쉬며, 각자 취향에 맞는 차 한 잔을 들고, 환자에게 향할 자신의 거울 속 미소를 잠시 매만져도 되었다. 그만큼 오병태는 욕이 줄었다. 퇴근 후 몸 관리하는 육채남의 근육은 날로 더 풀빵처럼 부풀었다. 정호철은 크게 웃는 날이 많아졌고 김봉희는 후배 말을 오래 들어주는 법에 익숙해져 갔다. 배신애는 남매를 낳았다. 그녀는 육아휴직으로 더 여유로워졌고, 동료들에게 전혀 미안하지 않아도 되었으며 후배를 아껴주는 여유를 배웠다. 최연희는 국제 간호사 꿈을 취소하고 응급실 수 간호사가 되었다. 송문영은 간호과장으로 승진 된 후, 환자들을 위해 더 큰 꿈을 꾸기 시작했다. 양수현은 간호부장으로 승진했다. 이재흔은 간호부원장으로 승진했다. 그들은 늘 내일이 기다려졌다. 하은상은 월급날이 빨리 돌아오는 판타지에 매일이 행복했다. 나재영은 출퇴근길에 늘 콧노래를 불렀다. 대한민국 병원 어디에서도 태움, 환타, 진상환자, 성추행이란 단어는 영영 사라지고 더는 들을 수 없었다.

새로 온 인턴이 임상경험도 없이 까칠하게 굴자, 노련한 육채남 간호사가 한마디 했다.
"이봐! 인턴, 뭐얌? 신규라 잘 모르면 좀 겸손히 배우든징! 지금 이게 얼마나 심각한 상황인줄은 알앙? 가르쳐 줄 테니 배웡."
간호6년차 나재영은 드림대학병원 신규간호사들 6개월 임상수련코스 전담 강사로 배정되었다. 그녀가 임상수련코스 강의를 마치며 신규간호사들에게 물었다.
"자! 오늘 각 과별 임상 수업 어땠나요?"
"너무너무 좋았습니다. 우리 선생님 최곱니다. 와, 그전엔 신규가 어떻게 바로 환자케어를 했을까요? 너무너무 끔찍해서 상상이 안돼요. 선배님들 진짜 존경스러워요."
"하하하. 그런 거 함부로 상상하지 마세요. 그러다 오늘 밤 악몽 꿉니다. 여러분, 끝으로 오늘 배운 '간호사로서의 마음자세' 한번 정리해 봅시다. 첫 째가 뭐였지요? '내 손은 환자들의 것, 진심을 다해 환자분 손 잡아드릴 줄 알아야한다. 그게 클레임 막는 최고의 방어다.' 또? '보이는 것을 치료하는 것은 쉽다. 문제는? 아파서 서럽고 외로운 저분들의 영혼이다.' 또? '나는 지금 단순하게 주사를 놓는 게 아니다. 환자의 회복을 위해 기도하는 것이다.' 또? '불의와 타협해 버는 돈보다, 이 거즈 한 장이 더 정직하고 깨끗하다.' 또 오늘 뭐 배웠죠? '우리가 지쳐 주저앉으면, 환자생명은 큰일 난다!' '만약 신이 나에게 마지막 선물을 준다면, 나는 저분들의 마음을 읽을 눈을 요구하리라는 사명감으로 환자를 케어 하자.' '우리의 손은, 그냥 손이 아니다. 환자들을 향해 열려있는 문이다.' 또? '실수란 놈이 절대 병원 안으로 발을 들이지 못하게 하자.' '한손에는 긴장과 집중, 한손에는 사랑. 왜? 사랑은 아주 묵직하고 따뜻한 거니까.' '우리 간호사는 언제나 웃음 띤 강철이라야 한다. 왜? 지켜줘야 할 환자가 많기 때문이다.' 네, 아주 잘했어요. 다음 수업에는 CPR치는 법에 대해 배울게요. 자, 오늘 수업은 여기서 마칠게요. 우와! 해가 이렇게 길어졌네! 자 모두 안녕."
"선생님 수고하셨습니다."
신규들이 교재를 챙겨 와르르 몰려나갔다.
열심히 일한 재영이 칼 퇴근을 서둘렀다. 재영은 각 과별로 간호사실 옆에 붙어있는 간호사 전용 샤워실에 들어가 기분 좋게 샤워하고 콧노래를 부르며 머리를 말렸다. 그녀는 탈의실에 걸어둔 브이넥 주홍색 원피스를 보며 씽긋 웃었다. 재영은 민욱과의 데이트를 기대하며 긴 웨이브생머리를 아름답게 늘어뜨렸다. 허리가 강조된 여성스러운 원피스에 흰색 힐을 신고 한껏 기분을 냈다. 꽃단장으로 더 상쾌해진 재영이 병원로비를 여신처럼 당당하게 걸어 나왔다. 하늘거리는 원피스가 걸을 때마다 춤을 추었다.
"아참! 또 잊을 뻔 했네."

그녀가 근무 때 빼 놓았던 핑크골드하트반지를 핸드백에서 꺼내 약지손가락에 정성껏 끼었다. 재영의 휴대폰이 울렸다. 그녀가 긴 머리를 뒤로 쓸어 올리며 해맑게 전화를 받았다.
"나재영입니다. 와우! 송문영 간호과장님. 네? 진짜요? 제가 올해의 베스트 널스로요? 채남쌤은 올 해의 나이팅게일 추천 후보고요? 어머! 진짜요? 하하하. 우와! 대박! 하하하. 아 근데 과장님, 제가 그럴 자격이 있는지 모르겠네요. 물론 신나죠. 넵! 과장님 감사해요."
재영이 전화를 끊고 들뜬 소녀처럼 외쳤다.
"오! 예!"
자신이 묵묵히 열심히 일한 것을, 이 세상이 알아주는 것 같아 기쁘고 뿌듯했다. 로비를 지나는 그녀 뒤로, 병원 중앙 벽에 거대한 보석으로 된 글자들이 번쩍였다.
'저희 드림대학병원은 그 무엇보다 환자가 먼저입니다.'
거대하게 반짝이는 큰 글씨와, 활짝 웃으며 퇴근하는 재영의 모습이 오버랩 되었다. 병원 현관을 향해 걷는데 풋풋하게 생긴 낯선 여자아이가 두리번대며 병원으로 들어섰다. 여자아이는 잔뜩 긴장한 채 압도적인 병원 현관을 긴장한 듯 둘러보며 놀란 표정이었다. 얼굴에 사회초년 새내기 티가 줄줄 흘렀다. 재영은 그녀 옆구리에 낀 갈색 서류봉투에 시선이 멈췄다.
'풉. 여리여리하고 귀여운 나의 전사가 왔군.'
그 안에 무엇이 들었을지 짐작이 가자 절로 애정 섞인 웃음이 났다. 그 여자아이가 재영에게 물었다.
"선생님. 간호과 어느 쪽으로 가면 되나요?"

재영이 그녀에게 친절히 안내해주고 발길을 돌렸다. 몇 년 전 자신의 새내기적 모습이 떠올라 싱긋 웃었다. 그날 이전에는 대부분 민욱이 재영을 기다리던 날들이었다. 그날 이후, 이제는 시간도 많고 삶이 여유로워진 재영이 민욱을 기다렸다. 오늘도 재영은 예쁘게 입고 맞은편 광장소방서를 향해 화사하고 경쾌하게 걸었다. 저 앞에서 보호 장구도 착용 않고 전동킥보드 탄 아이들이 지나갔다. 재영은 습관처럼 그쪽으로 한번 더 시선이 날아갔다. 재영이 부드럽게 말했다.
"얘들아, 위험해. 보호장구 착용하고 타야지. 우리 제발, ER(응급실)에서는 절대 마주치지 말자……. 알았지? 하하하."
재영이 아이들을 향해 미소를 날렸다. 그 때.
――애애애앵――삐요삐요삐요――――
갑자기 어디선가 요란한 사이렌소리가 뾰족하게 들려왔다.
"헉―!"
재영의 몸이 먼저 반응하며 소리 나는 쪽으로 휙, 돌아갔다.
"여보세요? 음, 하하하. 그래? 이번 주말? 아빠도 우리 딸 보고 싶지."
"헐……!"
그 소리는 지나가는 행인의 휴대폰 소리였다. 재영은 바짝 졸아붙었던 가슴을 쓸어내렸다.
"아고 심장이야! 저분, 벨소리 취향 참, 그로테스크하고 스페셜하시네."
재영은 잔뜩 긴장했던 자신이 우스워 피식, 웃었다. 재영이 광장소방서 앞에서 샤랄라 콧노래를 부르며 민욱을 기다렸다.

"어휴! 저 웬수덜, 결혼날짜 잡더니 이젠 매일이네……. 아이구! 눈 꼴 시려! 하하하."
광장소방서119센터 옥상에서 내려다보던 김태경이 구시렁거렸다. 김태경도 대장으로 승진해 있었다. 김태경 구급대장 장난에 현대식 소장과 정시원 부대장과 유난희 대원이 웃었다. 나무에 기대 선 재영의 모습을 본 김태경 대장이 한번 더 너스레를 떨었다.
"우와! 저, 여신 포스! 여기서 보니 완전 화보네! 화보! 젠장! 신대원은 조오컸따!"
겉옷을 챙기며 현대식 소장이 말했다.
"하하하, 하여든 김태경 대장 즐거운 호들갑은 알아줘야 해. 자, 우리도 퇴근합시다."
하루 일을 마친 대원들이 경쾌하게 소방서 현관을 나섰다.
"아버지! 여깁니다."
대식의 아들 경준이 차를 대기시키고 손을 흔들었다. 김태경 대장이 반기며 말했다.
"어? 어이구. 경준이가 웬일?"
"음. 내일 지 엄마 보러 가기로 했거든."
"오옷! 그래요? 선배 잘 됐네요. 모처럼 세 식구가 한자리에 모이겠네? 하하. 선배님 부자간 데이트 잘 하시고, 내일 잘 다녀오십쇼."
"그래. 자 모두 잘 쉬고 월요일에 보자구."
옷 갈아입고 막 달려 나온 민욱이 팔불출처럼 재영을 포옹하고 뽀뽀하며 빙빙 돌았다. 재영의 후리아원피스가 저녁바람에 붉은 노을처럼 공중에 하늘거렸다.

"재영아! 모바일청첩장에 쓸 웨딩사진샘플들 왔더라. 너무 눈부셔서 못 보겠던데."
"그래? 오빠, 내 드레스 사진 그렇게 예뻐?"
"모두 다 멋져서 어느 것으로 할지 난 못 정하겠어. 이따가 골라봐. 하하하. 그리고 재영아, 우리 다음 달에 미리 신혼여행 가불하자! 나 연차 쓸게!"
재영이 화들짝 놀라 대답했다.
"민욱오빠! 미쳤어? 여행은 무슨 여행? 나는 잠잘 시간도 없는……어? 아니다! 이젠 나도 미리 연차내면 누구 눈치 안 보고 해외여행 갈 수 있지? 얏호! 오빠! 우리 이왕이면 멀리 가자! 우리 신혼여행 지구 반대편으로 한번 가즈아---! 하하하."
둘은 날아오를 듯 웃으며 광장소방서119센터 주차장을 빠져나갔다. 민욱이 물었다.
"오늘 우리 어디 갈까? 오랜만에 우리 처음 만났던 그 한강유람선 탈까? 맛있는 거 뭐 먹을지 생각해 왔어?"
재영이 애교떨며 대답했다.
"오빠앙~, 아홍, 물론이징. 에헤헹."
"아코! 또, 그 콧소리! 에긍, 내 심장 또 떨어진당. 크크크. 가자!"
재영의 핸드백을 민욱이 어깨에 메며 밝게 웃었다. 앞서거니 뒤서거니 한강 유람선을 타러 가는 재영과 민욱. 둘은 광장소방서 주차장을 지나 플라타너스 옆을 행복하게 걸었다.
그 순간, 버스 한 대가 남산 언덕을 돌아 내리막길을 내려왔다. 버스는 속력도 줄이지 않고 화살처럼 날아왔다. 뭔가 이상을 감지한 민욱이 그쪽을 돌아봤다. 운전자 얼굴이 핸들에 엎어진 채 의식이 없어보였다. 내리막길에서 더욱 가속이 붙은 버스는 심하게 차체가 흔들리며 그대로 민욱과 재영을 향해 덮쳐왔다. 순간, 사태를 감지한 민욱이 재영을 자신의 뒤쪽으로 보호하며 다급히 외쳤다.
"재영아! 위험해!"
'끼이익-! 콰과광---! 우르르르, 쿵!'
버스는 광장소방서 옆 거대한 플라타너스 가로수를 들이받았다. 가로수를 쓰러트린 채 중심을 잃은 버스는 사선을 그으며 인도 위로 올라와 전복된 채 서서히 멈췄다. 그 충격으로 버스에 타고 있던 이십여명의 승객들이 허공에 던져진 마네킹들처럼 날아와 거꾸로 처박혔다. 버스 앞부분에서 흰 연기가 치솟았다. 깜짝 놀란 아파트 주민들이 내다보고 경악했다. 앞 유리가 깨지면서 튕겨져 나온 버스기사가 아스팔트 위로 나뒹굴었다. 피투성이가 된 승객들의 비명. 몇은 의식이 없었고 몇은 차창을 열고 탈출하려 아수라장이었다. 바로 앞 횡단보도에 섰다가 그 광경을 본 민욱과 재영은 경악했다. 순간, 누가 먼저랄 것도 없이 본능적으로 민욱과 재영이 현장을 향해 전속력으로 달렸다. 건너편 드림대학병원 응급실 송문영 간호과장과 의료진들이 들것을 들고 사고현장을 향해 달려 나왔다. 광장소방서 상황실에서 구급대원들을 사고현장에 급파했다. 광장소방서 앞에서 아들 차에 타고 막 출발하려던 현대식 소장도 차에서 내려 현장을 향해 달렸다. 김태경 대장과 정시원 부대장과 유난희 대원이 광장소방서 반대편으로 터덜터덜 멀어지다 충격적인 굉음을 듣고 이쪽을 향해 질주했다. 구두가 벗겨진 채, 다급히 전속력으로 내달리는 재영과 민욱의 얼굴에 긴장이 가득했다. 사고현장으로 달리는 재영 뒤로, 나이팅게일 선서문이 오버랩 되었다.

나이팅게일 선서문

나는 일생을 의롭게 살며,
전문간호직에 최선을 다할 것을
하느님과 여러분 앞에 선서합니다.
나는 인간의 생명에 해로운 일은
어떤 상황에서도 하지 않겠습니다.
나는 간호의 수준을 높이기 위하여 전력을 다하겠으며,
간호하면서 알게 된 개인이나
가족의 사정은 비밀로 하겠습니다.
나는 성심으로 보건의료인과 협조하겠으며,
나의 간호를 받는 사람들의 안녕을 위하여 헌신하겠습니다.

-끝-